Shijiu.
Wang
Nianhua

诗酒忘年华

陆军 著

敦煌文艺出版社

图书在版编目（CIP）数据

诗酒忘年华/陆军著. -- 兰州：敦煌文艺出版社，
2022.12
ISBN 978-7-5468-2294-5

Ⅰ.①诗… Ⅱ.①陆… Ⅲ.①长篇小说—中国—当代
Ⅳ.① I247.5

中国版本图书馆 CIP 数据核字（2022）第 229383 号

诗酒忘年华

陆军 著

责任编辑：曾　红
文字校对：尚品品
装帧设计：孟孜铭

敦煌文艺出版社出版、发行
地址：（730030）兰州市城关区曹家巷 1 号新闻出版大厦 23 楼
邮箱：dunhuangwenyi1958@126.com
0931-2131552（编辑部）　　　0931-2131387（发行部）

兰州银声印务有限公司印刷
开本 880 毫米 ×1230 毫米　1/32　印张 11　插页 1　字数 234 千
2023 年 10 月第 1 版　　2023 年 10 月第 1 次印刷
印数：1~1000 册

ISBN 978-7-5468-2294-5
定价：58.00 元

"酒，以水的状态流淌，以火的性格燃烧。"

——〔英〕莎士比亚

"雨后飞花知底数，醉来赢得自由身。"

——〔南宋〕张元干

献给善饮者

A1

小暑过后，通城的夏天才姗姗而来，仍犹抱琵琶半遮面，早中晚温差矜持地保持在十三四摄氏度。直到暑夏伏天，九成的通城人才敢放心脱去多余的衣衫，露出背心、大腿和臂膀来。虽然如此，姑娘小伙总还是像迎春花一样，不惧隔三岔五的寒流、雪花和霜冻，将青春的身体裸露在寒风里，坚强地迎接夏天的到来。他们花花绿绿的单衫将五一劳动节前后的街道，装扮成了百花盛开的夏天，让人们对时令的判断总是出现差错：是不是夏天真的来了！在青春的招引下，道路两旁迟疑不绽的花蕾仿佛受了感染，三三两两脱去外衣，绽出缤纷的姿态来。憋疯了的蜜蜂，挤出蜂巢，和久违的甜蜜打情骂俏，新的生命周期开始了……

眼下，室温已是二十六摄氏度，张赫还是不愿意脱去羊毛衫外的马甲。他不觉得燥热，倒觉得有些阴凉，早晚得穿外套，时不时有一股寒冷的气息在追随着他，一不小心这种邪气便乘虚而入，让他打喷嚏、发烧，这点伎俩他张赫早就看透了，绝不留任何可乘之机，但他却拒绝去太阳下接受温暖、驱赶阴霾。

人和植物一样都需要光合作用，需要阳光普照！日光浴也是一种治疗方式，对人身体有着药物无法达到的效果！比如促进钙质吸收，去湿气、瘴气什么的……家人给他经常做这方面的思想工作，也讲了许多医学道理和科学原理，他却像是一句也没听进去，依然我行我素，在温暖的阳光里待不了多长时间就将轮椅移到阴处，即使是冬天，他也会说见到阳光心里就泛热，像有无数的蛆虫在爬，浑身不舒服。他喜欢穿着厚衣服待在阴凉处，静静地喃喃自语，他说他的自语是一篇上乘的文章，是关于通城社会发展的建设性论文。按照医生的嘱咐，他的肺病需要在温润的环境里保养，咳嗽总是像那件经年的棉马甲一样伴随着他。但他对酒依然保持着夏天般的热烈，沉默寡言的他一见酒，就像遇到多年未见的老朋友，侃侃而谈，他思维敏捷、妙语连珠，就像写文章一样，从不打腹稿。

张赫躲在夏日的树荫下，望着高楼之外的群山，听着清凉寺准点的钟声，思绪又回到坎坷起伏的往昔。自从坐上轮椅，想象的翅膀时不时飞向童年、少年时光，甚至是与菊花最初的缱绻柔情里，那些往事如这午后天际涌起的云朵，一层一层翻卷而来。

B1

往事并非如烟，而是真真切切地在眼前再现。十六岁的他在生产大队热烈的锣鼓声中，被戴上大红花，推荐去七十多公里外的陇中师范学校上中师，推荐的理由是兄弟姊妹多，缺口粮，不能再让有点文化基础的活口减少。

通城与陇中两个县城之间隔着一座海拔三千多米的华家岭大山，每天只有一班公共汽车，从山的这面蜿蜒而上至山顶，再盘旋到山的背面下山。车少人多，车票很难买到，四处托人也不一定如期得到。只去过三趟镇上和一次县里的张家大哥张守仁，对外面的世界也是两眼一抹黑，走出村子谁都不认识谁，到哪里去找熟人呢。从大队长手里接过弟弟张赫上学的录取通知书时，离开学报到的时间只有六天，老大心里没底，究竟能不能找到一张去陇中县的车票，成了他心中天大的事。第二天一早，他就去镇上打听有关班车的事了。约早上七点钟，昨天晚上停在供销社大院里的班车陆续开到镇上的十字路口，早已等在路边的人们手里举着票，在司乘助手的呵斥声里，涌上了车，车门在最后一张车票持有者的身后哗啦关上，在开车之前再也不会开门了。老大从窗口望去，里面黑压压一片，一股浓烟之后，班车在沉痛的呻吟中驶出车站。他无望地目送着浓烟和灰尘渐渐消散。他不知道找谁才能买到车票，送行的人群里有人回答他，说得找个人。找谁？不知道。结果和大队支书的回答一样，这一趟只耽搁了他的一个工分，他心里一片茫然。回到家里，他对张赫说："陇中县在七十公里外的地方，我徒步去过三十公里外的通城县，并不远，只用了多半天的时间。那七十公里路如果步行的话，用不了两天。咱不坐车了，省点钱，有一双脚板多远的路也能走到。"之后，老大从大队支书那里打听到去陇中的大概方向和路线，他决定自己挑着行李送张赫去上学。

冷月当空。习习秋风中晨光微露，三五步内不需要点灯就能知道是谁。兄弟俩心事重重地蹲在屋檐下，不紧不慢地喝着玉米面糊糊，谁也不说话，喝粥的声音兴奋而惆怅。母亲将四个夹着酸菜的碗口大小的玉米面饼装进张赫的被褥叠层里，屋檐下的三个形象突然明亮了起来。母亲催促他们早点起身，趁凉快多赶点路，中午的时候可以在阴凉处休息。话音刚落，兄弟俩同时起身放下碗筷，老大守仁先挑起担子出门了。小脚母亲跟在张赫的屁股后面，叮嘱路上一定小心："你大哥身上有二十元钱，到学校时留下，是你一学期的全部费用，不能有任何闪失。"母亲唠叨着，咯噔咯噔地随兄弟俩一直到了村口，目送他俩翻过山口。

天完全亮了。

高远空旷的天穹下是起伏的山峦，山沟里还黑乎乎的，山路两旁飘荡着秋收之后秸秆的芳香和阵阵青草的味道，对远行的渴望让兄弟俩健步如飞，信心百倍。翻过两道山时，已经走出公社的地界，他俩寻着路标的指示，沿公路蜿蜒而去，他们知道，班车能到的地方，他俩一定能到。只要路走对，道路尽头就是目的地。

当太阳直挂在头顶时，他俩已经走出了通城地域，公路沿华家岭山曲曲折折地延伸着，除了偶尔的分岔，再没有别的路。一块地界石碑前方的墙体上蓝底白字标明了通往陇中县的路线。在沿途不断的打听和人们好奇的目光中，他俩在日落前竟到达了那个渴望已久的"陇中师范学校"巨大的门楼下。两人光着膀子、流着油汗靠在门口的石狮子脚下休息。他们轻松愉快地笑道，原来没有想象的那么远，一天的工夫就走到了！老大坐在学校门前的石阶上，喝着水说，以后老四就把两元钱的车费省下，一口气跑着回家。

油汗在傍晚的微风中蒸发分解，只剩下一层咸涩的盐分，霞光从对面的山峦上反射过来，将这条街道上的人映成了古铜色。眼前是来来往往、形色各异的男人女人，还有在风中飘荡的花花绿绿的树木，晃得他俩睁不开眼睛，只好将目光收回来，相互看着对方傻笑。

学校古旧的铸铁大门关得严实，右边的小侧门开着，时不时有人出入。老大把信封打开又看了一遍，确认正式报到时间应该是明天，但他俩又无法确定今天究竟几月几日，张赫回忆说今天是八月的最后一天，明天就是九月一日。但守仁大哥不能确定八月是三十一天还是三十天。两人争吵了一会儿，又觉得对方说得有道理，不再争了，他俩各自决定向路人打听求证。迟疑间，不远处的钟楼里传来晚上六点钟的报时声。一个穿粗布白衬衣、留着大背头的高个子清瘦男人，从学校侧门里走了出来，张赫觉得他肯定是个老师，便走上前掏出信封，说他是来学校报到的学生，不知道报到时间和地点，请老师指点一下。穿白衬衣的人看了看他，觉得他瘦小的身体穿着过于宽大的上衣，不像上中师的学生，又转过头看了看站在不远处的守仁，问他俩谁是张赫？张赫说我就是。穿白衬衣的人低头看着这个矮瘦的孩子，迟疑了一下，招手让老大过来说："你是家长吧，你记着，明早九点钟开始报到，要一整天时间，不着急，都能报上名，这个录取通知书拿好，千万别丢了！"说完转身向大门里指了一下报到的地方，还说报到需要的证明、户口什么的资料都要带全。最后指着大街对面的一个二层楼说："那是旅社，晚上可以住那里，一晚上两块钱，便宜，离学校近，方便，学生家长都住那里。"

说话间，眼前暗了下来，夕阳从对面楼体上反射过来的光亮像是跟着白衬衣走了。捂在两人皮肤上溽热的湿气，也像看不见的轻纱被带走了，张开的毛孔慢慢合上，滑腻的汗水收回体内，皮肤感到凉爽而湿润。这里明显比通城气温高，街道两边的柳叶还绿得透亮，而通城的柳叶早已在几场早霜中随风四处流浪去了。

马路两旁的树静静的，没有一丝风，但他俩同时闻到了食物的味道，而且是久违的肉香。走了一天的路，肠胃急需食物，嗅觉系统强烈地向他俩发出指令。他俩不约而同地喝了一口自带的水，和口水一起咽下去了，刚擦过的脸上、脖子里又渗出来了一层细汗。老大喝了一口水说，陇中县的夜晚比白天舒服，这么温暖的夜晚，随便待哪儿都能对付一晚上，不需要花这两元钱，还不如节约下来一饱口福。张赫也喝了一口水，点头表示完全赞同。哥俩扛起行李，寻着肉香的方向，走到学校对面不远的"马胡子"大肉面馆里，每人花了一元钱吃了一碗大肉面，感觉那面是世界上最香的面。上学之后，张赫也到这里吃过几回，但香味与日递减，到毕业时，已经习以为常，不觉得有什么特别的了。可老大一直把那碗大肉面在村子里吹嘘了几十年，以至于后来有年轻人专门到陇中县去吃大肉面，回来后找老大谈体会，说他在胡说八道，那味道就是普通的大肉面而已，并没有什么特别之处，甚至还不如家里妈妈做的炸酱面。老大对此嗤之以鼻，不屑与其谈论美食，说陇中大肉面承传了上千年的历史，吃的是文化。这种论调让村里的男人觉得光棍老大精神上可能有问题，这种妄想和偏执是一个明显的征兆。母亲因此也担心起来，张赫听说后解释说，这只是一种互相论战时的自我辩解，并无大碍，与精神问题更是沾不上一分钱的关系。后来老大在家里也能吃上大肉面了，可味道还是和多年前陇中县的大肉面无法可比。味觉记忆根深蒂固，老大仍然认为那碗面是他吃过的世界上最香的大肉面，不容任何人对这种感觉提出异议。味觉有时会欺骗你，它忠诚于肠胃的好恶，但却有着惊人的记忆力。

工作多年之后，借一次培训的机会，张赫约同伴又去了那家"马胡子"大肉面馆，门面已随城市的美化而整装一新，今非昔比，门外食客也排成了长队，但他始终没能找到当年上学时的味道，或许是人的味觉变了，而非面的味道变了。

因为当时县里缺小学教师，所以他们这一拨来自附近三个县的九十名学生成了"速成班"学员，学制两年，减时不减学，和学制四年的普通班学习内容一样多。两年后，除两人因病退学外，全部考试合格毕业。张赫两年得了两次"三好学生"荣誉称号，成为"优秀毕业生"，被分配到离县城最近的鸡川公社马家店小学当老师。这里既没鸡又没川，四山夹两沟，山大沟深。除了镇子沿线为数不多的几个大队，大部分村子没有通公路。马家店小学是全公社最北、最边远的一个五年制小学，在另外一个公社管辖地的边缘，海拔高，一年里多数时间阴雨连绵，是全地区为数不多的几个不缺水的地方。马家店五个年级共三十二个学生，在张赫来这里之前有四个老师，都是县聘的，负责学生全部课程的教学工作，包括音乐、绘画和体育。张赫的到来让这所学校焕发了青春！虽然他上的是速成班，但培养目标明确精准，那就是小学教师。速成班的生源各县不一，年龄相差五六岁，张赫属于最小的，最大的已经结婚有孩子了。正值青春年少的他，对刚刚获得的这份工作满腔热忱。有时，站在终年云雾缭绕的学校门口，俯瞰脚下重重叠叠、朦朦胧胧的远山，他心中不免有点怅然若失，雾气中的阳光总是恍恍惚惚，看不真切，虽然有时阳光破云而出，给阴郁的土地带来热气腾腾的景象。

据说马家店小学是当时全公社学习成绩平均分最低的小学，张赫因为是科班出身，被破格提拔当了校长，管着四个老师。当时马家店小学的校长是由学区校长指定的，并没有什么任命书和级别。四十岁的原校长在张赫上任的当天被学区校长宣布降为副校长，协助校长工作。

一年半下来，马家店小学的平均成绩跃居公社学区十六个小学中的第五名，而此前可是垫底的。这个成绩让学区校长有点犯嘀咕，感觉这个成绩来得不是那么真实，似有作弊的嫌疑。

为弄清实情，学区王校长和两个干事共三人，以调研工作的名义去明察暗访。得到的结果是，刚来的年轻人应该提拔到公社中心小学当校长，他一个人负责三、四、五年级的全部主课，学生成绩提高很快。王校长现场叫来了三个不同年级的学生，对他们进行了全科测试，除了一个三年级的学生在语文卷中把"未来"的"未"写成"末"，被扣除 1 分外，其他学生都是满分。张赫不仅仅是教学任务完成得出色，管理工作也抓得好，这个十九岁的矮个子青年带领着四个中年人一心一意将教学提升了上去，他们团结得亲如一家人，没有人向上级打小报告！这个结果让王校长一行感到意外，他甚至觉得这个不起眼的年轻人有天赋的管理才能。调研结束，在最后的总结发言里，王校长用温暖的话语表扬了这个五人教师团队，勉励他们再接再厉，再创佳绩，说此行只是例行督导抽查，并没有其他意思。

学校会议室就在张赫的办公间兼卧室里。听说学区领导要来，张赫提前把村里学生家长送他的肉菜弄了半案板放在墙角水缸上，用报纸盖着。已经是腊月，三九第三天。屋子里有点冷，张赫不停地从小板凳上起身给王校长他们沏茶倒水，听得校长说"并没有其他意思"，他心里一紧，不小心将那瓶在县城工作的同学送的"陇花特曲"碰倒在床底下。他心里明白，如果领导说"没有其他意思"，其实就是"有其他意思"，却没有发现"其他意思"，也就没有其他意思了。真正的没有其他意思就是什么也不说。酒是之前温过的，没盖好，溢了出来。校长闻到酒味，顺口说："像这样的班子和取得的成绩要考虑表彰奖励。"说到这里，校长带头鼓起掌来，张赫鼓完掌一伸手将酒瓶扶端正了。

张赫的厨艺没用上，晚餐依照旧例，安排在学校附近的副校长家里。张赫想出点小风头，然而显示自己厨艺的机会被王校长的饮食惯性阉割了，那瓶酒他还是拎在手里，跟着去了副校长家里。这或许是村里最好的一瓶酒了。副校长老婆读到小学二年级就辍学了，做的饭菜在四十多户人的村子里算是最好的，再加上碗筷洗得干净，桌椅收拾得整齐，让人坐着舒心，吃着放心，这在时下农村很难得。王校长喝得有点高兴，指着副校长鼻子道："喝了这么多年你们马家店小学的酒，从来没喝出今天这味道！看来你天生就是个副校长的料……工作上，啊上的事，不谈啊了！"副校长只是一个劲地点头。

"翻过年，春季开学了，要不要把你调镇上中心小学？"

"那当然是很好的，真是很好的！王校长。改兄，赶紧过来给王校长敬酒！"

"不啦，你婆娘还要给咱做饭呢！"听到叫改兄，王校长忙制止，他知道这女人性格像男人，高兴了喜欢用大碗喝酒，量非一般，还有点一醉方休的架势，不好收场。

"不叫，不叫，嫂子还有事呢！"张赫看出了领导的心思，忙顺着阻拦。他知道，今晚人多嘈杂，估计厨房那边压根没听见副校长的叫声。

在学校门口的电灯下，王校长亲热地握别张赫和副校长，乘着不算太亮的月光，推着自行车下山了。学校离镇上二十多里路，校长一行三人中有一人没喝酒，一人喝了一两杯，只有校长多一点，冷风一吹，估计酒也醒了，最多也就一个多小时到镇上了。

副校长见领导走远了，双手握住张赫的手，激动得差点跪下："多谢老弟的那瓶好酒，帮我圆了几十年的心愿！我的三个孩子都在镇上念书，如果能到镇上工作，就太好了。你那瓶酒多少钱，我给你！"

"酒是大家喝的，又是招待领导，你凭什么给我钱，按理说，我应该给你钱，这么多人在你家里吃饭啦！"

"不啦，我的工资里也不差这吃饭的钱，再说了他们平时不来，有时一年来一次，有时还不来。领导来我家吃饭也是看得起我！"

张赫没再说话，借说酒醉，回宿舍睡觉了。虽说喝了三小杯酒，头还是有点晕，一个人翻来覆去睡不着。他将今天的工作前前后后细过了几遍，除了为什么去副校长家吃饭，别无纰漏！不过，那瓶酒倒是让王校长高兴了，这可是他当校长第一次的接待工作，好坏可能影响他以后的工作。那时，他倒没想其余的，而是想着把工作干好，然后在马家店找个媳妇结婚生子过日子，像副校长一样。他来这里才一年半时间，为了提高教学质量，业余时间全用在批改作业和指导学生上了，没顾上想自己的事。工资本来就不多，每学期还有几个女生要退学，他苦口婆心动员家长，用自己的工资交学费，才勉强维持学生总数。入学率也是县上考核学校的内容之一，特别是女生。

A2

有人摇了摇张赫，提示他醒来，该回家了。张赫知道是菊花，她如影随形伴随在身旁。他其实一直睁着眼睛并没有睡着，天边的云彩越堆越浓，像要下雨似的，天空也暗了下来；河岸边的柳枝静静的，一丝风也没有；此起彼伏的蝉鸣连成一片，时不时传来河滩上小孩的嬉闹声。院子里寂静无声。他轻声说："风雨欲来静无声！"只是打个盹儿的工夫，时间就回到了六十多年前，生命是如此短暂！看着眼前比自己小五岁的菊花已是两鬓斑白，他突然又想喝酒了。他想用自己的方式，生活在这个偶然的人世间。

"喝酒有什么好的，若不喝酒身体能成这样吗？"

"你觉得活得时间长就重要吗。有的人活了一生，到头来不知为何而活，为谁而活，可悲！"

"医生不让你喝酒，对身体不好。"

"去年我有半年时间没喝过酒，你看到我身体好了吗？"

菊花不再说酒的事了，说天要下雨，该回屋去了。

张赫从轮椅上走下来，在客厅里来回走了一些时间，可能有十多分钟，或许更短一些，他如菊花的希望一样，每次晒太阳回来尽量能自己走走，活动一下手脚，这样便于恢复身体系统机能，但每一次坚持的时间并不理想，而且在有规律地减少。当他有气无力地躺到沙发上时，已虚汗如注。

他并不感到累，客厅里的那幅中堂画面正好映在眼中：一位银须仙人盘腿坐在牛背上，腰里系着一个葫芦，向遥远的山水云雾间漫游而去，近处是由远而近流过来的一条大河，像是秋天，河里水很大，涨到山腰里的一家茅庐边了。张赫越来越感觉到这个地方似曾相识，像是通城县的某个地方，但就是想不起来。仙人背对着张赫，像是刚和他对饮后乘兴向着东方离去。

多年来，他一直坚持认为画中仙人腰间系的是酒葫芦，理由有二，一是两边仿张旭狂草的对联："酒杯在手六国印，花雾上身一品衣。"还有就是仙人酒后释然的神态。而菊花和儿子还有亲朋说是药葫芦，里面装的是药，他刚给山间这家人行完医，神态自若，放心地走了。

"是酒还是药呢？"他大声地问菊花。正在厨房忙碌的菊花愣住了，她走到客厅盯着张赫看，看他脑袋有什么问题，若不是像一台年久失修的计算机，染上了病毒，造成CPU出了问题，开始说胡话了。

张赫被菊花怪怪的眼神和表情弄得颇无趣，便起身向卧室走去，此时，他走起路来像个正常人，嘴里响亮地说："酒和药是一回事，因为他喝了酒感觉就是良药入口，药到病除！"菊花跟了进去，看着他脱去衣服上床休息。菊花抽身关了门，忙自己的事去了。

躺在床上，张赫眼前又是下午在院子里时浮现的往昔情景。那年春季开学很迟，一直到农历二月初二龙抬头。为不误正常开学，他冒着雨夹雪，提前两天从家里出发，骑着自行车走走停停，三十多公里路用了一整天时间，到马家店小学的时候已是"天寒白屋平"了，真有点"风雪夜归人"的感觉，悲壮而凄惨。他既渴又饿又累，顾不得生火，褪去湿漉漉的外衣，胡乱吃了点从家里带来的熟食，裹上被子躺在冰冷的宿舍里睡着了。

现在是夏天，他感觉不到那时的冷。人是个容易忘掉过去的动物，常常忘掉苦难，记住了欢乐，这是人不思进取的悲哀！

B2

开学的前一天，惯例是举办全校教职工大会，安排本学年的工作，随后到校长家里聚一聚，算是正式上班了。可他是单身，不好准备饭菜，无以招待大家，但觉这是多年留下来的习惯，他不便更改，想着会议结束后在办公室里大家随便聊一下即可。一大早，张赫洒扫庭院，准备迎接四位老师开会。会后，没等他说话，大家像是早商量好了似的，提议和往年一样到副校长家里去。张赫只好表示了单身的不便，说："大家的酒我全包了！"

此时，张赫还不怎么会喝酒，只三小杯就面红耳赤，浑身上下起了红疹，奇痒无比，有些吓人，他只得干坐着看别人喝。校长不能喝，其他几位也觉无趣，忙叫人找村中赤脚医生给张赫诊断一下，看有无大碍。

听说是村里小学的校长，医生放下手头的活来了。医生将手电光朝张赫脸、脖子、脊背等处晃了晃说，这是酒精过敏症，很危险，甚或危及生命。听此言，全场人问如何才能解。医生没答话，只是就着火盆抽水烟。大家认为他在思忖药方，便兴致高涨地划拳喝酒了。趁众人不在意，张赫从衣兜里摸出一包"骑士"牌香烟塞到医生半旧不新的羊皮马甲里。医生像什么事没发生似的无动于衷，照旧低头抽水烟。当张赫提议给医生敬酒时，他手一挥走了。众人追问，有什么办法治疗，也没留话。众人说，此人在方圆百里也算是名医，只是性格古怪无常，不好交往，喜独行独处，要他理解。张赫说怪人有怪才，非常人也，由他去吧，此事就不要再说了。

几天后的一个下午，从镇上赶集回来的村民让自家的学生带话给张赫，说镇上学区让他去一趟，有重要的事商量。张赫问什么时候去，学生说不知道！让再问家长，说记不清了。张赫怕误事，只好当天下午去了。

张赫骑上自行车，一路下坡，半个多小时就到了学区，他找到通知栏里的通知一看才知道，是本周星期日（后天）全镇各学校校长早上九点到学区开会，什么内容倒没说。那时，没有电话手机，一句话带来带去内容就不全了，甚至改变了原意。

看完通知，张赫放下车，在学区所在地的中学里溜达，无意间碰到王校长。他站下来定了定神，准备打个招呼，可王校长只瞟了他一眼继续走路，没说话。张赫背对着王校长，向前走了七八步，听得王校长叫他的名字，他猛回头转身向后看，见王校长背着手，只将头转过来对他说："张校长到我办公室里来一下！"

听了这话，张赫的心开始疯狂蹦跳，他多希望王校长没认出他来，可还是认出来了。认出来也好，在这里干，早晚得熟悉，可校长要到他去办公室，心里莫名其妙地怕。毕竟人家是老领导，他是刚毕业的学生么。

"不在学校上课，到这里是瞎转悠啥呢？"张赫最怕的这句话还是从校长的嘴里出来了。解释原委后，校长没让他坐着说话，而是让他立马回学校收拾行李到学区来报到。马家店小学由副校长负责，他的课也由副校长负责分配给其他老师。张赫想要问些具体的事，比如立马是什么时候，来了住哪里等，这对他来说是最基本的，至于到哪里工作，他倒不挑剔。话还没说出口，校长让他去找隔壁周干事。他不好再细问，便退出了校长办公室。

张赫丈二和尚有点摸不着头脑，只好敲了敲周干事的门。可门紧闭着，他只好慢悠悠地往校门外挪。这时学生陆续回校了，他才想起自己还没吃午饭。

学区在镇上的中学里，他出了校门没心思吃饭，一路骑车狂奔，还是用了四十多分钟的时间才到学校。简单弄了些午饭吃了，一看时间已经是下午三点多了。

他忙召集全体教职工开会，其实算上他也就五个人。他要把学区校长让他到镇里上班的事向大家宣布一下，刚说完第一句，副校长倏地站起来问道："学区是让我到镇里上班还是让你去？"

"我刚说了，是我！"张赫回答说。

"他们经常来我家，说好让我到镇上去的！况且我在这里干了十多年了，你才几天？屁股没坐稳就想走！"副校长气急败坏地吼张赫。

"这事你得问王校长啦！我不知道。"当着同事的面，张赫把学校的有关事宜列在纸上，连同钥匙一起放在副校长的办公桌上，骑上驮着行李的车子，一溜烟出门走了。

张赫本想和学生也告个别，说几句一年半来的感言，没想到副校长会来这么一出，让他没法下台，在同事的劝说下，他强压心中的怒气，总算平息了事态。

盛怒之下的张赫健步如飞地离开了马家店小学，一路雪水泥泞，趔趔趄趄。暮色中，当他热气腾腾地迈进镇中学门口时，校园里空荡荡的。他撅着屁股推着七八十斤重的被褥和锅碗瓢盆，在学区院子里徘徊时，一颗滚烫的心突然冰凉下来，身子里像吹着凛冽的寒风，让他不住地打冷战。

这是农历二月中旬，春雪一场紧似一场，校园里到处是从屋檐上流下的雪水结成的冰面。屋门紧闭，煤烟缭绕。

他有气无力地把行李连同自行车一起丢在王校长的办公室门前，一屁股坐在上面，双手捂住头，想清理一下思绪。"你找谁，是干什么的？"刚坐下，一个略带苍老的声音钻进他的耳朵。"说你呢，校长门前的小伙子！嗨，说你呢，找谁？"他一抬头就看到二三十米远的大门口，站着一个六十多岁老头，指着他大喊大叫。

"我是从马家店小学调到学区上班的老师，怎么没一个人呢？我到哪儿去呀！"

"你叫什么名字？"

"张赫。"

"哦，等会儿，你宿舍的钥匙在我这里。"

过了一会儿，门卫拿着一把拴着半截麻绳的钥匙，走到校长的隔壁门前打开房门说，"这是你的宿舍，炉子学生已经给你生好了，注意保管好你的钥匙，就这一把了！"然后又重复了两遍。张赫连忙应诺并在一张纸条上签下了自己的名字。老头子笑着说："这个字原来念'喝'呀，怎么起了个喝酒的喝呢！"张赫忙解释不是喝水的喝，是赫赫有名的赫。"老人又说："哦，原来是个有名的'喝'。我听懂了，张喝，这名字好记。"

屋子里很暖和，炉火正旺。一张单人床放在最后面靠墙处。他知道这就是自己的家了。既是办公室又是宿舍，条件比马家店小学好多了！

张赫从山村调到了镇上的第二个星期一早上，马家店小学闹成了一锅粥。先是副校长罢课，再后来是全体师生放假，扬言说，张赫一天不到马家店小学当校长，马家店小学就一天不开课。甚至五年级唯一的一名女生找到镇上，跪在张赫的办公室门前，说张老师回马家店小学当校长她就嫁给他。

这话说得太过于勇敢和前卫，让中学里的好多老师目瞪口呆，怀疑这个学生脑子有问题。这句话强有力的预言性，让张赫不得不娶小他五岁的学生为妻，她就是后来的菊花。

马家店小学的罢课事件，随着名叫菊花的女生下跪而结束了。在她跪下不到二十分钟的时候，就被张赫发现并扶到办公室里享受喝白糖水的待遇。在糖水的诱惑下，她将罢课的真实情况全部告诉了张赫。随后，张赫便将闹得满城风雨的罢课事件、女学生跪门事件的详情汇报了王校长，学区决定免去那个副校长的职务，将镇中心小学一个郎姓老师任命为校长。

菊花喝完糖水，一点儿没有走的意思，她在张赫温暖的宿舍里忙碌起来，像到了自己家里似的。张赫给她上语文课时，从没发现这个女子长得如此耐看，可能是因为距离原因吧。她动作麻利，几下子就将他乱七八糟的宿舍整理得井井有条。

张赫的宿舍时不时有进进出出的老师和学生，有菊花在，他深感不便。那时已经是下午五点多了，太阳很快就隐没在山那边。虽说惊蛰已过，但天气还冷，夜晚比白昼时间长，他担心菊花回家要走夜路，便去学校食堂找来两个馒头，让她带在身上，赶紧回家上学去，误了学是毕不了业的。

张赫有点忙乱，菊花却十分镇定，她慢腾腾地把外套解开，可能是热了，可这一动作把张赫吓坏了，他忙将门闭住，问菊花要干什么。这时一片白色呈现在张赫面前，她将手绢双手塞到张赫手里，红着脸说："到镇上来找你，是我愿意的！"说完一手抓了馒头，出门头也不回地走了。

A3

眼前突然闪过一个身影，菊花推门进来，把开着的窗子关上了。又是一声响雷，紧接着是噼里啪啦的雨点声，打得玻璃乱响。张赫望着菊花的背影，大声喊道："快点回家，又要下雨了！"菊花一闪不见了。

B3

张赫站在院子里，望着菊花高挑的背影渐渐远去，出了校门折弯看不见了，他才回到办公室，可碎花布后面的两条长辫子却始终在他的眼前晃来晃去。

张赫双手捧住桌子上的那块白色手绢闻了闻，一股茉莉花香。还没来得及打开，校长推开门叫他去一下办公室，慌乱中他将手绢顺手塞进了上衣兜里。

校长要他明天一早在镇上坐班车去县教育局取文件，顺便带点日杂用品，特别叮嘱，把车票要上，回来时报销，不能让他个人出。这个任务出乎他的预料，远远低于心理预期，猛一下放松下来，便满口答应了。

他回到办公室将门从里面锁上，在全身上下找菊花的白手绢，翻遍了每一个口袋，就是找不见！嗡的一声脑袋一片空白，他怀疑是不是掉在校长办公室了，若如此那就有麻烦了，急得他忙想应对之策，万一校长发现那个手绢，里面若有什么不便公开的东西，他怎么解释呢。

他坐在椅子上绞尽脑汁回忆在校长办公室的一举一动，没有任何引起手绢掉落的纰漏,他一进门是站着没动的!

"张校长在吗?"有人敲门。

A4

菊花推门进来,看一下张赫睡得怎么样,顺便将先前关上的窗子打开,阵雨已经过去,外面的空气清新凉爽。清凉寺的钟声敲了十一下。她听见张赫在迷迷糊糊地说梦话,还问她是谁。对比她早已习以为常了,几十年在一起,他的哪根肋骨长、哪根短,她心里比对自己的手指头还清楚。即使有事白天憋着,夜里十有八九会以梦话的方式说出来。她曾用手机录过一段语无伦次的呓语,想从中找出她道听途说的有关张局长与女教师来往的线索,却让她大失所望,梦里尽是划拳喝酒的事。此后,她再也无意他的胡话了。

B4

"谁呀?进来!"张赫知道这是学区的勤杂工,在他所认识的人里只有她喊他张校长,因为之前他在马家店小学当过校长。他曾郑重其事地告诉她,以后不能这样叫,如果让学区王校长听到很不好。不过她男人却鼓励她说,他们行政单位都这么称呼当过领导的同志,以示尊敬,没什么不可以的!所以这女人也就不分场合这么叫着。有时听得他心花怒放,有时听得他胆战心惊。

小巧玲珑的勤杂工笑容可掬地站在门口,手上拿着一张崭新的十元钱和半张纸条,细声地说:"听说张校长明天要进城取文件，顺便给我带点东西，好吧！"说着把那张写着物品清单的纸条和钱一起放在桌子上。"我得赶紧回家做饭去！"没等他答话，勤杂工做了个鬼脸，一招手轻轻地飘走了。

张赫站起身时，桌子底下一块雪白的东西，照得他眼前一亮，那手绢四面包卷着躺在地上。原来，他当时可能因为紧张，没装进口袋里。当他拣起手绢的一刹那，校长安排他的事却想不起了。

苦思冥想中，桌子上勤杂工的字条和钱提醒了他，明天的任务是去城里县教育局取文件，顺便给校长家里带一个铸铁炉子。校长要给钱，他说回来再给不迟，便出来了。

学区是从鸡川中学分出来的一个县教育局派出机构，财务编制都和中学在一起，只是工作分工不同而已。学区负责全镇除镇中学之外的各类学校的管理工作，不承担教学任务。学区共有四个人，一个校长和三个干事。勤杂工原来也是干事，后来因与现任王校长有间隙，只好干了勤杂。另外一个男干事已结了婚，家在镇上，平时总迟到早退往家里跑。张赫是单身，办公室就是家，学区的文稿、会议通知等一应大小事全都推给了他。本来打印、抄送、卫生等都是勤杂工的活。张赫来之后，不明不白地承担了她多半的工作。勤杂工虽个头小，但模样精致耐看，有点像川妹子。

手绢里包着三张白纸，工工整整写满了字。手绢中间用红丝线绣着"张赫 菊花"四字，周围绣了个心形图案把四字围在中间。

信的开头和结尾部分是这样写的。

尊敬并亲爱的张赫老师:

您好,当您看到这封信的时候,肯定感到很意外,您的到来点燃了我心中的爱。我开始喜欢思考和学习了,我喜欢您讲课的样子!……这些都是我的心里话,是我第一次给一个男人说的话,希望您能珍惜并认真考虑,我是真心的!!非您——不嫁!!

这封长信看得张赫心惊肉跳、悲喜交加。之前,张赫也特别注意过这个五年级唯一的女生,心里复杂的感觉竟然被她清楚地写在信里了。对于男人,女人是天才,你的一言一行逃不过她多情的目光。

"春天的爱抚过树梢,让枯枝重焕希望;你的爱留在我身上,让少女心怀梦想。"火辣辣的情书竟让他热出了一身冷汗。

读完信,他被一团幸福紧紧包裹,异地他乡,一个女子温柔的胸膛严严实实遮住了自己,他感觉到两颗陌生却滚烫的心贴叠在一起,烘烤得他坐卧不宁。手绢和情书像一把火点燃了他宁静的青春,甚至要烧掉整个房子。

A5

办公室的门被无声地推开了,火热的气息被一股清流缓缓冲走,屋里又回到冬日的冷清。睡梦中,他下意识地把菊花揭开的夏凉被盖到身上。有个蚊子在耳朵边叫着,它闻到酒精散发出来的乙醇味,仓皇而逃,被窗外吹进来的凉风赶出卧室,像微型窗花似的贴在客厅的纱窗上,再也没下来。

B5

在不道德和负罪感漫上心头时，张赫头脑中突然涌现出唐朝李益《喜见外弟又言别》中"问姓惊初见，称名忆旧容"的句子来，他是把菊花当成了妹子，一个有着复杂感觉的"妹子"。嘴里吟诵之际，进入温柔敦厚、美中带涩的梦乡，这个夜晚很快被学校的叫早音乐揭去了帷幕，露出了灰白的黎明。世间美好的事物竟是如此短暂，或许唯其如此，始觉美好。喇叭里播放着郭兰英的《我的祖国》，在张赫的脑海中恍惚似菊花在唱："一条大河波浪宽/风吹稻花香两岸/我家就在岸上住/听惯了艄公的号子……"虽然，他还没听到过菊花的歌声。

似曾相识歌又来，女高音穿透学校黎明前的灰暗，在镇子上空飘荡。当他在通城县鸡川中学第一次在广播中听到郭兰英银质的高音时，大脑错乱地以为回到了两年前的陇中师范学校。那天，因为要出操，他猛然惊醒，从床上滚了下来，额头磕在铺着青砖的地上擦破了皮，细小的殷红血滴似露珠慢慢渗了出来。师范的床边有护栏，而现在他的床，是两头用青砖支起的几块木板，三面无遮拦，刚睡这种床，掉下来过好几次。

B6

七点半从镇里发出的东风牌汽车，此时正沿崎岖的山路盘旋而上，冰冷的铁皮椅子在坑坑洼洼的路面，颠簸得咯吱作响，满满一车人和车身一起摇晃起伏，混杂着大蒜、脚汗、屁臭、口臭等多味杂陈的车厢里，除了车子的马达和座椅的咯吱声，只剩下乘客粗浅不一的呼吸声。车到山顶时，晨光才露出来，山路两边一块一块没有消融的积雪照亮了漆黑的黎明。早春二月的天气冻得张赫直打哆嗦。这是他第一次因公出差进城，心里自然甜美无比。之前，他是没坐过汽车的，一直骑车，用一个半小时即可走完这三十多公里的砂子路。昨夜多梦没睡好，起来时不想吃东西，此时有点饿，还犯困，不断地打哈欠。他透过湿漉漉、雾蒙蒙的车窗，隐约看到小镇在零星的路灯里还沉睡着。他一遍又一遍回味那封信里的词语和雪白的四方手帕，其实昨晚他把那封信读了不下八遍，内容完全背下来了……

不知摇摇晃晃过了多久，张赫醒来时，车子已经进城了。临下车时，他问师傅现在的时间，以便掌握一下能否马上去教育局。矮胖子师傅从厚厚的毛衣里找到怀表，翻来覆去看了一会，才说十点过一刻。那是块新表，表壳泛着铮亮的银光。鸡川镇到县城每天就这一趟车，沿途上上下下的人多，车子没怎么跑起来。

走出车站，他打听到了去教育局的路，不远，过两个什字就到了。校长告诉他，县里到镇上的班车是当天下午四点准时发，晚上在鸡川镇过夜，第二天一早返城，他可以当天返回。他决定先去办公事，然后办私事。

第一次出公差，公私兼顾，圆满完成了校长和清洁工交给的任务，他还在城里吃了一碗牛肉面，奢侈了一回，心情和天空一样明朗。回来时人也不少，坐得满满的，车速比去时快得多。镇上的车站离中学二百多米，他走在寒风嗖嗖的街道上时，两边来往的人和摆摊点的商贩都停下来，像是有一双无形的手把他们从脖子上提起来似的，呆呆地望着这个百年不遇的情景：一个瘦子和一个铸铁炉子相拥，正蹒跚而行。人们行着注目礼，直到张赫和炉子隐没在中学大门前的那排杨树后面。

　　勤杂工准时出现在学校的大门口，满意地接过东西，随口说了谢谢，便回家了，她也没问这铁炉是谁家的。看着鸭子似的抱着一块深褐色铸铁的张赫，摇摇摆摆地向学校家属区走去，远远看去像是一个深蓝色的涤纶卡其布外套托着一大块煤在快速移动，她差点笑出了声。快进校门时，看门的老头在后面大声喊叫着让他停下，张赫像没听见似的继续走着，门房边喊边跑向"铸铁炉子"，直跑到前面转身挡住，要张赫放下休息一下，让他帮点忙，说这可是王校长安排的，他正在家里等着呢。这时，他才发现不是张赫听不见，而是铁炉子的上盖紧顶着他的下巴，根本张不开嘴巴回答他的话。张赫放下炉子缓了口气，说不用了，自己能行。门房呆呆地望着他远去的身影，骂了一句："好好表现吧，孙子，看把你不累死！"说完背着手，鼻孔里出着粗气回去了。

　　新炉子当晚就安装好了。校长留他吃饭，饭桌上放了一瓶"陇花特曲"，白瓷瓶，上面有个衣着鲜艳、性感摇曳的飞天仙女在撒花。洗完手，张赫坐在饭桌前给他预留的空位上，对面的校长问他多少钱，他不好意思地报了数，以为校长要给钱，他客气地说不急。校长鼻子里哼了一声，没再说话，倒了两杯酒，自己端起一杯先喝了。咂了一声说："想喝的话，就喝几杯，单位规定教职工除了星期天是不能喝酒的。"说着，校长拿起筷子夹了一块排骨，放到张赫碗里，用命令的口吻说："跑了一天，先吃点吧！"校长老婆和两个孩子坐在旁边看着张赫。老婆说："你单身，吃了就不用再做饭了么。"

话是好话，事也是好事，可张赫不敢往校长脸上看，浑身不舒服，如坐针毡，还紧张得往外渗汗。他只好拘谨地站起来，笑着说："我在城里吃过了，没啥事的话，我就回宿舍去了。"校长大快朵颐，没抬头说："真的假的？"张赫点头坚定地说是真的，"一大碗牛肉面么，中午吃的还饱着来。""那好吧，你回去休息。"其他人没动，校长老婆说送一下。张赫双手一摆，坚决说不需要。他转身出门时动作很慢，为了提醒校长，还说了声再见、有什么事尽管吩咐之类的话。校长没说话，也没说钱的事。

走出中学的家属院，外面冰凉的空气一下子把他裹住了，张赫感觉一身轻松。深蓝的天空中月亮早已挂在天边了，像半块羊脂玉。四面的山虽在暮色四合里黑黢黢的，但树木和山形轮廓依然可见。校园里空荡荡的，风吹着纸条在教室的拐角处打闹。他感觉自己的心也空荡荡的，像是被人掏走了，原先鼓鼓的钱包，进了一趟城，里面只剩下自己的一张黑白毕业照片了。他所有的积蓄被这个铸铁炉子一口吞尽，身无分文。

家属区是一排十几套平房的大杂院，每套各自独立。分大小套，大套有两室一厅八十多个平方米，小套一室一厅六十多平方米。校长住的是大套。厨房在门外对面。

两个冬天缓慢地过去了，校长见了他很是热情，却从不提钱的事，有时，张赫见到校长时，觉得不好意思，像是他亏欠校长什么似的。他每月二十九元的工资虽说能养活自己，但老家还有大小十来口人等他的钱用，仅那个炉子花了他整整一个月的工资！

更多时候，他会忘了此事，只有在缺钱的时候才想起，不过只是想想而已。冬天过后，接连两个春天和秋天过去了，他的炉子钱像日子一样早就跨过了岁月的门槛儿，一去不返。钱没有等到，住宿条件有了大大改善：校长让他搬到后面的家属院去住，那里可是一居室的套间，在当时，就像别墅一样拉风。

B7

住家属院套房自然比住单身宿舍好，可他搬进去的第二天中午下班回来时，一个皮球似的女人，两手叉在腰间，挡在门口，理直气壮地质问他："你凭什么住家属院？"

这话问得张赫张口结舌。他站在院子里呆呆地望着这个满脸麻子、皮肤黝黑的矮个子女人。见张赫瞠目结舌，一时无话可说，她便昂头半闭着眼睛，轻蔑地转身，扭着硕大的臀部从家属院大门出去了，一直消失在单身宿舍的拐弯处。张赫莫名其妙地呆站在院子里，下班的住户从他面前经过时，惊讶地上下打量着他，说大中午的不做饭，站院子里发什么神经，难道住上家属院能让人高兴疯啦！张赫在苦思冥想那个女人的话："你凭什么住家属院？"

接下来的数个星期，他搜肠刮肚寻找这个问题的最佳答案，但每次的回答都不能满足提问者的要求。来学区工作已经两年多了，他没觉得有谁和自己过不去，更没有得罪过谁，平时大家相见都是一副笑脸。对如何准确地回答"你凭什么住家属院"这个问题，他思来想去只能用"我凭什么不能住家属院"这样死皮赖脸、不算回答的话来搪塞。但这个答案带来的后果是，让更多年轻男老师也前来质问他，说这是狡辩。到后来，问题完全偏离了原来的主题，内容涉及社会学、政治经济学、伦理学……辩论越来越复杂，成了一个学术性的问题。

辩论在接下来的近一个月里持续进行，越辩越乱。发表在张赫房门的言论五花八门。这些内容基本是在午夜时分得到充分的更新，夜深人静之时，有人陆续将观点写成纸条，有序贴在张赫的门板上。他清晨的第一件事是，清除这些五颜六色、大小各异的纸条。幸好时日不长，学校放寒假，他将房门一锁，回老家过年去了，让距离阻断了他不愿见到的人和事，整个寒假他几乎忘了之前的不快。

但寒假很快结束了。当张赫气喘吁吁地从自行车上取下一百来斤重的食物，直腰喘气时，发现自己来错了地方：他的房门被大小各异、色彩斑斓的纸条覆盖了，在寒风中飒飒作响。内容大同小异，无非是"一个没来几天的单身汉，哪有资格！""不管你的后台有多大，家属院是有家属的人住的，不是单身住的！"……看着看着，他心里来气，三两下把纸条撕了个精光，掏出钥匙准备开门时，发现门锁被人撬开了，门是虚掩着的。

院子里的积雪没人清扫，布满各种脚印和动物的粪便。向阳处的雪融化了，院墙下面的仍然积得很厚，落满了灰尘，看上去很脏。整个寒假看样子没人在这里住，都回老家过年了。

他心惊肉跳地轻轻推开房门，一股骚臭味扑鼻而来。地上是一堆深褐色的大便，冻得硬邦邦的。尽管老鼠在这里肆无忌惮地生活过一个假期，但对这堆污秽之物保持了应有的距离。办公桌上放着一张用毛笔写着几行字的16开白纸，上面压着一把三寸长的带木柄的小刀，因为尘土的覆盖，小刀显得并不锋利，甚至有些岁月深处的温和。他抖了抖纸上的灰尘，字迹拙劣却清晰："想要不挂彩，请尽快搬出此屋！"他不知道这是什么意思，但有种暗藏不祥的预感，稍事处理了房间的杂物后，径直去问守门人，假期有何可疑人物来过学校。守门人说都是学生和老师，没见有什么不三不四的人来过，说话时守门人的眼睛不停地躲闪着他探询的目光。

B8

他的宿舍在整个家属院的最后面，墙外是一片杨树林。夏天的时候，他的门前被伸展过来的树荫笼罩着，是全院纳凉的最好去处，现在几根干枝从屋顶刺下来，在张赫眼里甚是可恶。

夜色在逐渐加深。一缕青烟孤独地在冰冷的夜空缭绕，月亮还没有上来，点点星光让校园更加冷清，偶尔一两声从小镇上传来的鞭炮声，增添了周遭的寂静。

这个时候，家属院里只他一人，其他人的家都在附近，或许赶在开学的当天到校。因为他最远，所以来得最早。或许生活中的事就是这样。

土坯火炉连着土炕，虽然火势猛烈，张赫却觉得比之前刚进门时还冷。他躲在房子里不敢出门，生怕黑暗中被人捅上一刀子，连个目击证人都没有。他双手捧着一杯热水在屋里打转，炉子里漏出的烟盘旋在屋里，呛得他咳出了眼泪。

当他不得不打开房门，让屋里的煤烟向外散去时，门前立着一个黑影，身后拖着长长的影子，随着一条白色围巾的迎风飘动而张牙舞爪。这个怪物披着长发、从围巾中露出一对大眼睛反着幽蓝的灯光，吓得他似要魂飞魄散，左手的一杯开水本能地泼向黑影。黑影一声不吭地站着，水哗啦啦地顺着黑影流在了门前的廊檐上。惊魂未定的他，突然闻到了一股熟悉却久违了的雪花膏的香味。黑影一动不动地盯着张赫，一句话也不说。熟悉的香味给了他勇气，胆怯此刻从他身上溃败而去，他冷静地望着黑影，让它进来，是人是鬼坐下来说，别站在门前充黑社会。

B9

菊花一年前就在五年制的马家店小学毕业了，虽然她以中等的成绩考上了鸡川中学，但在母亲哭闹、上吊、以死相逼的威胁下放弃了继续上学的机会，在家里务农挣工分等待嫁人。父亲深知没有文化的恶果，但家里还有弟弟和妹妹，都得上点学。不但要花钱还需要吃饭，如果他们都去上学了，谁来挣工分养家糊口呢。

暑假过后，中学秋季就要开学了，菊花被一个个上门求亲的媒婆弄得心烦意乱，她不是往镇上跑找张赫，就是往城里跑寻找打工的机会和招工的消息。菊花的四处乱跑让父亲开始担心起来，总不能让这个"摇钱树"跟着野男人跑了。他找到大队长，把家里的情况说了一下，希望能在城里招工的时候给菊花报个名，让她去试一下，毕竟是村子里第一个小学毕业的女生。父亲的话没白说，一头大骟羊换来了国营东方红拖拉机厂招女工的机会，菊花经过努力如愿得了一份车床工的工作。

从上班第一天起，她就不断被安排相亲，因为心中有张赫，她对相亲并不用心。城里工作的堂叔和父亲最大的愿望是让她嫁给城里人，特别是家庭条件优越的原皮鞋厂厂长之子蒋龙——一个镶着一只狗眼的皮鞋厂工人。他仗着父亲是厂长，和城里一帮不三不四的人结成"护花队"，除了游手好闲，就是打架斗殴，十四岁时，在一次争风吃醋的互殴中，被人戳破了一只眼睛。情急之下，他父亲动用厂里的公款，给儿子装上了一只义眼，从此总有点"狗眼看人低"的感觉。即便他的父亲因此被降职，但三十五六岁的他，还过着偷鸡摸狗的日子，厂里的通报栏里时不时有他受处分的消息。多年来，"独眼狗"蒋龙虽没有被开除，但恶名在通城县家喻户晓，没有谁家愿意将闺女嫁给他。

"独眼狗"第一次直接来找菊花，是因为她坚决地拒绝了堂叔的见面提议。那是她正式上班的第三天，正月刚刚结束的一个中午。天气乍暖还寒，早晚得裹上棉衣，厂区花园里的迎春花和樱花开得正艳。经过一年多的初试、复试和试用后，她才正式上班了。那时，她刚下班往宿舍的方向走，身后突然有个陌生的声音喊她的名字，那声音像个四十多岁的男人，因长期吸烟、喝酒，声音变得沙哑。当她停下脚步，回头看时，一个黑影挡在她的前面。"你就是菊花么，我是皮鞋厂的蒋龙，你堂叔让我和你谈谈，给你解解闷，说你因为没上中学，心情不好……"

她吓得往后退了一步，差点跌倒，那人一只手顺着把她接住。"你是谁？怎么知道我在这里？"旁边一个留着长发和山羊胡子，戴着一副深绿色蛤蟆镜的人，笑嘻嘻地从腰间抱住了她，"放开我，你谁？"菊花挣脱他的手，快步移开。

正是下班时间，来来往往的人都朝她看过来。有好几个人竟然认识这个男人，像是很熟悉的样子，吹着口哨叫他蒋哥。

"中午我请你进馆子吃肉菜，一起聊聊！"蒋龙嬉皮笑脸地向左边偏着头，一双怪异的眼睛打量着她，左脚的脚尖上下颠着。

"我有吃的。再说了，我不认识你，一见面怎么就跟你去吃饭呢！"菊花感到有点怕，从那张因牙龈严重萎缩而黑洞洞的嘴里，传来令她不安的信息。

"这没关系，一回生二回熟。我是你堂叔介绍的，有什么不放心的。"蒋龙熟练地伸过手来准备牵菊花的手。

"过几天再说吧，我刚上班，不方便。"菊花本能地向后甩开手，一转身跑开了。菊花意识到这个人有点小流氓气，心里埋怨叔叔怎么介绍这么一个不靠谱的人，把她的终身幸福不当回事么，这种人能托付终身吗？还是离他远点，不能和这种人搅在一起。

合同制车床工菊花每月能挣十五元三角钱，这笔钱成了家里最主要的经济来源，她成了村里第一个吃公家饭的女孩子。每月的工资除去她五元三角钱的花销，剩下十元钱成了家里固定的"巨额"存款。菊花除了农业户口外，与城里人没什么两样。

B10

菊花的到来，让张赫孤独而恐慌的心一下子找到了归宿，一切不安都烟消云散，望着一身崭新衣服的菊花，他不敢相信自己的眼睛，也觉得自己很寒酸。菊花像城里的干部，他确实就是乡下的穷酸教师。惊恐之余，泼在菊花呢子大衣上的水，此时已全部掉落，他完全看不到了。菊花和两年前一样，脱掉外套麻利地收拾好房子。炉子里的火已经很旺，土炕也热烘烘的，屋里温暖如春。菊花像在自己家里一样脱去新皮鞋，坐到里间的炕上去了，说还是坐炕上舒服！

张赫被先前的惊恐和眼前的幸福弄得手忙脚乱，本来饿着的肚子一下子又饱了，他和菊花同时忘记了饥饿这件事。当张赫严守师道、尊严礼仪，板着面孔，站在外间以居高临下的心态，严肃地和菊花说话时，菊花却说她没吃晚饭饿了，张赫也觉得饿了，幸好家里带来了很多熟食，张赫从包里取出来，在炉子上热着，食物的香味渐渐弥漫了整个屋子。不一会儿，两人头顶着头、围着火炉狼吞虎咽起来，边吃边闲聊，她的言语里总是将师生的界限快速地消除，在心理上与张赫保持在一个平台上。得知菊花已经在城里上班了，张赫才出了口长气，和她以对等的身份聊到了深夜。

吃完东西已是晚上九点多钟，外面漆黑一片，他也不好让菊花回家去，两人只好围着炉子聊天，张赫的日子每天都一样，没什么好说的。菊花毕业之后，遭遇了很多事情，她的诉说像开闸的大坝一泻千里，说得鼻涕一把、泪水一把，张赫听得直叹息。

张赫骑车走了一天路，累得连眼皮都抬不起来，可菊花浓浓的谈兴不减，张赫只好强打精神陪着，两人聊到深夜，菊花恍然想起张赫是今天才来的，便止住话头，让他到热炕上睡觉，她洗一把脸就来。这话把张赫吓出了一身冷汗，他决意坐着等待白天的到来。

菊花收拾停当，见张赫还坐在炉子边打盹，笑着说："你不睡，我可要睡去了。"说着三两下脱去外衣，躺到暖烘烘的土炕上，一合眼进入了梦乡。

张赫将两把椅子拼在一起，靠在写字桌边迷迷糊糊、半睡半醒，时间不长，窗帘的缝隙里漏进一条白光。张赫没再睡，起身将炉火捅旺，在客厅里开始团面做早餐，他想认认真真吃一顿饭，然后等菊花走了再好好睡一觉。菊花是凌晨五点左右上炕的，天大亮的时候，她还睡得很香，早饭已经做好了，张赫只好跑到套间把她摇醒，说天大亮了，快起来吃早饭。

菊花伸着懒腰翻了个身，说再睡一下。张赫将饭盛好，自己先吃起来。不多时，那具成熟而性感的腰身在客厅里摇来晃去，摇曳得张赫心旌荡漾，他的眼睛虽在不断地躲避，却又强烈地渴望拥有。当她从他眼前缓慢地走过时，散发出诱人的雪花膏香味和青春不安的骚动。从这个清晨开始，张赫不再敢直视菊花的眼睛，仿佛他内心的那些龌龊都写在脸上，菊花一眼就能看出来似的。她不停地在客厅里来回走动，晃着只穿内衣的身体说屋里热。他变得忧心忡忡，不知所措，面前的那碗饭何时吃完的他都忘掉了，他严阵以待的心理防线一下子溃不成军。他完全落入了菊花的圈套，被彻底俘虏了，成为情爱的猎物，但张赫还是木讷地守住了最后一道防线，这为他后来不被流言所伤打下了坚实的基础。

学校的保安一夜未眠，他在等菊花出去后锁大门，然后一觉到天明。这一夜后，便有流言说张赫留宿女学生，故事形象生动，让听众浮想联翩。自然，一对孤男寡女在一起，必然会给世人展示一个明白无误的事实：未婚同居。

有人看到了一个红衣女子从张赫屋里出来上厕所，随后又回到张赫屋里，她就是在城里上班的菊花，曾是张赫马家店小学的学生！

B11

早上十点钟左右，太阳被阴云遮住了，凉风里透着冰冷，时不时有细小的雪粒从空中窜下来。张赫送菊花到镇上的汽车站，看有没有进城的车，她说不想回家了，直接去城里。昨晚在家里她和堂叔、父母闹翻了，他们看上了蒋家的财产和宅院，还有安排弟弟进厂工作的诱人条件。可她坚决反对，一气之下就来学校找张赫。此前，有个和她一起进厂的城里姑娘，偷偷告诉了有关蒋龙的种种劣迹，让她多长几个心眼，不要被花言巧语蒙蔽了眼睛，结婚前一定要慎重考虑，没有这位好心工友的话，后来在蒋龙的几次死缠硬磨下她肯定是要上当的。这话她昨晚给张赫说了，可他没什么态度，毕竟张赫没往找对象这个方向上想。菊花只好先下手来制造一个生米煮成熟饭的假象，逼他就范。

开春时，乡上的粮管所经常有从县城来的运粮车，菊花在中午时分拦住了一辆，与张赫道别进城了。

张赫因为昨晚没怎么睡觉，两眼迷糊犯困。他站在客厅里，觉得屋里空荡荡的，像少了不只是菊花一个人而是好多人似的。一阵复杂的情绪过后，张赫反锁住房门，又把套间的门关上，拉严窗帘，他要在没有危险的状态下好好睡一觉，恢复体能、回归心力。先前的恐惧经过一夜的消磨，已经像屋里的水汽一样淡薄了。

越想快点睡着，却越睡不着，大脑中过电影似的飘过菊花性感的腰身、甜美的微笑和大方的举止，她完全不像曾经的学生，也不像刚工作的少女，倒像是一位行事老成的家庭主妇……

"张赫，你给我滚出来！"睡梦中他听到外面有人喊，同时，房门被重重地敲打。随后有一个熟悉的声音，那是看门老头："你们是什么人，到学校里干什么？找谁？别乱敲门。"

"找菊花，我家的姑娘，听说和学区的张赫在一起。"一个高嗓门说。

"你没看见房门紧闭，窗帘都拉严了，他和一个穿红衣服的姑娘出去了。外面找去，是不是喝酒了，来闹事也不看什么地方！"看门的并没看到张赫进来。一阵骚动后，院子又平静下来。

菊花告诉张赫，过年的时候，"独眼狗"和他父亲带着礼金到家里来定亲。她抱怨堂叔和父亲把亲生闺女往火炕里推，菊花单独给母亲把这个人的情况说了，母亲听了也不愿意让她嫁给一个吊儿郎当的男人，这样的男人再有钱，也会山穷水尽的。可父亲听信堂叔的话，铁了心说人家条件好，必须嫁。蒋龙父子前脚进门，菊花后脚出了门，给母亲留话，说到邻村的大舅家去。因为没见到菊花，定亲的事便搁下了。那次，蒋龙曾在厨房里塞给菊花母亲十元钱，问她菊花是不是外面已经有相好的。母亲看着新崭崭的十元人民币，心里不免打起鼓来，她支支吾吾了一会儿，最后还是说出了"张赫"这个名字。昨天，蒋龙父子又来了，信誓旦旦地说，这次无论如何得抓紧时间把事情办妥，蒋龙转眼奔四十，再不找就把孙子给耽误了。见蒋龙父子又来，她给母亲说，晚上要到镇上的亲戚家躲一躲。她家镇上的亲戚只有母亲的堂姐，她从中午待到傍晚，借着暮色跑到中学里找张赫来了。如果张赫还没有回来，她准备去别人家躲一躲，正巧张赫在，她便悄悄站在门口，准备吓他一下，不料张赫把一杯水泼到她身上。家里人被蒋龙父子的又一次扑空而引起的愤怒搅得心神不宁，"这姑娘难道家长管不住吗？"老蒋的这句问话彻底激怒了她父亲，他一大早就纠集亲房兄弟四处找菊花，誓将她绑到蒋家去成亲。

A6

凌晨四五点钟张赫就醒来了，浑身的疼痛将他赶下床，要在客厅里走走，伸腰展腿方觉得舒服。上了七十岁，可能每个人都这样，醒着的时间比睡觉的时间长好几倍，年轻时流逝的时间全都聚集起来，堆积如山。菊花的睡眠也不好，一听他这边有响动，不放心就出门来看。女儿刚工作不久，需要好好休息，他俩的动作和说话声非常轻。张赫膝盖不好，走路两腿直直的，像木偶一样慢慢挪，有时还得倚着轮椅或菊花的肩膀，才不至于摔倒。面对岁月的击打，女人的抗击力总是比男人强。多雨高温的极端天气让张赫无缘无故地心烦意乱。昨晚的暴雨，手机广播里已经发布了通河水位上涨，周边山区村庄遭遇洪水的消息。看来今年日子和他的生活一样不太平。

菊花告诉他，昨天小区里一对四十多岁的人离婚了，据邻里说，男的是个小老板，已经有了相好的，对方是个农村进城打工的理发师，新房已经布置好了，准备马上结婚。离婚的俩人已是儿女满堂，菊花觉得丝毫没有离婚的必要，她问张赫对此有何看法。张赫说这表明人家对婚姻的质量要求高，不像我们那时，只要对方四肢健全、五官端正、是个异性就同意了，而且一处就是一辈子。这话菊花听得有点扎心，感觉自己是强塞给张赫似的，一时心里酸酸的，泪水涌满双眼。不知为什么，人老了就容易想心事，容易被小事或无关的事感动，总想着别人好起来，就说这件婚变之事，在她就是一件悲伤和不幸之事。其实，十年之前，张赫也是极力反对那些年轻人说合就合、说散就散的，把严肃的婚姻当成了儿戏。他认为那是因为双方不成熟，婚姻也就脆弱，经不起生活的波折和磨砺，俩人生活不如意，不能归因于婚姻，而应该找自身的原因，比如工作能力、处理生活各种关系的能力以及获得保障婚姻基础的钱财的能力等。他认为婚姻生活就是合伙过日子，人生之路本就坎坷，得相互帮助、鼓励和补缺，以合力的形式抵御来自外部的压力与打击，如此才能安然到达终点。这才是婚姻的本质和意义所在，而不是互相猜疑、内讧和打压。

张赫对待婚姻观念的变化让菊花惊讶，多年的疾病和无法戒掉的酒瘾让他变得不可理喻，可他的人生理念却和子女的观点出奇地相似，是出自真心，还是因为与己无关才随口而出，她不得而知。长期的疾病能让人的思想改变得如此之快，真让菊花刮目相看。张赫走累了，默默地坐下，菊花倒觉得困了，准备去睡觉，张赫此时会显得无比精神，说他梦见了几十年前在鸡川学区时菊花"胆大妄为"的勇敢壮举。菊花听了，倦意从身上顿然离去，她倒要听听在张赫梦中她是怎样的。

有的人梦见未来，有的人梦见过去，有的人梦见冥冥世界，有的人梦见现实，而他真真切切地梦见了过去和冥冥世界的结合，故去多年的人在梦中仍然鲜活生动，恍如昨日。

门缝里塞进来的那封信究竟是谁写的，时至今日，他和菊花还没弄明白。从信的内容上看，应该是菊花的家人，至少也是受家人委托写的。他依稀记得信的内容。

张赫：

菊花已名花有主，请你放尊重点，不要再勾引她了。娶她的礼金是五百元加"四大件"，你有吗？如果有，就于今年二月二来家中订婚，若无，请好自为之，别自讨苦吃！

没有姓名和日期。

菊花在黑暗中提高了声音说，那绝对不是她家的人写的，因为她家压根没有人知道什么是"四大件"，也没有能力想象出五百元这么大的礼金数字。张赫没有理会菊花的辩驳，他想在离世之前，弄清楚在人世间最后的疑团。他感觉往昔和眼前存在着千丝万缕的联系。

张赫起身时有点困难，菊花扶着他去了一趟卫生间。

B12

当张赫一觉睡到第二天中午时，院子里已经热闹起来。明天就要开学了，回老家过年的人都重新回到工作岗位，要重复和去年差不多一样的生活。老师和家属们互问过年好，扫地声、搬桌子声和小孩子们的说笑声合成一支年后复课交响曲。在每颗鞭炮的巨响间隙形成休止符，然后欢呼声像决堤的河坝在院子里哗然而起。寂静了一个寒假的家属院，又迎来新的生机和活力。

无法抑制的内急，迫使张赫起床去外面上厕所。开门时忧心忡忡，他不知道这些老住户对他的态度有无变化，年前可是非常不友好，他是主动问好呢，还是视而不见呢，真是道难题。天空还是阴沉沉的，像要下雪，大家都在忙着生火，一片片紫色的烟雾被下沉的气流笼在屋檐前。他从门缝里观察外面的情形，发现院子里人已经不多了，悄悄开了门，快步跑出院子。厕所在院子外面的操场边上，回来时倒觉得理直气壮，推开房门时，脚下虚软了一下，抽回脚时，一封留有自己脚印的信躺在地上。信不长，容量很大，让他这个乡下教师突然开阔了眼界。从这封的内容他才知道娶媳妇不是那么简单的事，"自行车、手表、缝纫机和半导体收音机"四大件中的每一件，与他是很遥远的，他现在骑的自行车是县上工作的同学买的二手货，也花了三个月工资，一辆新自行车至少要他半年的全部收入。初看像在做梦，又看像是菊花给他提的条件，再看却是第三者恶意的警告。

A7

坐在旁边的菊花听到他的回忆，脸上现出羞涩的红晕，淡淡地笑了笑说："现在提那些陈谷子烂芝麻的往事有意思吗！"说完愤愤地起身去厨房准备早餐去了。天快亮了，女儿还要上班吃早餐，菊花会准时备好丰盛可口的饭菜。张赫独自坐了一会儿便回屋去了，他不想让女儿看到自己狼狈的样子。经过几个小时的活动，疲惫准时找到了他，一躺到床上，眼前那些惊心动魄的往事像晚间的暴风雨，倾泻而来，在他的记忆深处蓬勃复活。

B13

为了摆脱蒋龙的纠缠，菊花几乎每个星期六晚上都来找张赫，肯定要在他屋里过夜，第二天下午才在众目睽睽之下临风离去，俨然一副主人的神态。开头几次，张赫找同事借宿，后来没人要他，只好和菊花睡一屋，菊花在炕上，他在拼起来的两张课桌上。

快到期中考试了，校园里树木葱茏、绿意盎然。王校长把他叫到办公室，严肃认真地告诫他要注意教师的形象和影响，特别在个人作风问题上要严于律己，不要让那点男女之事使个人和集体的名誉蒙受损失。张赫心中早有准备，并没觉得意外，而是态度诚恳地表示一定掌握好谈恋爱的度。听到谈恋爱三个字，王校长觉得张赫对组织找他谈话的要义还没有理解透，便直言不讳地戳破了那层纸，他说："那个叫菊花的工人是城里某领导的准儿媳，你就不要再拉拉扯扯了，你得为你的人身安全和单位的名誉着想，当然也是为了你的光辉前程。天涯何处无芳菲，你这是何必呢！"临出门，王校长语重心长地说："我这是为你好，莫要执迷不悟。""人身安全和单位的名誉"这句让他想到那封信的内容，感觉有异曲同工之嫌，他不免为自己和菊花的安全担忧起来。

回到办公室，张赫准备详细梳理一下他与菊花及家属院的关系时，流言蜚语像夏季来势迅猛的风暴，在校园内外不胫而走！全镇的人几乎都知道，每个周末，一个来自县城的红衣女人和张赫同住一屋，出入成双成对，且已有几个月了。这个事实全校的老师都亲眼看见了，事实清楚！有不怀好意的传言说，两人晚上动静还不小，即使晚上刮大风，隔壁住户被他俩的异响吵得睡不成觉。听风就是雨，没有住上家属院的老师，借题充分发挥想象，勾勒出一副道德败坏、道貌岸然、追求低级趣味的乡村教师的丑恶形象，在鸡川镇的大街小巷以秘闻的形式急速传播。

张赫被蒙蔽在污蔑的风暴中心，当县教育局来人对此事进行调查并向当事人张赫问讯时，他浑然不知，一点没有心理和思想上的准备，来人问他"你们两个晚上都干了些什么"时，他竟然不知话里的"你们"是"谁们"。他的回答让调查组以为是明知故问，或严肃一点就是对抗组织调查。看到张赫复杂的表情，调查组生气地把一堆举报信推到他面前，让他自己看。

面对这些无中生有的造谣和诬蔑，张赫的心在狭小的胸腔里狂跳。他脸涨得通红，低着头瞟了一眼调查组的三个人，一个小伙子，握着笔正等他说话，以便记录；中间秃头、领导模样的男人在翻一份文件和材料；另外一个是王校长，右手间夹着一支笔在本子上写着什么。其实在落座时，领导把两个人的姓名和职务都一一做了介绍，他一时紧张得忘掉了。为引起大家的注意，他干咳了一声，目光对着领导说："没干什么，她在炕上睡，我在桌子上躺着！两张桌子拼一起，正好能放下我。"

"就这么简单？菊花是不是你的学生？"领导问。

"曾经是，现在不是，她已经在县上工作了。"

"你是何时开始勾引她的？"

"我没勾引，是她自己来的！"

调查组调查的核心，似乎就是这几个晚上，他和菊花睡在一个屋里，是不是干了男女之事。张赫一气之下，竟然站起身，让调查组验证他有没有干了那事。校长马上制止，说这个程序肯定要走，但不急，当前重要的是思想问题，即菊花和你一起睡是不是你的愿望。

"以后说不上，但到今天为止，我和她没有一起睡过，是她来找我聊天说话的。"

"那你的愿望是想让她来，还是不要来？"

张赫被问得张口结舌、哑口无言，一阵手忙脚乱后败下阵来。在随后的几天里，张赫便无所事事了，因为他被告知暂停工作，不能出外，要全力配合调查。

这一年张赫二十四岁了，他被周围的人投以鄙视的目光，年轻未婚女子远远地躲着他，生怕如传言所说被勾引。世间之事，也不是一边倒的，有些甘愿被勾引的女人，也找机会向他抛来火热的眼神，向他显露性感的身段，渴望能成为他的女人。张赫被这突如其来的事件击败了，整日躲在家属院小屋以酒解愁，很少抛头露面，他沾酒便醉，红疹满身，奇痒无比，但又无更好的办法，他现在面临的是痛苦与彷徨，需要精神的麻木和沉醉。

对菊花的调查同时进行，也成了案情的关键。当问及男女之事和是否为张赫所引诱而身不由己时，菊花镇定自若地说："张老师自来马家店小学，我就看上了。他是我的理想男友，我发誓要与他同生死共命运。"她反问调查组："自由恋爱有错吗？！"调查组的三个男人面面相觑，他们被这个年轻的农村姑娘追求爱情的勇敢精神感动了，也为她天真幼稚的想法感到惋惜。他们一再强调，这样的鲁莽行为将给她带来灾难时，菊花竟说，想把"生米煮成熟饭"，可张老师太固执，没和她同床，不信就体检。真是被爱情冲昏了头脑，他们面对的是一个不可理喻的、离成熟还差一大截的女工，但她的坦率和勇敢倒是让他们心中升起一丝怜悯和同情。情急之下，调查组叫来了厂里的医务室女医生，让她帮忙。调查组在看到检查结果栏里填着"处女膜完好"字样时，茫然无语！

经过三个多月的深入调查，最后的结论是："鉴于男女双方积极配合调查，张赫虽有引诱嫌疑，但因受害人没有强烈反对，且已年满十八周岁，有独立民事能力，故调查认为，张赫单位要对本人进行批评教育，在谈恋爱上要注意方式方法，作为人民教师不能有伤风化……既然已经形成了共识，张赫和菊花在条件成熟的情况下可通过正常合法程序和途径结婚。"当这个结论在全学区教职工大会上宣读时，张赫心里暗暗乐开了花。眼下是七月，校园里各色花朵争先绽放、姹紫嫣红。田野里庄稼正在开花结果，新的生命像菊花一样朝气蓬勃、年轻美丽，充满着生机和活力。众人口中的结论像是预祝了他和菊花成为夫妻的可能性，纷纷扬扬的传闻已经将他俩逼到了永结良缘的死胡同里，若不同床共枕，似无法给组织交代！有老师开玩笑祝福他说，冷手抓了个热馒头，还有组织上的把关，真是旷世奇缘，一定要把她拿下，永结秦晋之好！

张赫的事有了结果后的第二个星期天，菊花骑着一辆崭新的"飞鸽"牌女式自行车突然出现在镇子上，不久又出现在张赫的房门前。她和三个月之前一样来找他，经过调查风雨的洗礼，他们之间的情感好像被外力推着又加深了一层，双方在互相期待着，见了面情不自禁地拥抱在一起，他能感觉到菊花激动的心跳，无意间看到了她背过身去拭掉羞涩而幸福的泪水。在组织调查的三个月里，菊花没有出现在学校里，也没回家。

人虽然留在学区里，但他的工作换成了以前勤杂工的，那位上了年纪的袖珍女勤杂工从此逍遥校外，成了一名真正吃空饷的人。与此同时，学校里不时出现了几个抽着香烟、穿着喇叭裤、戴着墨镜的长头发男青年。

一天傍晚，镇上一位渴望被张赫勾引的女人，摇曳着性感的腰身，抽着香烟敲开了他的房门。一股劣质的香水味罩住了张赫，同时他被对方的气场镇住了，他有生以来第一次见到年轻女人抽烟。她全身被夸张的乳白色紧身衣包裹着，两个水袋似的奶子挂在前胸，随着身体的移动而上下晃荡，看得他浑身冒冷汗。一双火辣辣的眼睛居高临下地盯着他，像是在一丝一丝剥掉他的衣服，他一米七五的个头越发觉得矮小了。他不知道说什么，尴尬的场面持续了好几分钟，她用目光享受完镇上传说中的多情男人后，从手提包里取出一封信，说是马家店一个赤脚医生留下的，要她务必送到名叫张赫的人手里。在她淫荡的目光里，张赫感觉到自己已经被她无情地强暴了，她带着恣肆享受之后的疲惫神情，留下了那个信封，一起留下的还有她的地址和一句颇有广告味道的话，"喝了才知道有效果！"

据学校老师说，这个女人是镇供销社的售货员，手里掌握着紧俏商品的特供权，也算得上是镇上的实权派人物，只是年老色衰，韶华已逝，本来就不引人注目的色相被过剩的粉蝶戏弄得枝残叶败。她已结婚生子，男人是街头的无业混混。

鼓鼓的牛皮纸信封里，装着三包磨成细末的中药配方，另附一张说明书，说此方专治酒精过敏症，是他祖上的秘方。张赫这才想起多年前的那个晚上，在马家店小学副校长家里，他将一包香烟塞给乡村医生的情景。那个人古里古怪的，怎么和她勾搭在一起呢？世间之事真是无奇不有，凡事皆有可能！

B14

晚间，借着微弱的灯光，张赫仔细研究了那些混合在一起的中药粉末，那只是几味普通的中草药，并没有什么可疑之处。晚饭后，他把那些粉末按说明倒在一碗滚烫的开水里，正常融化，不过是一碗普通的褐色汤剂。他端起碗准备喝时，供销社女人的肥硕身体在他眼前虚现出来。不会是春药吧，这个念头从脑海里冒出来时，药汁已经滑进喉管流入胃里了。

第一天没有发生什么，只是夜里梦见和菊花在一起热烈地拥抱。第三天晚上梦里的女人换成了那个供销社的女人。有关供销社女人送药的事，他一个字也没告诉菊花。菊花也知道他不胜酒力，每个周末没人请他去吃酒，有充足的时间陪她。菊花现在来乡下有时骑车、有时坐车，张赫说为了安全还是坐车，她也同意张赫的意见。周六下午的时候，她在通城汽车站准备上车时，就遇到了两个流氓的挑衅，只因旅客多，她身体强壮，三两下就将两个枯瘦如柴的男人放倒在车站的院子里。同样的两人，在鸡川中学门口又挡住菊花的去路，要菊花跟他俩去见蒋哥。她问蒋哥是谁，说是你男人。她这才有点害怕，细想工友们告诉她的有关"独眼狗"的那些流氓之事，现在证实并非子虚乌有。此时，一阵急促的铃声响了，中学的看门人出来打开大门，学生如潮水般涌出校门，将他们冲散了。这件事让张赫忽然想起那张压在匕首下面的纸条、晚上从门缝里塞进来的信，还有时不时在校园里闲逛的"长头发""喇叭裤"们，这几件事好像是一件事，都是针对他张赫的。

自干了勤杂工，他不再有心思想菊花的事了，可她的频繁出现又让之前俩人的故事有机会续写下去。听了菊花的遭遇，张赫觉得屋里那些污秽还在似的，心里又笼上了恐怖的阴影。第二天，他主动找到王校长，把近期出现的几件怪事做了详细的汇报，还把那张纸和匕首呈送到校长面前。校长看了，若有所思，问他有什么打算。他说，既然大家普遍认为他住家属院没有资格，那他还是搬到办公室里来住吧！

校长瞟了他一眼，一片稍纵即逝、浮云般的笑从他木讷臃肿的脸上浮现了出来，慢条斯理地说："你想好了！"张赫说想好了。

一周之后，有人通知他搬到办公室里来住，工作返回到刚来时的干事岗位，勤杂工的活又分配给了一个新来的年轻小伙子。原来的女勤杂工依旧在学区职工的花名册和工资单上，"长头发""喇叭裤"们从此离开了校园，菊花也没再遇到之前被调戏威胁的事了。

B15

那时，镇上的男人主要的社交娱乐方式是划拳喝酒，每当夜深人静，小镇上空飘荡着此起彼伏的划拳声。这是小镇一天的最后乐章，是青春多余的力比多和荷尔蒙释放的主要形式。张赫对喝酒有着时下众多男青年一样的爱好，只是他天生对酒过敏不易喝，虽然有人说酒量可以锻炼，但接受组织调查期间的过敏症阴影仍徘徊在他的心里，愿望与现实成了一对不可调和的矛盾。面对酒场，他退避三舍，从不主动参与。对他来说，少去喝酒至少有两个原因：一是工资低，没钱喝酒。因为酒场像个大转盘，只要进入，就得隔三岔五为享受酒局提供资金支持，你来我往无休止也，正如后来社会上流行的"喝坏了党风喝坏了胃，喝得两口子背靠背"！二是他还没结婚，得为下一代考虑，不能让下一代成为酒鬼，或先天痴呆傻，若是那样，几代人将不得安宁。当然，若有人，特别是学区领导出面请他作陪的话，也另当别论，即使过敏少喝酒，也能混一顿饭。

张赫熬过了两年全校师生甚至是镇上干部群众的冷落时光后，在这年春天获得了新生。两年里时不时有社会青年向他扔砖头，张赫的头部和身体某些部位不同程度地受过伤害。他曾一度想到过离开镇子，调整到其他地方工作，但因曾受过调查，调离的事儿就被放下了。当他在两年后重新走上久违的岗位时，他感到分外亲切。除了认真地工作，他还增加了一项新的内容——陪酒。

一次，县里来人到公社调研，活动结束吃饭时按照对应关系，需要当地的学区领导陪餐。那是一个中午，学区王校长和另外一个干事进城开会去了，只剩他一个人。有人煞有介事地借王校长的旨意，要他代表学区应酬。三两杯酒水下肚，他期待的红疹却迟迟没有出现，到接待结束也没发疹子，他甚感奇怪，是酒的原因还是那三服药起了作用！

后来的几次与酒有关的接待，证明他对酒的过敏症消失了。

之后的一天，可能考虑到接待上需要后继有人，慎防空白，王校长亲自来到他办公室，对他说接待的关键是喝酒。划拳要赢对方，让对方喝，但他却不会划拳，只会喝酒，不管酒桌上是谁，他总说不会。领导多次在不同场合有针对性地讲："为了工作，你要学习划拳！"张赫真心想把拳划好，可他请了镇上的划拳高手，以茶代酒苦练了三个月，茶瘾大增，就是划拳技艺不见长进。他也曾背地里结合老师说的理论努力自学，结果还是嘴上喊的和手上出的不同步，甚觉滑稽，一气之下，他干脆不学了。他从古文里找来"饮酒"并解释说，这两个字里本没有划拳的意思，这是古意，我们要承古，饮酒的最高境界是品茗、赏乐、对饮！要把心放在品、赏、饮的"道"上，不能放在划拳的"术"上，等等。此后，张赫一直用这套说辞替自己不会划拳开脱，借以搪塞别人。后来他到领导岗位，依然不划拳，在饭桌上放个酒杯，来者不拒。

在交通基本靠走、通信基本靠吼、娱乐基本靠手的时代，喝酒成了男人们不可或缺的乐趣，当然也是让领导高兴的最佳方式。频繁的接待和与日递增的酒宴不免让张赫担心起来，常在河边走，哪有不湿鞋的！尽管那包药暂时起了作用，他怕药效有期限，一旦过了期，过敏症马上会找到他，可能会出现不可预想的状况。他听取众多酒家多年积累的成功经验，喝酒之前用馒头结结实实填满肚子，这样酒量会大增，在酒桌上他从不吃菜只喝酒，而且是大杯子一口闷，这样闷上三五杯，对方十有八九会败下阵去。

对醉酒的恐惧和事先的准备，让张赫在酒桌上只喝酒，从不吃菜、多说话，效果颇佳。王校长自然甚是满意，觉得张赫是个"福星"，带在身边会带来好运。在随后的几年里，张赫成了王校长的贴身秘书，随行左右。两年后的一个春天，学区办公室主任的岗位，愉快地迎接了张赫的到来。

张赫的名字在全县教育系统播下了一颗迅速发芽生长的种子，从局长到干事，可以不知道校长的名字，但一定知道张喝（赫）的名字。局长曾亲口对王校长说："张喝的汇报材料写得比他的酒量还好，这是个人才，局里也缺啦！"绰号"张喝"从此在教育界声名远扬。

因为学区的接待工作远比教学和管理工作出色，从这年开始，每年秋季开学的师生大会上，鸡川学区总能从一辆吉普车里迎来一位县教育局的副局长和两个干事，他们会坐在主席台中央，表情严肃而煞有介事地宣布，鸡川学区被评定为"先进集体"，王校长被评为"先进工作者"。在五百多名师生雷鸣般的掌声里，副局长会将一面棕色的三角锦旗和一张奖状亲自递到校长手上。为了留下这美好的瞬间，镇上唯一一家照相馆里的师傅，被早早地邀请到大会现场等候，在耀眼的镁光灯星光般的闪动里，那个瞬间被定格成了永恒。这是镇里最热闹的一天，学校为了迎接"先进集体"的到来，早在暑期就排练了文艺节目。公社书记在大会上致辞："这是我们公社教育史上最辉煌的一天，值得诸位铭记。"

张赫陪着王校长连续两年在全公社师生大会上获得"先进"后，被一张油印的文件调到城里的西关小学任教了。这个学校离菊花上班的东方红拖拉机厂有一里路，中间要经过一段叫柳树滩的地方，那是城里的戏园子，周围是些季节性的平房和商铺，除节日有地方戏演出外，平时没人。晚上只有一颗朦胧幽暗的路灯陪着四周的寂静。这里曾因一桩离奇的强奸案而变得臭名昭著，让夜行的女人心惊胆战。

厂里的广播播报了这条新闻，但细节语焉不详，新闻之后加了一条重要提示，本厂女工晚上不能单独上街，确有事要去也要结伴。多年之后，一场严打行动才将这个具有黑社会性质的组织铲除了，将其众多案情披露于众，看得人们倒吸一口冷气。

菊花被陌生男子跟踪过几次后，省、市公安的介入让原本成为歹徒下一个行动目标的菊花有幸逃过一劫。现在想起来，她仍然心有余悸。

A8

天完全亮了。菊花已经做好了早餐。女儿在自己设定的闹铃声里按时起床，但她会在卫生间花几十分钟在那张青春的脸上描摹擦拭，好像一天的开端就从那张脸开始，满意的梳妆成了她整天的好彩头似的。在菊花的催促下，女儿好不容易挨到餐桌边，却已接近上班时间，只好马马虎虎应付几口抽身跑了，身后留下菊花不满的叹息和唠叨。女儿天天如此，但她又没强有力的理论说服女儿应该首先从认真吃早餐开始，青春年少不需要太多的修饰。张赫不再过问其他人的生活，他已是泥菩萨过河自身难保，如何将每天升起的朝霞望成晚霞，是他睁开眼睛的最大希望，对他而言，日子只能按天或小时来计算。

今年通城的夏天比往年热得多，气温高好几度，官方说是百年不遇，极端天气频发。小区前面的河道被上游冲刷下来的泥石流阻塞，郁郁葱葱的滨河大道被淹没了，草地和鲜花都葬身污泥。菊花站在阳台上望去，黄泥一片、柴草遍地。女儿走后，张赫被菊花按时喊醒进餐。透过菊花对暴雨之后滨河大道惨状的描述，雾气朦胧中，他仿佛看到还在不断上涌漫布的泥浆和之后将要来临的灾难。他对多年前没能将提案争取实施而感到内疚。他在提交的议案里，明确地表述了过度挖砂阻拦河道、破坏上游植被和过度开采等行为必须马上制止，否则，洪灾不可避免，甚至危及城区居民生命财产安全。可当时他身体不好，说话分量不足，外加努力不够，提案石沉大海。他几乎能感觉到自己栖身的这个所谓临河观景的小区，不久将被越过河岸奔涌而来的泥沙堆成一片"黄泛区"。

要在往常，早餐后他要和菊花一起到外面透透气，可昨晚狂风暴雨，小区周围都是残枝败叶，满地泥泞。滨河大道被上涨的河水淹没了，市政和环卫工人正在忙着全力清污，人车喧嚣，不好再去凑那份热闹。

河水没一点儿下降的意思，看样子，上游正在下着大雨，一时半会儿清扫不干净，他只能在小区的几棵柳树下转转了。

从小区回来，已经是早上十点多钟。他已经很累了，除呼吸系统外，感觉身体的其他器官也开始弃他而去，无法为他服务了，枯瘦如柴的皮肉里已经很难挤出汗水，周身渗出的虚汗是他从骨髓里挤出来的最后的油质，每流一滴都让他气喘吁吁，甚至昏晕过去。菊花开玩笑说，他满身酒味，蚊子哪敢叮，叮了还不得把它醉死，蚊子还要生儿育女，不能就这么饮酒娱乐至死吧。张赫听了觉得也有道理，多年来，他很少被蚊子叮咬。简单清洗了一下，他又回到不得不去的床上，他感觉那可能是他不久于人世的最后处所，他变得多言了，他要菊花耐着性子听他对过去岁月的讲述和回忆，尽管菊花也是局中人，眼下他顾不了那么多。

张赫躺在床上，深一句浅一句，有气无力地唠叨着，不一会儿便迷迷糊糊进入了梦乡。

B16

得知张赫调到城里，菊花几乎每天下晚班都要找他，两人没话找话，总要把时间耗到深夜，这样，张赫不得不亲自送她到厂里去。有时大门已经关上了，没人开，他只好领到自己宿舍住，他找别处借宿。

前多后少，两人断断续续来往了一年多，风平浪静，没发生什么绯闻之类的流言，各自按时上班作息，没什么可说的。风和日丽、晴空万里之时，冷不丁打了一声雷，改变了张赫和菊花的人生轨迹。具体是几月几日，张赫记不清了，但肯定是春暖花开的一个温暖的傍晚。他清晰地记得菊花来的时候穿着单薄的裙子，花枝招展的。那时，他还没来得及做晚饭，菊花也没吃，俩人准备到大街上溜达一段时间后在饭馆里吃。正当他俩满怀信心地走到校门口的时候，门房的张大爷把他叫住了，说局里来电话，让他今晚不要出门，在门房等着，有要事。张赫问是什么要事。门房说不知道，只说等着。张赫心里惴惴不安又莫名其妙，心想，局里有要事找校长去，找我干嘛？随口说："我一个刚来的普通教师，教育局找我啥事，不会是听错了吧！我和朋友到门口转一下就回来了，不会多久的，您放心！"门房一双戴着厚厚眼镜的眼睛直直地望着张赫，惊讶的样子死死地盯着他说："你还是尽量不要走远了，确实是找你的，可能有你事！"

张赫应声出了校门，菊花开玩笑说是不是他又勾引女学生，让人家发现了！？张赫心里七上八下的，没在意菊花的调侃，走出好远，他的后背仍觉得被那双黑洞洞的眼睛盯着，心里有些无可名状的乱。

走到马路对面，菊花高兴地挽着张赫一条胳膊，边走边问："咱们晚上吃点什么？"

"找我能有什么事，不吃了！"张赫随口说。

菊花愣了一下，惊讶地望着张赫说："那我们回去吧，可能真有什么事。"张赫哦了一声，说："有什么事，得先吃饭么。"说着步子才慢慢坚定起来。菊花没再说话，随他向西关市场走去。

市场混杂的人群和吵闹声把张赫脑子里的杂念立马清扫得一干二净，菊花想吃麻辣烫，张赫要了一碗米线。两人吃完饭，便去了通城县最豪华时尚的两个百货商店，直到张赫最后付完一盒雪花膏的钱后，菊花才同意回宿舍。那时已经是晚上七点多钟，街道上升起了薄薄的暮霭，华灯初上。张赫突然想起教育局找他的事，忙拉了菊花往学校跑。

在校门口，张赫被两个男人一左一右架上了一辆绿色的吉普车。菊花被眼前突发的情景吓呆了，她不知道张赫又犯了什么事，被这么不明不白地带走。车在校门前调了个头，副驾上的中年人从车窗里探出头对菊花说："局长请张老师吃晚饭，你回去吧，没什么别的事。"这一句更让她胡思乱想起来。在车里，和张赫坐在一起的年轻人问他吃过饭了没，他不知道应该说吃了还是没吃，现在这个点一般家庭都是吃过晚饭的，他迟疑了一下说吃了。年轻人从黑色的公文包里掏出两个用白纸包着的馒头，放到张赫膝盖上，说如果想吃的话可以吃掉，免费的。说话间，又打开了一瓶汽水，用命令的口吻让他喝掉。张赫有点晕车，一口气将那瓶汽水喝掉了，馒头没吃。转了几个弯，没几分钟，车进了县政府招待所，张赫被告知到了之后，又被架了下来。在下车后短暂的停留里，院子昏暗的四周有好几个人向他围拢过来，他们说着同一句话："人呢，人带来没？！"

张赫不认识他们，只好站在一旁，迅速地回顾自己并不复杂的从业经历。本想粗枝大叶地生活的他，却被生活细腻地进行了描摹，意外发现自己的生活里布满了跌宕起伏的细节，甚至还时不时出现惊心动魄的高潮，比如今天，比如在乡下的"匕首"和"同居事件"。

他想问一下站在旁边的胖子，嘴张了张，有点结巴，又没说出来，心想，不是说教育局的人找我吗，怎么弄得像公安局的。不多时，从餐饮楼里出来一个身材高大，留着大背头，穿着黑皮夹克、领导模样的人走到他跟前，和他握了握手，满口酒气地问："你是张老师吗？"张赫点了点头。他感觉到来自那双肥硕中带着柔软大手的温暖和信心。他不由自主地看了看自己褪色的中山装胸前几块被饮料打湿的印迹，正显眼地跳动着。领导转过身，招手示意跟他走。转弯抹角，上楼，最后进到一个包厢里。领导让他在里面待着，等会有人会喊他。外面完全黑下来了，包厢里空荡而幽暗，散发着浓浓的酒肉气息。隔壁传来响亮而夸张的划拳声和醉意朦胧的劝酒声。

服务员问张赫想喝点什么，张赫有点口干，顺口说："想喝水，有凉开水吗。""没有，要解渴有汽水。""这也行，来两瓶。"两瓶喝完了，他还觉得口有点渴，高挑整齐的服务员两眼盯着他说："领导，汽水是要钱的！"他哦了一声，"那就来一大杯开水吧！"

不一会儿，那位副驾上坐的人进了包厢，坐在他跟前说："我是县教育局的办公室主任，姓姜！今晚地区来了几位领导，特能喝酒，局领导班子都上了，就是拿——不下。"领导把"拿"字说得咬牙切齿，又极漫长，仿佛要让张赫领悟其中的味道和任务的艰巨。"拿"字一出口，服务员悄无声息地退出去了，气氛马上变得严肃起来，像是要开会似的。

张赫朝玻璃窗看了看，院子里已经上灯了，出出进进的人不多。隔壁划拳声似乎停下来了，一个浑厚的声音传来："我说不行吧，王处长可是咱全区的酒家啦！谁能喝过他！谁能喝过他谁就能当处长，古来哪个圣贤不喝酒。"

"不是有一首诗说得好，'古来圣贤皆寂寞，唯有饮者留其名'么！"这是一个女人纤细的声音，"人是唯一会喝酒的动物，也是懂得酒文化的动物。中国人将饮酒与性情志趣结合起来，物我合一，而西方却只品酒本身的质量高低，少了许多情趣和文化的元素。"她听起来温文尔雅，像是很有学问，对酒也深有研究似的。这时，领导凑到张赫耳边，说明这次活动的意义和注意事项后，起身说："张老师，该你上场了，跟我来！"

"我们基层的同志划拳水平低，但喝酒态度好，酒量也不差。"领导一进包厢，就把张赫介绍给了酒桌上的八位领导。一一握手寒暄认识之后，落座，满屋子烟酒味熏得张赫不停地咳嗽、流眼泪。巨型圆桌对面主宾位的那个人就是王处长，其他几个他都没记住姓什么，他试着在脑子里把这八个人的名字与形象对上，除了领他进来的领导姓仇和办公室姜主任，另一个姓车外，那些大众化的姓他都没记住，刘和赵他从小就混淆，领导越说重要他越分不清，他只好统一喊"领导"，这样肯定不会有大错。

"下面由我局的张干事给王处长及各位敬酒！"姜主任站起来大声地说。

张赫甚感意外，自己突然从一个小学教师变成局干事，心里多少有点得意，腰身也跟着直了许多。为表示自己的诚意，张赫站起来，倒了满满一大杯，足有二两，说自己先干为敬。一看瘦小的"张干事"一口咽了二两，身材魁梧的王处长心想，这么猛的年轻人见得多了，只怕喝不了几下。他是专区有名的酒家，心情好的时候能喝三斤白酒，一场普通酒宴下来，只能喝个热身。下基层多年，有时倒能喝好，不是因为酒逢知己，而是因为敬酒的人多，靠人数和"车轮战"才能提升酒的"下肚率"。

张赫喝完坐下。办公室姜主任又站起来说："张干事不会划拳，想和各位领导来个'敬二碰一'，先给领导敬酒一杯，然后再和领导碰一杯。王处长，您看怎么样？"

王处长侧过头看了看身旁的苟局长，意思是要他表个态度，毕竟在他的地盘上嘛。苟局长轻轻一笑，说："今晚我们都没给领导敬上酒，小张这办法我赞成，说白了就是让专区的领导多喝酒么，表达我们县上的欢迎之意。您看怎么样，王处长？"说话间，张赫已经满斟一杯，毕恭毕敬地站到王处长的身后，说："王处长您坐着，您坐着，我喝干，您随量。"

王处长神态自若，把两大杯酒都喝下去了。张赫敬完专区五位领导的时候，三个酒瓶已经空了，其中两位借故出去上洗手间，至酒席结束，再没回来。

敬完地区的领导，轮到县局的，张赫看了看带他来的姓仇的领导，没等他发话，王处长一语定调，"一视同仁，大家都过吧！"张赫又看了看那位领导，希望有新的"政策"，他知趣地厉声说："来吧，就按王处长说的办么。"

苟局长喝完两大杯后，将一大杯茶倒进了肚子，像是三年没见着水似的。随后说去趟卫生间，还特意强调让张赫继续，大家都一样。

本来酒桌上有十个人，除专区领导五人外，县局陪的领导有三人，外加他和出纳小黄，小黄对酒没啥热情，她主要是来增添气氛的。苟局长起身的当儿，小黄紧随其后，说得照顾一下去，怕喝多了出事。现在只剩下六人，包厢里突然觉得空旷了许多，他满身的汗水稍微收了一些。

敬完酒，王处长让张赫吃点菜，别干喝，那样容易醉。张赫嘴里应着，一屁股坐在出纳小黄的椅子上，一股浓烈的脂粉气扑面而来。此刻，他觉得天花板在慢慢地旋转，身体轻飘飘的，眼睛有点迷糊。伸手端起眼前的杯子，深深地喝了一口，才发现是小黄的杯子，里面一半是酒一半是脂粉，他差点喷吐出来，不知为啥，这口水下肚，眼前的人影却清澈起来。

见场面有点冷清，姜主任站起来忙打圆场，让他旁边的人再接着敬酒，那人此时已鼾声如雷，胃里的酒顺着桌子流到地上一大片。王处长见状，忙摆手示意不要动了，让睡会儿就好了。王处长言谈举止依然稳健清晰，他问："老苟怎么样了。"话音没落，出纳小黄几乎是背着苟局长走进包厢。"老苟，今天就喝到这儿吧，我看大伙都不行了。"

"谁，啊谁不行了，你问问小黄，我哪儿不行啦！"苟局长指着出纳说。小黄看着大家，脸上浮出了一层红晕，只是笑着没说话，她把张赫的那杯水放到鼻子底下闻了闻，一饮而光。张赫见小黄归来，忙起身归位，小黄示意不要动，更示意他不要喝面前那杯水！张赫知道为时已晚，只好点头应着。

后来发生的事，张赫记得不太真切，据同桌目睹者说，他和王处长又大碰了十二杯。但他记得第一次和地区教育处的王处长挨得那么近，酒精的力量让他俩亲近得像兄弟，甚至王处长还搂住他的脖子说："兄弟，好——酒量，好酒——性，可啊可堪——重任，啊苟，苟局长！可堪重任。"

时已深夜，苟局长在宾馆三楼通向王处长房间的楼梯口止住脚步，向他频频点头。出纳小黄几乎面贴面搂着王处长，她始终保持着灿烂的笑容，像一颗洗净的葡萄闪着光鲜肌肤，她仰望处长的脸蛋，白里透红、分外妖娆。苟局长下楼时，小黄抓着处长的一只胳膊，扶着向房间走去，在打开房门的一瞬间，苟局长的身体抖了一下，叹了口气，神情寞落地走下楼来。

他们在院子里等到局长下来，便各自回家了。出了招待所大门，他问苟局长要不要等一下小黄，局长背着手像没听见似的穿过马路回家了。

B17

酒场上的张干事仍然是西关小学的张老师。隔三岔五被教体局邀请陪领导喝酒，每次会给菊花带来不大不小的心理压力，好像张赫的每一次赴约是离他远走高飞的起点。她暗下决心，不能让这只煮熟的鸭子，从她眼前的锅里飞掉。在张赫进城的第二年春天，一个微寒的夜晚，趁着张赫的一个热吻，她以少有的温存亮明了态度：不能再这么不明不白地和你待在一起鬼混了，要尽快办理结婚手续，明确身份。菊花的态度柔中带刚，就像带刺的玫瑰。张赫仍然使用了甜言蜜语式的缓兵之计，但在接下来菊花发动的一系列攻势面前，张赫几乎全军覆没，他本人的各路兵马自然被菊花悉数拿下，投诚后被带到东方红拖拉机厂合伙过日子了。

那时，能到国营企业当个合同制工人，是大部分高中毕业生的愿望，有的甚至放弃上大学的机会，提前进入工厂就业。原因是待遇好，即使像菊花这样的临时聘用制工人，除了每月的工资比张赫高十几块，结婚时还能分到家属院里的一套房子，一室一厅外加一个厨房，这在当时的通城县属于极好的住房。张赫因为是县局选调来的优秀教师，单独有一间办公室兼卧室，在西关小学也算是最高待遇，但在国企聘用制工人面前只能是小巫见大巫、自惭形秽了。

陪领导喝酒带来的好处不只是提前完婚，还有"酒家"的名声不胫而走，不仅仅是西关小学本校的老师知道，城区的所有的学校也在传说张干事能喝酒，且酒风良好，堪称饮者中的极品，更为传奇的是他饮酒从不吃菜喝水，喜用大杯，特别是一杯二两标准的。消息在众口传递中润色夸张、变形变味，到后来，他由一个身材矮小的瘦子，传成了腰粗膀圆、身材魁梧的壮汉。一个瘦弱的人民教师变成了健壮的篮球教练。张赫听到菊花重复了这个虚张声势的传闻时，笑得几乎岔了气，她说这是厂里的一个版本，其他地方或许还有更离奇的呢。笑完之后，他告诫菊花，谣言惑众，千万不能信！菊花开玩笑说，这个版本可能是说别人的，不是他。

这些神话般的传闻，让张赫成了通城县初涉酒场的年轻人追慕的偶像级人物，他也不失时机证实本人比传言中的英雄形象更丰满。他面对前来讨教的众多只有二两酒量的人时，神色高傲地吹嘘说："我第一次与地区处长对饮，三斤白酒下肚，依然神态自若，眼不花心不跳，处长跷起大拇指对我说'可堪重用'！

哥几个，你们懂吗？什么叫'可堪重用'，那就是将来一定有出息，喝酒也是技术活。你们闻见酒就醉，蚊子的量能堪重用吗？将来与他人对饮，不喝三五斤能叫喝？！"他甚至搜肠刮肚凑了两句听起来像古人说的话："酒为食中极品，善饮者乃人中精英也！"以此来佐证"可堪重用"。来者听了自惭不如，只好谦逊地给他满上一杯，以示虚心学习。

莎士比亚说："酒，以水的状态流淌，以火的性格燃烧。"但凡喝酒的人都有点血性，半斤白酒下肚，多数人男女不分，开始口出狂言，以天下为己任了。张赫是个例外，喝酒之前倒是能说几句，三杯下肚，便静如处子，两腮红润，羞涩若少女般。这个现象迷惑了好多所谓的酒场高手，被张赫瘦弱的外表下潜藏的海量击败了。

从那次接待王处长后，每有上级重要领导来，局里总要事先通知张赫不要外出，他也知道是去给领导敬酒的。菊花虽然一百个不愿意，但迫于局里领导的意思，她也不敢过多阻拦。张赫有时也并不想去，托词是第二天要上课，喝多了影响教学，当然这话里有讲条件的成分，这点小心眼领导早已看出来了。有一段时间，局里通知他时，让他在家里先把饭吃了，招待所不一定有饭。有时运气好的话，也会有人请他到招待所里提前吃饭，以备不时之用。毕竟他只是个小学教师，没人把他当人物看待，只是个酒囊，到用时往里装酒而已。

B18

省教育厅谈处长是当天下午到的，县上的情况汇报会安排在第二天早上。因为路远，车马劳顿，且时令已近隆冬，当晚虽和往常一样要给上级接风洗尘，但还得加些酒，以热身，有助于晚上睡眠。通城县海拔高，氧气含量相对省城稀薄，省城来这里的人大部分第一晚很难入睡。如果喝上几杯酒，入睡率会大大提高。

事先，苟局长吩咐姜主任侧面了解一下谈处长一行几个人的酒量："如果我们能应付得了，就不要叫他了。"姜主任当即回答："来的都是一帮年轻人，地区行署陪同的是刚提拔的莫副处长，之前均无海量饮酒史，可以掌控，无须张赫。"

落座开席，互致问候，由主宾双方领导先后提议集体碰三杯，也就是通常说的酒过三巡，这三杯可都是一两的大杯，姜主任仔细观察，发现他们三杯下肚，像喝了三杯凉白开，谈吐依然语速正常，语言掌握深浅有度，只是轻声说了声谢谢，并无拒酒之意。

苟局长让服务员先上热菜，让领导吃点再喝酒对身体好。姜主任出去不多时，苟局长借口上洗手间也出去了。寻找张赫的工作就在此时全面展开，整个西关小学和东方红拖拉机厂男女老少都在找一个叫张赫的人，说是"有要事，速到县政府招待所"！张赫的名字一时间连三岁的小孩和退休的老人都知道了，学校和厂子里传递着各种声调寻找"张赫"。人们接受了寻找张赫的命令，挨家挨户敲门推窗或站在院子里声嘶力竭地喊，除此之外，还没创造出有效的新方法。为了确定张赫不在宿舍里，学校看门的老汉在半开的气窗口里仔细地观察了几次，最后断定，说确实空无一人。

当热菜基本上齐，就差一个汤的时候，苟局长用目光询问姜主任，敬酒的人怎么还没来，桌面上县局的几个领导可都敬了一圈，谈处长他们像什么也没发生似的端坐着，彬彬有礼，谦让有序。姜主任只顾着敬客人，加上多喝了几杯，把找人的事忘了，看到局长困惑的眼神始恍然大悟，忙离开酒桌催人去了。

再次接到找张赫的电话的时候，拖拉机厂门卫"马爷"及保卫科的值班人员已经跑遍了厂区所有人能去的地方，遗憾的是没有见到张赫和菊花的影子，有人说他俩吃过晚饭出去了，可马爷极力反对，肯定地说，张赫下班进厂的时候他是看见的，还打了招呼，但出去时绝对没看见。语气里充满着对他眼神的自信。多年前，有个临时工，下班时在衣服兜装了一对指头粗的螺丝刀，被他发现了，何况张赫两口子那么大的个活物。

平时，张赫上下班总是要和这个精瘦的"马爷"打个招呼，摆个手势，虽然那时出进门的人多，但这个四十来岁的马爷一眼就能确定趁机溜进厂里的外人，或偷带东西出去的职工。这一点连厂长和县公安局刑侦大队的队长都是认可的。

姜主任打电话问了西关小学，回答简单而明确，张老师下班回家了，没在学校。那张老师的家在哪里？不就是国有东方红拖拉机厂么。

情急之下，姜主任拨通了厂办的电话。此时已近七点，冬日的夜幕慢慢从四山徐徐合拢，寒气将晚霞最后的光彩销蚀掉了。

突然，拖拉机厂的高音喇叭里传来了"请西关小学的张赫老师速到县政府招待所，有要事商量"的广播。喇叭对这句话重复了三遍，整个通城县的人都听到了，西关小学的张赫老师要到县招待所里商量要事！从此刻起，张赫真正"名扬"整个县城了。

这招果然有效，正在澡堂子里享受沐浴的张赫和菊花同时听到了这个声音，他俩不知发生了什么天大的要事，非得通过只有在应急情况下使用的喇叭来喊，不约而同的紧张让他俩迅速结束了洗浴的快乐时光，两颗湿漉漉的头，在寒风飘荡的大街上，惊慌失措地分别向两个方向奔跑，菊花向拖拉机厂的方向，张赫向招待所的方向。

厂里的高音喇叭是应急通信工具，非到万不得已是不能使用的，若要使用，得请示厂党委宣传部同意。那天姜主任打电话把事情说得严重，说是"省上领导来通城视察，要找张赫了解小学教师有关待遇落实的情况，务必让厂里马上找到"。厂办主任一听来头大，没顾得上多想，操起话筒就喊了三遍。找人的事落实了，但他却得了个处分，如果不是苟局长出面说情，他厂办主任的帽子怕要摘掉了。起初，厂里并没有处理他，只是后来外面风言风语，说是那天找张赫是为了喝酒，领导脸上挂不住，才说要把他的厂办主任免掉。厂办主任只好向姜主任求救，姜主任如实向苟局长汇报了情况，他说情有可原，说完给厂长打电话，说接待工作是目前各单位外联工作的重要部分，厂办主任没有请示上级是因为事情紧急，他也不是损公肥私或为了个人什么目的，还不是为了全县的经济发展么，这点事不至于要处理人吧！如果接待工作搞不好，给咱县上抹黑，损害搞活经济的环境，谁能承担得起这个责任！厂长听了只好给了个处分了事，也算是给苟局长一个台阶和面子。

B19

安排好最后一位客人入住后，已经是晚上十点多钟了。月亮高高地挂在清冽的天空，寒气像针尖似的往骨头里钻。张赫紧随苟局长身后，浑身的酒汗一下缩回了体内，沉重而响亮地打了个喷嚏。苟局长站在招待所的大门前，醉眼朦胧地仰天长吁了一口气说："本想小酌一杯，差点弄成酒家争霸赛了！"站在一旁的姜主任低着头抓耳挠腮，不停地嘀咕："是我的错，没吃透上情！啊没吃透上情……"

苟局长侧过身，抬起左手拍了拍张赫单薄的肩膀说："感谢张老师对我工作的大力支持！年轻人穿得太少了，小心感冒。"随后转向姜主任说："以后有接待的事给张老师早点说么！姜主任，明天的汇报材料准备得怎么样了？"这一句，问得局里在场的几个副局长也面面相觑，愣在大门外做思考状，酒足饭饱的姜主任出了一身冷汗，忙上前解释说，这个材料简单，现在回去马上准备，明天一早保证没问题。苟局长没回答姜主任的话，而是转过身来问张赫吃晚饭了没。此时说这样的话听起来就是醉话，这都几点了哪有还没吃晚饭的。但事实是张赫从澡堂里出来就奔招待所来了，确实没有顾上吃饭，这点像是苟局长知道似的。张赫只好佯装酒醉，嘴里只是哼哼，并没明确答复。仇副局长忙插话说："张老师有个习惯，喝酒不吃饭，要不在这里给张老师带些夜宵！"旁边的出纳小黄瞟了一眼苟局长的脸，应声当当当地在高跟鞋清脆急促的敲打声里跑到旁边的小饭馆里去了。

路灯昏暗，羸弱无力，众人被寒气逼到路边上，茫然不知所措，和张赫一样尴尬地站着。张赫紧了紧身上的衣服，想要把胃里翻江倒海的闹腾控制住。空腹喝了一肚子的酒，此时酒精正在向他身体的各个部位进攻，他有点招架不住了。

"那好，大家都到单位加班，小张也去，我俩再切磋几杯！"局长一挥手，张赫像流浪汉似的跟随着他们去了。

张赫的运气就是这一晚来的，后来他总结出了一句有点哲学味道的话："当你快要挺不住的时候，挺住，因为好运正在向你走来！"

局长看了三遍，对姜主任的材料还是不满意，第四遍的时候，说让坐在身边吃肉夹馍的张赫看一下。一个饼子下肚，张赫比先前清醒了许多，他一边喝茶一边朝局长手里的稿子扫了一眼，没说话，而是想，不就一个工作情况汇报么，有那么难吗？他在乡下学区当干事、办公室主任时，没少写这种材料。天下材料一大套，就看你会套不会套，材料讲究格式，在固定格式里往里装数字就行了，想到这儿，没控制住嘴，话也顺着出来了，估计当时声音还不小。局长本来是想客气一下的，听到张赫这么说，忽一下起身，给张赫斟了满满一杯酒，说有高见！随后把稿子塞到张赫手上，无论如何要改一下，哪怕一个标点符号也行。

张赫干活专一，吃东西时不喝酒，喝酒时不吃东西。苟局长叫他来切磋，其实是想探讨酒道，更确切一点是想趁酒劲弄明白张赫喝酒不醉有无秘方。满杯酒放在眼前，张赫没喝，他得为酒后失言的话负责，只好硬着头皮看了一遍稿子，借着酒气壮胆，提起笔像老师给学生批改作业似的，在每页上认真划拉了几下。苟局长看着满纸的圈圈点点，心潮澎湃，也便吩咐姜主任按修改的重新出一份。

那时出一份材料得用手抄，因为十几页的稿子上都有张赫修改的地方，根本没法剪贴，姜主任只能再抄一遍。出门时狠狠地瞪了一眼张赫，后者却没有发现，自我陶醉地吹嘘文字功夫，像是和酒量一样经得起实践的检验和时间的考验。

苟局长站起身，鼻子里嗯了一声，独自把一杯酒喝了，却没劝张赫喝，而是在办公室里开始踱来踱去，晃得张赫有点眼晕。足有十分钟的时间，他冷不丁又停下来，背对着张赫说："你的材料一定写得不错！"张赫已经让酒怂恿得妄自尊大起来，顺口说："还行，这可不是吹的，鸡川学区所有的学校老师都知道！当初我进城，不就是局里领导看上我的材料，才调到西关小学的吗！难道苟局长忘了？"

正说着，姜主任推门进来，说一个叫菊花的女人打电话找张赫老师。张赫忙说有什么事吗，那是他媳妇。对方说事倒没有，就是让快点回家。苟局长看了看桌上的钟表，晚上十一点多了，他说喝了这杯酒回家吧！遂与张赫一饮而尽！

A9

张赫觉得身上有些燥热，梦中与老局长对饮，甚是欢快，翻了个身后，已经完全醒过来。他坐在床上，酒香依然在脑际盘旋。人到了古稀之年，睡眠既少又轻，周围一有响动就醒来了。床头的桌子上放着一杯开水，他感觉有点口渴，却不想喝水。他把梦讲给菊花听，说到酒的时候，菊花打断他，说他该喝药了，身体虚弱，满脑子总是幻觉。

他这台老机器还在无可名状中超负荷运转，像是要把一生所有的心事粉碎掉，让岁月带走，可事实却是年复一年自己的心事越积越重。这样没有尊严的苟活已经持续了五六年，冬去春来，还将继续下去，他极力想结束眼下的生活，可菊花的照料不让他实现自己的愿望。床、客厅、吃药、轮椅、院子、河边、吃药、床……单调乏味的生活只是为了苟延残喘地活着，不过最现实的是，他每活一天就会有一份退休金，在维持他生命的同时也维持着这个家，这或许是他活着的最大意义，用菊花的话来说，他的苟延残喘在创造价值。虽然前年孙子的出生和去年女儿的出嫁，让他有一种如释重负的感觉，可眼下他周身的轻松自如和无所事事并没有让他的身体比之前更好。他这台机器惯性似的和以前一样保持着高速运转，他怕自己这台年老失修的机器一旦停下来，将无法再次启动！

眼下，儿女们都有了家，为了把清静留给他，他不让他们时常待在身边，儿子在美国和人谈生意，飞来飞去，他已经不再关心了。女儿莉莉和他们在同一个城市里，隔三岔五过来和他说说话，其实他都不想听了，唯一的希望是莉莉来时，他有机会喝一口渴望已久的酒。两个孙子围着他叫爷爷或互相打闹时的情景，会把他带回到艰辛却不乏快乐的童年时光里去，似乎让他重新过了一回无忧无虑的生活，也让他在稚嫩可爱的举手投足间看到自己遗传的影子。他看到儿孙们这么一代一代坚定地向未来延伸，他的人生看来已成定局。他每次看见儿女来往忙碌时，内心有"飞鸟尽，良弓藏"的感觉，他活着成了儿女的负担！人无非是哭着心怀期待而来，笑着满腹忧郁而去。在这人间的最后时光里，他还是想过几天自己想过的日子，不为任何人，只为自己。想到这里，张赫不想喝药，想喝酒。菊花知道拗不过，只好采用了一个"妥协"的办法，如果要喝酒先得喝药！

外孙出生后，张赫在女儿莉莉的坚持下，终于获得每天喝二两酒的待遇，这也算是顺应了他本来的需求，这二两酒下肚，他觉得全身有了精神，身体奇迹般地复活了，那些早已弃他而去的功能又死灰复燃，回忆的翅膀飞得更加遥远了。

B20

张赫进城是苟局长的提议，后来发现他的酒量好，可用在接待上，便把他的材料能力忘了，那晚苟局长才想起来。经过几次测试，苟局长发现张赫的材料水平平时一般，若喝上二两酒，文思泉涌，一挥而就，既好又快，确是锦绣文章。局里商量按预定方案先借调试用，张赫从乡下学区进城也是局领导推荐的。第二年六月底，张赫到局里上班，凡有机会总要安排他写，同时，为了写出好材料，张赫每次要喝二两高粱酒，之后妙笔生花，写出的材料有作法、有经验、有总结，有看头、有说头，结构严谨，毫无纰漏。

借调半年，写了半年材料后，张赫被正式调到教体局办公室。那时没有行政事业编制的区别，只要是吃公家饭，财政拨款，性质都一样。到了局里，他感觉有点居庙堂之高，一览众山小了。苟局长在饭局上只要喝上几杯，总要吹嘘，说自己是伯乐，是"慧眼识英雄、任人唯贤的领导典范"，并以新近挖得奇人张赫一名来佐证。他说："当年刘玄德为得孔明三顾茅庐，今有我苟某人'祝'酒论英雄，堪比当年曹孟德！"这些话，有人听得不是那么顺耳，反驳说："现在是什么时代了，三国演义里曹操可是奸臣！"不管领导怎么说，这事对张赫而言是件好事，轻松地调进县教体局，值得高兴。那时，通城县教育局和体育局职能合在一起，称教体局，下属有一个体育中心和体育运动学校。这对苟局长来说也是件高兴的事，有了此人，大小材料不用愁。可对局里很多人来说就是件坏事，因为张赫的到来抢了他们写材料的饭碗！

张赫整天陪在领导左右，虽不是形影不离，但也是鞍前马后，文能弄墨，武能豪饮。他整天东奔西跑，脚不着地，人不回家，让菊花感觉婚姻是个幌子，并没有起到实质性的约束作用，担心张赫打着这个名正言顺的幌子，在外面干见不得她的勾当。县教体局系统是个大口，管的人多，都是中小学校还有幼儿园、体校的教师，张赫每天不是到这个学校检查就是在那个学校作调研报告。

时日一长，有些女教师开始打张赫的主意，其实就是通过张赫对局长有所影响，以达到自己的一点目的，无非是想在职位或职称晋升上有个快速通道罢了，当然不排除有野心、想当校长的。她们对张赫表现出过于友好的态度，特别是逢年过节来家中走访拜会，一个个打扮得花枝招展像约会似的，弄得菊花醋意大发。从明着来的眼神和表情，菊花能体会到她不在场或他们单独相处时的情景。菊花越想越离谱，总把自己吓一跳。

检查完工作要吃饭，这是常规，也是基层同志与上级领导沟通的机会。期间免不了喝酒，免不了有女教师，因喝多而弄出些在菊花眼里很不检点的行为，也在所难免。可三年之后的一件事，让张赫身败名裂，抬不起头来。人生得意须尽欢，但也是潜在危机的时候。

B21

那时，张赫已经坐上了县教体局办公室主任的位置。张赫刚当主任不久，一位没有住房的副局长找到他，把单位住户的情况和他做了详细沟通，说如果按要求清房，他俩会得到一套一居室的有暖气的楼房，这在当时是一件大事，特别对一个家庭来说。张赫听了自然非常高兴，动手起草清退文件，苟局长看后表示同意并上报局党组会研究后实施。他和副局长强强联手，不到半年时间清退了已经调离教育系统人员占用的三套住房。领导念他清房有功，允许他和家人从东方红拖拉机厂的平房搬到县教体局的家属楼上。

谈论张赫就得有酒，没酒的地方谈论他一点都不靠谱。这是通城酒界同仁对张赫与酒之关系形成的共识。那是夏天，地区行署教育处来人检查普通话推广工作。张赫陪同接待，前后跑了一整天，晚上十点多钟才回家。疲劳加喝了好多酒，晕晕乎乎爬到几楼他没数，凭往日的感觉就推门进去直接躺床上。因为一室一厅，客厅里摆了一张双人床。这就是他家的摆法。原准备躺一会儿再起来洗浴睡觉，躺下却身不由己呼噜噜睡着了。房主下楼倒垃圾，拎着空垃圾桶回来，见床上躺着个人，一身酒气，没细看，以为是自己男人。随手关了门，嘴里嘟囔着，几天不来，来了还喝醉！心里不痛快，便进卫生间洗漱准备睡觉。

女人半裸伏在床上给张赫脱衣服，扣子解到一半露出里面的破旧背心和突起的肩胛骨。心想，她男人是胖子，内衣是上周新换的，怎么像换了个人似的。她将目光移到脸上，发现不是自家男人，吓得惊叫一声，半个身子瞬间悬在空中。张赫被惊醒，迷迷糊糊中，灯影里的菊花变小了，赤身一股电流把他彻底击醒。女人尖叫着跑到内室把门反锁了。张赫翻身坐起来，上身衬衣的扣子已经被解开，他揉了揉迷糊的眼睛，定神向周围看了看，客厅里的陈设不是自己家的，也不像宾馆招待所，他极力回想此前走进家属院门时，守门人和自己打招呼的情景，那是真实的。中年人站在大铁门前关切地问："张主任，好着来么，要不要我扶您上楼？"他肯定地说："好着哩，你忙，不打扰！"院里的那盏路灯总是昏暗的，不怎么亮，他换了好多次了，可晚上回来总是感觉不够亮，眼前迷茫，脚踩不实地面。后来菊花说，已经很亮了，是因为他喝酒了，再亮走路也绊脚、不稳当。他确信进来的院子是对的。院里只有前后两栋楼，各两个单元，前楼是一单元门，没错！要错可能就是楼层，不管怎么说肯定是睡错地方了。

他慌慌张张捣鼓了足有五分钟，才把房门弄开，不料脚被铁门槛绊了一下，踉踉跄跄摔到对门上。那个铁门是用铁条串成的推拉门，撞在上面哗啦啦响。屋里一直无法入睡的退休老校长，听得外面动静大，以为有人敲门。开门见是楼上的张主任，半裸着上身正从四楼李老师家出来！她老公在乡下，一周来一次，今天还不到时间，这是个空档。老头轻轻关了门，怕搅了眼前正在上演的好戏，痛心疾首的样子又像是极不情愿做观众似的。张赫转身推上李老师家的铁门，一边系纽扣一边下了楼。

事情就是这样。

当晚风平浪静。第二天一大早，一楼坐轮椅的女校长就听说了四楼昨晚上演的"好戏"，太阳开始放出热量时，看门的中年人已经知道了。绯闻说张赫像是被人从屋里扔出来的，浑身上下一丝不挂地趴在楼道里。李老师可能有两个以上的情夫，昨晚在同一时间撞车了。院子阴暗的角落被太阳全部照亮，晒足了阳光的老人和小孩子心满意足地收拾马扎准备回家了。这条绯闻像一本起初只有一页的书，经过传播者的不断润色、修改、扩写，成了一本厚厚的传奇之书，到了后来，竟与事实大相径庭。

有半年之久，几乎两栋楼的人都知道张赫的事，单单菊花不知道。直到一天晚上，菊花下班上楼时，撞见四楼李老师家对门的鳏居老校长，将耳朵贴在李老师家的门上神情专注地听着什么，看到她上来，尴尬地笑了一下，转身回家了。家里两口子吵得热火朝天，碗碟混响着。男人的声音很大："你和楼上的酒鬼趁我没在家一起鬼混，你以为我不知道，有对门的目击证人在，不信的话可以把他叫过来问！你们睡了半年多了吧，怎么没怀上啦！我的孩子你不要，他的你得要吗……"菊花边走边想，楼上的酒鬼是谁？她家在四楼，之上还有五楼和六楼，但上面的都是退休老人，不怎么喝酒，难道是张赫？菊花慢慢往上走，一脚踩空差点跌倒。男人后面的话她没听清，便已经走到自己家门口了。菊花想张赫晚上回家迟，原来不是公务接待，而是在四楼和那个女人睡觉，回想这半年来，张赫的每一个举动都可疑，原来与这个女人有关。

菊花回到家里板着脸，往日轻拿慢放的她变得笨脚笨手，弄得什么东西都得响出声来，噘着嘴一言不发，从卫生间一出来就进屋睡了，反身将门摔得整栋楼都能听到，以表达她的愤怒。张赫正好在家里，做好了饭菜，等着菊花下班一起吃，见菊花莫名其妙地生着闷气，自己也一头雾水，不知道她受了什么委屈，发这么大的火。四楼的吵架声一浪高过一浪，顺着水管子零零星星传到五楼。他从几个关键词里感觉到是半年之前的事，终于在年底开花结果，引来了麻烦。要来的事终于还是来了。张赫揣着明白装糊涂，站在门外向菊花做了真真假假的解释，拍着脑袋保证没动那女人一根毛。菊花打开房门追问："毛没动，动什么了？你们几次了？"张赫说就那一次，也是酒后误入其门，他还详细地叙述了那晚的经过和一些容易引起菊花怀疑的细节。菊花不时打断他的描述，不时又让他把话讲完。经过一整晚的审讯式问话，她认为是幼儿园那个狐狸精预谋勾引在先，不然那么晚了，还把门大张开等什么呢？不过，张赫当了个芝麻大的官就不知道自己姓什么，忘本了，变成了好色之徒，原来男人得势都一个德行。当初她真是瞎了眼！

痛苦的菊花只好自己安慰自己。男人在女人面前永远是个孩子，要严加管理教育，就是个好孩子，主动权在女人，不在男人！虽然夜已深，空空的胃还没有睡意还在闹腾。实在太饿了，睡不着！她勉强吃了些饭菜。"张赫，今晚吃这饭是给你面子！"张赫连连点头，比见苟局长态度好百倍。

第二天，小区院子里的人公开议论，说肯定是张赫喝醉了，身不由己，要不就是李老师全力勾引的。但总的来说，没一个好东西！

小区前后共两栋楼四个单元，都是教育系统职工，大部分是学校校长，互相很熟，就像伸出自己的一只手，哪根长哪根短，不用揣摩心里有数。谁家人在哪里干什么，人品怎么样，相互在心里早就掂量明白了，都有自己掂出的分量放在心里。楼上发生这种事，结论早就有了，只是处于地下，大家不想把它抬出来放到太阳底下晒罢了，为的是给当事人留个情面，当事人不把事往出来扯，也没人多事，只当茶余饭后的消食故事罢了。张赫在院子里是有名的大好人，对人客气，有谁来找他办事，能办到的都办了，还不收礼品。他在家里主动做饭、洗衣、带孩子，一样不差，堪称模范。

五岁的儿子没弄明白，这几天母亲怎么对他幼儿园的李老师说那样的话，像是在骂人，李老师总是低着头不说话就走了。男人几天不来就想啦！兔子还不吃窝边草呢！……这些话孩子一句也没听懂。

楼下的男人分析自己老婆不要孩子的原因，可能与张赫有关。既然如此，那就和张赫那个酒鬼一起过去不就得了，在乡镇工作的他自觉退出，在乡下找个女人不也能生孩子么，何必在这一棵树上吊死呢？以后也就少跑这冤枉路。

张赫一直在为四楼的乡干部向他兴师问罪、打上门来做必要的心理和物质准备，直到年底大雪封门，他都没等着，他甚至连那个女老师都没见到，心里喜忧参半，为李老师的命运担心起来。

B22

"错门事件"经过半年多的发酵，情节演绎得愈发"生动有趣"。在这个事件里，男主角张赫年方三十，身强力壮，是情场高手。事实是张赫那时已经三十二岁了，他是积极响应晚婚晚育的公职人员，结婚时二十八岁。众人在描述那晚醉酒场景时说他如《金瓶梅》里西门大官人般厉害，男女之事做得有声有色，动静很大。酣畅淋漓的云雨过后，人自然是累成了一把骨头，像醉鬼般晕头转向，不辨南北。后来，有人在他被贬回西关小学当数学老师时，就这件广为流传的事，友好地问过他，希望他能说出正版来，他却只说了四个字："胡说八道"。

这件事像晃动在张赫与菊花心理上的一道鬼魅无形的阴影，用菊花直言不讳的话说，就是严重影响了夫妻生活。虽然他俩对传闻最新版本的生动细节知道得一样少，但张赫明显感觉到，菊花在床上暴风骤雨般的风格，一下子萎缩成平静而被动的等待，时不时泛起质疑的惊涛骇浪。

有时，张赫在床上正起劲，菊花闭着眼睛，猛然来一句："你翻身起床时看到那女人的什么了，她的身子比我的白还是黑？"这突然来到的题外话，张赫根本来不及思考，只能顺口答非所问："她上身是穿背心的！"

"那她下身呢？啊，她下身光着，你都看见啦！"菊花会流下委屈的泪水，在这个节骨眼上问这样的问题，在她认为是张赫最容易说出实情的时刻，结果事与愿违。张赫在一心一意努力获得自己想要的东西，根本无心进入菊花苦心设计的圈套。

"我没看清楚，她看见我起来时，就到卧室里去了。"

"她光着屁股到卧室去，你也去了？"菊花一步比一步逼得紧，很想把自己身上的这个男人，逼到楼下女人的床上去。

"没有，你想哪儿去了，我醉了，什么也看不见，后来才知道走错了地方，赶紧就出来回家了。"

事情过去都半年了，他有充足的时间准备单位领导和菊花的盘问，他知道这件事不会就这么简单地过去。越是悄无声息，越是暗流涌动。但张赫很难判断在床上的关键时刻，菊花何时会冷不丁提出这样那样的疑问，打得他措手不及。

"你肯定在骗我！"菊花认真地问："那么晚了难道门没

锁？"

每遇这种打了半天雷，下不了几滴雨的时刻，张赫又得详细地再现那晚的情景。菊花津津有味地听着，想要从他的每一次叙述中找到她所需要的东西。完全相同的内容并没有给她留下可乘之机，菊花最终对这件事的性质定义是：张赫是在那个不要脸的强力勾引下，才出现酒醉之后走错门的事。

B23

摁下葫芦起了瓢。家里菊花的疑问风波刚刚平息，投诉他作风问题的信件，在局长办公室的沙发上已经垒了一堆。苟局长也是心存疑虑，真假难分，有时知人知面不知心，何况酒后之人，很少有把持住自己言行的，出点花花草草的事，但"酒后私闯民宅吃豆腐，强奸未遂"这样的说辞就有点严重，何况当前正是大抓作风建设，特别是男女关系问题被列在严肃处理之首。他把张赫叫到办公室，让他从中随意抽几份看看，情况是否属实，是否有来信反映的那样的严重。

张赫看到第一封信里"强奸未遂"这四个字时，眼前一片茫然，便什么也看不见了，也没心思再往下看，剩下的也不重要了，有这四个字，这辈子已经够呛。对他有知遇之恩的苟局长在看文件，眉头紧锁，嘴唇在无声地翕动，蓝白相间的烟云滚滚而出。张赫感觉手里的三张16开的白纸异常沉重，压得他的手不停颤抖，最终还是哗啦一声掉在了地上。有人敲门，局长让他把信收拾好放回原处，过一会再来。

再次看到苟局长吞吐的白色烟云已是下午六点，其他人已经下班了，苟局长坐在夕阳透过玻璃笼罩的阴影里，神秘莫测。张赫想了一下午，没想出来为什么有人用"强奸未遂"这样的词语，这在当时男女作风视为整治干部作风重中之重的浪潮里，这个恶名会让他必死无疑。这一点他是知道的。县委某领导和一位局长就是如此，何况他这个官场上的小虾米。

局长在静默中仍然保持着吞云吐雾的姿态。张赫低着头静坐在沙发上，像个犯了错误的孩子，但他心里明白，事实不是信里所说的那样，这是诬陷，若不信，可让人问当事人李老师去。

办公室里完全黑下来了，"你说这事怎么办？"桌子后面传来局长慢腾腾的声音。

"胡说八道，一派胡言！"张赫义愤填膺道。

"什么意思？"局长又点上一支烟，顺手给张赫丢了一支。

张赫忙解释说，这些信里的内容都是道听途说，是诬蔑陷害，是一面之词，如果要了解事实还得听一下李老师当事人的话吧。

"我相信你做的事没那么龌龊，但谁能证明呢，李老师会证明吗？"

"会不会，都应该听听她的意见，还有我的。"张赫把那晚的情况又复述了一遍，局长听了哈哈大笑起来，把张赫吓了一跳，"那就让纪工委汪书记去调查此事！"

B24

第二次调查持续了半年，比第一次时间长得多，第一次的结论是维持群众举报性质，开除教职。但苟局长对汪书记的这个结论很不满意，原因是他没有把两个当事人作为关键因素考虑进去，而是从对门老人和其他人的嘴里和传言里寻找依据，这哪里是办案，简直拿别人的前途当儿戏，是胡闹，真是"葫芦僧乱判葫芦案"！若果真是"强奸未遂"，得直接受害者李老师出具证言证词，可所有的证据里竟然没有李老师的。苟局长只好让纪工委副书记进行第二次调查，强调要抓关键点上的关键人物，不要过多地把个人感情带到办案工作里去！李老师态度端正，实话实说，当晚她确实是下楼倒垃圾，门开着，回来时看到浑身酒气的男人躺在床上，她以为是从乡下回来的老公，并没在意，其他内容和张赫说的差不多。李老师的男人和对门的目击证人——一个退休独居的鳏夫，且长期以偷窥为癖好，对张赫的行为嗤之以鼻，添油加醋将他渲染成衣冠禽兽外，认为除了开除公职、判以重刑无以解恨。

到第二年春季开学的时候，也就是苟局长到县人大常委会当副主任的时候，县委才对张赫有了处理意见，局领导班子会上把任职和免职两个文件同时宣读。张赫又回到了西关小学，成了一名普通教师。

"吉人自有天相"，张赫不无得意地说这句话里的吉人就是他，"我命中有贵人相扶，喝酒也能进步，睡别人床也没事！"不过后面这句，他一生只说了一次，后来不敢说了。他说李老师和苟局长都是他的贵人。

从教体局办公室张主任（副科级）降到西关小学的张老师后，张赫以副科级的身份在一个春暖花开的下午，到县幼儿园找了一次李老师，他想把对她造成的影响，用当面表达歉意的方式减轻。那年张赫已经三十三岁了。不知为什么，这一年多来，他上下楼从没见过她，菊花别有用意，阴阳怪气地问过他，说你"那位"怎么再没见过，好像搬走了，门楣上尘土三尺厚没人动！那时张赫被自己的事烧得焦头烂额，根本无暇顾及李老师，但有几次，他还特意观察了一下她家的门，像是有人在住，他怕被对门老头发现没敢细察。对她的歉意慢慢变成了心里的亏欠，他铁了心要把自己的致歉亲口表达给她。

幼儿园的老师大部分认识他，直接找她怕引起不必要的误解，他让门房帮着带个话，就说是有个亲戚在门口东侧的滨河路上等她，有事要说。

寒意料峭中，他站在河边的柳树下等李老师。这里是滨河路中段，能完全看到幼儿园的大门，是城区风景最好的地方，从幼儿园出来穿过一个小广场就到路边上了。张赫怀疑门卫把这事忘了，让他白等了半个多小时，虽是阳春三月，但通城海拔高，中午和晚上温差二十五摄氏度左右，下午五点钟时气温开始下降了。他出来时忘了外套，觉得有点寒意。他转身走到广场边上，准备去问一下门房时，校门口出来了一个身穿深蓝色裙子的女人。她手搭凉棚向河边上看了一会后，径直越过广场向这边走来，张赫慢慢退回原地等着。

女人已经清楚地看见他了，在与他相距数米的地方停下，问他："是不是你找我？"

张赫说："李老师，您好！是我找您，怕您不来，假托亲戚，我是张赫，今天特意来向您诚挚地道歉。"

哦，女人仔细看了一下，低下了头。

"一年前的那件事连累了你，都是我的错，真对不起！"张赫说着走了过去，"在你们夫妻间引起了矛盾。"

女人没看他，而是转过身看着学校的方向，侧身说："都已经过去了，还提它干啥！你就为了这事？再没事的话，我就走了。"

"我被下放到西关小学当教师，算是对我的惩罚吧，您现在没有在那里住吗？很久没见您了。也十分感谢在这个问题上你对我的宽宏大量，不然，我就没工作了。"张赫忙上前把之前提来的"喜梅牌"点心双手平端到她面前，"这是我的一点心意，望能收下，这样，我的心里会好受些！"

她没接，也没看张赫就走了，随口说："但愿这次你是真心的！情意我领了，东西你带走吧。"

"但愿这次你是真心的！"这句话说得张赫心猿意马，她窈窕而去的背影，照亮了整个黄昏的广场，她的小巧玲珑和婀娜多姿让张赫突然生出莫名的欢愉和向往，内心阳光灿烂，温暖如春，尽管傍晚的通城仍然寒意逼人。张赫享受着李老师带来的温暖，哼着歌，迎着夕阳，一个人沿着滨河路快乐地走着。

回想自己从乡下进城到进教体局，再到办公室主任，然后回到教师岗位，像一场戏一样情节起伏变化，像梦一样变幻莫测，命运让自己晕眩不知去向。因为酒而升，因为酒而降，差点还丢了公职，从今晚开始戒酒！张赫立志戒酒，这也是菊花一直以来的愿望。

菊花曾经语重心长地说："见好就收，你现在是办公室主任了，到城区学校当个校长，好好教书育人吧！不然，这么下去会出问题的。"可人心哪有底子，他还想着当副局长呢，怎能轻言放弃？可是愿望没实现就出了菊花说的"问题"了。命运真会捉弄人，悔之晚矣！

升也酒、降也酒，竟也一语成谶。

B25

从教体局办公室主任到西关小学当老师，张赫成了通城史上首位"空降"的无职位教师，之前，所有的"空降"都是校长级的，最不行的也是副校长，或是解决了副高级职称的人。张赫转了一圈回到学校时，职称还是初级，备受学校同行和外人的冷嘲热讽。有半年之久，张赫的精神在外游荡，魂不守舍，用他自己的话说，就像一脚从高处踩空跌到平地上，摔得他鼻青眼肿、晕头转向，分不出东西南北，但还得一瘸一拐寻找回家的方向。学校里的"名师"们对他一律视而不见，也是指桑骂槐，说学校是教书育人的净地，不是培养酒鬼流氓的垃圾场，官场上混不下去了，就跑这里来，学校不是收容社会渣滓、藏污纳垢之所……诸如此类，张赫认真听完之后，只好装聋作哑，更有甚者竟然当着他的面，表达此类言论，他只好转身溜走，留下一片戏谑的笑声，响彻在校园每一片树叶上。

出了这档子事，张赫不想在教体局的家属楼上住了，免得低头不见抬头见，单位同事和熟人双方都尴尬。可菊花死活不同意，她认为他是被勾引的，只要没有狐狸精，一切事情不会发生。如果搬出去，那不就是"此地无银三百两"承认自己错了么！

张赫拗不过菊花，也觉得她说得在理，只好硬着头皮、厚着脸面住着。

每天与熟悉的面孔碰面，双方只能淡然一笑，别无他话，每次进出小区，张赫预先自我做精神鼓励，鼓足千百倍勇气，以便迎接那些表情各异的面容。当然有时也碰见苟局长，准确一点应该是苟副主任，但他觉得叫局长更顺口亲切。局长还喊他张主任，每叫一次他脸红一次。

"张主任工作还顺利吗？"

"还行，还行，努力做一个好教师！"

"酒和文章还是没错，关键是要把握好度！"

"我戒酒了，不再喝了。"

"要掌握好度就行啦，有空我请你喝酒。"说完走了。

张赫痛定思痛，想起越王勾践"卧薪尝胆"的典故，便在办公桌前方的粉白墙上，贴了一张自己用一整瓶墨汁写的斗大的"戒"字，以示痛改前非。"戒酒"计划实施初期，他的规则非常严格，只要有酒字或与酒有关的事，他都躲着，甚至对有

"酒"的物品、词语他都要改称。比如"酒店"，他便改称"饭店"，"酒瓶"称"瓶子"，甚至在给学生上课时遇到"酒"字也不读出来，而是嗯一声带过。对酒，他是深恶而痛绝。如果有人约他喝酒，他认为是不怀好意或对他的不敬，有朋友骂他心理变态！

寒暑移节，张赫的戒酒事业在刚满一年时取得了可喜的成绩，在菊花严格的监控下，几乎没人请他喝酒，自己平时也滴酒不沾。

张赫一心扑在教学上，经过一年的努力，他的数学教学年终考核平均成绩在全年级八个班中排名第二，按学校教学规定应该年终得"优秀"，这样，他的教学能力算是与同行有平等对话资格了。校长特意登门想私下里表扬他，希望他再接再厉，以此速度发展，来年有望评上"优秀"，可当他进门看到墙上那个巨大的黑色"戒"字时，想说的话顿时消失了。他知道张赫挂字的意思，站在门口背着手说，精神可嘉，但属乱涂乱画，要他立即还墙壁以清白。说完转身出门。张赫忙跟着出去，问校长有何指示。校长头也没回，丢下一句"继续努力吧"的话后扬长而去。

"继续努力吧！"让张赫越想越糊涂，他不知道向什么地方努力，是戒酒、教学，还是"还墙壁以清白"？

在年终评选出的优秀名单里没有张赫的名字，校长和先前一样背着手站在他的办公室门口，对他说是因为优秀对他没用，张赫现在是副科级，走的是管理职员岗，以后还要出去当领导，优秀给别的教师更有用。这话张赫一半爱听一半不爱听，还没等张赫说话，校长突然生气地责问张赫，墙上乱涂的东西怎么还没刷掉！今天就刷，放假前，教体局要检查卫生，这肯定过不了关。

张赫忙把那个没有装裱的"戒"字揭起来给校长看，说这是一幅字画。校长不相信自己的眼睛，向前一步，摘下眼镜才看清楚墙壁果然是白的。张赫解释说这个"戒"字是他自己告诫自己戒酒的，在眼前已挂了一年，突然取掉感觉心里空荡荡的，怕以后还会和以前一样喝酒耽误工作，如果这个字挂在眼前，会有警示作用。校长听了点点头，说年轻人这么做是对的，有志气，如果想长期在学校教学，想好了给他说一声，让张赫带个班，当个班主任。张赫连连应答，说只想努力当个好老师。他话还没说完，校长背着手和来时一样昂首挺胸转身出了门，鼻腔里只嗯了一声，便扬长而去。

B26

苟局长高升之后，仅仅三年时间，全县的教育教学工作一落千丈，各项工作处于全市末尾，被上级教育主管部门连年通报批评，弄得县上分管领导很没面子，不得不要求县委调整教体局领导班子。原先的教体局在苟局长升迁后，体育局职能由原教体局常务副局长任局长，从教体局里分出去，在县体育中心独立办公，成为县政府组成部门。现任教育局车局长是刚换的有心人，在当年的端午节时，设宴邀请苟副主任指导工作，想从他那里听取整改提高意见。苟副主任是县人大常委会联系科教文卫工作的，请他也在理。

张赫就是在这天上午的时候，被教育局一位吴姓干事请去的。那时，他正在准备给学生布置端午节的家庭作业。学校教导主任敲开教室门，说教育局让他去一趟。张赫问是什么事，他正忙着呢。主任说他不知道，局里来人，听语气有急事得马上去。张赫顾不得拍去身上的粉笔末，骑上自行车和中年吴干事赶往教育局。出了校门，张赫思忖着，是不是又出了有关他的什么事，二十四个月的处分期，早在去年年底就结束了，应该不再会有其他事了吧！他试探着问身旁的吴干事，他说他是刚从中学里调来的新人，什么事都不知道，不过，他看见会议室里摆了水果、糖和茶水，气氛热烈，应该是好事。俩人说话间已经进了教育局院子，这里的一切他倍感亲切。院子里的月季、牡丹、杜鹃……以及外墙边高大挺拔的新疆钻天杨，都有着亲人般久别重逢之感。院子中间的花园里芬芳一片，时不时有蜜蜂飞舞。两年多来，他是第一次踏进这个熟悉得有点陌生的大门。

　　他在车棚里停好自行车，按吴干事说的，小跑去了三楼的办公室，对着一个背影低声下气地问是何急事时，他曾经的部下小木在写什么，没抬头，冷冰冰地说："下午放学后，到县政府招待所'温泉厅'开会，不得有误！"望着这个曾经的下属，比自己小十岁的年轻人，张赫猛一下来气了，他一拍桌子吼道："小木，就这么一句话，用得着我停下课急着跑来吗？你电话上不能说吗！还派个人来叫，真是闲得无事可干，什么意思？你看看，现在还不到十一点！这么来来去去耽搁了一节课，你知道吗？他妈的什么会，我没空参加！"说完摔门回学校了。他的声音算不上吼，但也不小，隔壁邻居肯定能听到。

小木甚觉好笑，心里骂道，你以前是我的领导，现在我是你的领导，还摆什么谱！他抓起电话就给西关小学的校长打了个电话，说："你们学校教师张赫素质真差，这样的教师怎么能在城里工作呢，你让他写出深刻检讨，否则，先把他的课停了。"校长一头雾水，问道："你是谁？"电话那头气势汹汹地说他是教育局，只听啪一声挂掉电话。

校长推开他隔壁办公室的门，正要派人去把张赫找来，一转身正好看见张赫骑着车从校门口进来了，一路铃声向宿舍狂奔而去。校长喊了一嗓子，张赫没听见，继续摇头摆尾骑车狂奔。

"张赫，你知道不知道学校的纪律，上课期间不能随便外出，你外面干了什么好事让教育局知道了？"

张赫把情况给校长解释了一遍，但并没有打消校长的疑问，"就凭这句话他一个普通干事就要停你的课吗？"

"姓木的说什么了？！"

"他说把你的课停了！因为你素质差。"

"凭什么？"

"我也不知道，这不是向你了解情况嘛。"校长背着手站起来，"小张，你可是犯过错误的，局里把你放我这里，是看你多年在局里苦劳的份上，不然早就打发你到乡下小学了！你要感谢组织对你的宽大处理……"

张赫没等校长把话说完，出门骑车向教育局飞奔而去，车子在中午的人群里穿梭，像一尾繁殖季逆流而动的鱼，斗志昂扬、生机勃发。当这尾鱼窜进教育局办公室时，姓木的干事就被紧紧摁住喉咙，张赫非要让他说出个一二不可："你，你啊，你凭，凭什么要校长停，停我的课？"张赫愤怒了，他把小木提到局长办公室里时，气得说话吞吞吐吐。

"张，啊张主任喝醉了，车局长！"小木心里有点怕了，没想到他之前的领导现在才露出真面目，之前可是和善可亲所以可欺啊，今天怎么凶神恶煞般，肯定喝酒了，可在他多年的记忆里，张赫喝完酒是从不耍酒疯的，今天是怎么啦！百思不得其解。

"张主任，你先把人放下，什么情况给我慢慢说！"车局长还是第一次见张赫发这么大火，他当副局长时和张赫经常一起接待、写材料，从没见过有这么冲动的行为，怎么当了几年教师就有性子了，他有点纳闷，便从办公桌后面站起来说："你今天不会是喝酒了吧！"

张赫把手松开，喘着粗气站在门口，用嘴朝小木努了努，示意小木自己把事情给局长解释清楚，他在旁边听着，胆敢胡说，小心挨揍。可小木心里怕，浑身抖着说不出话来。张赫看他这副德行，只好自己说了，虽然越说越来气，终究还是压着火把事情的前因后果讲述了一遍，话语间自然增加了许多有利于自己的形容词，车局长听了勃然大怒，指着小木的鼻子数落道："这完全是你愚蠢无知造成的，不管怎么说张老师之前是你的领导，也是从局里出去的干部，你胆敢让校长停他的课呢！停老师的课，这是需要组织决定的大事，是你说停就停的吗？你以为你是哪根葱？他是我今晚请的重要客人，你难道不知道？你连做人的基本常识都不懂，还怎么干工作？我看你不适合在局里工作！"

听到这里，小木扑通一声瘫在地上，把头在水泥地上磕得通通直响。车局长还是第一次看到小木还会唱这么一出戏，面对张赫有些尴尬。他厉声喝道："你给我站起来，从哪儿学的这些乌七八糟的东西，党的干部怎么能这样？你给我立即起来！你当着我的面给张主任道个歉，处理你的事明天再说。"小木忙起身道歉后，像个小偷似的慌不择路、磕磕绊绊地逃走了。

"我看你今天没喝酒，这事是小木的不对，晚上的事他给你通知了吧！望能按时参加！"车局长瞥了一眼张赫，见还站在那里生气，没表态，他怕张赫拒绝，又补充说："请你来是县人大苟副主任的意思，他对你评价还是不错的。张主任，先坐下喝口茶，消消气！"说着走到张赫身边，拍着肩膀让他坐到沙发上。

"谢谢领导这么看得起我，可我已经戒酒三年多了，老婆怕我再惹事，无论如何是不能让我再喝酒的。"张赫站在原地没动，低着头说："今天的事我也有不对的地方，没什么事的话我就走了。"

B27

晚上六点半左右，苟副主任在车局长的陪同下来到温泉厅，落座后见张赫没在，便问车局长张赫怎么没来。教育局办公室谢主任忙解释，说张老师家里有事，不能来，请假了。苟副主任一脸严肃地说："这也是工作，不能请假，你去请，把我的车坐上去他家请，就说是我请他。"坐在一旁的小木见张赫和苟副主任是这关系，便悻悻地跟在主任后面走出包厢，直到宴席结束，没见小木进来，也没人提起他。

见张赫进来，苟副主任开玩笑说："张主任几年不见，架子大得很，听说车局长都请不动你！谢谢给我面子。"

张赫有点受宠若惊，忙解释说已经戒酒三年了，好不容易得来的战果，不能功亏一篑。苟副主任接上话茬说："不要怪酒，酒是好东西，喝酒能见出人的真性情，那些借酒说事的人，其实是给自己找借口！喝酒要掌握度，这和干事做人一样，如果你喝酒时能掌握住度，你干事做人也张弛有度、有礼有节，形而上地说，就是一个人心志成熟的象征。当然有些人天生不能喝酒，有一两杯就晕头转向，这是对酒过敏，不能再让他喝，多喝会出问题。"说完自己哈哈大笑起来。见众人皆点头称高见，忙补充说，谬论谬论！

领导在场，大家吃饭说话都很谨慎，酒过三巡，还没人敢提出和谁单独划拳敬酒。这要在三年前，张赫早就大酒杯上了。虽说刻骨铭心戒酒三年，但苟副主任今晚特别邀请，就得破例，从乡下进城到教体育局，再到今天这个尴尬位置，张赫全靠了苟副主任的提携。用张赫的话说，苟副主任是他生命中的贵人，对贵人要尊重。张赫后来吹嘘说，他每有酒局必有专车接送，说的就是这件事。车局长让办公室谢主任先给大家敬一轮，谢主任是接张赫班的，他深知张赫的材料和酒量，都是数一数二的，苟副主任更是有名的酒家，他这个三两酒就醉的人难以应付局面啊，心里像有无数个猫在抓，诚惶诚恐，颤抖的手心里全是汗水和酒水，一圈下来借故逃出去再没见人。

车局长见谢主任出去了，知道是躲在隔壁，这是他惯用的伎俩，他不胜酒力也是事实，就不敬酒了，后面还有善后工作呢，得有人保持清醒。按照惯例，由排位最后的姜副局长敬酒，依次顺推，寓意步步高升。姜副局长是张赫之前的办公室主任。出纳已换人，现在是刚从县幼儿园调来的小华，她今晚以茶代酒。局里的同志敬完酒后，车局长便切入正题，请教苟副主任有关如何改进工作的事。苟副主任连喝两杯酒后，意味深长地说："接待也是生产力！"车局长洗耳恭听了多时，却没下文。眼前一暗，苟副主任却起身亲自给大家敬酒了，换大杯满三杯！说感谢娘家人还惦记着他。

苟副主任敬酒意味着宴席就要结束，他看了看张赫，没说话。经过三年多的戒酒修炼，看在老领导苟副主任的面子上，张赫只喝敬酒而不给别人敬，尽管苟副主任看了他一眼。这要在以往，这一眼是让他敬酒的意思，可现在不同了，他是客人，且上午受到狗眼看人低的待遇，心里窝着一肚子火呢，让他敬酒是不可能的事。大家默默地坐了一会，苟副主任说他有事先走一步，车局长随即站起来说今天的聚会就到这里，以后再会。

张赫那天没敬酒，深得苟副主任赞同，他认为张赫是个有骨气的人，也是个能带来好运的同志。这个评价一直影响着张赫后来的人生走向。

B28

　　中秋节这天中午，张赫和往常一样要去学校对面的集市上买月饼。上小学三年级的儿子从端午节过后，就开始念叨这一天的到来，月饼和水果是这个节日必需的食品。当他提着竹篾篮子走到校门口时，有人拦住他，祝他高升，说好运来了也不说一声。张赫听得心里涌出一阵高兴的热流，忙问是什么好运，他自己怎么不知道。两人正说着，有个男老师朝这边喊了一嗓子，说校长请张老师去一趟。张赫手里提着篮子，心里忐忑不安，只好将篮子放到门房的窗台上。这时，他不经意间看到门房的通知栏里有一条"重要通知"：请张赫同志于本周五之前到县人大、教育局和人事局办理调动手续。他一看时间，本周五正好是今天，即今天之前要办理结束，再一看通知是三天前的，他每天从这个大门里进出怎么没看见呢？正想着，有人又喊了一声，说校长找张赫谈话。

　　张赫转身跑到校长办公室，牛校长对张赫很客气，请坐、倒茶、递烟什么的，弄得他很不自然。看着校长像变了个人似的热情地忙碌着，好像他是县里来学校检查工作的领导。张赫心里有点慌乱和害怕，几年来，聆听居高临下的指示，他已经被培养成了学生的模样，在领导面前只能站着不敢坐。张赫站着候了一会，牛校长忙完坐下之后，又让他坐下，他才坐下恭听。

　　"听说你上调了，好事！"牛校长点上一支烟，把肥胖的身体往后仰了仰，扶了扶眼镜对张赫说："在我的争取下，今年准备给你评个先进，可是你却要走了，你的情况比较特殊，尽管教学上有成绩，可大伙都盯着那几个指标，我是费了很大劲才改变了他们对你的看法，我的苦衷你也要理解。听说你要到县上工作，祝贺你！以后发达了万望多关照。"

张赫这才明白是怎么回事，原来他要调走，牛校长才这么客气，他忙站起来说："今天是办手续的最后半天，我得抓紧时间，不然来不及了！通知出了三天，我怎么才知道！"牛校长却说："不急不急，不走也罢，下学期我给你争取个班主任当当嘛，我答应的事一定办到！"

"谢谢校长的好意，我还有事得走了。"说着起身要走。

"还没放学呢，你要干啥去？"校长严肃地问。

"我请假办手续去！"张赫和校长的谈话就此结束了，他跑到门房，问这个通知是啥时写上去的，看门的说是刚写上不久。张赫顾不得提篮子，跑到停车棚里骑上自行车径直去县人大常委办公室去了。

"欢迎你的到来，我们这里虽然是清水衙门，但也有你用武之地。"苟副主任让张赫坐下，让通信员倒了一杯茶，"不急，慢慢说，急事要缓办吗！"

苟副主任听了张赫的情况有点火，他把办公室主任叫来问，"调张赫到咱办公室工作的事早就定了，怎么才通知办手续。"主任说给教育局的调令就是上个星期五发的，到今天正好一个星期了。调动通知是有期限的，张赫人虽坐着，但他心里的火燃烧到屁股上了，强忍着，一听主任这么说，他马上站起来说要赶紧办手续去，不然来不及了。苟副主任一只白皙的手向他晃了一下，示意他坐下勿急，说有什么问题他协调，先把茶喝，办事不在这几分钟，他抬起手腕看了看时间，说快中午了，人家已经下班，下午上班就去办，准能办好！

张赫听苟副主任这么说，心里稍微稳了一些，但还是没有十拿九稳的把握，因为他从镇上进城的时候，光办手续就跑了三十多趟，好几个关键人物是他挡在厕所门口才签字盖章的。那时，他发誓这辈子不再调动工作。

张赫手里拿着人事局的调动通知，还没到上班时间就去找校长。门房说牛校长来得早，这个时候正在休息。他在门外静候到上课铃响的时候，校长的门突然在铃声里开了。牛校长被他吓了一跳，问什么事立在这儿。他说他要调走了，来办手续。牛校长有点生气，说办个手续的事，找他干啥，直接找管后勤的黄副校长和办公室走流程就行了。说完一摔门往厕所方向去了，一股久违的酒香从校长走过的背影里次递向他的鼻孔走来。张赫心里骂道，酒啊酒，真他妈香！

黄副校长对张赫的到来并没感到意外，他用满嘴的酒气说："祝贺高升，以后可别忘了同甘共苦的兄弟！你这事牛校长知道吗？"说着从抽屉取出一沓纸，从中抽出一张，"按顺序整理一下，最后我签字后到办公室盖章。"张赫应诺："您言重了，言重了！只是换个地方工作，有需要我效力的地方，请言说，不客气！"

为快速办理手续，张赫有口无心讨好后勤校长的承诺，竟然在时隔多年后，当他坐上县教育局局长的位子时应验了。黄副校长因为酒后对女同事"霸王硬上弓",被对方"用钝器击伤"后,他老婆将女同事告到教育局。张赫当面调解事件时,黄副校长将多年前张赫的承诺搬了出来,说如果不是当年他顶着压力签字,张赫是调不走的,现在这个人情得加个利息返还。张赫批评说,对方没告你"强奸未遂"开除公职,就是对你最大的包容,还讲什么利息,黄副校长的老婆也无言以对,觉得此事再闹下去怕对谁都不好,只好作罢。

张赫的手续办到"公物有无损害"时,后勤干事说墙面颜色不统一,那个"戒"字后面明显比周围新,得重新刷一遍。张赫有点恼火,说那里是挂画的,当然比其他地方新,这是故意刁难。声音越说越大,黄副校长听到了,赶来调解说,今天先把字签了,手续办完了补二十元不就行啦!

张赫在黄副校长浓烈的酒气里交了二十元钱,办完了所有的手续,那枚红红的印章散发出的也是诱人的酒味,而不是印油味。当他盖完学校的章子,骑车准备去教育局时,对面清凉寺的钟声响了五下,阳光白花花的。这年的秋天来得比往年要迟一个月,院子里的月季虽然显出衰败的景象,但仍与菊花争相吐艳,努力挽留着即将流逝的缤纷夏季。

他随口吟出了明代唐寅的那首《菊花》绝句来:

故园三径吐幽丛,一夜玄霜坠碧空。多少天涯未归客,尽借篱落看秋风。

真是"冤家路窄"!张赫万万没想到教育局人事股盖章的是小木,两眼相对,张赫有点不好意思,不过张赫还是装作一本正经的样子，把调函放到桌子上，说要盖个章。小木没看，就说让谢主任还有分管的副局长签字，然后再来。张赫提着调函楼上楼下跑了三遍，发现只有车局长在，分管人员和主任都没在，张赫有点急，直接跑到车局长办公室，说今天是办手续的最后一天，无论如何得在下班前盖上教育局的章子交人事局，现在都五点多了，望局长能行个好，签字盖章。

车局长看见张赫手里哗啦啦地提着一张纸，他知道是什么事，便招呼张赫坐下。他提起电话道："小木吗，把张老师的手续办了，今天是最后一天，不能再拖了！"张赫听了这话，非常感动，感激涕零地尽说些感谢感恩之类的话，边说边退出了局长办公室。

张赫敲了好几分钟的门，里边没人应答，他刚要推门，小木从里边出来了，差点碰了个满怀。"等会儿，我去上个厕所！"小木把门顺手拉住下楼去了。张赫在这个楼里待了七年，知道楼上没厕所，在一楼，他只好等着，可过了二十分钟了，小木还没来。他只好假装上厕所去找，里面却一个人都没有，正疑惑的时候，门口闪过一个黑影。张赫又回到楼上去敲办公室的门。咯吱一声门开了，是出纳小华，他们已经见过一次面，这时在这样的时刻碰面，双方都有点不好意思。张赫问小木在没，很急的，要办手续。小华说小木没等住出去了！张赫有点急，说他在楼道里等了半个小时没见小木，他不是上厕所去了么，啥时来的？小华的脸哗一下泛起红晕，躲过张赫的目光说，出去了一下就回来了。啊，啊，张赫这才想起他在那边等，人家从这边上来的，但不可能是去一下而是足足二十分钟啦！小华可能在故意撒谎，但他现在顾不得想这些，忙问小木出去多长时间了。她说刚走。张赫站在三楼的过道里，扶着单边楼的扶手向院子里喊了一嗓子：木——治——理！这一喊效果挺好，像一把无形的大手把全体职工从办公室里拽了出来，在过道里探头问小木怎么了。车局长也走出办公室，正好看到张赫，问小木怎么啦！张赫说找不见了！这时木治理从楼梯口喘着粗气冒出头来。车局长说这不来了么，问张赫怎么还没走。张赫没顾上回答便向小木的办公室奔过去。

木治理一边开抽屉，一边唠叨，意思是说他等了半天没等住，然后就去了趟厕所。见张赫没吱声，他又努了努嘴，说出纳小华可作证。张赫看他提着印在手里转来转去，没盖的意思，忙笑着一连说了三声"是是是！木主任"，木治理这才慢腾腾地把印章移到张赫拿的通知书上，好像手里提着一个几十公斤重的铁锭终于放下了，自己如释重负，但又忧心忡忡。他用很负责的语气说："盖章要局长签字，你知道不，今天你用得急，我自作主张盖了，我要承担责任啦！"张赫说知道，还说了些感谢之类的话，这才让木治理把章子盖全了。

"用不要脸的方式获得了要脸的东西"，张赫后来喝醉酒就大谈他的人生哲学，他说在人生关键时期，"要放下面子和架子，以其人之道还治其人之身，适得奇效。"但他的这一行为也让教育局的人对他的人品有了新的看法：看不出来一向温和的张赫还有点流氓气！

B29

一波三折，张赫总算把工作按期调到县人大常委办公室。这样，他和常务副主任又恢复到教育局时的合作状态：隔三岔五总要有一场接待，而第一场接待因为隐瞒了实情，被菊花用擀面杖教育了半宿，两条腿看上去比之前红润了很多。菊花治理男人有一套不伤筋动骨，却绝对痛心疾首的本领，这样就能达到让张赫继续戒酒的目的。第二天酒醒时，张赫发现那张学校里用过的"戒"字突然现身卧室的墙上，下面还有一行毛笔批文：望爸爸以此为戒，不要再喝酒了！儿子张胜利敬书。望着儿子歪歪扭扭的毛笔字，张赫心里一下子来了气，他觉得这种事不应该让儿子知道。他从床上起身准备把那张字画从墙上撕掉时，腿部肌肉剧烈颤抖，竟撑不起他瘦弱的躯体，他只好坐着望"戒"兴叹。今天他是不能上班了，得请假，可家里没电话怎么请？他试着慢慢下床，倚着床沿在腿部肌肉钻心的痛中站起来了，他第一次感觉喝酒带来的皮肉之苦，还有不被菊花理解的委屈，他在心里说，菊花呀，你可知道我这是为了工作，为了这个家才这样喝的，谁说喝酒对身体好，一点不好，但喝酒对工作好，有利于协调解决各种棘手关系啦！想着想着竟也泪流满面。不想了，还是到楼下打电话请个假吧，不然单位有事不好说。

四楼两年前就换人了，是一对老人，据说是那位幼儿园李老师的父母，因女儿离异不适合在这里居住，便与老人的房子对换了。张赫挪到四楼时正好碰上老奶奶上楼来，闻到浓烈酒味时捂住了嘴，随后说："年轻人少喝酒，不然坏了身体，也会毁了家庭的！"这句话像把锥子刺穿皮肤深入张赫的骨髓，将他定在四楼与三楼中间。他为多年前的事感到内疚和羞愧，他应该向这一家人道歉，却没有勇气，他想解释那是误会，但有谁相信呢。他后来的处分就是证据，如果不是这家人的理解和苟副主任的协调，就不会有他的今天。

请完假回到家里时，张赫已经没有勇气把儿子"敬书"的那个"戒"字从墙上撕下来，他被四年前的教训彻底洗刷了一遍。

中午时分，当菊花和儿子进门时，张赫还迷迷糊糊地睡着，儿子学着菊花的样子，在他的腿上狠狠地来了一擀面杖，像是敲在了另外一根擀面杖上，张赫啊呀一声从床上翻起来，惊得儿子将手中的擀面杖扔到地上，木在原地惊慌失措地望着他。张赫声嘶力竭地喊道："我的腿折了，痛死我了！"话音还没落，啪，五个指印深深地放在了儿子娇嫩的右脸蛋上，一股鲜血慢慢从他的嘴角渗出，像一颗清晨莲叶上的红色露珠，一滴一滴掉在水泥地上，炸开一朵朵红色的梅花。张赫的酒一下子醒了，他赶紧把儿子扶到卫生间冲洗，整个洗脸池溅成了红玛瑙，儿子才想起要哭出来，他大声地嚎起来，震耳欲聋，血水四射，张赫也不知所措，不停地往儿子嘴里塞白色纸巾，将哭声塞住后一团一团往外掏猩红的湿巾。儿子看到是一块块的血，被吓住了，停下来配合张赫的清理工作。

菊花听见哭声，举着一双沾满面粉的手，用胳膊肘推开卫生间的门时，儿子嘴里的血已经止住了，但洗脸池里仍然堆放着满满的血纸疙瘩。菊花惊叫了一声，儿子应声号啕大哭起来。

"这是怎么啦！我儿啦，怎么啦！痛死我啦，谁打的？"她惊叫着看到儿子脸上有红色的印迹，立刻明白了。张赫顾不得洗掉手上的血，快速从菊花身边挤过去，一瘸一拐地出了门。在走向卧室时，他感觉到即将到来的灾难，那是菊花明火执仗向自己清算的怒火。

菊花推门时发现张赫从里边反锁了，她忍着怒气，慢条斯理，像吃豆子似的，一个字一个字地往出蹦："有——本——事——你——就——别——出——来！"最后的"来"字说得斩钉截铁，音量也足。张赫躺在床上，仔细听外面的动静，儿子在客厅里哽咽，菊花的这八个字像八根钢针从他的后背飞过，冷飕飕的，最后的"来"字把他惊得从床上坐起来。他想出去争辩，又怕菊花不讲理，她只听儿子一面之词肯定会引起误解，还以为是他对她菊花有意见，借儿子出气。张赫思来想去，决定退避三舍，暂躲锋芒，肚子虽饿得咕咕叫。

张赫躺在床上，迷迷糊糊中感觉不到饥饿了，酒劲却涌上了头，在一阵昏晕里听到大门被打开，然后关上的响声，他看了看手表，正好是下午儿子上学、菊花上班的时间。

菊花是刀子嘴豆腐心，她把张赫的午饭热在锅里。这个张赫是知道的，一起生活十多年了，他对菊花还是了解的。狼吞虎咽之后，酒气被食物的精气冲走了，感觉浑身轻松自如，又恢复到正常状态。每次喝酒之后，不但能带来持久的兴致，还能增加食欲，关于这一点菊花也是心知肚明。每次酒后的夜晚，他会主动温柔地接受菊花的训斥，训斥得越凶，让他们忘掉了过去的一切不快，美好的生活又重新开始。

B30

五年后，苟副主任升任主任，去掉了那个拗口的"副"字。张赫跟着从办公室副主任升成主任。这五年里，县人大的工作无论是县里、市里，甚至是省里都是优秀的，每年能拿到奖牌和奖金。不过这五年，把张赫喝酒的黄金期喝光了，从第六年起，他自己觉得酒过三巡已是眼花缭乱，有好事者细算了一下，三巡过后也就斤半左右，和之前的不倒翁比起来有天壤之别。虽有不适之感但应付日常各类接待还是绰绰有余，苟主任关照他，说只有重要接待，比如他亲自出马的时候张赫才可上场，其他接待工作，让副主任去就行了，张赫这才被解放出来，专事重要接待和苟主任的出行工作，其余杂事均由副主任办理。这样，张赫的工作比较单纯，也就是说比较清闲了。

有些事情，张赫后来在病床上躺了半个月才想明白，为什么苟主任一路顺风顺水，从一名民办教师做到县级干部，而他只做了个科级，还没坚持到终点就下车了。原因是处在接待别人的位置时，要尽力发挥潜能把别人接待好，而当自己被接待时，就要坚持原则，尽量不要打扰基层单位和他人。苟主任自从当了一把手，张赫的接待工作少了很多，有时候半个月不见得有。

从这年五月开始，也就是那次打儿子脸后不久，张赫按时上下班、接儿子回家，有时还做饭。对于这个重大变化，菊花颇感骄傲，她被自己卓有成效的教育成果深深感动。她甚至在后来的一个多月时间里，在车间为几个家有酒鬼的姐妹偷偷"传经送宝"，辅导她们制订了"培养男人"的教育方案，详细到具体时间和方式方法，她们为菊花取得的成果而高兴，也为获得如此重要的神秘"教夫秘籍"而兴奋。

为了保证这个计划的顺利实施和取得预期效果，她们约定了时间，准备在近期同步实施"擀面杖教夫"行动。行动在无声无息中进行，但在接下来的一个月里，实施行动的五个姐妹接连请假，原因是遭遇家暴，除了一个壮实的被"整容"，变成熊猫眼外，其他四个都被打成了重伤，其中一个还造成粉碎性骨折住进了医院。

"教夫"行动变成"教妻"行动后，她们异口同声说是菊花害了她们，那个方法根本不管用。当她们提着擀面杖打向喝醉酒的男人时，并没有出现菊花描述的可人场面：跪下来求饶，发誓再也不喝酒了。而是翻身夺过擀面杖，对着她们噼里啪啦一顿暴打，本来有气的男人见有人在这时候挑衅，借着酒兴发泄多年来的积怨。胖大嫂因为力气大，只挨了男人两拳，其他几位根本不是男人的对手，在酒鬼手下成了解压的工具。

别人的成功经验可能是自己失败的教训，当张赫后来得知菊花关于"教夫秘籍"的实施方案全部失败后，笑得肚子痛了一宿。他对菊花说，你以为世界上所有的男人都像我一样善良！这句话问得菊花反思了好多天，她从此彻底改变了对张赫的看法：男人怕老婆是因为爱她。

"教夫秘籍"事件之后，菊花为赢得姐妹们的信任，认真分析了她们各自在具体操作过程中的失误，说关键是没有把握住火候，在男人情绪最坏的时候尽量不去惹他……一通话说下来，姐妹们有点迷糊：既然男人情绪好着来，那还去惹他干什么，这不自讨苦吃，神经病么。有一位态度诚恳地邀请菊花亲临现场教夫，希望以他山之石来攻玉。菊花用了一个多小时的时间做了深思熟虑，说自己家的事还是自己解决吧。最后她用了一句从张赫那里听来的"解铃还需系铃人"做了回答，算是把她们的疑问完全破解了。此后，再无人提及此事。

B31

成为主任后，张赫养成了晚饭后散步的习惯。一次，无意间经过小区门口"九郎卤肉店"时，一股酒香扑面而来，多年来，他是第一次在这里停下脚步，闻到久违的酒香，香得钻心入骨。他迟疑地转过头去，向店里瞥了一眼，正好和里面认识他的邱师傅目光对在一起。邱师傅是教育局开车的，因为处得好，外加有喝酒这个共同爱好，成了朋友。平日里，邱师傅只管开车不问政治，喝酒也是在没有出车任务的情况下，在门口的这个卤肉店，就着酱骨头自酌自饮几杯。很多时候，旁边总有个笑声响亮的胖女人，那是店里的老板娘兼服务员，也好这一口，经不住邱师傅的劝，如果没有客人，她便坐到酒桌旁笑着和邱师傅喝酒，这种情况下酒钱只收一半。

这晚，邱师傅刚坐下喝了一杯，就看到张赫从门前经过。两人对上目光后，张赫立马转移了目光，没再看邱师傅，而是努力看桌子上的酒瓶子，想知道他喝的是什么牌子的酒，隔着雾气笼罩的玻璃窗，他在外面看得并不清楚，只看到一个白晃晃的瓶子。邱师傅知道他也好这口，忙出来邀请张赫进去。之前，张赫是他的顶头上司，不敢随便在这种小酒馆请他，现在成了曾经的同事，心理上没什么压力，便主动出来邀请。张赫犹豫着，是不是进去，进去么，让别人看见了不好；不进去吧，邱师傅端着满一杯酒，出来站在他面前，笑盈盈地邀请：请张大主任尝尝新出的酒！张赫推辞不过，一饮而尽，他咂巴了一下嘴说："还行，还行！你自己喝着，我前面有点事，就不进去了。"邱师傅听说他有事，便不再客气，握手再见。

一直走到第二个马路口，卤肉馆的酒香还在张赫嘴里逗留，刺激得味蕾不断分泌出欲望。张赫下意识地拍过了全身所有的口袋，照常拍出了一包香烟和一盒火柴，他把烟和火柴拿在左手里，用右手不放心地在全身重新拍了一次，把自己拍痛了，也没拍出钱来，其实他知道自己从来不带钱的。张赫点了一支烟，猛吸一口，但烟的味道里仍然掺杂着卤肉和酒香。饭后百步走是遵照菊花的养生理论，必须坚持的一项雷轰不动的工作。天空像一块巨大的藏青色布片，被无数的烟头点着了，有大有小，微风过处闪闪发亮。盛夏的夜竟然如此美妙，自己工作十多年了，第一次发现美好的生活竟然在别处！他在心里感慨，邱师傅是个懂得生活的人，他不由自主地转过身往卤肉店走去。

卤肉店门口的酒香，在夏夜的热风里，比之前变得更加醇厚浓烈。店里哗啦啦地响着那个胖女人的笑声，张赫在门口站了一会，他相信店里会有人看见他的，因为店外屋檐下挂着一块大招牌，里面的灯光透过巨大的"杨四郎卤肉店"六个字的空隙，把半个街道照亮了。

夜仿佛是一下子黑透了的。他出门时，天还灰亮着，只几分钟，城市就被黑布遮住了。此时，他中等都算不上的瘦小个头，站在那里一点不像领导，像个教书的。他只好在胖女人新的一浪笑声里点了支烟，希望有人认出来，喊一声"张主任，还没休息啊"，好让里面的邱师傅听到，出来拉他进去喝几杯。可他没有等到他想要的结果，失望中转身回家了。

他又一次体验到馋酒的滋味。

他躺在沙发上无聊地更换电视频道，心里细细算了一下自己究竟有多长时间没有喝酒了。自苟主任升任一把手半年多的时间里，他总共好好喝了不到三场酒，因为有一次正接待省上来人时，单位一位副职的老人去世了，他只好中途退场，打理场面去了。说起邱师傅这个人，他觉得挺有意思，没上过学，书上和文件上的字他说都不认识，但对酒瓶子上的字认得很全，甚至连酒精度都能说上来。今晚没再次叫他，可能是他已经和胖女人喝多了，顾不得外面的世界。

为了证实他的推测，在第二天晚上的那个时间点，他专门去卤肉店里买了二斤肉，顺便问了一下昨晚邱师傅是否喝多了。他从里面观察了一下外面的情况，结果令他意外，这个时候里面根本听不见外面说话，也朦朦胧胧看不见外面。据胖女人说，昨晚他没和邱师傅喝，是男人的一个朋友，邱师傅在他走后，提了肉和酒回家了。

张赫从这年开始，基本没人请他赴宴喝酒了，原因是他不喜欢和别人一起划拳凑热闹，一点一点用小杯子将一瓶酒滴光，那样的喝酒方式根本就算不上喝酒，只能惹得他嘴馋。一小杯酒倒到嘴里还没走到胃里半路就干了，这哪是喝酒，是浪费宝贵的时间。他的风格是提起酒瓶咕噜半瓶，之后走人，弄得在场的人颇为尴尬。请他吃饭喝酒的人大多要借此亲近他，希望能借他的高枝让自己有个美好的前景，可他就事论事，说喝酒就专喝酒，不谈别的，甚至连饭都不吃，每一次热菜还没上来，十多人的桌子上只剩下他一个人静静地自斟自饮，其他人不是醉倒趴在桌子上睡着，就是上卫生间呕吐去了。张赫觉得喝得差不多了，便独自起身走人。第二天还有人打电话关心他说，昨晚没喝醉么，他什么时候走的都不知道，应该送一下的，失礼失礼！张赫呵呵一笑说，谢谢关心和美酒。在这种饮酒风格之中，要说事的人没了开口的机会，张赫也轻松地喝了一顿酒。有时，饭桌上最大的领导不是他而是县里或市里、省里的领导时，他只好将酒一点一点聚到大杯子里，临走时一口喝光，算是沾了一丝酒气。

B32

第二年腊月，他第一次掏腰包自己买酒喝。那时，正是各单位年终考核的时候，整个通城县浸泡在接待的浓烈氛围中，张赫在苟主任的领导下，不再参与那些接待工作，由副主任代行他俩的职责。张赫每天下班走过长约一里路的大街，像行走在划拳敬酒的河流里，十多年来饱经酒精考验的胃，不断向他提出抗议，哭诉着两年多没能得到好酒润泽安慰的孤独和焦渴，都被他列举的因酒而引来的麻烦种种说服教育回去了。

走在这样的街道上没几天，苟主任把他叫到办公室，说县教育局局长位子空缺，问他愿不愿意去。张赫一听，感觉领导在开他的玩笑，又一看脸色，一本正经的。这可是重要岗位，担负着全县五十多万人子孙后代的教育工作，是全县人民的前途和可持续发展，也可以说是通城人的未来，通城有多少人梦想当这个官啊！我怎么可能呢？张赫有点受宠若惊，心在胸腔里怦怦乱跳，这么美的事谁不愿意去做，但他不知道怎么给领导表态。他站在苟主任的办公桌对面搓着手不知道该怎么说。苟主任抬头看了他一眼，问："愿意去吗？"张赫嗯了一声后说："愿意，不知道能不能干好！"

"当了主要领导还是少喝点酒！接待的事就交给副职和办公室去处理，就可以了。"苟主任说完这话，拿过手头的文件开始处理了，不再言语。张赫真想跪在他面前磕个头，以谢知遇之恩！主任没说话，有人敲门，是办公室副主任，开门见张赫在，想退出去。苟主任对张赫说："还有什么事吗？"张赫说没了，欣喜若狂地跟跟跄跄走出办公室，副主任迎面笑着点头进来。

整个上午，张赫一个人待在办公室里，嘴里哼着小曲，什么事也没干。张赫在众多浮想联翩的内容里，主要有三件事：一是有关酒的事，当了局长自然会有人请酒，这是很重要的，但领导说了酒还是少喝为好！第二件是那个幼儿园的女教师现在哪里工作，情况怎么样，他得关照一下；第三就是西关小学的那位牛姓校长，三年里对自己像敌人一样无微不至地进行打击，在他办调动手续时企图隐瞒调动通知，差点误了他前程的人，他也要过问一下。

大约有一个星期的时间，张赫走过那条酒肉横飞的街道时神情端庄，气宇轩昂，丝毫没有打动他走向局长岗位时坚定的步伐。那年他四十五岁，是县里规定担任主要岗位年龄的上线，他正好赶上最后半年的时间。

任命通知来时，已经是第二年的阳春三月，向阳角落里的桃花开始含苞待放，通城桥下的河水漫上了冰面，冬花像夜晚的星星绽开金灿灿的花朵。苟主任亲自送他上任，在全县中小学校长、学区校长、教育局全体干部参加的大会上，张赫作了表态发言，文采飞扬、声情并茂，有态度、有担当，有想法、有思路。分管教育的副县长对张赫的讲话大加赞赏，说"通城的教育事业将在张局长的领导下取得重大突破，我们拭目以待"，掌声雷动，淹没了组织部部长代表组织对张赫的鉴定讲话。

为了写出一语惊人的讲话稿，据菊花后来说，张赫前天晚上喝了半瓶"陇花二曲"。一大早，苟主任就闻到了酒味，他有点生气，自己推荐的干部在任职前一个晚上竟然大吃大喝。但第二天的表态发言除了文辞华丽外就是逻辑严密，用苟主任的话说，就是闪耀着管理的智慧和光芒，他没想到张赫给自己写材料只用了七分力，人才啊！又一次证实了自己是慧眼识英雄的伯乐。

一个酒鬼靠写材料坐上了教育局局长的宝座，这些风言风语传到领导耳朵里时，正好是每年一度的人才工作大会要召开了。县委书记在讲话稿里加了一条，谁能写出一篇对通城县发展有见地的文章，常委会认可，就给谁解决待遇，自然是科员解决副科，副科解决正科。书记的讲话以"不拘一格用人才"的栏目在县广播电视里播放，成为当年组织人事制度改革的一项重要举措，也成为首次公开选拔年轻干部的一项民主制度。这个公开的用人导向让通城县三成副科级干部跃跃欲试，纷纷给县长或书记上书谈通城的发展策略问题。这三成里有两成竟然喝得酩酊大醉之后去写，结果一个字也没能写出来，睡了两天醒来后直呼上当，说喝醉了根本无法写材料，李白和张赫都在撒谎，我们全都上当啦！

三个月后，三成副科级里确有几个材料写得不错的，被调到县委和县政府还有其他几个部门的办公室里把关材料去了。在没有实现愿望的副科级的再三追问下，这几个解决了待遇的佼佼者坦言，喝了酒，确实写不好材料，他们试过了，只有大脑在相当清楚的情况下，才能正确地思考问题并准确地表达出来。张赫是个奇人，他们中的某一位曾在旁边见证过张赫边喝酒边写材料的情景，就像常人边喝茶边写作似的。

张赫从局里的工作分工表上看到，当年为了逃避给自己盖章而躲在厕所的木治理，现在是办公室主任，出纳是华娜娜，但他却没找到之前的出纳黄小美的名字，按年龄她还不到退休时间。他离开教育局的时候，她才三十出头，可能调走了。其他几位副局长都是新人，十多年里班子换了几茬，现在这几个他都认识。

他想了解一下近五年全县的教育情况，让办公室准备一份材料给他，用两天时间准备，应该没问题，因为他曾经在办公室岗位上干过，知道整个过程需要的时间。

新官上任，张赫做的第一件事是调研学校教学工作，从整顿教师特别是学校管理层的作风开始。他不打招呼直接现场检查，第一站就是西关小学。

B33

早上九点钟，张赫带领分管基础教育的副局长及教育股的负责同志，已经站在西关小学校长的办公室门外，等了约二十分钟，还不见这位大名鼎鼎的牛校长的影子。阳春三月，学校大门前的花园里迎春花、樱花、杜鹃花和桃花、杏花一树一树开得五彩缤纷，像一朵朵彩云拢在院子里，仿佛这个时不时还飘着雪花的西部县城，已经进入仲春时节。阳光从校园墙边高大的杨树后面升起，照在他们站的地方，暖暖的，天空一丝云彩都没有，蓝得让人心慌，望久了，感觉像要掉进蔚蓝的大海里似的。花香袭人，教师和学生出出进进，乱哄哄的，他们知道这个时候校长还在家里或外面睡大觉，没人监督。

学校的清洁工看见院子里停着车，猜测肯定是领导，比校长官大。他停下手中的活，走近前问几位领导找谁，是不是找校长办事，副局长问他，牛振兴何来。清洁工听到这个衣着整洁的高个子敢直接叫校长的名字，肯定是上面的，他提着扫帚思考了一阵，觉得还是实话实说，牛校长影响不好，教职工多有怨言，今天碰见上面的领导也是机会。想到这里便说，昨晚，牛校长和杜美丽老师一起走得很迟，快十二点了，当时他正要准备锁校门呢。杜老师是学校的音乐老师，是文体组组长，早上如果没课，一般是不来学校的。牛校长有时来有时不来，他没代课，校工说他之前是学校的美术老师，因为和校长关系没处好，就在后勤干清洁，活倒是不重，可以搞一下自己的专业。张赫听到这里，转身问他叫什么名字，他说叫冉丹。副局长接住话说："冉老师的画在全省都有名气，我还不知道您在学校干后勤。"说着转脸看了一下张局长。张局长没说话。冉老师让他们先到门房等着，清早外面凉，他去找一下其他三位副校长在不。昨天校长就通知了，让把校园打扫干净，今天有领导检查工作。正说话间，一个睡眼惺忪、穿着厚棉衣的人，骑着自行车进了校门。这是管教学的谢副校长，之前是局办公室主任，他认识张赫，忙从自行车上跳下来，把车塞到清洁工手里，打开办公室，请张局长一行到屋里坐。

张赫没动，副局长问牛校长在哪里，局里不是通知今天来西关小学检查工作么。副校长像是没听懂问话似的，他只是摇头，说没听到牛校长安排。见张赫还站在院子里没动，他忙跑到办公室打电话到校长家里，家人说有新领导今天要到学校检查工作，牛校长在学校加夜班，一宿没回。听了这话，副校长神色焦虑、不知所措。牛校长和音乐老师的事在学校里几乎是众人皆知，就是他老婆不知道。两人有时几天不露面。

张赫在西关小学工作过两次，前后八年，校长一直是牛振兴。他中等个头，黑脸白齿，走起路来摇摇晃晃，两条胳膊似乎比腿长，有点像大猩猩，一双圆而大、神情暗淡的眼睛藏在一副茶色的眼镜后面，像双管猎枪对着你，神秘莫测。因为对属下凶悍，无人敢惹，社会上流行叫他"牛魔王"。曾有人多次向教育局和县委县政府投诉，要求撤换他，结果是牛振兴依然如故，写信的人逐一被清理出西关小学，去了乡下，此后多年来，教师敢怒不敢言，便由着他胡作非为了。据说只要有美女教师走进这个学校，除了和他上床或被调走外，别无出路。当然这只是一种不着边际的说法。张赫本人，也曾领教过牛校长的威风和厉害，教学之余，满耳都是牛校长醉醺醺的谩骂声，那声音，像是谁被装在破旧的牛皮袋子里发出的沙哑沉闷的呼喊。

谢副校长带着他们检查完教室、校舍等，重新回到前院的时候，牛校长和杜美丽一前一后进了校门，看样子是校长骑车带她来的，浅色裙子的后面还印着一圈"飞鸽"自行车后架上的泥土。牛校长可能没有看到后院里有人，哼着小曲，将自行车停到办公室门前，像往常一样高门大嗓喊"老冉"，见没人应答，一脚踢开办公室的门，"老冉，你聋了吗！"又没人应答。这时，他才转过身，准备再喊一声这个中年校工时，发现后院里转来了一队人。

牛校长张开的嘴慢慢合上，憋在肚子里的气没有喊出来，全部渗到脸上，本来就黑的脸，现在变得像酱猪肝，全部是绛紫色。他三两步退到院子中间，伸出双手、张着大嘴向张赫跑来："哎哟！张局长亲临检查指导工作，不是说九点钟到吗？按照惯例，说九点其实就是九点半的意思，我理解错了！昨晚加班弄汇报材料到凌晨才睡了一会，没想到睡过头了，真是该批评啦！"说着，双手握住张赫的右手，使劲亲热地晃动。

张赫瞥了一眼他虚肿的脸，闻到一股酒精夹杂着雪花膏的特别味道。那双手像一对厚实的熊掌，只有厚度没有温度。"牛校长晚上加班忙啊，在哪里加？"张赫故意调侃了一句。

"在学校写材料，这位是谢校长，您是知道的！"他指着旁边的谢副校长说。谢副校长一直微笑着没说话，表情和先前没有什么变化，"你把会议室门打开，抓紧收拾一下，我陪局长检查。"

张赫仔细地看了，学校这几年没怎么变化，比他几年前调走时还破败，基础设施和教工宿舍多年没维修，教体局每三年拨付一次数额并不小的维修经费，不知用到哪里去了。张赫在随后听取汇报的时候，明确要牛校长把近三年校舍维修费的支出情况详细汇报一下，同时，在会议结束时他要带走一份牛校长所说的昨天晚上加班的材料。

牛校长一言不发，两只眼睛瞪得像牛铃，失去了往日的阴冷，而是布满了恐惧与不安。这两份材料自然是没有的，张赫在汇报会上只听到了校长天南海北地胡扯，他从当校长的第一天说起，哭诉了自己十三年的艰苦岁月，和昨晚通宵达旦地忘我工作，从教师素质差到不务正业找领导麻烦，等等，口若悬河。

张赫听得实在不耐烦了，打断他天马行空的虚构，说你昨晚上既然加了一晚上的班，那材料呢？"材料不够完善吗？"啪的一声，张赫拍着桌子，倏地站起身说，"你昨晚怕是干别的事去了，没写材料吧！中午下班前把'三年内校舍维修费支出情况'和'三年工作总结及下一步打算'两份材料送教育局！"

目送着张赫一行上了吉普车，扬长而去，校长和几位副校长僵在院子里，面面相觑，似乎对局长的发怒不明就里，其实大家都揣着明白装糊涂，只有牛校长像真的不明白，难道他的事，局长都知道了？

中午加班送来的材料没有主次，眉毛胡子一把抓，乱成一团麻线，理不出个头绪，不知在扯些什么。张赫隐约感觉到西关小学已经让老牛糟蹋得不像样子了，真正有能力的教工都调走了，剩下的连个像样的材料也拿不下来。他很生气地让司机把牛校长事先装在车上的酒退回去，当他看到学校维修费几乎用于接待时，对此人的所作所为就不仅仅是痛恨了，而是感到悲哀，一种对通城县人民不负责任的悲哀，一种教育行业出现如此败类的深恶痛绝。

经过一个多月的走访调查，张赫终于列出了一份不务正业的酒色之徒及全县教育界害群之马的黑名单。

B34

张赫的人事调整方案还没正式出炉，找菊花送酒说话的人在家门口或单位排成了队，一波刚走一波又来。菊花看着人家低三下四把她当成一尊佛，笑得脸上都荡出了波浪，眼睛里笑出了泪水，她第一次让人这么抬举，感觉像是坐在云雾里，一松口便都收下了。她知道张赫当了局长，知道他喝酒已经成瘾，可这些人为什么非得找她送酒呢？这不是故意为难她吗！可人家的回答却是，张局长喜欢喝酒不是，人家一喝就能写出好材料，所以得送酒。另外，局长忙，平时找不到人，所以得从她入手，多吹枕头风，效果肯定会更好。最后人家必须说明的是，他是哪个学校的谁谁，两瓶酒不成敬意……后面一串话，听得她好像不收这礼就是对不起人家似的，感觉张赫喝酒是为了全县人民的教育事业，人家送酒也是为教育事业贡献一份力量，她也应该舍小家而顾大家。

菊花每次下班回来，手里总是提着好几袋子酒，喘着粗气爬上五楼时，满面春风。她虽然一直憎恶酒，但觉得当下是个例外，是为全县教育工作出力。张赫虽爱喝酒，除了外边有接待的宴席，他从不喝下属的酒。这是他给自己定的规矩。如果没接待，他忙上一整天回家，总要在家喝廉价的青稞酒或高粱酒。只要不影响正常工作，菊花从此不会过多干涉张赫喝酒了。但菊花提来的这些酒张赫一滴都没动，说让她合适时候退掉，他知道这里头的利害关系！可菊花似乎觉得张赫根本不会当官，人家送东西只是想弄点好处，又不抢他的局长，有什么好怕的，对他来说，也就是举手之劳。比如评优秀，给张三、李四、王瘸子，谁得不都一样么！不过，她也知道，不能收钱，那叫受贿，是要坐牢的，这点在她心里有一条红线，也叫底线。

因为这事，张赫经常和菊花闹别扭。直到现在，当菊花提着自己掏钱买的酒回娘家时，他头脑中就会浮现出多年前菊花拎着别人送的酒袋子，气喘吁吁上楼的情景。

A10

　　菊花准备出去买菜，手里提着个装酒用的红色袋子，哗一下推开门，把正在半醒半梦之间的张赫惊醒了。每天晚上，张赫要喝一袋酸奶，医生说有利于肠胃，菊花进来是要问他喜欢什么口味的。平时他喜欢草莓味的，有时也有例外。男人活到七十岁左右，思想仿佛又回到童年似的，感性多于理性，随时可能改变计划和想法，别人到这个年纪最怕的是死，可张赫对死似乎期待已久，苦于被人看管而不得，他想通过不断减少饮食、增加每次的饮酒来实现，可酒这东西和五谷一样，喝了之后，人又精神起来，一直将他保留在这有吃有喝的人间。

　　张赫看见袋子，有些生气地说："家里那么多袋子，非得提个酒袋，你俗气不？跟乡下人一样！"他感觉菊花是不是在怀旧，重新体验别人送酒的感觉。这话说得慢条斯理，可说到点子上了，击中了菊花的软肋。听到这话，菊花将迈出去的一只脚又收回来，在原地停了一下，在厨房里换了别的袋子，径直出门了。张赫感觉到身体里有个巨大的漏洞，他好不容易积攒的力量，准备用时，全没了，身体像泄气的皮球，筋骨都叫岁月偷偷地抽走了，尽管看起来还有一堆硬骨头，其实那是软的，就是一摊橡皮泥，他此刻的形象是命运捏出来、终将归于土地的形象。他感觉越来越虚弱，整个回忆在梦中进行，哪些是往事的记忆，哪些是梦，他眼下很难分清楚。

B35

九十九天过去了，经分管领导原则同意，张赫提交县政府常务会议研究的人事调整方案，杳无音讯，似石沉大海。那些在调整之列的人，通过菊花隔三岔五送来名酒名烟，源源不断，塞满了家里的犄角旮旯，想以此缓和或改变张赫对自己的看法，从而获得理想的岗位，保持原状或加以提升。甚至有人偷偷将菊花的父亲用自行车接到城里，好吃好喝之后送到家里做菊花的工作。这位多年前认为张赫一穷二白，没有多少发展前途的农民，自从张赫调整到县人大办当了主任，他的态度由阴转晴，一下子彻底改变了自己的看法，逢人便说从当马家店小学校长的那时起，他一眼就认定张赫是株当官的苗苗，菊花嫁给张赫最终是他英明的决定！听的人笑着走开了，窃窃私语，那想嫁城里独眼龙的英明决定是谁的？！菊花和父亲十分乐意被认识或不认识的人以各种名义接二连三地邀请去吃喝，应酬排得满满的，好像真正的局长不是张赫而是菊花和她父亲。菊花感觉渐行渐远的青春又返身回来，身体里潜在的魅力终于焕发出来了，吸引了那么多男女想和自己吃饭，有几个年轻帅气的男子还向她大献殷勤，搅得她春心荡漾。看着自己的男人如一把干柴，内心竟第一次冒出看不上张赫的念头。她不屑地在下午出门时吩咐张赫，晚上下班给儿子做饭，说她有重要接待。

菊花的魅力不仅仅体现在有人请她吃饭并送礼品上，连她的厂长也说她能力超凡，有商业天赋，想提拔她当销售部副主任，条件是菊花在规定的时间内拿下潜在的几个大客户。但当副主任之前必须解决"农转非"户口这个难题，厂长说，对别人来说这是个大难题，对菊花就是小菜一碟。菊花听了满怀信心，在不到半年的时间里解决了一半客户，厂长在半年总结大会上声音洪亮地讲道："今年，我们要打个翻身仗，在厂党委的正确领导下，在销售部门的努力下，销售工作实现了任务时间'双过半'的可喜目标，全年有望彻底转变厂子连续五年亏损的局面，实现历史性转变。"菊花也在会场，这次会议她听得特别认真，厂长虽没有点名表扬她，但"双过半"的可喜目标就是她实现的，这一点毋庸置疑。她没有得到表扬，心里有点闷闷不乐，会后的一件事却让她把这点不快丢到了脑后了。

大会最后一项是厂劳务人事部的通知，说让各中层干部留下开会，菊花列席。会上大家一致同意把临时聘用工菊花同志从车间一线调到办公室协助主任处理接待工作，正式接收她为国营东方红拖拉机厂合同制工人，同时解决城市居民户口，安排劳务人事部尽快办理相关手续。听到书记最后的总结讲话，菊花哇地惊叫了一声，把在场的二十多人吓了一跳，齐刷刷将目光聚到她脸上。菊花忙站起来道谢，说幸福来得太突然，她一时没有心理准备，有点接受不了。会议室里哄然一笑。

几十年过去了，她第一次被生活打扮得如此美丽性感，幸福带着厚礼来到眼前时，让她猝不及防。后来，她说，运气来时，挡都挡不住，随手在地上抓一把石头都会变成黄灿灿的金子，比登天还难的事一句话就解决了。她说的就是城市户口，这在当时确是一件超难的大事，有了它，生活中的很多麻烦便迎刃而解了，比如孩子上学就业和自己的生活保障等。

当张赫忙完工作回到家里时，上小学六年级的儿子已做完作业，正一个人神情专注地看动画片。空荡荡的家给他带来无可名状的难受，像是自己做了一件十分愚蠢的事，千辛万苦得来的东西，突然被别人堂而皇之地拿走了，而自己只能眼睁睁地看着，毫无办法。

菊花被县里一群有地位的人奉为座上宾。每次享受完贵夫人的礼遇后，总有人送她回家。在大小不一的礼品中，磕磕碰碰地塞进门来。张赫看着她神色妩媚地放下手中的东西，洗漱后去儿子房间亲一下那张熟睡的脸蛋时，总要严肃地在客厅等待她春风拂面地来给自己"安排"工作。听完她的讲述，他并不表态，而是对她动之以情，晓之以理：不能再这样吃吃喝喝了！可菊花依然陶醉在被"围猎"的享受里。如果半夜喝了酒回来，她不给张赫描述晚宴的情况，而是用席间别人的话来教训他。每听到此处，张赫会悄然离去，让她一个人自言自语。

张赫还是坚持喝他一元一斤的散装高粱酒，后来改成青海互助的青稞酒。菊花提来的酒，原封不动地堆在储物间。菊花对张赫这一匪夷所思的举动实在忍无可忍了，她要解开这个令她百思不得其解的秘密——为什么张赫不喝别人送的好酒，而要喝劣质酒。菊花说通过半年来的实践，她体会到喝酒其实也是一件很爽的事！以后她也要喝，和张赫一起在家里喝，从明天开始，喝四大名酒，不喝无名鼠辈的散装酒。这一晚，菊花雄心勃勃试图探究张赫关于为什么不喝名酒的所有努力都失败了。菊花的举动反而激起了张赫扼制菊花心中贪欲的高论，他坐起来，抽了支烟，努力发挥演讲的潜能，小声地动之以情，晓之以理，他怕吵醒隔壁的儿子。他从午夜开讲，中间喝了两大杯子水，到了黎明时分，他发现菊花早已不知何时深深地进入了梦乡，屋里的空气被他滔滔不绝的讲述煽动得燥热不安，下床打开窗子，让深秋的新鲜空气灌进来，冷却他仍然激情涌动的脉搏，以便让他在黑暗寂静的安慰里默默无闻地睡去。

从那以后，菊花对张赫为什么不喝别人送的高档酒的研究终止了，在她看来，张赫喝不喝那些酒，是他的事，一点不影响她继续过快乐幸福的日子，她的身心甚是满意，像经历过一场痛快淋漓的热水澡，满身的轻松愉快。

A11

观澜苑是通城县档次最高的小区，容积率相对高，环境卫生和物业管理自然体现了它在全城的一流性。"观澜苑"顾名思义，站在阳台上可一眼望尽蚯蚓般蜿蜒绕城的通河，可眼下正值多雨季节。这场暴雨过后，小区前面的滨河路一片狼藉，通河汹涌着它雨后的野性，灰黄的泥沙裹挟着从上游掠夺来的树木、庄稼还有粮食，漫上了河岸，成群的居民在岸边等待着意外的收获，比如突然跳出的死鱼或涌上岸的精美的物品。新建的沿河景观带的地面部分几乎被淤泥和浪渣掩盖掉了，此时只有汹涌的灰黄泥浆和逝去的生命。

经过一天的清淤处理，滨河路逐渐焕发了往日的风光，尘土飞扬中，路面渐渐露出它原有的红褐色塑胶底面。天空高远，深邃冷清的蓝让人心慌，生怕看久了，头晕眼花掉进这单纯的一望无垠的蓝，真是比寂寞还让人绝望。菊花决定在午后四点二十左右，让张赫到河边看看不是风景的风景，意在散散心，把身体里的浊流清换掉，有利于身心健康。

滨河大道的开通，让通城豁然亮堂起来，原来脏乱差的垃圾河滩成了大半条束在县城的彩带，带子上花团锦簇、杂树丛生、绿荫环绕、小桥流水、亭台楼阁。这条风景线的出现，让通城突然从一个不事修饰的农妇变成了一位珠光宝气的美妇，露出了她现代化西部城市的特有魅力，而每年一届的"国际书画艺术节"更让这里闻名遐迩。在八月的艺术节期间，滨河路成了欢乐的海洋。烧烤、小吃、啤酒和现代音乐组成的美食盛宴，强烈地诱惑着游人的味蕾，从长约一公里的美食街走过，没有不被香味降服的胃。来自全国各地的古玩、艺术品以及马戏团、秦腔剧团、书画市场……尽显其能，长达一个星期通宵达旦的尽情玩乐享受之声，被来自河道的秋风送到"观澜苑"小区的楼上，楼层越高声响越清晰，坐着轮椅的张赫在这个季节会产生回归年轻时代的幻觉，体内远逝的青春仿佛在遥远的地方开始萌动，向他的四肢缓慢聚来。枯木逢春，多半萎缩的肢体跃跃欲试，内心暗藏的激情偶尔探出头来，他时不时嚷着要去滨河路上看看，要和菊花对饮。菊花听得张赫在说胡话，就像痴呆老人常有的那样，词不达意或纯粹是臆想。但张赫态度坚决，将轮椅移出房间，打开入户门，候在门口，如果菊花不去，他准备一个人去。

今年的艺术节就要到了，河道里的风已经有点凉意。第一批南飞的大雁已于那场大雨之前，从清凉寺十一点的钟声里飞走了。这个时候，张赫的肺里就像塞满不可名状的杂物，咳嗽、胸闷、胸痛，吸不进去新鲜空气，每说一句话都感觉像说了一天一夜似的有气无力。世间这么多的空气为什么不到自己的胸腔里去呢？人老了难道连空气都厌恶了？遇到这种情况，菊花便处在两难的境地，她知道冷空气对肺不好，但待在家里更不好，每次从外面回来，张赫都要剧烈地咳嗽一通，像要把胸腔里的东西都咳出来似的，有时除了一点血丝外，连痰都没有，随之冒出一身的虚汗，得躺下来休息才能慢慢缓过气来。那时，菊花觉得随时会有一口气上不来的可能性，她提心吊胆地紧捏着一把汗，终是虚惊一场。恢复正常后，张赫会说吉人自有天相，阳寿未到，阎王不收，世间万物皆生死有命，不必为死这件快乐的事而不快乐。他又在说胡话了。

两个孙子双休来过，叫了声爷爷之后，扎在沙发上的玩具旁，无暇顾及其他了。望着活蹦乱跳的一对龙凤胎，耳旁响起了植物拔节生长的清脆声响，张赫坐在轮椅上很想大声地笑出来，可是只做了个笑的动作就无能为力了，沮丧地将半个似笑非笑的表情挂在脸上，只有他一人知道，这是死神在向他发出的严厉警告。这似笑非笑的表情，却是真正发自内心的幸福和欢乐，幸福源于自我的感受而非他人的看法！

女儿的家也在这座城里，隔三岔五来一趟，他并不希望她常来，只要在想见时能见到就可以了。儿子毕业那年要留在广州工作，他觉得自己的身后空荡荡的无着无落，想方设法把儿子叫到县里来，只要在县里，哪怕十年不看他，自己觉得身后有依靠、有保障、有后劲、有力量，心里安稳。这是为了什么？其实是为了自己，是狭隘和自私的表现，以关照孩子的名义满足自己的虚荣。自己的种子在异乡的土地发芽结果，难道会变异吗？生儿育女除了生物学上的种属繁衍外，似乎还有人伦道德上的意义呢？人绝对是世界上最自私的动物，而且残酷无情。活着是为了什么？他这一季生命即将在秋天结束时回归大地，成为泥土的一部分。春暖花开时，植物的种子在自己的身上生根发芽、开花结果，向世间展示着它的绚丽多彩，但它们也摆脱不了人生一样重蹈覆辙的命运。

远山挂着一层薄雾，在亮晃晃的阳光里有点晦涩。河边的青草湿漉漉的，月季、玫瑰、万寿菊、金银花、大丽花、百合、马蹄莲，还有引进的新品种，以弧形、分区域、蕾丝般点缀在景观带上。有的正在艳丽地开着，有的已过盛期，仍然精神矍铄地坚守着。从河道里赶过来的风，带着浓浓的花香和泥泞混合的味道，弥漫在河岸边。等待不劳而获的人还很多，他们深知，这几年，上游植被严重破坏，每次暴雨，河水就会送来灾难的战利品，这也给通城县造成巨大的安全隐患，有人为获得山洪带来的财物，被浪头带走的事时有发生。真是应了一句古话：人为财死，鸟为食亡。

太阳已经像个火球，熊熊燃烧在西山清凉寺巨大的云杉上空，雨后空山，天气清冷。菊花找了个能看到河道全景又能见到阳光的地方停下轮椅。晒了一会太阳，张赫试着要站起来自己走一下，虽三两步，也表明他的生命个体仍然有独立成篇成章的可能。张赫在菊花的扶持下走到河堤护栏边，河道里蹿上来的风有点凉，张赫紧了紧衣服，眼前是一片汹涌向前的灰黄色宽阔河面，漂浮着枯枝、庄稼、农具和家畜动物的尸体。张赫打了个喷嚏，说回家吧，雨后河道的气味这么难闻，也没什么可看的风景。秋后的阳光走很快，当张赫回到轮椅边时，树木巨大的阴影已经掩住了那里，冷清冰凉。

天气好的时候，张赫在菊花的帮助下去小区前的滨河路上"走一走"，或在院子里晒晒太阳。每次从外面回来，那几根支撑他的骨头会变得酥软如泥，离开轮椅，眼前一阵阵出现黑红蓝白的场景，没有一点反抗能力，任由菊花随意摆布。菊花将他放到沙发上，用热毛巾擦拭清洁后，再放到卧室的床上，休息半个小时后才能说话、活动或补充一点能量。他活着的尊严被软弱无力的肉体出卖殆尽，只能死皮赖脸地活着，在生活无法自理的境况下，他要实现死亡的愿望比活着更困难！

B36

一天下午。张赫走进办公室时，脚底下软塌塌地垫了下，转身看时，只见一封厚厚的信，没有收信人，也没有寄信人，甚至没有邮戳，看来是有人直接从门缝里塞进来的。一口气读完这封长达十三页，文笔流畅、事件生动的信，惊得他满头是汗，这封信的内容或许就是社会传闻对自己的看法，信里的形象就是他在公众眼里的形象。蓦然，他改变了以前的想法，特别想喝菊花接受的那些背负行贿之名的酒了。当晚，他自己打开那堆酒中的一瓶，说不上愿意，也说不上不愿意，或许是带着赌气的成分尝试了一大杯。这一杯，在菊花看来是张赫像一位真正的领导进入官场仕途的标志性一杯，意义非同小可，这一巨大转变，是她多日来不断开导教育的成果，让她对张赫的局长之位有了真切的认同感和获得感。

来信详细而生动地记述了张赫过去那些"耀眼"的时光，重点是酒后走错门的引人入胜故事，这点占了十三页中的七页，堪比《金瓶梅》的部分章节。几十年后，当他坐在轮椅上，沿滨河大道走到县第一幼儿园门口时，还能清晰地想起信中的内容，每次从幼儿园门口经过回到家中时，那封被他于收信当天烧掉了的信和李老师逝去的青春背影总会浮现在眼前。有时，他竟然荒唐地后悔为什么自己当时没有抓住机遇，按信里写的做呢。此时，他才真正理解了人的精神能够被文学唤醒，文字的力量真是无穷无尽啊。

那封旧事重提的长信，关键目的是要给他敲一下警钟，但也不排除向有关领导和机关呈送，但那是写信人的事，他管不着，也无能为力。来信也有劝导的意思，说不要以为他就清白如玉、一尘不染，他也是个干过龌龊之事的人，别以为自己当了局长就是圣人君子，无一点过错，非也！

这封信是谁写的？疑问一直跟着他。

酒既然拿来了就不好退，张赫品完那一大杯酒后，严肃地对菊花说，好酒就是好酒，比一元钱一斤的青稞酒口感好百倍，可就是不过瘾，喝不醉，得从量上增加才行。当晚他一个人就喝了一瓶，说是像喝茶似的喝不醉！菊花甚觉意外，毕竟一年多来，她努力让张赫接受名酒的工作毫无进展，今天哪根筋突然转了。

张赫上报县政府的人事调整方案，一年半时间过去了，石沉大海、杳无音信。期间，他也问过好几位县上的领导，包括分管教育的副县长，回答说他的报告常务会没有通过，意见是人的事不能急，要稳中求变，目前正是全县经济建设的大好时期，不能因"个人好恶来评判一个人的是非功过"而随意调整。这话听得他哑口无言，像自己公报私仇、做错事似的。

为了让人事方案得到落实，张赫等到他上任两年并获得两个年度考核优秀的时候，带着当初拟定的那份工作报告，第三次去找分管副县长，探究新形势下的全县教育人事制度改革方案，如何进一步解放和提高教育潜能和活力。报告系统地阐述了全县教育系统人员存在的结构性问题和解决方案，有观点、有分析、有依据，更重要的是有一组造成教育水平不断下滑的数字及背后的原因分析，事实清楚、证据确凿，结论是如不对他所列人员进行调整，将可能产生不堪设想的严重后果。虽然这两年全县教育水平在全市排名居中偏上，但如果还坚持旧的管理体制，下滑是必然趋势。

副县长听了张赫带着酒气的工作汇报，心里既生气又暗暗称奇，明明张赫身上酒气熏天，还在酒醉的状态，原本不大的眼睛眯成了一条缝，看谁都像在微笑似的，可汇报材料和口头汇报思路清晰、井井有条！他没看稿子，几乎将一万字的报告说了下来。副县长盯着张赫看了半天，先前闻到酒味的反感一下子没了，他好奇地问了他几个问题，张赫除了对答如流，还外加自己的见解。张赫的策论对答实在无懈可击，副县长便说："我只分管教育工作，人的事由县长管，或县委书记管，你得上报他们才行。调整人员是为了工作，以稳妥为要，不能过多掺杂个人好恶恩怨啊！"副县长慢条斯理的官腔张赫听懂了，隐喻着他有严重的个人私欲。张赫极力控制着自己的情绪静坐恭听，以便平静地从副县长办公室里出来。后来他才知道，之前那份人事调整的文件这位副县长就没通过，丢到垃圾桶里去了，根本就没提交到常务会上。

眼下，时令已近重阳节，收割过的田野里笼着一层雾一般的凝霜，在晨光中闪闪发亮。街道两侧的树叶渐次变黄，有的已经提前落下，在地上形成一层五彩的地毯。张赫坐在皮质沙发上，感觉一阵寒气，他将茶几上的满满一杯热茶喝了，收紧了外套。此刻，副县长的指示像是结束了。张赫见领导不再说话，便说回去仔细调查研究后再汇报，起身退出办公室。

外面秋阳正好，他心里窝着一团火，并没感觉到温暖，他漫无目的地走着，出了政府大楼向左转过两个什字，再右转就是教育局的院子，他在院子里的车上提了一个沉甸甸的黑色公文包，让司机今早休息，不出车了。他出了院子向右转，过了一个什字，往前走了不多几步，便拐进县人大的院子。

B37

张赫没想到苟主任对自己遇到的问题，给了道二选一的选择题。备选答案有两个：一是为了全县教育事业，全力推行改革，特别是人事制度改革，结果并不一定成功，他张赫本人肯定会受到来自反对派的打击报复。二是在维持原状的基础上进行渐进式治疗，通过制度和监督检查，以蚕食的方式将"蛀虫"拿下，从而获得教育教学质量的有限提升，反对者因是少数，势单力薄而被迫就范，张赫也会成为领导和群众认可的好局长。听苟主任的意思，他本人倾向于第二种选择，可张赫觉得这个选择和没改革是一样的，谁还能监管学校一把手？这些校长，有时教育局局长的话不一定听。

苟主任认为管理要从人管向制度管理转变，建立奖惩机制，树立在制度面前人人平等的意识，谁也没有特权，如此才能让制度时时刻刻跟在每个人后面监督，不用人天天去管，无处不在的制度会管好校长。制度既是无形的也是有形的，说它有形是因为规定的内容具体明确，说它无形是因为不管遇到谁、不管刮风下雨还是晴空万里，它从不缺席，它存在于每一位受制者的意识中。

宽大的办公室里阳光和绿植生机勃勃，张赫坐在离苟主任办公桌二三米的地方，阳光照在他脸上暖意浓厚，苟主任掩在金色的光线里，再加上香烟缭绕，张赫看不清他的真实脸面，苟主任的高论听起有些遥远和模糊不清，他心里有点虚，像和一个影子或喇叭说话。张赫起身提了茶杯向苟主任的方向移了移，方看清他的脸在近午的阳光里熠熠生辉，苟主任半闭着眼，像是回忆坑坑洼洼的往事，深一句浅一句，但他全都听懂了，多年的上下级配合，已经将两人的性情融在一起，谁都拿得准对方的斤两，说出来的和没说出来的都能理解到位，无需补充和再详细解释。

阳光偏向窗口时，清凉寺的钟声响了，两人谈话的实质性内容刚好结束。张赫起身回到原处，将进门时随手放在茶几下面沉甸甸的袋子，提到苟主任办公桌靠墙的侧面，这个位置外面来人看不到。他知道领导也好这口，算是对今天帮他指点迷津的一点谢意。苟主任见张赫要走，缓缓从藤椅里起身，笑着说："现在张局长有人提酒了，那就放下吧！"说完走过来送张赫出门。临别时，苟主任意味深长地念叨："入仕以平安为要！"楼道里人多嘈杂，张赫并没听清楚苟主任的话。他道了别，轻车熟路下楼，在以前同事和熟人的寒暄声里，汇入回家的人流里去了。

下午，他让办公室新换的冯主任把那几位有问题校长的举报材料整理出来，他准备亲自去找县长汇报。张赫的办公室里常年有一股浓烈的酒香和烟草味，新刷的雪白墙壁没到一年就已经发黄，他每天的抽烟量由年前的一盒增加到三盒，特别在遇到棘手问题时抽得更凶，只要他在，办公室里总是烟雾缭绕。他对同事下属具有前几任领导没有的亲和力，像大哥兄长不像领导。冯主任把整理好的材料呈给局长时在办公室站了一会，回到办公室里时说感觉到头昏眼花，喷嚏连连，像是二手烟中毒了。

这天晚上，苟主任的话不停地在张赫耳边回响，这与之前他的想法不一样，甚至是南辕北辙，思考两年多且已经递交报告的想法竟要这样放弃了，他心有不甘。老领导的话不无道理，在政治这条道上，他是新手，苟主任才是老狐狸啦！对自己说的都是掏心窝的大实话。他思来想去、翻来覆去怎么也睡不着，不料随口对菊花说，那个西关小学的牛校长该不该换。菊花还没睡着，说人家早就送酒了，还请她和父亲吃过好几次饭呢，有什么好换的！还有几个群众反映强烈的校长，菊花语气坚定地回答了他的问话："有什么好换的！"张赫听了，心里悬而未决的选择题有了明确答案，踏实地翻身睡去，不再言语。菊花转过来想说几句，张赫一语不答，她也只好骂骂咧咧地睡了。

菊花的意见多多少少影响着张赫的人事调整方案，毕竟在他思考此类问题时，菊花在旁边无休止地发表自称是第三方的"中肯"见解，张赫心里清楚，所谓的"中肯"见解是菊花收了好处的倾向性意见，但她不断的重复像一片无足轻重的树叶落在张赫权衡的天平上，日积月累便有了重量。为了获得更大的公正，张赫在随后半年的时间里，坚持群众意见第一的原则，进行了全方位的走访调研，获得了大量新的第一手资料，他像律师收集证言证据，准备给每一个占着位子不干事甚至干坏事、破坏教育教学生态者应有的惩罚。

过完大年时，他的人事改革意见与当初相比，已面目全非，从大换血式的伤筋动骨变成和风细雨式的微调，吸纳了苟主任和菊花的意见。菊花知道后更是春风得意，工作上顺风顺水，超额完成了厂里给她的销售任务，她由办公室副主任升任营销部主任，办公室副主任还兼着，成了厂里中层领导中举足轻重的人物。

这天一大早，张赫在去县政府的路上突然改变了主意。从教育局到县政府要从县委门前经过，那天不巧的是司机家里有事请假，单位再无人会开车，他只好和办公室冯主任一起骑自行车去。路过县委大院时，碰见了几个熟人，开玩笑说大局长现在轻车简从啦！他随口问了一句邵书记在不。说在呢，今天没人找他，可能有时间接待。他听出来熟人的玩笑里透露出书记在办公室的可能性。听到这里，他慢慢靠近路边的一棵槐树停下车子，对冯主任说："咱们先找县委书记去吧！"说着调转车头，推车走进县委院子。

现在已经是农历四月，院子中央二十平方米大小的花园里牡丹三三两两绽开了花蕾，桂花一树一树与牡丹花交错开着，粉红色的小花把紫斑牡丹围在中间，像是从桂花树杈里长出来的。鲜花和香气在每一位过路人周围缠绕，经清晨阳光的温暖照射，香气随水汽蒸腾弥漫开来，春色满院花香怡人。门卫认识张赫，没作登记就放他进去了。走到三楼楼梯口时，正好碰见邵书记找办公室要材料，问他有事吗，他说有要事汇报。邵书记说正好有点时间，马上进来汇报，一会儿他要出去。张赫顾不得多想，一进门就把准备给县政府的全县教育系统亟须调整人员名单和材料放到书记面前，然后作起汇报。书记还是闻到了酒味，酒虽然是早上六点钟喝的，但余味还在，书记不时地向张赫瞄几下，发现状态还正常，毕竟第一次直接见书记，况且还是调整人的大事，未免有些紧张，刚停暖不久的房子里有点冰冷，可张赫满脸是汗。书记让他慢慢说，张赫心里却越来越紧张，好在看着材料汇报也没出什么大错。张赫汇报完，等书记发表意见，却没等着，书记还在那里翻看要求调整人员的材料。他只好说："邵书记，我的汇报结束了。"邵书记还在看那份材料，没理会张赫提示性的话。直到秘书敲门说下乡时间到了，书记才放下材料，随口说材料还没看完，让回去等消息，还说张赫上任已经两年多了吧，对行业里存在的问题应该掌握得很清楚了！言语里带着批评的味道。张赫听了，一股暖流顿时漫过他忐忑不安的心房，被理解的知音感代替了对领导的敬畏，这更加坚定了张赫进行教育革新的信心和决心。

B38

从张赫给书记汇报通城县教育系统人事调整方案开始，在接下来的一年时间里，张赫的主要工作是为分管教育的副县长、县委副书记、县长、县人大常委会副主任、县政协副主席提供近十年来通城县的教育情况调查报告和拟调整人员的情况报告，这些情况他写了一遍又一遍，汇报了一次又一次，同一个材料他至少要汇报四次。在将近第二年春节的时候，他对全县除教育之外的各行各业的情况也了如指掌。

张赫不停地为这些领导汇报工作，其实更像是约谈，问他这些人为什么要调整，工作究竟是谁的错，是行政领导的失误，还是教师队伍的素质低、教育能力和教学质量差呢？他不断地汇报不断地反思，像自己干错了事似的。

到了第二年五一劳动节前后，调整名单中的第一位校长，也就是西关小学的牛校长被免职了，成为教育局的一名督学，受张赫领导。这时，离他第一次给书记上书已经一年多了，照这样的速度，他所列人员悉数调整到位的话，教育局局长估计得换十茬，全县教学改观也将是一纸报告和一句空话！此时，他还在全身心地调研全县教育系统存在问题，并一叠一叠地写着发展思路和方案。好多从教育局出来的领导见了他，半开玩地说："张局长，教育局局长不抓教育事业，搞什么问题调查呀，我在教育局的那几年可能有问题，是否需要作出书面说明？"意思就说张赫在找大家的麻烦，想把他们也一同免了，才肯罢休。

张赫故作愚笨，笑着说："哪里哪里，这话是说得远了，调查工作是领导安排的工作，得认真落实呀！"

"多少任教育局局长都流动过了，为什么偏偏要你做什么调查呢？整人得有依据啊！……"说得张赫倒吸了一口冷气。

直到七一建党节的时候，他才觉得自己这么一来会把所有的人都得罪了，他恍然大悟，始想起苟主任说的话是何等正确！不得不让他佩服，可开弓没有回头箭，他只能硬着头皮顶着，但调查工作必须得终止，汇报材料每一次只换一段文字，算是重新作了调研后写的。

张赫每天分早上和晚上喝酒，心里一烦就喝，之前是一天一次，从这年七一建党节开始一天两次，饭量日渐减少，烟酒日益增多。

菊花在厂办的工作越来越顺手，出外联系办事，左右逢源，听小道消息说，厂里已经考虑提拔她当分管营销的副总经理，相当于副科长级。但这个听起来振奋人心的消息，不但没能阻止张赫对酒的嗜好和依赖，甚至变本加厉地推动了张赫喝酒的进度，出现"饭可以不吃，酒不能不喝"的尴尬局面。这让菊花颇伤脑筋，毕竟给她带来这么多益处的关键人物是张赫，说得再明白点就是局长这个位子，张赫的身体好坏将直接影响着她身后的耀眼光环和实实在在的好处。这千载难逢的好运，可能是她的命好，遇到了张赫。

"轻轻敲醒沉睡的心灵/慢慢张开你的眼睛/看看忙碌的世界/是否依然孤独地转个不停……"菊花每天在罗大佑的《明天会更美好》电子表的音乐里醒来，穿衣、上班、做饭，每天阳光明媚，像一条美人鱼似的接受着厂里领导的表扬和工友的赞美。与她相反的是张赫的烦心事一天比一天多，听着她唱什么"慢慢张开你的眼睛"，心里就烦。菊花一天比一天亢奋，他却一日比一日疲软。

给县领导的汇报工作还在持续，每一次都能得到新的指示，要求重写，领导批评他太年轻不懂规矩。这一年张赫正好四十八岁，还能说年轻吗？但在当时所有县直一把手中，他确实是最年轻的。他是科班出身，一路进步快，从十六岁上师范，十八岁参加工作，经过近三十年打拼才当了局长。其他局长大多是先工作再上两年学回来接着工作，所以从工龄上说张赫比人家少，但他工作能力强，机会好。用他自己的话说就是在单位遇到了一位好领导，这是他人生得意的最大幸事。

客观地说，在全县能写材料的人中选第一，非张赫莫属，如果领导说他写的材料不好，肯定另有隐情并非实指。这一年来，他连做梦都在写材料，满脑子公文语言和格式，和儿子聊天也用公文格式，说"请胜利同学务于晚六点前到家，切实提高路上的通行速度"，弄得初中二年级的儿子以为他神经错乱了或醉酒了。

B39

通城县的教育现状虽有改观，但只是小步慢行，在全市的排位前移速度十分缓慢，他上任三年多来，除西关小学稍有起色外，其他学校仍然死水一潭，有的学校教师把教职当成第二职业，主要精力放在校外学习班和做生意上，校长甚至把孩子看作拳头产品，向他们摊售大量书报和鞋袜以及生活用品。

张赫听到这个消息，以听课为名去城关小学召开校风师德整治现场会，全县中小学校长都参加。第一节是小学五年级的语文课，上的是毛泽东的《清平乐·六盘山》，在众目睽睽之下，语文老师竟然将"天高云淡"解释为"在高高的天空中，有几片云在淡来淡去"。张赫有点不相信自己的耳朵，像是听错了，或者自己学的版本就是错误的，他用余光看了看其他听课的老师，个个表情严肃认真，没有异常，他小声问旁边局教研室主任这句话的意思，说是"长空高阔、白云清朗"，这和"淡来淡去"确无一分钱的关系。张赫没有说话，耐着性子勉强听完了这堂四十五分钟的"形象生动"的语文课。掌声响过后，这堂课被听课老师现场打了高分，校长表示准备向县教育局推荐申报优质课。张赫和教研室主任没有鼓掌，铃声响后起身从教室后门出来，向校长办公室走去。校长原以为局长要讲话，没在意，后来有人说局长出去了，他才跑出来跟在后面，说请局长到办公室里坐一下。张赫没说话，走到院子里说："你通知大家，原计划要听的其他课和观摩的教学单元临时取消，立即在操场召开全体师生大会。"

正是秋高气爽的时节，微风从田野里送来夹杂着洋芋、玉米和瓜果的阵阵香气，浓烈的丰收气息包围着这座位于县城边缘的小学。张赫一脸严肃地走上早就准备好的主席台座位，看着台下几百名稚气未脱的学生，内心隐隐作痛，像有一把剪刀在剪他的心脏，这些无辜的孩子要毁在胡说八道的教师手里了！想到这里，一股愤怒的火焰在胸腔中燃烧，他很想拍案而起。

会议按既定程序进行，全县各个学区的校长和小学校长都参加，推选了五名有代表性的校长作经验交流发言。内容基本是学校三产的创收和效益情况，教育教学工作一笔带过，有的甚至提都没提。报告有成绩、有问题，也有措施和下一步打算，听起来像乡镇企业局召开企业的年终总结大会，大谈产值和利润。张赫越听越来气，心里像有无数只蚂蚁在抓，并不怎么痛却是无端烦躁，坐卧不宁。实在听不下去了，他站起来走下台去。

除了汇报工作的人，其他人都目送着他向校门口走去，根据安排，会议承办学校的校长最后一个汇报工作，这会儿还没轮到他，看到张赫走了，以为是去上厕所，忙跟过去说："张局，厕所在操场后边没在那边。"张赫没理他，径直走到校门口停着的吉普车旁，拉了拉车门，没开。司机没在，他打不开车门。校长惊慌失措，以为张局长要走，心里一个劲犯糊涂，今天这怎么了，哪里得罪了领导！一面想着一面向车走去。这时，司机从校长办公室跑出来，他知道领导要干啥。细心的人肯定知道，张赫心烦的时候喜欢喝酒，酒成了他的随行之物，二两下去，烦恼和不安即刻烟消云散。可这位校长不知道，还在问："局长，您这是——？"张赫没理他，拉开车门上车了。司机从后备厢里取出一个纸包的瓶子递给张赫，他咕咕几下后，将瓶子又给了司机，张赫下了车，司机啪一声关了车门，一股酒气从校长鼻子前掠过。

校长汇报一结束，没等主持人总结和介绍，张赫直接对着面前的话筒开讲了。他借着酒劲，结合一年多的实际调研情况，将列为调整名单中的小学校，自然包括这个城关小学，逐一点名痛批，特别将今天语文课上的笑话公之于众。明确要将这些不胜任工作的教师，坚决从教师岗位清理出去，绝不能滥竽充数……张赫讲得铿锵有力、斩钉截铁，说如果这些害群之马不走他就走。会场里鸦雀无声，只有学生在窃窃私语。一阵风吹过，操场四周的杨树哗啦啦撒下大把大把的金黄色的叶子。秋阳渐高，热浪从田野里滚滚而来，薯香阵阵。不知是晌午的秋阳热烈还是酒劲大发，张赫讲得大汗淋漓，脱掉外套继续讲，他的浓烈的土话夹杂着三两句普通话，听起来怪怪的，如果不是在现场，没人相信这是张赫在讲话，那声音从学校的高音喇叭里扩出去，变了音调，但却具有了强大的传播力，四野空旷的回声在两边山峦的反射下，传遍了整个城郊，向县城和乡下蜿蜒而去。

临近中午时分，地里干活的农民才发现整个早晨在听高音大喇叭讲话，忘记干活了，但心里高兴，扛着农具哼着小曲回家了，因为听到了令他们振奋的消息，儿子终于可以静下心来上学，不再替老师推销什么"小霸王"学习机等乱七八糟的东西了。

操场上的学生热烈地窃窃私语，会议代表和教师面面相觑，如坐针毡、默不作声。张赫的讲话内容涵盖面广泛，涉及教育教学的方方面面，在座的人无一例外地感觉到领导说的就是自己，心里虚虚的，生怕泄露出自己的秘密来，让别人看到，沉默是今天最好的坚守。

老师几乎都脱去了外套，渐浓的秋意还是没能抵得过夏季最后的余热，终是败下阵来。张赫在灵感飞扬的讲话中，以壮士断腕的决心誓将彻底改变目前的教育现状，让教书育人成为学校的全部职能。他说经济增长和GDP是政府和社会的事，不是学校的事。这些话让先前神经紧张的老师一下子轻松下来，知道自己将不会再因创收这样的"不务正业"工作担心了。有的老师说学校强行用工资抵配给自己的商品根本卖不出去，市场上同类产品价格比学校配的低得多，叫苦连天又没办法，本来拖欠的工资又被抵了各种过时商品。为救活县上的皮鞋厂，这年城关小学每个教师用三个月的拖欠工资抵销五箱不同码的皮鞋，共三百双，男老师要男鞋，女老师用女鞋，价格一样。

张赫激情高涨地给各学校的整改时间确定了最后期限。有人认为张赫今天肯定是喝醉了，再加上这中午火热的太阳，说话自然不在大脑的控制范围内，毫不留情。原因是学校第三产业的任务政策是县委确定的，不是县教育局定的，他张赫有个鸟权力改变政策，所有的校长并没把张赫的话放在心上，三产的斧头仍然悬在脖子上，还是要多加小心，说不定哪天"大意失荆州"，三产工作中校长并没有失去什么，他们被各企业围得团团转，好处自然不少，说心里话，他们是三产任务的积极推动者，用张赫的话说就是教育质量下滑的"罪魁祸首"。

会议按时结束，参会代表按原定计划在政府招待所一起聚餐。有几个每年得奖的校长恋恋不舍地离开了会场，今年张局长取消了所有的奖项，理由是教学质量没有提升，谁都没有资格拿奖。张赫照例没有参加聚餐，委托副局长主持活动，他在车上吃了一个菊花做的馒头，回家睡觉去了。

菊花想破脑袋都没想明白，张赫当局长图个啥。别人当了局长，在外面吃喝玩乐不回家，是为了享受，变着法子找机会，整天不是接待就是接待，而张赫当了局长却不去外面了，除了上面有重要人物来并要求他陪同的，一律回绝，委托副局长接待。所以通城人眼下很难见到张赫在公开场合喝酒。他公开的理由是给准备高考的儿子做饭，其实只说对了一半，另一半是他早已自斟自饮，喝醉了，只能回家睡觉。北京吉普车里常年带着散装高粱酒，随时喝，就像喝水。张赫平时不喝茶就喝酒，酒成了他赖以生存的食粮和精神寄托。

前面说了，会后聚餐张赫没去，去了一位副局长。校长们借着酒劲对张赫议论纷纷，说局长上台不关心师生的切身利益，只关心教学质量，学校兴办企业搞创收那是为了提高职工收入，是积极响应和落实县委、县政府各行各业"以经济建设为中心"要求的具体举措，这哪里有错？校长们满腔的冤屈没处泄，全都放在酒杯中喝下肚，然后转化成质问副局长的语言和表情。校长们问副局长："你们当局长的动辄要调整处理人，三年多了，结果怎么样呢？还不是外甥点灯——照舅（旧），现在是改革开放时期，全民经商的时代，张赫的教育思想已经不适应社会发展需要了，应该换的人是他而不是我们！"

听着这些酒后的狂言乱语，副局长笑着说："这是局长的意思不是教育局的意思，更不能说是我的意思，各位校长说话不要以偏概全，以点带面，做副职的补位不缺位更不能越位，请各位谅解！"在酒精的刺激下，几位校长现场联合起来，说要联名向县委写信，强烈要求张赫下台。副局长佯装酒醉，说了些场面上冠冕堂皇的话后，宣布今天的聚餐到此结束，还没尽兴的可另找他处，教体局的宴请就不再为各位买单了。

众人经过详细谋划，由最有文采的通城县第二中学校长执笔，联名写了一封控诉张赫"八大罪状"、内容翔实的举报信，"八大罪状"条条都能置张赫于"死地"。核心内容是说，张赫无论上班、下班或开会，总是酒气熏天。据知情人士透露，他曾多次通过司机和夫人收取多个校长的烟酒，在平时，单位公车的后备厢里一直保存着相当数量的"高档烟酒"存货，供他享用。因常年喝酒不务正业，打着提升教学的幌子，与县委唱反调，打击认真落实"县委各行各业大兴三产"的指示精神的教职员工，千方百计打压、阻挠学校刚刚形成的、来之不易的创收机制，全面禁止开发"娃娃（学生）"这个拳头产品，致使各校的实体收入均不理想。言下之意，张赫是全县教育系统三产上不去的罪魁祸首，只要他当一天局长，学校创收一天也完不成。听起来言辞锋利，血淋淋的，铆足了劲要让张赫一"信"见血。

B40

在全县教育工作大会上，张赫当着县委书记、县长的面，在报告中意味深长地说："经过一年的枪林弹雨、奋勇搏杀，在血腥中看到了一点胜利的'曙光'，'全县师风师德整顿行动'暂时告一段落。"这样的报告让县委书记和县长都觉得不自在，什么杀呀血呀的。后来大家知道，这些话是张赫现场临时发挥的，报告里没有，因为报告要通过书记和县长的审核。至于为什么"告一段落"，与会人多半心知肚明。虽然张赫的肃整行动只取得了一点胜利的"曙光"，但却把承担教学任务的一线老师和学生，从创收的死路上拉了回来，重新回归本位，用制度的硬性要求把这个成果固定下来，规定可以让学校后勤或多余的人员兼职从事校办企业，增加学校收入，但学校领导班子成员不能"下海"，若自己坚持创业，必须免除职务、停薪留职。

包含这些内容的文件是张赫以教育局名义下发的，他并没有向县上汇报，更没有通过县委、县政府有关会议的研究同意，张赫心里清楚，这样的文件县上是不会同意的，他只好"先斩后奏"。这一石，激起了千层浪，文件下发的第二天，无数封万言书，雪花似的飞到县委大院收发室，县委书记秘书的案头信访件一时间堆积如山，他只好抓阄选取一二，自己先拆开看一下能否读下去，认真甄别后，选择一封文辞顺畅，反映问题突出、具有较为普遍代表性的信件呈送到书记办公桌上。

大量的信件之后，城区中小学校长、乡下各学区校长相继组成上访团，奔赴县委大院。他们上访的事件是因为张赫不让在名片上印"总经理""董事长"之类的头衔，县委办主任在第一次接待他们的时候，差点笑了出来，这么滑稽的事不宜给书记报告，让他们回去找张赫局长解决。但校长们说已经找过了，无济于事。这种头衔让他们倍感荣幸和自豪，从而激发了干事创业的激情，是十分有益的，不能禁止。但张赫近期签发了一封文件，明令禁止校长在名片上印制这些名字，特别与教育、教学无关的经理之类的职务绝对不允许，否则先免去校长职务。这让他们很没面子，重创了自尊心，脸上失了光彩。他们聚集起来商量了一个万全之策，以真人上访的形式，跟随无名信件的脚步，以积极的态度支持配合上访信件的诉求，增加收获的希望。有的甚至将信件亲自放到县委收发室，看着信件的背影跟随而去。

找县委领导之前，他们确实排队找了张赫，说明本校的特殊情况和推动全县经济发展的重要性，希望继续保持创办企业的职能和企业领导的头衔。那几天里，县教育局的院子里人来人往，像百货商场。三楼张赫的办公室门前排着长队，烟雾缭绕，从窗口冒出去的烟像是冬天的烟囱。对校长们各自提出的特殊要求，张赫一概不理，回答就是一句话："按文件要求去做！"校长们一个个信心十足地来，在一楼楼门巨大的响声里，垂头丧气地去。第二天，楼门不得不换新的，木门上的玻璃和龙骨都被摔坏了。他们知道，除了城区和重要乡镇有行政级别的校长，其他校长县教育局是有权任免的，不能来硬的使横的。

一招无效再来一招，他们只好去县委大楼碰运气，愤愤地坐在楼道里等待书记的接见召唤，亲自陈述一下张赫是怎样误读县委、县政府关于机关事业单位有关人员从事创业、兴办实体的通知精神的。书记的回答很简单，"这些事是张局长管的，找他吧，我还忙着呢。"说完摆手打发了。

那时，县政府的院子里也进进出出很多校长，之前，他们十年也没来过这里一次，今后，他们或许要经常来。这些人里，有一个城区八个学校的校长组成的联合上访团，带着证据确凿的材料直接找县长反映情况。此后不久，张赫在一沓厚厚的"情况反映"书的封面上，看到了县长的亲笔批示，要求他就这足有五十几页的情况逐一作出说明。

从这个说明开始，张赫每周总在周六下午要请各方面领导吃个便饭，以便沟通各类关系，让不善于人际关系的他焦头烂额，只好以酒解愁，改革举步维艰，他常常沉浸在酒精带来的虚幻里，走路摇摇晃晃，说话颠三倒四，甚至语无伦次。

那时，机关单位和学校每周只有星期天休息，这天正是张赫在家里睡大觉的时间。从那次上访起，张赫整日的酗酒，让家里平静的日子被锅碗瓢盆的撞击声、男女声嘶力竭的喊叫声及菊花的哭声，搅得混乱不堪，此时的他处在水深火热中。隔壁邻居在这些噪音里度夜如年，苦不堪言。

这是教育系统的家属楼，局长家里战火延绵，谁还能为夜晚的宁静负责呢？住户只能联名向县政府投诉，说张赫身为共产党员，不遵守师德师风，腐败酗酒，家暴家属，严重影响院内其他人的休息，严重损害了领导干部形象，组织部门当清除这匹害群之马，云云。

校长们的信和邻居们的信县长都收到了，可能仔细看了，当然包括那本"情况反映书"。有人说，县长在当年腊月的全县教育系统团拜会上用了一个颇有争议说法，"一年来在酒局长张喝（赫）的带领下，我县教育事业有了明显的进步"。有人作证说，县长的确是这么讲的，但有人嗤之以鼻，说县长绝对不会这么讲。好事不出门，坏事传千里。经过成千上万人的口耳相传，和一批不怀好意者的推波助澜，从这年腊月开始，通城赫赫有名的酒局长接二连三地被领导约谈。

B41

菊花的工作顺风顺水，解决了城镇户口和正式国营企业职工身份后，她以工代干，一跃成为国营东方红拖拉机厂党委委员、副总经理，分管联络部和销售部共五十多号人。她与地方党政领导和外地各工业企业、商业机构的联系越来越紧切，她能充分发挥和利用酒的正能量，把各方面关系都搞得鱼水一样融洽。菊花有时也喝酒，但从没喝多过，她说，酒一点也不好喝，喝酒只是工作的一部分而已。为此，张赫隔三岔五接受菊花的再教育，聆听如何把酒喝好，喝出文化、喝出风格，最终喝出"三个有利于"，即有利于工作、有利于身体和有利于家庭的"正确喝酒思想教育"。

当局长之前，张赫的喝酒原则是，能不喝就不喝，目的是不喝。当上局长的第一年,喝酒原则为,酒要精挑细选,并在特定场合喝,一般场合绝对不能喝。当局长第二年时,来自各方面的敬酒攻势的压力,迫使他改变了原则,想喝就喝点,早上不能喝,只有晚上和饭后喝。这几年,随着防御体系的崩溃,只能想喝就喝,能喝就喝,有机会多喝就多喝,他被通城县及外来的酒友合围包歼,抗拒力全军覆灭,菊花给他的"三个有利于"终因防守不力而宣告失败。

为了挽救家庭长期无人照顾孩子和做饭的危局,菊花找到苟主任,历数张赫种种与酒有关的劣迹恶行,比如星期日睡觉从不干家务,平时晚上回来不关心孩子的学习,还有她的辛苦无人理解……动之以情,晓之以理,声泪俱下。苟主任看到这感人的一幕,知道是真实情况的反映,他早就经历过。他从讲政治的高度为张赫辩解了一番,希望她能多承担家务和孩子的教育,说张赫是为全县教育而工作,要她顾大局、识大体,并好言相劝。菊花像是没听懂,仍坐着不肯离开。她以静坐和流泪的方式迫使苟主任使出了最后的撒手锏——以自己的党性保证在本周好好教训张赫一次,要求一定多做家务、少喝酒!这才挡住了菊花的温柔"不抵抗"攻势。

觉悟被眼泪打败之后,苟主任只好在一个飘着雪花的下午,邀请张赫到他办公室来喝茶,以茶代酒讲了一通饮酒之道。醉醺醺的张赫听得云里雾里,朦朦胧胧,只好不断地点头,以诚恳的态度,承诺从今天下班开始立改恶习。苟主任知道,他对张赫这时候说的一切都是秋风过耳,没有什么效果,但他把菊花最迫切的问题严肃地告诉了张赫，这点张赫是明白的，无论他有多醉。张赫一壶接一壶地喝茶，见主任不再言说，方起身敬了一杯茶说，改革中如何处理那些顽固而保守的"误人子弟"派？

十多个平方的办公室里，云遮雾罩，两人互相看不见对方，只静静地抽烟喝茶，进行着箴言般的对话。

改革就是革命，不是请客吃饭，自然不是抽烟喝酒，是要付出代价的。这个我在当初就告诉你了。苟主任的话一字一顿，掷地有声。

民众的意愿就是改革的方向，这个没错吧。沉默了好一会，秘书又送来了一壶热水。张赫将烟蒂摁灭在底部印有"景德镇造"字样的圆形青花瓷烟灰缸里，最后一丝烟从过滤嘴后面升腾起来，融入张赫头顶上浓浓的烟雾里。

苟主任起身将办公桌侧面的窗子又开大了点，一股清新的冷风，透过花叶茂密的虎刺梅，将灰色的烟雾吸了出去。他说，有时民众的意愿并不代表民众本意，你要用发展的眼光看待和分析问题。行政体制改革是一项系统工程，单凭你一己之力是无法实现的。最后的结果必然是吃力不讨好。

办公室渐渐明亮起来，晚钟敲响的声音和下班的时间深度吻合。张赫想请老领导吃个便饭，苟主任说家中来人，不便离开，让他回家陪夫人和孩子去，别老在外面和一群不合流、不着调的人喝烂酒。苟主任的这句话在张赫听来是非常严厉的，也是值得信任的。没有上下级关系的领导给你说这话，只有心腹之人才肯，否则谁还管与己无关的烂事呢。苟主任的话传递了至少两个信息，一是上级领导有人对他无原则地喝酒有意见，一是群众也掌握了他因酒而不妥处事的情况，尽管他没有透露菊花曾经来找过他，但在张赫的脑海里，苟主任的这句话已经引起了他的高度重视，因为他明白，只有当行事影响他前途的时候，苟主任才会明确指出来，否则，只给一个绕了半圈的谜面或暗示，谜底要他自己破解或领悟。

B42

全县领导干部团拜会是每年要开的，会议的议题就是总结一年来的工作成就，展望下一年的美好愿景。会议在县委、县政府主要领导的新年致辞中进入高潮，各部门主要负责人踏着步步高的欢快乐曲，在葡萄美酒的祝福声中忘掉一年来的不快，与那些优秀者一样享受团拜会的美好时光，在大家相互的祝福声中重新站到同一条起跑线上，共同为下一年的竞赛干杯。不管人们内心多么复杂异常，但随着团拜会的结束，最要紧的便是迎接春节年假的到来。此时，春节已经披戴整齐，正向着各行各业的人们阔步而来，辞旧迎新的隆重景象在城乡之间递次展开。

时间走得匆忙，来不及和张赫打个招呼就走了，将一年里火红的尾声留在腊月里，供人们准备年货。对机关单位来说，腊月里还有一件事，就是团拜会，像家里召开的团圆会一样，除了论功行赏，还有总结经验、继往开来的任务。团拜会召开的前一天早上，县人大常委办公室给张赫打来电话，说苟主任请他十点钟之前过去一下，听听近三年全县的教育情况。这是正常的工作程序，人大常委会有权对重要工作听证或进行质询。张赫稍微准备了一下，顺便让司机带了一箱好酒。

"在县长和书记请你汇报工作之前，我先听听。"苟主任一脸严肃，语言凝重，暴风骤雨将要来临似的，"上任之前，我是怎么嘱咐你的，现在社会上传言说县长都叫你酒局长了，你赫赫有名的'赫'成了喝酒的'喝'了，知道吗？"这一声劈头盖脸的响雷把张赫彻底打蒙了，他半天没回过神来，呆若木鸡，工作还没说一句就给一记闷棍打晕了。朝阳透过布满薄冰的玻璃窗，绚烂地洒在他身上，温暖如春。苟主任埋头批阅文件的身影，时而模糊，时而清晰，他迅速地转动脑筋，全力寻找突围的出口，竟一时不知从何处开始，周围全是领导愠怒的目光和校长们阳奉阴违的沉默。此刻，他感到口渴难忍，面前散发着新鲜香气的茶水并不适合他的味觉，他渴望在酒的醇香里有奇迹出现，这是多年来能够在关键时刻拯救他的唯一办法，这个披着酒鬼之名的举措，事实上正是他的灵感来源，他相信，只要喝一口，可能会有奇迹出现。

要在平时，他来苟主任这里，主任总是要给他一杯酒的，可今天情况有点不妙，苟主任正在忙，把倒酒的事忘了。他给司机发了个短信，让把那一箱酒送到苟主任办公室门口来。

发完信息，他站起身有点不好意思地问："主任，您听到什么了吗？"

"难道你没听到吗？"主任抿了一口茶，看了他一眼，声音像外面的天气一样冷冰冰的。

"没有，您不是想听近三年全县的教育情况吗？"这话，张赫自己不知道怎么就从嘴里习惯性地漏出来了。

"说说酒局长带领下的教育现状吧！"主任放下手中的文件，有点冷嘲热讽。

手机震动了两下，他起身从门外将一个沉重的纸箱子搬进办公室，轻车熟路地放到苟主任的床底下。苟主任瞥了一眼，没吱声，他知道是什么。

听报告只是个借口，外面汹涌澎湃的传言让苟主任心有不安，毕竟张赫是他一手培养起来的，如果张赫有问题，那他也有责任。要说工作，张赫是三年三小步，步步前进，成绩有目共睹，不管是运气还是实力所致，都指向了全县教育大发展的实绩。苟主任对张赫可算是了如指掌，他担心的事迟早还是来了。喝酒既成全了张赫，也害了他，正所谓"成也萧何，败也萧何"，这就要看自己掌握的度了。苟主任把话说了三分，剩下的七分张赫领悟到了，他用袖口擦去额头上的汗珠，站起来双手把材料递了过去。苟主任并没有接他的材料，而是问道："你说说吧！你的教育改革怎么样了？"

张赫只好双手捧着材料站着汇报。他将三年来的教育现状及存在的问题用了三分钟说清楚了，分析问题一针见血，干净利落，不拖泥带水；归纳总结逻辑严密、思路清晰；解决问题措施得力，但就是效果不佳。在张赫分析的几条原因里，上级不支持他的工作是主要的。

苟主任对张赫的业务能力还是了解的，但在政治水平上还欠火候。在他看来，有些人在这个行道里上手快，有些人天生就是干业务的，不适合当领导，事实证明张赫是个业务型干部。看着张赫满脸的汗水，一直站着，苟主任转身从办公桌下面摸索了一会，起身从文件柜里取了一个茶杯。一股酒香钻进张赫的鼻腔，他贪婪地深吸了一口，烦躁的心情立即稳定了一下。等他一口将那杯液体喝下去时，拧成一团的身心像水中的茶叶似的慢慢放松舒展开来，绽放出内心的芬芳来。

酒成了张赫的第二生命。苟主任深得其道：酒，用好是朋友，终身受益；用不好就是敌人，时刻准备着将你置于死地。张赫一屁股坐在沙发上，深呼了一口气，坦白道："我对酒已经有依赖了，我知道菊花找过您，目的是让我戒掉酒，保持和正常人一样的生活，但我控制不了，我得天天喝，甚至是时时喝，我可以不吃饭也可不抽烟，却要喝酒！"

"你这样下去会毁掉你自己，你的事业、前途甚至是家庭，从现在起悬崖勒马，否则后果不堪设想！你可以不要事业、前途，但家庭、孩子还有身体难道你也不要了？"苟主任把话已经说得很清楚了，张赫也听得明白，心里起誓，从今天起重新做人！

"回去自己好好想想，之前我给你说的那些话，我不想在这里重复了。做领导要懂政治，要研究上面的政策和形势，要结合实际做工作，不能想当然。另外，做男人要有担当和责任！"这是逐客令，也是最后的警示，张赫听了，起身告辞，说回去好好反省，做深刻的自我批评，让领导放心。临出门，苟主任叹息了一声："恐怕为时已晚啦！"

张赫刚到自己的办公室，屁股还没坐稳，电话响了，是县长直接打来的，说："马上到县政府汇报工作，详细情况秘书已经通知你单位了！"语气里一股愤怒的味道，啪一声挂掉电话的时候，张赫感觉像有一把冰冷的利器，咔嚓一声砍掉了他的脑袋，震得全身发麻酥软。他刚放下电话，办公室谢主任把政府办通知的会议记录放到他眼前，内容和苟主任警告他的几乎一模一样。

真不巧，他刚在苟主任那里喝了一杯酒，身上应该是有酒味的，去还是不去？现在，他自己是闻不到酒味的，即使泡在酒缸里他也闻不到。他打电话让鼻子最灵的出纳小华过来闻闻，是不是酒味特浓，小华站在办公室门外，就把鼻子捂住了，说局长酒气冲天，一闻她已经醉了！说着跑开了。

苟主任批评张赫说，好多校长一直拿他上班期间喝酒说事，"工作上一塌糊涂，喝酒上精益求精"。有深恶痛绝者，还把十年前的"强奸未遂"案，重新添油加醋爆炒一番，泛出浓浓的血腥味，大有不把张赫打到十八层地狱誓不罢休的架势。此时去县长那里，不是正好给领导以口实，落到陷阱里了么！但不去肯定不行，县长亲自打电话，电话又是他亲接的。有人出主意说多喝几杯水，再洗个头，喷上香水，酒味就没了。局里几个女同志像打扮新郎似的把张赫梳妆打扮了一番，这次出纳小华将鼻子放到张赫脸上，也没闻出酒的气味。

B43

张赫焕然一新，信心百倍地独自向政府大楼徒步而去，在临近中午的阳光里，身上的酒气将快速散发，在他经过二十分钟到达政府时，一切将如他所愿，不给县长留下任何关于酒的蛛丝马迹。大街上，春节逼近时的喜庆和喧闹一浪一浪地向他袭来，熙熙攘攘的城乡居民拿出一年的大部分积蓄，想在大年三十前尽情挥霍一把，让喜庆的浪涛冲走全年的不快和不幸，在激情的购物中带来幸福和好运。走进大楼时，张赫的内心突然忐忑起来，他得准备几套关于迟到的事由，以解答领导的询问。当他敲响县长的办公室门时，交通局长从里面出来了。

落座后，县长和颜悦色地说："抱歉！让你等了一个多小时。"张赫没答话，笑着把汇报材料恭敬地双手放到办公桌上，站着开始倒背如流地汇报。县长没看材料，盯着张赫看，从上到下光鲜亮堂，就像改革开放劳动模范的样子，能代表全县教育工作者的形象！这与他近期听到的有关张赫的传言全然不符。张赫汇报工作不拿稿子念，而是胸有成竹地口头汇报，所有数字能做到一口清，这让县长感到张赫是全县教育行业的行家里手，如果没有几年深入基层一线的调研，不可能做到"底数清，思路明、做法实、效果好"的。这与传言中整天喝酒的张赫风马牛不相及，一个酒鬼顶多拿着材料结结巴巴读一下，哪有头脑记？县长听了一会，让他坐下说。县长没动张赫递来的材料，而是在旁边的桌子上翻找反映张赫问题的材料。张赫只好简单汇报完后，静听县长指示。见张赫停下了，县长边找东西，边问张赫今年学生的考试情况和教学情况以及还存在的问题。当张赫开始说问题的时候，县长把材料找见了。听完张赫的汇报，县长脸上阴晴不定，他放下材料，仰望着天花板思考着，一言不发，像是在寻找合适的词语，或考虑要不要将手头的材料内容告诉张赫。

直到秘书敲门，说中午还有个接待时，县长才漫无目的地翻着手中的一叠材料说："以经济建设为中心这是国策，教育界也不例外，你那里更不是世外桃源。全国上下都在大力激活市场各种要素，大搞经济建设，除了一线教学人员，都有创收任务！"最后，县长冷不丁问了这么一句："张局长，今早没喝酒啊？！"

"县长，除非有推不过去的接待，工作时间我是不喝酒的，这是纪律！"

"听说张局长做报告事先要喝几两，否则讲话没力度，改材料也要喝，不然材料水平上不去！有这事吗？"县长拉腔拉调，有点批评的意思。

"不经常，偶尔太困了解解乏而已，属于偶尔！这个情况县长可派人调查。"张赫忙辩解。

"你这么喝来喝去，工资够吗？"县长低头看材料中的某一页，一脸的铁面无私，声调里充满疑惑和质问，"我们这个贫困县大家工资都不高，谁能天天喝得起好酒？！"

"好酒喝不起，我喝的是散装的高粱酒，便宜！一桶五斤十元，能喝一个月。"

当当当，有人敲门。县长哈哈大笑，"我们的张大局长喝高粱酒，我信，别人信么？你先回去，等县上的意见。"

从县长办公室里出来，正好和分管教育的副县长打了个照面，副县长半开玩笑地说："张局今天没喝酒啊，一股香水味！"张赫笑了笑，没说什么就转身下楼了。

走出大院已经是正午时分，张赫心里想着回家吃饭，一转眼却走到了单位门口。张赫上楼将随身带着的文件包放到办公室里，然后回家。他边走边想，今天领导怎么说话阴阳怪气，似开玩笑，又不是，汇报工作像是质疑和约谈。多年的行政经验和直觉告诉他，领导对他有看法！什么看法呢，自问自答，不就喝几杯酒吗！这也算事吗？还是其他？其他都是工作上的事，县长可是力排众议抓教育改革的呀！今天真是弄不明白，他这葫芦里卖的是什么药呢？

经过两个昼夜不间断的思考，他从县长的每句话里，推测出了几件可能引起部分校长不满的事来，总起来不下五六件。这些事件如果独立出来说并没有什么邪力，但用"喝酒"为线索串起来，就会呈现一个政治站位不高、没有大局意识，嗜酒如命、花天酒地，不事公务、奸淫属下，纵容家属受贿的贪官污吏形象来。这些词一从张赫的脑海里冒出来，自己把自己吓出了一身冷汗。这么一个事关全县大局的事，领导会怎么想？！张赫突然感觉到事态的严重性，他恍然大悟苟主任为什么提前叫他！

张赫思来想去，觉得还是要利用自己的长处，就是善于用文字材料表达思想。他准备用一篇三千多字的自我解剖材料清洗或修复自己在领导头脑中先入为主的传闻印象。材料写成了，他如释重负地放到一边，让它经历一段冷却期，然后全身心修改，以保证材料的质量。他对这份材料在心里有极高的预期，要保证材料在书记、县长，甚至任何关心他的领导视觉里达到重塑形象的作用，并对他有好感，至少也要对他的才能产生爱怜和欣赏，从而驱动其想象，把头脑中关于他的负面的传闻、灰暗的色彩、猥琐的形象赶走，或抹掉或修复，重新描绘一个崭新的、光辉灿烂的、伟岸的张赫来。

两天后的一个晚上，他在办公室里喝了二两高粱酒，再次将文稿拿出来修改。修改完善后又放了一天，最后的定稿让他格外地满意，有一种万事俱备、只欠东风的自信心。他决定亲自将文稿呈给书记。

B44

秘书终于打来电话，说让他早上十点到县委汇报工作。那时，冬天已经走到了季节的纵深处，天寒地冻。大雪至少下过了三场，田野里白茫茫一片，所有难填的欲壑、明火执仗的陷阱都隐藏了起来，呈现出一无所有的空白和公平。飞禽走兽销声匿迹，四面的山峰映照在白晃晃的雪光中，树木收回了它们迷人的妆容，像干巴巴的老人袖着手、猫着腰等待着太阳伸出援助之手。此时已经是早上九点多钟，太阳被厚厚的云层遮住了，一点没有露面的意思。街道上行人稀少，大多是进城采购急需品的乡下人，七成是为儿女办婚事准备聘礼、嫁妆的。城里人蜗居在家，不愿出门，生怕冻着。男人睡大觉或盘点一年的收入，女人忙着准备年货清扫房子。孩子们清脆响亮的笑声和着鞭炮声，与城市里袅袅升起的炉烟一起飘扬在天空中。春节快要到了。

在等待汇报工作的半年里，县上开过几次大会，但书记并没有单独约他，像是没有读到他那份材料似的，见面也是正常地打招呼而已，脸上阳光明媚，一点没有"溪云初起日沉阁，山雨欲来风满楼"般不祥的征兆，更没有苟主任说的那么危言耸听。

因为等待书记的召唤过于漫长和对等待的失望，张赫对戒掉的酒又加倍地想念起来，甚至有点如饥似渴、深入肌髓的渴求，这压倒了包括美色在内的所有欲望。如果没有酒，在张赫的眼里，六宫粉黛也无颜色。这次戒酒主要是苟主任的意思，前面我们已经说了，如果张赫再这么喝下去，他的官场生涯必将毁在酒中，政治生命亦必死无疑。他这次的戒酒是下了大决心的。现在，他心里却是无端地烦恼，坐卧不宁。菊花对他的戒酒壮举心里十分高兴，一个正常的男人终于又回到家了！可她也有点诧异，心里犯嘀咕，谁的魅力竟能让张赫戒酒？她在枕头耳边说了十多年，没见少喝一口，这突然间加班写了个汇报材料就戒了，半年多她从没闻到酒味，当然有点夸张，除了很少几次省里来人，喝了几杯外，平日里确实很少喝酒的，这点菊花凭良心也能做个百分之百的担保。

张赫喝酒这事，全县大小领导都知道。他不但能喝，还喝不醉，是前无古人后无来者的"不倒翁"，因此而得外号"张喝"，已是通城县大名鼎鼎的酒家。喝多酒的张赫特征明显，除了惯常的走路像打醉拳外，见人特别热情，说的话在嘴里转圈，就是出不去，像是给自己的肚子里说；回家蒙头大睡，最长可睡两天半，中间会有一段时间起来胡吃乱喝一通，然后接着睡。菊花想，她没听到有关张赫的绯闻，不一定就没有，那这次立竿见影的戒酒行动是谁发起的呢，难道与她给苟主任哭诉有关？这个想法一冒出，就让自己给打回去了。"谁的话这么力量大，让你把酒戒了？"菊花时不时问张赫这个酸溜溜的问题，她觉得戒酒的原因比戒酒本身更重要。为了弄清楚这个问题，她选择了她认为张赫最容易说实话的时间，比如在亲近时、吃饭前，可这时对张赫来说并不是想谈论这些事的时候，她这不合时宜的一问马上影响了张赫本来不强的欲望。此前，张赫在两人闲谈的时候郑重其事地解释过，说是如果再喝酒，这局长没法当了。张赫这么说，表明他对问题的严重性认识是到位的，可菊花听了觉得冠冕堂皇，县里哪个领导没喝酒，不都好好的吗？！这不骗小孩子啊。她坚持认为张赫这么坚决的戒酒行动，肯定背后有个不可告人的原因，她猜测与某学校女教师有关。这几年，她在厂里的中层也没白干，她知道每个领导的心思，言在此意在彼。张赫越认真解释，她越怀疑事情的真相，她认为在妖女面前，官位和权力总是要退居第二线，特别像张赫这样管着全县几千名教师的领导，不排除有些祸害他人的人。也不排除张赫借酒壮色胆、霸王硬上弓，这一点是有"前车之鉴"的，她不可不防。人不可貌相，更不能凭他的态度好坏来判定是否忠于爱情，忠于家庭。

因了这些想法，菊花对张赫的戒酒成功，喜悦中带着几丝酸酸的不安，像西部的雨，看似透亮，其实里面夹杂着些许灰尘，并非如看到的那般晶莹剔透。

在多半年的等待里并没有发生什么事，一切风平浪静，张赫期待的会议表扬、嘉奖或调查、约谈、处分，甚至职务调整什么的都没有。甚至遇见他的每个人，对他一如既往地恭敬，没有半点的异常态度。清凉寺的钟声每天正点敲响，太阳在八点钟总会升起在城东的山顶上。大门外的小酒馆，照样酒肉飘香，勾引着意志力薄弱的食客、酒鬼。电影院旁边叫卖香烟和"牛舌头"面点的侏儒还是一米二三，当城里的小男孩子无声无息偷走他的"牛舌头"时，他依然坐在用凳子支起的木头架后面，和端着笸箩卖麻子的秦安女人谈笑风生，沉浸在短暂的幸福中，对眼前发生的事一无所知……

一切如故。这让张赫心急如焚，对酒的渴望让他变得萎靡不振，在一根接一根的烟卷云雾里，思路混乱，他写的材料不再是县里的典范。他的脾气也变得暴躁，员工稍有不慎，就被他当面训斥一番，办公室冯主任将文件的一页装订反了，张赫将文件和文件夹一起掷到他脸上，说让他把狗眼睁大一点，倒顺都弄不明白，还当什么办公室主任，责令其写出深刻的检查。三个副局长也遭遇了同样的不快。一天，姜副局长到他办公室请示工作，没敲门或敲得不响就推门进来，张赫正一肚子窝火没处撒，劈头盖脑就给了一句："进门不知道敲一下，有没有素养？！"姜副局长连忙笑着退出来重新敲了几下，里边没有声音，姜副局长只好无趣地走了。在姜副局长的倡议下，局里员工集体达成了一项不文的意见，形成了上下统一的"共识"，那就是要么让局长每天喝酒，要么让他滚。

"弹劾计划"就在此时孕育而生了。他们联合写了一份万言书，力数张赫戒酒以来的种种劣迹，核心要义是他们认为张赫已经不适合在教育局局长位子上工作了。"弹劾计划"布置周密，核心成员做了任务分工，对材料的打印、递送等一系列重要节点都有详细安排，以防走漏风声，决不能让张赫嗅到一丝味道。单位的工作一切照常，大家相约在计划成功之前，对局长的态度要比以前更好，不能有丝毫的不悦，哪怕挨揍，也要笑脸相迎接，就当自己亲爱的人打了一下，就当"打是疼骂是爱"了，一定得时刻把"忍"字挺在前面，不能引起局长的半点警觉。他们事先通过个人关系打听好了，这天下午四点二十分，县委书记正好在办公室里。他们委托副局长和办公室副主任，务必要亲自将万言书呈送给县委书记，材料在传送中途不能有二次传手，随行的两人要互相帮助、互相监督。

A12

屋里的光线渐渐暗下来，就像他这越来越暗淡、临近终点的人生。每当夜晚来临时，张赫无可名状地烦躁，每个长夜像有一股无形的强制力量，逼他再过一次坎坷的人生似的，他的反抗、拒绝丝毫没有意义，昼夜的更迭在他面前变得长短不一了，甚至有些紊乱，时间的列车在行进中暴露出突然停顿的迹象越来越多，他有时甚至仿佛能看到列车停下时，突然车门打开旅客中途下车时的情景。当他顺着人流准备下车时，车门却在他眼前哗啦一声关上了，他只好晃晃悠悠地回到自己的座位上，耐心地等待下一站，耐心地等待天明。

眼下正是暑期中伏，屋里的燥热并没有让他感觉到有什么不适，相反却觉得有点凉，身体的这个变化告诉他，一天比一天少的进食量正在关停他身体部分器官的功能。晚饭后，他拭去汗水，时间像在榨干他生命枝叶的最后一滴汁液似的。他能在沙发上坐的时间越来越少，由二十分钟减到十分钟。现在，他只能坐七八分钟，之后就得躺在沙发上，闭目养神，一合眼，那些如水般的往事在记忆的河道里滚滚而来。

B45

接到县委办书记秘书的电话，张赫带上他精心撰写的三千多字的工作情况汇报匆匆而去。初冬清晨的通城天空高远，阳光一出来就发挥它在西部高原的秋后余威，令人畏惧。张赫坐车到县委办时，书记早在那里等候他了，一见面便笑着说："张局长的文笔在所有局长里算是最好的吧！"张赫想，这句话透出一个信息，他的那份材料书记是看了的。但进门坐定之后，书记却不谈他的文笔和材料，而是谈如何处理好全县教育系统教育教学与"三产"两手抓，两手都要硬的关系问题，要他在近期拿出具体实施方案和措施，必要时可召开推进会议。话还没怎么说开，组织部部长敲门进来，他的谈话只好结束，书记让他抓紧去准备，临出门时，当着组织部长的面说，张局长的工作成效是有目共睹的，望能认清发展形势，一如既往。书记的话云山雾海，怎么理解都对。那天，他回到办公室里时已经临近上午十一点钟了，他马上通知办公室拟文，准备在第二天召开全县城区中小学校长会议，落实书记指示。同时，让办公室主任按他的意思准备一份讲话材料。

　　尽管自己是写材料出身的，但对于审批阅示文件，张赫并不逐字逐句，而是一目十行，大略扫一眼，即可知有无大错，因为他的材料写得好，副职们都把得严，一般没有什么问题。当冬天到来时，戒酒引起的生理系统反应异常强烈，除了心烦意乱、坐卧不安，饮食也大不如从前。在戒酒的最关键期，他的内心和外面街道上一样杂乱无章，只有沉浸在文件材料里，才能得到片刻的宁静。当他看到那页与其他文件内容完全不同的材料时眼前一花，脑袋嗡了一声，惊出了一身冷汗，蜡黄的脸在愤怒的火焰里烧烤成红褐色。他哗啦一声站起身，将椅子推翻在地，气急败坏地从床底下取出半瓶酒，一饮而尽。他背着手在屋里转了两圈，随后坐在侧面的真皮沙发上。酒让他冷静了下来，但也让他的戒酒事业半途而废。他仔细地研读了那页"有关张赫问题的检举揭发材料"，除了对一些陈年旧事提出来添油加醋重新爆炒一番外，其他尽是有关他日常喝酒的烂事，甚至捕风捉影、或无中生有地联想到受贿，最后一句话还没完就戛然而止，页码标着29。这只是其中一页，从内容看这只是对他个人"不法"行为的列举与陈述，应该是中间部分。他决定将那"第29页"材料原封不动放在原处，不动声色地退给呈文件的人，只是要求立即通知召开局全体干部职工大会，任何人不得请假。

　　当办公室冯主任从局长办公室回来，翻阅有无领导批示时发现了那张材料，局长要求开会的时间已经到了，他急忙从文件夹中将那页材料取下来，装到身上，准备方便的时候去趟厕所，撕碎冲到下水道去，然后装作什么也不知道。张局长肯定是知道此事，这点他从紧急召开的会议和局长带着浓烈酒味的话语中感觉到了。全体干部职工大会要求谁也不能请假，特别是领导班子成员一个也不能少，张赫知道今天县里没什么会。张赫半年以来第一次满身酒气地第一个坐在会议室主席台的正中间，一本正经，目视前方。说说笑笑进门的干部职工看见局长早已坐在那里，立刻变得鸦雀无声，正襟危坐起来。副职们一改往日的窃窃私语，严肃认真地依次就座，全体职工无一请假，比当初组织宣布张赫任局长时还严肃认真。

"人都到齐了吗？"张赫问冯主任。

"全部到齐，没有请假的，局长！"

"好，现在开会，会议的议题只有一项，集体开展批评与自我批评，先从我开始。有什么问题直接提到桌面上，不要当面不说，背后乱说，人前一套，人后一套。这是党和政府的工作单位，不是某一小撮人结党营私，搞团团伙伙的地下组织！有种的站出来说……"啪一声，张赫将眼前的真空玻璃杯狠狠地砸向桌子，哗啦啦的开水和茶叶从桌子上弥漫开来，办公室主任忙喊人清理，一眨眼工夫收拾停当，甚至没影响张赫讲话。他原想自己开个头让别人说，特别是局班子成员说，没想到喝了半斤酒，思维活跃、思路清晰，越说越来气，一气之下侃侃而谈，没有停下来的意思。张赫从那一页单独夹在早上呈送来的文件中，要求罢免他的材料出发，顺便引申、结合自己曾经和眼下不光彩的部分，也就是有人反映他"上班期间喝酒"的事，开展了深入肌肤的自我批评。他说这种行为是错误的，是不允许的，应该接受纪工委提出的批评意见，进行深刻检查和反思，以后要坚决杜绝此类事情发生。众人也觉得说是这么说，但时下工作期间偶有喝酒是普遍存在的，多年来没有哪位领导专门就此事提出要求，今天突然听到爱喝酒的局长竟然提出来，感觉像是有什么事，听得在座的干部职工面面相觑，倒吸了一口气，心里多少有些慌乱，局长都这么狠心解剖自己，接下来轮到自己时不知道该说什么。

会场像是张赫一个人的，除了偶尔的几声咳嗽声，就是张赫激情澎湃的讲话声。三个副局长凝神静气地听着，相互猜测谁是叛徒，是谁告了密、走漏了消息，但谁也不敢咳嗽一声。他们各自在想同一个问题："弹劾计划"参与的人是经过严格政治审核的，绝对可靠，誓与计划共存亡！甚至有人在想，此刻要不要把"弹劾计划"和盘端出，那些内容有理有据，材料翔实，证据确凿，甚至有证人证言，时间地点均记录在案，没什么大不了的，不同的只是把会场里一部分人遮遮掩掩的面子撕开，让所有的人看到双方的本来面目而已，但那样的结果不是他们所要的，他们所要的是张赫一个人接受惩罚。只是现在大家都在会议室，不能开会统一口径，只能听张赫指桑骂槐、高谈阔论、无中生有地咋呼。下午四点的行动要不要取消，或继续进行，现在无法定夺，几位行动组成员不住地看这次行动的"总指挥"，常务副局长兼党工委书记姜大强正襟危坐，像什么事也没发生，他的镇定自若强有力地稳住了"弹劾计划"行动组成员波浪翻滚、几欲崩溃的心。

钟声响了十二下，通城西面清凉寺里和尚的诵经声，随着一波一波的寒风从半开的窗户灌了进来，街道上突突的拖拉机声和农夫叫卖洋芋的声音交织在一起。井字形的通城主干道，被下班的车流人流和进城贩卖农产品的小贩挤得水泄不通，叫喊声、自行车铃铛声、叫卖声、玩具喇叭声……此起彼伏，农民一年的收成就在这喧嚣声中换成现金或日常用品。常年绿化的大山，在大雪的装扮下，此刻呈现出红黄绿紫的斑斓色彩，像斜立在城市身后的巨幅水彩画板。会议室里骤然响了两声BP机的嘀嘀声。张赫下意识地抬腕看了一下手表，停止了讲话，说现在散会，下午会议继续，中层以上领导不得请假。

张赫最后一个走出会议室。他瘦小的身材在正午透过楼道的阳光里，显得干枯而颓废，松散的深蓝色中山装在微风中摇曳，像挂在衣服架上似的空空荡荡。这段戒酒的日子让他不思茶食，整日里以烟为伴，本来中等偏瘦的身材，现在枯瘦如柴。有传言说，张赫已得不治之症，如今病入膏肓，将不久于人世。传言所提供的现实证据是，张赫走在路上，像一片杨树叶子般能被一阵秋风吹得摇摇晃晃，甚至像风中摇曳的烛光，熄灭指日可待。可今天，在酒精的作用下，张赫倒是精神抖擞，健步如飞，三两步就到办公室了。

"弹劾计划"的组成人员，利用中午的宝贵时间召开紧急会议，比教育局的会紧急一万倍，会议地点是清凉寺的前殿院子。会议流动进行，充分沟通，重点分析是否有人透露了消息，各成员对着城隍庙大殿说绝没透露消息。在随后大家共同回忆分析每一个细节的时候，姜副局长觉得事情可能出在文印室那台电脑上，也就是打字员杨玉是最大的嫌疑，但张局长怎么跑到文印室去了呢，难道是杨玉告的密？！尽管之前他一再告诫绝不能走漏半点消息，可是弹劾材料需要审阅把关，来回多次修改且都是在文印室里做的，是不是粗心的打字员不明就里，将其中一页夹杂在局里下发的文件里，让张赫发现了蛛丝马迹！？案情分析得有理有据，而且颇为准确，但事已至此，是行动还是取消呢？姜副局长在结束会议前说，一切听他的号令，不可妄动！

　　正午的阳光很快偏西了。办公楼里静谧无声。楼道里的几盆秋菊开得正艳，散发出阵阵清香。"弹劾计划"的组成人员依次下山回家了，只有姜副局长吃了一碗牛肉面后到办公室去了。他把窗户打开了一点缝隙，香气顺风拂鼻而来，他禁不住打了个响亮的喷嚏。不知是花粉过敏还是鼻炎，天一凉，他时不时会打喷嚏。张赫的办公室在三楼，他在张赫的正上方四楼。这个时候出点动静没有什么，因为张赫下班后的第一件事是赶紧回家给孩子做饭，早走了。他透过半开的窗子，远处清凉寺上空缭绕的紫色烟气清晰可见，钟楼敲响了下午两点的钟声。他突然感觉到自己想当局长的美梦，被谁从某个隐秘的地方偷偷打开了一个裂缝，露出里面自私的内核来，周身禁不住打了个激灵。副局长兼党工委书记，正科级，排名第二，这个位置遇到谁都想进步一下。此时，他的办公室里暖烘烘的，一扫冬日的阴森，他的忧心忡忡，在暖阳里变得如释重负般的轻松。他倒在床上，长吁了一口气，事到如今也只能鱼死网破了，量他张赫也没有十足的证据将"弹劾计划"扼杀，至于要不要将这个计划付诸实施，得视下午会议的进展情况而定。

B46

　　整个下午，副局长们在浅尝辄止的自我剖析中侃侃而谈，他们说了些什么，会议记录人冯主任什么也没听进去，只在本子上写下了"怎么办"三个大字，还在不断地描粗。局长满脸严肃，特意要求做好会议记录，为保证会议内容的全面和真实，下午的会，张赫要求办公室主任和副主任两人同时记录，还要求电教中心做好录音，以备后期整理。

　　早上开会时，张赫就注意到冯远魂不守舍的样子，知道今天的记录肯定记不好，但会已开始，不好再安排，他便一个人说了一早上，自己说的自己清楚，不记也罢。那页文件究竟是冯远在呈送文件时故意夹进去的，还是在装订时无意夹的？他不得而知。不管怎样，他还得感谢这位办事干练的年轻人。

　　四十多人的会议室里香烟缭绕，此刻只有领导嗡嗡的讲话声，像是自言自语，桌上的麦克风将这种吞吞吐吐的表达，声情并茂地传到了台下。主席台上的人笼着一层烟雾，神秘莫测。三个副局长、一个纪检组组长，四人对照检查结束的时候，清凉寺六点的钟声早于半小时前响过了。

　　张赫看似酒醉的样子，昏昏欲睡，却没漏过发言者的每一句话，他想要从中获得更多关于自己的内容。其实他错了，他像个小学生似的天真，谁会在这个时候将自己送上审判席呢！他们说的都是文件里的套话，甚至是冠冕堂皇且八面玲珑。台下的职工聚精会神，听得津津有味，对他们而言，这是第一次听到领导和普通职工一样有那么多毛病。这么多听起来稀奇古怪的事，将他们和领导的距离拉近了许多，亲切感一涌而出。张赫说散会的时候，他们恋恋不舍，希望听到更多有关领导的细枝末节。

大寒之后，天气一天冷过一天，寒冷成了通城的天气主角。虽然室外温度已经降到零下十四摄氏度，但他们走到寒风凛冽、人声嘈杂的大街上时，并不觉得寒冷。领导们的自我剖析深深地感动了他们，对组织忠诚的旗帜从理想信念中冉冉升起，高高地飘扬在此后工作的道路上。

一入深秋，通城的天空总是悬着一团团巨大的灰色棉朵，湿淋淋的，时不时漏下一阵雨水来，从西伯利亚过来的高压气旋突然从青藏高原边缘跌落，形成阴冷的西北风。这股冬天的使者在通城满大街溜达，像防不胜防的小偷，伺机窃取大地和人们身体的温度，为冬天的到来准备温度条件。太阳露面的日子很少，进城兜售农产品的农夫每天将新鲜的泥土和果蔬一起带进城里，在绵绵秋雨的帮助和鼓动下，将整个通城的街道变得泥浆横流，让清洁工苦不堪言。她们每天清晨分组站在进城的几处必经之地，清洗牛车上的泥浆，以便从源头上遏制污染的进一步扩大。为了各自的方便，他们常常发生争执与争吵，但住在城里的清洁工总能在话语和心理上占到上风，将农夫和商贩击败，让周身干净的人畜进城，这样才能保障此后一年中大部分时间街道的清洁，不至于天天尘土飞扬。"晴天一身土，雨天两脚泥"，尽管有清洁工的严防死守，但总有一些人会在凌晨之前和泥土一起进城。在冬天来临时，这些泥土结成了脏兮兮的冰面，蛰伏在一层一层加厚的积雪里。如果遇到温暖的天气，街道在正午的阳光里变得和秋天一样泥泞不堪，雪水将之前藏匿的泥土又一点一点带出来，以泥浆的形式散漫在大街上，过往的行人又将它们带到家里或工作的地方。一个晴天之后，通城的四面八方、角角落落都是来自土地的味道和身影，这让众多不想与泥土为伍的人烦恼透顶，除了给政府写信，要求加强环卫工作之外，没有其他更为有效的办法。

中午，张赫下班时，街道上虽然结了冰，但受不了过往行人和车辆的踩踏，那些刚结成的冰又回到泥浆的状态。张赫没心思看脚下的路，时不时踩到泥里，双脚沾满了泥水。菊花回来时，看到楼道和门厅全是泥，张赫的皮鞋面目全非，成了一双结成冰的泥鞋。她同时还闻到了酒味。菊花收拾完满地狼藉的门厅，张赫已经把饭做好了。饭桌上，她好奇地望着张赫，心想张赫不是早戒酒了吗，难道又重新喝上了？她就重新喝酒的危害性唠唠叨叨不停。儿子吃饭嫌吵，端着碗到茶几边看电视去了。张赫心不在焉，拨弄了两口也离桌睡觉去了，说下午开会，得休息一会儿。菊花独自吃完饭，收拾停当碗筷，躺在沙发上和儿子一起看电视，看着看着睡着了。

到下午上班时，张赫已经酒醒了。一切都和往常一样，甚至比往常还要好一点，至少以前见他不说话的中层主任们见到他时热情多了。单位职工按部就班、各项工作井井有条。县委、县政府那边一如既往地平安无事，除了正常的公文往来，没有传出什么特别的消息。城郊的农民一波一波向城里涌来，为即将到来的春节狂购年货。

张赫重新回到了他的饮酒人生，和菊花时不时的争吵如饭菜里的调料，伴随着一家人的日子往前走，有时咸有时淡。这倒让菊花心安，觉得张赫身后那可能存在的狐狸精的阴影消失了，不再打扰她吵吵闹闹的生活，不再干涉张赫正常的喝酒，一颗悬着的心安稳地落在胸腔里，一时竟觉得这重新回到往昔"硝烟弥漫"的日子令她安心。菊花温顺地接纳了这个一度戒酒一年多的酒鬼回到酒气熏天的生活轨道。至少对菊花来说是这样的。

平淡无奇的日子与半年前没什么两样。通城的第一场雪如约而至，漫天飞舞、纷纷扬扬，勇士般奔赴通城的山川大地，没多久，县城的四面山岗和进城的所有道路被白色覆盖了。原野望去白茫茫一片。此时，腊月将自己打扮成一位冰清玉洁的白雪新娘，身处寒冷的闺房，待嫁来年的春节，将在冰雪融化的季节孕育新的生命。

大雪断断续续下了三四天，或四五天，因为每年的这场雪会持续很长时间，没有人愿意记清楚下了多久，到腊月二十二日这天，雪下得没有先前迅猛，但还在静静地下着。天空昏黄、灰色的云朵压得很低。按照每年的既定时间，这天下午，照例在县政府礼堂召开全县各界人士代表参加的团拜会。团拜会由县长主持，县委书记发表热情洋溢的致辞，借以表达县四大领导班子对一年来关心通城县经济社会发展的社会各界人士的感激之情。活动在《春节序曲》和《步步高》相互交替的明快喜庆音乐里进行。眼下的通城像一块揉皱了的字纸，除零零星星的院落或街道清除了积雪外，全城一片雪白，据城里德高望重的老人回忆，这一年的雪下得比任何一年时间长、来势猛且雪量多，如果不及时清理，街道上的积雪会有一尺多厚。整个县城除了三五处供暖站的袅袅青烟，几乎再无活动的事物，一切均在宁声静气中与大自然保持一致。街道的主干道虽然经过多次清扫，但路面的积雪仍没过了人的脚面，偶尔有人开车缓慢通行。

张赫穿着一双皮鞋，铮亮中透着坚硬，走在雪地里如一枚甲虫在移动，显得十分渺小，周围巨大的白色几乎要把他这个小小的异色融化掉。他参加完县上的会议后，已经暮色四合，但因为有雪的照耀，比平时光线明亮一些，他踩着吱吱呀呀的积雪正在向单位走去，因为雪滑得认真走路，没注意走过头了，当他抬起头时却已到了家属院的门口。他在街道边站了一会儿，想着要不要折回到单位去。他感觉走热了，摘下帽子，抖了抖，拍去身上的积雪，双脚用劲在地上踩了踩，把脚面上的雪粉踩了下来。按照惯例，明天腊月二十三小年下午开完会后，县上各单位就要放假了。全体职工大会上他得总结过去，展望未来，虽是些规定动作，没有什么新意，但今年他必须做得正经一点。两个月前的那张"第29页"告状信时不时跳到他的脑海里来，他决定今年不再照本宣科，说些空话套话。他要把评选出的先进、优秀人员重新审一遍，名单已出，但文件他还没有签发。从他当局长开始，局里所有的先进、优秀人员均由几个副职衡量各方利害、搞平衡，没有什么要他费心的，他把评选权早就下放分摊给了副职，所以没人找他来要优秀名额。他望了望天，还没有晴的意思，先回家吃饭，明天早上审一遍，下午开会还来得及。这大雪封路，没什么人能离开通城外出。想到这里，他便进了院门。

门房老头又一次把不大的院子扫了一遍。此刻，他站在大门口，手里握着扫帚翘首望天，抱怨一连下了三四天的雪仍然没有停下来的意思。在这样的天气里，他的劳动强度加大，成果却一次次地被否定，甚至一笔勾销重来。他埋怨下雪天总让他不得清闲。看到张赫进来，搭讪说："张局长今天下班早啊，听说你们都在招待所里团拜去了，你是没吃饭就回来啦！"

张赫突然觉得站在雪地里，罩在灯影下面目模糊的矮瘦老头有点可恶，甚至有点可怕，他竟然能看出自己的心事来！被一个乡下来的看门人看透且说穿了内心的秘密，他顿时变得惊慌失措，甚至恼羞成怒。

"嗯，又扫啦！"张赫望着眼前这个两个月前因丢了一万元而一夜之间老了十多岁的守门人，轻描淡写地说，"这雪没停的意思，可能还要下，这得您忙几天的。"他的语气里没有愠怒的成分，至少在话语里听不出来。

"张局长家里有事吗?饭没吃就回来了！"这个快七十岁的老头，看上去干瘪黝黑，高个子抬着一颗比例严重失调的头，浓密的花白头发下掩着一双滴溜溜转的老鼠眼，两颗高高突出的门牙，在他努力闭嘴时，仍然露在外面，像是后来装上去的假牙。说话时，一股烟味从黑洞洞的口腔喷出，足以让三米之外的人憋住气，说话含混不清。干枯的外表并不妨碍他打探院子里每个住户的隐私，伺机在最后的岁月里获得物质上的利益。比如杨副局长家来了什么人，如果是领导模样的人，他会在张赫进门的时候，告诉他有一个校长模样的人找局领导，他以为是找张局长的，严加盘问之后，人家却说是找杨副局长的，看样子要办大事，手里提的东西可不少。张赫听了，莫名其妙，但为了感谢老头对自己的信任，至少得放下半盒香烟，以表谢意。看门人就这样日复一日、年复一年地接受或索取着他需要的东西，他的聪明之处在于能洞察每一位住户的心理，恰到好处地提供给对方想要的或喜欢听的消息。他能从今天张赫提前回家这件事上推断出张赫肯定有什么事，还是急事，不然正常情况下是要留在会场吃完饭才回来的。

守门人是局里一位副局长老婆的乡下亲戚，张赫搬进这个小区的时候，他已经在这里守了多年。那位副局长就是现在的体育局局长，与张赫平级。张赫虽然知道他每年从局里领走一笔数目不小的物业费和工资，但他从来没细究过这人的家世。据菊花饭后闲话，说这人现在一个人过，老伴年前走了，儿女都在乡下务农。他住在门房，足有十个平方米大小，还是一个小套间，只要这个院子在，他便一直会待下去，算是城里人，有生活保障。据院里无事生非的老太太传言，说他每年工资基本不动，全存起来了，已经有一万元了。那时，万元户可是个大老板，是折算了或估算了他所有固定资产和流动资金，而这位看门人的钱是真金白银的现金万元，令人羡慕、嫉妒、唏嘘不已。有了钱，看着街道上来来去去的美女，他时不时会有非分之想。有一年秋天，他将"想吃天鹅肉"的想法付诸行动。教育局所属印刷厂的一名女工因老公的皮鞋厂效益不好，闹离婚，扬言说即使找一个有钱的老头，也不和年轻没钱的老公过了。女工三十刚出头，生有一女，长得还算过得去，是厂里的装订工。老头听到这话，托院里的一位老妇人前去传话，说他有存款，是否能考虑与他一起过，如果愿意，他会在一个星期的时间里把乡下的老婆子休了，这个他保证没问题。老妇人被他的钱看傻了眼，当面说你们俩年龄相差太大，可能不合适，转弯抹角暗示了大半天，老头没懂她的意思，以为是要好处费，他慷慨抽出十元大钱，说如果这事成了，还有一张。她平生手里从来没拿过这么新崭崭的十元整钱，红着脸颤抖着手接住，深情而憎恶地剜了他一眼。

老妇人是城区一个小学校长的岳母，因丧偶多年，又不愿意看乡下儿媳妇的脸色，只好跟着女儿在城里吃闲饭享清福。为了对得起那十元钱，在那女工临下班时，老妇人站在厂门口拦住她说，认识一个特别有钱的人，管着一座院子，看女工有没有意思。印刷厂离教育局家属院不远，那女工和老妇人说话间就到了。她把女工领到老头的门房里，说："你和他先聊，我在门外有点事就来了。"随后从外面关了门，情绪低落地上楼回家了。

当女工在门房里大骂老头是老流氓，是"癞蛤蟆想吃天鹅肉"并一脚将并不结实的木门踢开时，老妇人刚好在厨房里准备做饭。听到动静，她忙放下手中的活，跑下楼去看究竟。只见房门大开，老头子双手捂着脸，蹲在地上，床上乱七八糟，五千七百五十元的存折被撕成两半，孤零零、悲伤地躺在床上。此时，女工正好走在大门口，和下班回来的教育行业干部职工相遇。她怒气冲冲地边走边骂："有两分臭钱就以为了不起，还要动姑奶奶，你没问一下你那老球有用吗，也不到屎尿茅坑里看看自己那副德行！

真是癞蛤蟆想吃天鹅肉！"下班的人不明就里，围在门口问这问那，都被老妇人劝散了，说是守门人的家事，两口子闹矛盾，没啥事，散了吧！散了吧！事情越描越黑，有人问，那女子今早还是印刷厂的工人，怎么中午就成了守门人的老婆？老妇人一时红了脸，指着蹲在地上的守门人说："我也不清楚，你们问他本人吧！"转身回家做饭去了。

好事不出门，坏事传千里。这条绯闻像长了翅膀似的急速飞向四面八方。第二天中午的时候，守门人三十里外乡间的女人手里提着一个特大号剪树枝的剪刀，风尘仆仆地赶到家属院门口老头的住处时却是人去房空，门上挂着一把没有上锁的锁子。守门人像提前得到了消息，在她气势汹汹地到达时，老头已躲得无影无踪了。女人一脚没踢开房门，才发现门上挂个锁子，她取下锁，重又踢了一脚，厚实的门板哗啦一下开了，来回晃了几下。女人提着剪子在外面定了定神之后，一脚踏了进去，不幸的是屋里屋外、床上床下连个人的影子都没见，气得她将两只大脚板在水泥地上踩得咚咚响，她向进进出出的人打听守门人的去向，都说不知道，有人说是不是回家了，女人说她就是家人，他没有回家。那就不知道了。有好事者说老人是不是城里还有一个家？女人没再言语，而是代替男人的工作在门房静静地住了下来。那是秋天，在女人等到第三天的时候，还不见男人的影子，院子里的杂物、树叶、生活垃圾已经四处都是，她不得不扛起扫帚去清扫。由于风大，无法将这些垃圾拢到一起，她反复了几次，树叶总是不听她的话，扫把扫一下，树叶就随风乱窜，气得她扔下扫把，提了剪刀，拿出枕头下面的十元钱回家去了。她每次来城里，守门人总要给她十元钱，这像是约定俗成，无需谁提醒。这次她突然来袭，看来被老头预见了，因此不忘给她在老地方留下路费。

像她这个年纪的女人都是小脚，走不了远路。她小时候因为缠脚怕痛，加上姐妹多，大人无暇顾及，缠脚的事丢三落四没有坚持住，嫁人时因为大脚遇到种种不幸，家里只好降低标准，最终嫁给了邻村早年丧父的男人，也就是现在的守门人。她性格倔强、开朗，敢说敢干，像个闯荡江湖的女侠。起初名叫宝贵的男人不肯要她，她听闻后自己孤身一人到宝贵家走了一趟，见到孤儿寡母，她把自己大脚的好处吹嘘了一通，宝贵母亲觉得有这么个有性格的媳妇，或许能改变一家人的命运，便一口答应了她，让她回去。不久，宝贵母亲聘了媒人将这桩婚事定了。婚后果真如她所愿，五年里三个孙子相继而来，一个比一个长得壮实，等宝贵想起生个女儿时，四个儿了已经半墙高了。从此人丁兴旺，没人敢欺负这家人了。后来，婆婆托亲戚给宝贵在城里谋了个看门的差事，解决了一家人缺钱的问题。没想到宝贵不知足，在城里被花花世界眩花了眼，做了对不起她的事。她在集市上听到这个消息，立马回家操起家伙直奔县里找宝贵算账。她来时宝贵躲了起来，三天了竟然没露面，她知道宝贵就藏在这栋楼里，或者就在附近。临出院门时，她对着院子里的整栋楼大声地喊道："宝贵，算你狠，有种这辈子就永远不要在我面前出现了，死得远远的。如果我再次见到你，必将你那骚货咔嚓了！"说着将剪刀提在半空中，咔嚓了两下，转身走出家属院大门。

当围观的人散去时，给守门人做媒的老妇人已站在街道对面，望着宝贵的女人向汽车站走去，她已经在那里窥探了足有十分钟，以便给宝贵提供他女人的状况。当天晚上，院子里恢复了往日的干净整洁，但他与女工之间的那点事，传到乡下弄得儿子和儿媳妇在村里很没脸面，她女人不到一年时间突然去世，儿子们说是被宝贵气死的。从此，有三个儿子不认他这个父亲，只有还没结婚的小儿子，时不时进城来看他。老头子一副有口难言之状，而给他介绍印刷厂女工的老妇人倒是打扮得花枝招展，唱着小曲出出进进，像迎来了第二春似的，不到六十岁的脸上依然洋溢着青春的气息。宝贵女人死后不久，这位老妇人在城郊买了一处四合院，独自一人从家属楼女婿家搬走了，临走时连女儿都没弄明白母亲一没退休金，二没赚钱手艺，五六千元的四合院哪里来的钱买，之前她去过母亲的新宅，里面家具一应俱全，基本是八成新，只要人搬过去就能住了。

老妇人搬走之后，老头子说话办事比先前谨慎多了，像是吃了一堑长了三智，处处留心提防着院内院外所有的女人，特别是和他年龄差不多的。他像刚来时一样重拾生活的信心，将一分钱当两分钱存起来，只进不出，凡事永不提钱。院子里女人看他生活拮据，便今天白菜、明天萝卜地给他，但他接受得小心翼翼，像是谁要骗他钱似的。他成了真正的城里人，自由而孤独。

所以，张赫经常在有接待时，总将剩下的没怎么动的食物让司机带给老头。第一次怕老头嫌弃，还专门做了说明，老头感激涕零地同意后，他每有接待总要带点，哪怕半瓶酒、两个苹果、三个梨什么的。今天守门人这么问，他恍然觉得双手是空的，每年团拜结束的晚上，他基本能给老人一瓶好酒和半箱子水果。雪越下越大，白得让人睁不开眼睛，他也没看清楚老人的表情，他不知道说什么，只好什么也没说，默默地向单元门口走去。扫过的地面很快被雪盖住了，他听到唰唰的扫雪声和楼上谁家炒菜的声音，他甚至听到屁股后面有个沉闷的声音，"有人说你被告下来了，是真的吗？"那时，他已经到了单元门口。他愣了一下，不知道这话是针对谁的，为了弄清楚这句话的所指对象，他快步走到二楼，想通过楼道的玻璃窗看一下他后面还有谁。院子里空荡的，空白一片，守门人已经收起扫帚站在大门边上向大街观望，希望能在张赫之后，有人给他送来一年中最好的施舍。

名叫宝贵的守门人经历过感情挫折后，重拾生活的信心，他的心被多次离奇的教训磨砺得坚如磐石，却被院子里住户的善良豢养成了一头恶狼，一顿吃食得不到满足便露出狰狞的面目。张赫躺在客厅兼卧室的沙发上，静静地望着玻璃窗上的雪花，在高空自由下落后碰在玻璃上粉身碎骨。守门人的形象依然站在雪花里，他回想今天联谊会上各局领导的窃窃私语和尴尬态度，他预感到那一页文件所提示的事情已经有了结果。从看门人的态度里他觉出事态的严重性来，因为局里领导班子成员几乎都住在这里，局里的事多多少少都要在门房这个小区的口腔部位泄漏出一点蛛丝马迹来。他给办公室打了电话，强调明天早上他要查看今年评选先进和优秀的情况，把所有资料准备好，下午召开年终总结大会，全体干部职工参加，一个也不能少。和往年一样局领导班子准备书面材料并发言，其他人向分管领导提交书面总结即可，大会不再发言。打完电话，玻璃上的雪花已经看不见了，只有时不时的黑影在玻璃上相继粉身碎骨。

B47

张赫被儿子推醒的时候，屋里灯火通明，炫得他睁不开眼睛，迷迷糊糊中起身时，一堆厚厚的被子把他从沙发上挤了下来。幸好有儿子在跟前，顺手扶住了他，像拎起一件衣服似的，儿子魁梧的身材遮住天花板上的灯，张赫显得十分瘦小。本来不足一米七五的身材，在酒精长年累月的浸泡下，中年的他已经很虚弱。劣质烟酒将食物排挤在身体之外，五谷的力量很少帮上他。他与美食几乎无缘，在美味到来的时候，美酒也伴在其中，而他对酒的喜好远远超过了美食。他解决饥饿的食物就是酒醒之后的一盆酸菜懒疙瘩，烈酒锻造的胃将这些食物悉数消化。

几十年如一日。

张赫在家里给办公室冯主任打完电话，躺在沙发上回想他当局长这几年的重点时段的重点事件，当菊花和儿子进门时，他已经睡着了。儿子取来被子盖在他身上，以为他又喝酒了，知道今晚他不应该在家里而应该在酒店。张赫心事重重地坐在餐桌前，狼吞虎咽地吃起来。菊花和儿子从市场上带来了丰盛的晚餐，张赫吃得津津有味，这一反常行为引得娘儿俩面面相觑。今晚是县上领导集体团拜，张赫应该是吃饱喝足了才来，而且应该是晚上九点之后，所以，这些吃食不是给他准备的，而是点多了没吃完剩下了才带回家的。

"爸，今晚不是你们的团拜会么，您没去？"儿子还是没压住心里的疑问，"我看招待所那边有很多人，挺热闹的！"

"有事没去。我不在家吃饭，你们就准备好吃的？！"张赫开玩笑说。

"这哪儿的话呀，你不是说要去参加宴会，我们也改善一下么，这肯定没招待所里的丰盛。"儿子见父亲毫不谦让地吃着，心里还是有点不痛快，心想，你有大餐不去吃，干吗躲在家里睡大觉蹭吃呢？

"就让你爸吃么，这还是第一次，咱也算是小年里的一次大团圆！"菊花听着父子两人的谈话，心里还是挺高兴的。自从张赫当了局长，五年多的时间里，很少在家里吃饭，下班回来就是酩酊大醉，然后呼呼大睡。家只是他晚上睡觉的寓所。

东方红拖拉机厂的效益一天不如一天，有能耐的技术工人一个接一个跳槽了，管理人员也日渐减少。倒是一些民企如雨后春笋，遍地开花、茁壮成长。眼看厂里的领导层一个个调整到行政事业单位去了，而菊花因为身份问题，不能动，只能在厂子里奋斗终身。几百人的厂子，单凭她一个销售部门也无能为力，尽管用了九牛二虎之力，动用了各种关系，也改变不了市场规律和企业衰落的大势。单位的事搅得她焦头烂额，回家来还得看孩子做饭，她已身心疲惫，越来越觉得需要一个分担家务的男人而不是局长了。局长是大家的，而男人是自己的，虽然男人的职位给她带来了荣耀，但回家之后的孤独一再将快乐驱赶得无影无踪。当她每次一个人带着儿子，穿梭在人群中时，她多么羡慕那些普普通通的人，孩子身边总有父母的身影。今天看着张赫和儿子一起吃饭，她躲在厨房里一个人盯着窗户玻璃上的雪花默默地发呆，寂静和黑暗打开了她心中的委屈之门，泪水不知不觉涌满了双眼，高兴与否，已无处分辨。

儿子本来在外边已经吃饱了，这会儿看到父亲吃得香，禁不住又跟着吃起来，他边往嘴里拨拉饭菜，边叫了几声妈，见没应答，又放下筷子侧了身四处观察，发现她在厨房里静静地望着外面，儿子感觉到母亲可能有什么心事，他用胳膊动了动张赫，示意他去看看母亲可能有什么烦心事，和母亲朝夕相处，她的一举一动都逃不过儿子的稚嫩的眼睛。他知道，此刻母亲肯定心里有事。张赫看了儿子一眼，转头向厨房瞟了一眼，心里烦，回头继续吃饭。儿子见状，又用手指捅了一下张赫的胳膊，压着声音说："爸，我妈哭着呢，不信你去看看！"说完用筷子又指了一下厨房的方向。

张赫抬起头，见那边黑洞洞的，看不见菊花，他把椅子往后移了移，准备起身时，一道红色从眼前一闪落在餐桌旁，随即飘来一串酸涩的话："你爸总算在小年和咱们一起吃个团圆饭哩，难得啊难得！"菊花擦着眼睛，支支吾吾地说着什么，再后面的就听不清楚了。

张赫不露声色地用余光扫了一眼菊花，她眼睛里还有没擦干净的泪水。他心情灰暗，真不明白菊花这是唱的哪一出，他端起儿子倒好的香槟饮料说："来，咱们一家干一杯，小年快乐！"儿子高兴地应声端起杯子向他碰过来，菊花却没动，眼泪又嗖嗖地往下掉。他和儿子喝了一下，端着杯子问她："这大过年的，你这是怎么了，谁欺负你啦！？"

"没人敢欺负她，我妈厉害着哩！"儿子又喝了一口饮料说。

菊花擦了擦眼泪，说："没事，我是高兴。"

"高兴应该笑，你怎么哭了？"儿子盯着她的脸问道，"那你高兴什么，我们的好吃的都让我爸吃啦！"

他第一次发现老婆对他的要求原来就是这么一点点，那就是多陪陪她和儿子。

"我以后天天和你们娘儿俩一起吃饭，干杯！"张赫说着端起被儿子倒了多半杯饮料的杯子，"全家小年快乐！"

菊花半推半就地举起杯，没有碰，虽然儿子将杯子移过来，她也没碰，自顾自将杯子放到嘴边意思了一下。

当后来发生的事应验了张赫当晚的承诺时，他酒醒之后躺在床上对菊花说："你记得那晚我说的话吗？"

菊花倒是有些哭笑不得，因为接下来的国企改革让经营困顿的国营东方红拖拉机厂的产权变更，她们这些曾经光鲜一时的国企合同工人成了临时聘用人员，每时每刻都面临着市场的冲击和淘汰。她多么希望张赫还是以前每日里泡在公务里的局长，而不是一名普通教师。那样，前面的日子就能平坦地看到尽头，前进的动力会更足，不像眼下如此狼狈不堪。

B48

直到腊月二十三中午，前后持续了一个星期的雪天即刻撤走了，放出耀眼的晴天，使得冬日的通城像初春一样温暖起来，屋檐和街道上，还有树枝、电线杆上都是雪水，如果你不是走在雪地里有阳光热烈地照着，你真会觉得时令神经质地错乱了。这场大雪事实上搅乱了很多人的打算，商贩们为积压的年货四处奔波，也只能是在城郊的几个村庄里兜售，像以前的货郎似的送货上门，这种促销量与他们的积货相比，如九牛之一毛。农民们为获得年货在城市遥远的边际盘旋，大雪封锁了进城的道路，也抹掉了山村小道，妇女和孩子对年货期盼的哭闹，无法改变不能出行的现状。眼看这个年就要在家独自寂静地度过时，老天还是有意打开了一扇通往快乐的大门。

第二天一早，张赫把拟确定的先进和优秀名单按标准进行审定，发现有三分之二不符合要求，他让办公室把其他没能入选者的名单和条件拿来，他要亲自过目。确定了新的名单后，让办公室立刻打印并下发，结果只在会上由办公室主任宣读一下即可，不做任何说明。

下午开完单位年终总结大会，宣布放假后，张赫敲响了县人大常委会苟主任的门，他希望从老领导那里得到有关自己的可靠消息，进门时，才想起之前准备拿的见面礼忘了，他只好硬着头皮进去，一落座，苟主任就给他斟了一大杯酒，笑着说："快放假过年了，什么风把大局长吹到我这儿来，怕无事不登我这三宝殿吧？"

　　苟主任发福微胖的身体在张赫眼前晃了晃，又坐回藤条太师椅里去了。此时，张赫的笑像一张画挂在脸上，僵在那里，听这话，眼下领导也是无能为力，先不说这个，端起酒杯一扬脖子二两酒下了肚。随着酒精的迅速蔓延，神情疲惫的张赫顿时来了精神，他滔滔不绝地把自己所有掌握的情况，及自己的推测陈述给了苟主任。他知道有关自己的问题，县上四大班子领导早已通了气，连同自己那份"情况汇报"也应该知道。

　　天已完全放晴，明亮的阳光从窗子侧面照进苟主任的办公室，穿过桌上的一盆海棠宽大的枝叶，落在张赫的脸上。为了避开那股刺眼的光线，他向沙发的另一端挪了挪。

　　雪后的天空更加明亮，四面山上的积雪将正午的阳光反射到小城里，再由城里楼房的玻璃反射回去，像是从城里长出了无数的小太阳，金光四射。远远望去，小城像一颗闪闪发光的宝石。所有的房子在巨大的反光里比平时明亮了许多。苟主任的办公室里一时间被窗外射进来的光亮照得灯火通明。张赫木然地坐在皮质沙发上，对面山上被积雪反过来的夕阳刺得他睁不开眼睛，心里的空洞像正在融化的雪洞，在这束阳光的照射下越来越大。

　　有那么一刻钟，办公室里一片寂静，张赫和苟主任仿佛都在静听钟声，生怕谁会影响这来自三界之外的济世之音，进而打扰了平抚自己内心和精神的绝佳机会。

　　两个人默默地坐着，房子里的灯一直开着，谁也不想或根本没有意识到晚上下班时间的到来。各自的心事让自己忘记了时间的存在。

"事已至此，我也无能为力！"按照发言的前后，应该轮到苟主任说话了。烟雾缭绕中张赫听到这句冷冰冰、毫无生机的话，"我就要退休了，谁还买我的账啊！？不过，所有的事，全是过程和经过，局长你已经当了五年，'有舍有得'么，有时舍并不是坏事！"

"我要的不是局长，而是……"张赫欲言又止。

"你做了撤职查办进牢房的事了吗？"

"那倒不至于！"

"像你这种酒鬼，在乡下工作更好一些，远离核心与领导，离开时刻关注者的视线，就不会有谁来天天过问你。"

"这么说您有万全之策啦？！"

"如果你说的那些都是事实，情况可能会更糟。"

"五年来我的教育工作成绩突出，上下领导有目共睹。"

"一叶障目、不见泰山者大有人在！不过有贡献总比无贡献好，你那些事在组织来说是上不了台面的鸡毛蒜皮，顶多是个污点而已。"

"我只是喜欢喝酒，喝自己买的酒有错吗？"

"喝酒没错，但在错误的时间喝酒，或在某一时间喝错误的酒，就错啦！"

……

这次谈话一直进行到晚上七点多钟，苟主任的手机叮叮当当响了三次，第四次响的时候他接起来说："快来了，单位有点事。"

　　张赫本想迟一点走，以便借故在外面请主任喝几杯，忙说晚饭已经订好了，给家里说下。主任没说话，起身准备回家。张赫见领导面有不悦，不再好劝，忙收拾好茶几上的酒樽茶杯走人。

　　俩人一前一后默默地走出办公大楼，走出大院，一直走到右拐的大什字。这个季节的夜晚来得很早，路灯下的冰面反射着寒光，其他地方全是雪，行人稀少。主任头也不回认真往前走，临分手时慢慢地说："我今年就要退休了！我已尽力，这次若得不到提拔，我也没办法，就认命吧！"说完径直越过马路朝家的方向走去。张赫站在马路边上，若有所失，心里空荡荡的，像是他心里的某一块重要东西让主任掏走了什么似的。可"若得不到提拔"又让他想入非非，这老领导葫芦里卖的是什么药，他怕保不住现在的位置，哪敢奢望提拔！不过领导不会空穴来风讲那些捕风捉影的事，他可能掌握着全县人事变动的秘密。听了苟主任这句话，他又开始往好的方面想了，站在十字路口的路灯下，仔细盘算县直和他能相提并论的几位局长主任。论年龄，他刚满五十；论学历，这个时下最看重，他已经通过自学获得了研究生学历；论成果，五年五大步，省市均有奖励，上上下下有目共睹。这么算下来，县政协副主席还是蛮有希望的，想到这里，自己被自己荒唐的想法吓了一跳，疯了，自己疯了。这个念头一出来，他就自己否定了，真是自欺欺人。或许，今晚领导说的是其他的事，或是他自己。

　　远处。路灯下。环卫工人还在清理路面积雪，先前清静的马路，断断续续变得人车混杂，除雪的声音和工具敲击路面的声音形成一曲壮丽的劳动者之歌，回响在大雪初霁的夜色里。

从办公大楼拐过大什字到家属院，也就一里地，他不想回家，这个点菊花早就吃过晚饭了。多年来形成了一个约定，晚上六点半之前没有回家信息，意味着他有重要接待或会议，不回家吃饭。

正想着自己可能被提拔的荒唐事，一个趔趄差点翻了个跟头，他稳了稳情绪，一个全身上下穿着黑衣服的人坏笑着从身边经过，丢下了一句话："走路小心，张局长，这路面可不认人！"那人话音刚落，啪的一声，张赫厚厚实实地四肢朝天躺在雪地里。听到声音，走远了的黑衣影子返身跑过来扶了他一把，说："张局长又喝酒啦！这路白天都不好走，何况晚上呢，真得小心。"

张赫眼冒金星，腰椎里顶着一股气出不来，痛得他说不出话。那人见状在张赫后背用力拍了一下，才缓过来。他知道这是医院的杨大夫，他老婆在西关小学当校长。待他调整好状态要说话时，那人早就走了。

B49

张赫在雪地里愣头愣脑地站着，眼前人影绰绰，他试着在人影里走动，尾骨有些隐痛，并不妨碍走路。他向前走了几步，小巷里的鸡肉味在他周围飘荡，吉老二的鸡汤粉是通城的一道名吃，他顺便拐了进去。因为天气影响，小店没什么食客，看到张赫进来，老板娘忙招呼领导坐下，像是很熟的样子，还特意为张赫多加了一个蛋。张赫觉得过意不去，付钱时要多给，老板娘的脸像皮球一样发着油亮，一双肥大的手捏住张赫的手不放，说，如果要多付钱她以后就不能做生意了，这是规矩，每天的第一个和最后一个客人她都要多加个蛋。况且，她赚的钱几乎都是上班工人干部的，没有这些衣食父母，她早就喝西北风去了……女人的话越来越多，也越来越放肆，说到后面低俗得不堪入耳，他只好收起钱出门了。

遇到这种天气，县上要求各部门集体出动到三包区清理积雪，张赫向家里走去，在清扫声响里马路的真实面目已经呈现出来。今天早上局里开会时就给分管副局长安排了，务必在放假前完成三包区域的清扫工作，从明天起正式过上安静的春节假期生活，大家还在路灯下热火朝地加班加点，连张赫从身边经过都没发现。

第二天一大早，张赫早早地去了办公室，他那里还堆着几份重要文件需要处理。虽说年终总结会开了，原则上人家可以不来单位，可以回家准备年货了。但按照惯例，今天早上局领导班子和中层还得开个会，商量一下假期安全值班、应急处置等事宜。大约是九点半的时候，张赫被电话铃声吵醒，他半小时前喝了两口酒，感觉有点困，便和衣躺在床上，不料迷迷糊糊睡着了。电话铃之后就有人敲门，被惊醒的他想翻身起床，不料从床上下来腿一软跪在了地上，两只膝盖像锥子钻似的刺入他麻木的感觉系统，不由叫了一声。当电话第二次响起的时候，他还没起来。他感觉膝盖可能完全坏了，无法支持他站起来，他只好一转身坐在地上，浑身冒着冷汗，胸闷无力，像是医学上说的心梗前兆，眼前这种情况，即使知道自己生命危在旦夕，也无能为力，只能听从命运的安排。

在冰冷的水泥地上坐了一会儿，他依靠床沿和椅子的支撑，慢慢站起身来，双膝还是锥刺般痛。冷汗又一次从他全身的毛孔里钻了出来，他强忍着剧痛一屁股坐在旁边的椅子上。此时有人在外面敲门，好像知道他就在里面，声音很大，甚至有人还通过玻璃窗窥探里面的动静。

"用钥匙从外面开！"张赫的声音压过了敲门声。

办公室冯主任手里捧着一堆文件推门进来，一股浓烈的烟酒味，呛得他直流眼泪。一抬头看到张赫满脸是汗，感觉和平时不一样，心急火燎地问："张局长，身体是不是哪儿不舒服，要不要帮忙去医院，或者打120？"张赫说没事，什么事这么慌张，像狼在后屁股撵似的。冯主任这才想起自己敲门要干的事，他说县委紧急通知教育办公楼和家属楼要拆迁，明年三月开工，从现在开始得抓紧安排四十多户人的搬迁安置工作。说着将手中的一摞材料放到张赫的办公桌上。

张赫有点纳闷，顺口说，这么大的事县委县政府应该事先召开会议研究一下，听听局里的意见么。冯主任不好意思地盯着张赫看了一下，低头说，县委早就在五一劳动节的时候打电话通知让纪工委书记去商量了。张赫听到这里一下子蒙住了，他忽地站起来拍着桌子叫道："纪工委书记开的会，你给我拿来干什么！？"吓得冯主任浑身发抖："书啊，书记说，您是局长兼党组书记，得您批办才行，他说了没人听！"

"这不是屁话么，他说话没人听为什么要去开会，我没参加会不知道会议精神，我怎么批办？！"张赫又吼了一串话，把桌上的材料全部甩到门外去了，对着门口大喊，"谁开会谁办理！"说完坐下看其他文件了。

冯主任哭着蹲在地上一本一本捡文件，隔壁分管办公室的副局长听到动静，走到楼道里，发现楼道里满是纸张，他只好悄悄地缩了回去。

这么一折腾，张赫的酒意全没了，腿脚又灵便起来，他通知在十一点半召开全体干部职工参加的紧急会议，商量这件事。他将凌乱的床铺整理完毕，坐在桌前心事重重地抽闷烟。

县教育办公楼和家属楼都是苏联援华时期的产儿，是城里为数不多的几家洋房之一，以学校名义援建后，政府本着"教育是百年大计，优先发展"的理念，慷慨地将通城县第一座洋楼拨付给教育系统使用，此后多年，教育系统的从业人员走在路上时气宇轩昂，说话从容，显得和别的机关干部不一样，高人半截似的。经历近百年的风雨洗礼，办公楼和家属楼仍然焕发着苏联的情调，虽有些局促小气，或小众，但质量不错，经历过几次五级以上地震，也没出现大的裂痕。时下，周边拔地而起的现代化大楼将它逼到时代拐角处，教育现代化和办公楼的现代化要同步，办公场所的现代化是工作现代化的基础。市县领导经过慎重考虑，最后痛下决心，在城中不再保留这两栋烙着明显时代印记的陈旧建筑，虽然与日递增的国际友人，特别是从苏联疆域来的，到通城县来都要在这栋建筑前合影留念，找回他们昔日的荣光。

张赫想，单位办公房拆迁搬到哪里政府会有安排，可眼下四十八户的家属往哪里搬呢，真还是个问题。生气归生气，既然还是局长、书记，就得负责任。

B50

县教育局的领导班子成员一正三副共四个，局党组会议在如何搬、往哪里搬这些关键问题上，意见有分歧，没有形成让大家满意的结果，但这并不能阻止来年五一劳动节前要拆迁这个事实。事先告知院里所有住户是眼下必须要做的一件事。根据张赫的安排，办公室在小区门口和单元入口处都贴上拆迁的通知，一再强调迁出居住地由各家各户自行解决，回迁的事到时会有更具体的措施和办法。同时，还炫耀说等一年半载，回来时就能住上和上海、广州、深圳一样高级的楼房，希望大家全力配合拆迁工作。

话虽这么说，但告示贴出去的第二天就让人撕掉了，在原处贴出请愿书，说全体住户要求局领导帮助协调解决临时住房问题，关键点是外面租房子租费谁出，如果单位肯出租费，大家积极配合，否则，就不知道往哪里搬了，只能原地不动。张赫只好让人在"请愿书"的旁边重新贴了一张拆迁告示，用胶水将背面全盖住了，保证不会被撕掉。

时下，拆迁仍然是城市建设的主题，推陈出新让通城旧貌换新颜。经过几年的建设，一条条拓宽了的街道两边涌起了锃光瓦亮、色彩斑斓的现代化高楼，绿化带中间配着红皮云杉、侧柏、黄刺玫、连翘等小型植物，隔一段站着一棵高大的落叶乔木鸡爪槭、槐树、大叶黄杨、银杏等树种，油松挺拔的站姿与两边时尚的楼面门厅相映成趣，斑马线和新立的道路指示牌一起组成了城市交通交响曲，黑白蓝互相照应着，一派大都市气象。这让教育办公楼像进城叫卖农产品的小商贩，在光鲜前卫的商业气息里显得萎靡不振，显得落后土气和过时，虽然有人想保住这个见证历史的建筑，但它所处的位置却直接影响着整个城市的现代化进程。

拆迁对张赫来说有点雪上加霜的痛苦，自己工作上的事还没有弄清楚，就遭遇了重新寻找住所的问题。分配制住房已经打开计划时代的大门，迈步走进市场化的商品住房时代，就连通城这个小县城，商品房买卖之火已经点燃，不日将熊熊燃烧，民众的劳动成果大部分或是全部将助燃这盆投资大火。

2000年前后，通城县的第一个楼盘面向市场销售时，每个平方米平均售价三百元，这在张赫看来价格高得离谱。在他和菊花两人每月收入不足五百元的时候，买房的巨资超出了他的想象，而事实是贫穷限制了他的想象，在开盘的一个星期里，三分之二的好楼层被抢购一空，而购买者大部分是下海的企事业人员、小商贩、包工头和拆迁暴发户。

改革开放的雨露最先滋养了那些敢于尝试的冒险者。通城县第三中学的一位副校长两年前停薪留职下海经商了，前两天背着一大包现金一次性将一个大套买走了，看得在场的人目瞪口呆。菊花厂里的推销员失踪三年后，不久前将老婆孩子接到深圳去了，据说在那里已经有不小的产业。不断涌来的发家致富典型人物的信息时刻包围着张赫，逼他进行可否下海的思考，他经过对自己仔细认真的掂量，觉得自己确实不是水生动物，一沾水估计就是泥菩萨过河，自己把自己先赔了。挣不来钱，就得用好可怜的几个工资，精打细算过日子，他将全家省吃俭用省下的二千二百元在脑海里过了无数遍，他和菊花商量能否给个小套房的首付。可算来算去，就是不够，得借外债，菊花算破了头也没弄出解决办法，关键是收入这个渠道里的量太小。经过多日的深思熟虑，在腊月二十六的清晨时分，张赫从床上坐起来，相当清醒明白地对身边的菊花说："楼房我们不买了，在城里租一个没有暖气的四合院住，一年租金也不过五百元，是咱两口子一个月的工资，你看怎么样。"张赫说完，看着菊花。菊花没说话，她知道买楼这事对这个家来说像个神话，太遥远也太虚幻，想都没资格想。张赫见菊花没表态，又说："咱们家的底子你是知道的，这么多年下来，除了照顾双方的老家，收入所剩无几了，哪能买起楼房呢。你就在城里找个合适的院子，咱们年后搬家吧。"菊花说："找合适的四合院不成问题，但职工在外面租房都得单位出房租，哪有个人出的。你当局长的没钱买房，却自己要出钱租房，单位其他职工能同意这么做吗？搬迁肯定有难度。你还是开会商量一下，听一听大家的意见，即使不全补，也可象征性补一些，算是单位给职工的福利么。"张赫听了菊花的意见觉得有道理，说过完三天年就召开紧急会议商量此事。

大家还忙碌在准备年货的氛围里。腊月二十七一大早，先是楼上住的退休老领导、老干部，后来是曾经住在这里、因为自己有房子或调整单位搬出去的，先后一个接一个找上门来，说是来给张赫局长拜个早年，这阵势让当了五年局长的张赫第一次感觉到来自社会和教育体系内部的双重压力。五年来，这些人从没露过面，今天这是怎么啦！当然，几句话之后，来者双方即心知肚明，无须明说，场面上的应付却让菊花措手不及。这些老同志手里拎着一斤点心，进门坐在沙发上不吃不喝只叫穷，"张局长，听说咱这楼要拆迁，局里有什么英明打算呢？"本来自己的事让他焦头烂额，无心他顾，现在这些人集体来就拆迁补贴这个局里还没有成熟意见的事向他发难。来者的意思大概就是教育系统的工资已经欠了三个月还没发，上有老下有小的没钱日子难过，自己掏腰包租房是不可能的；拆迁后费用由局里出，或由局里统一为拆迁户租房，有的甚至说"三三制"，即个人、单位、财政各出三分之一费用集资买房。县里的拆迁会是副局长代表局里参加的，上面的精神张林也不是很了解，再说了，他今天是局长，明天不一定是，有些话他也不好给这些老同志答复，他只好用"听听各位有什么高见"开头。临送出门时用"您的意见很有建设性和操作性，我和各位一样，是绑在同一条绳上的蚂蚱，我能跳多远大家也就有多远，这个请放心，局里考虑问题肯定以群众利益为重"结尾。这些从事教育的人还是文明来访，而有些家属就不这么简单，他们从业甚广，有的甚至是社会上的痞子，进得门来要吃要喝，客气点的临出门时半开玩笑说，单位的钱是公家的钱又不是你张林家的；有的直截了当、口无遮拦骂起来了，当官不为民做主，不如回家卖红薯；还有人说张赫当局长不缺钱，可以到外面租房，普通员工一个人的工资养活一家六七口人，哪有钱在外面租房；有的甚至坐在沙发上不走，死皮赖脸说不答应就住进来在局长家过日子。张赫家热闹非凡。菊花对这种闹腾一反常态地默默支持，时不时还小声添柴加油，说群众的意见是对的，应该由单位统一给大家租房！

　　一波一波的闹腾持续到腊月三十中午时分。张赫被连续不断和不厌其烦的敲门声弄得坐卧不安，甚至无法出去到外面透气，一出门就让住户拦在院子里，非让他对"往哪里搬，怎么搬，费用谁出"这样千篇一律的问题，给个满意的答复不可，否则不让他出门。张赫烦得实在没办法，咕咚咕咚将半斤52度的高粱酒灌到肚子里，烦恼即刻烟消云散，不但来精神了，还像换了个人似的，一改之前那个见人客客气气，满脸堆笑的谦和礼让的人，而成为脸上的每个棱角都是把刚从磨砺出来的钢刀似的严肃可怕之人，这个脸上泛着赤铜色光泽的人，从此刻起一张嘴就引经据典、上纲上线地批评来访者，他能把从中央到地方的有关政策讲得通透明了，听者哑然失色、无言以对，有故意找事的人自然作鸟兽状散去。对于那些坐在张赫家中，跷着二郎腿，喝茶抽烟、自以为是专业的上访者，当听到张赫在他面前响亮地讲解法律有关条款时，他们的心理防线不免节节败退，感觉自己偷鸡不成蚀把米，搬起石头砸了自己的脚。讲到气愤处，说要打电话让公安局的人过来做个笔录和记录时，上访问者立马起身出门，一溜烟不见了踪影。

为了得到补贴，铤而走险者大有人在，可当他们闻到张赫身上散发出的酒味时，欲言又止，想故伎重演，却被那一缕浓烈的酒气冲得人仰马翻，溃不成军。

"闹腾和上访计划"的实施取得了阶段性成果，在腊月三十，旧年的最后一天，张赫主持召开会议，听取各方面关于家属院住户拆迁租金的意见。从普通家属到中层、副局长，来的二十多人全部发言。经过整个早晨的争论，最后的结果是全局职工每户每月补助50元，不论在不在这个小区住，普惠的阳光照亮每一个在局里有编制的员工。这个和过年一样吉祥的大礼包，收买了小区里几乎所有的男女老少，有人点燃了鞭炮，让过春节的喜庆提前开始。院里人见了张赫不再怒目相对，而是格外亲切和礼貌。听到这个消息，菊花第一次夸他是个有担当的领导，晚间主动亲热。

A13

药还得正常吃，这是挽留生命的重要手段，对生命的敬畏和挽留让人间多了几分悲情。张赫自己也不知道，人为什么越活越想活，对死亡总是那么恐惧，面对它时，总要退避三舍，不敢越雷池一步呢？其实痛苦而无尊严地活着，远不如惨烈地死去，于他而言，在有能力死的时候，太多的牵挂让他对死望而却步，眼下，他时时刻刻想死，却身不由己，撒手人寰成了一件异常困难的事。他已无力执行大脑的指令了，死成了一件英雄般的壮举，需要一套周密的计划和非凡的执行力才行。

有一次，菊花不在家的时候，他踩点尝试从窗口跳下去。他刚爬上窗子，上半身还没出去，腿开始发抖，脚下的椅子跟着晃动，接着从窗口重重在摔在地板上，额头上磕出一道口子，鲜血蒙住了他的脸部，只感觉阵阵眩晕，却爬不起来。这时，菊花从外面回来了，紧接着120救护车急促地鸣叫着进入小区，随后，他被人七手八脚抬到车上，送进医院白色的病床上。事后，菊花对他不仁不义的举动进行了为时一个多小时的控诉，问她哪里对不起他了，让他竟然产生轻生的念头和举动。他无言以对，潸然泪下，他想表达这是为了减轻他们的烦恼，却说不出话来。这次行动的失败彻底断送了他此后自取灭亡的许多机会和企图，菊花处处设防监视着他的一举一动。

张赫躺在沙发上闭目养神，迷迷糊糊中竟然和菊花激情云雨，大口大口地喘着粗气。这时，菊花把他摇醒了，说是吃药时间到。望着白炽灯冷光里的菊花，日夜素面朝天地和他相处，真实得像乡下老家门口的那棵老杏树，家乡和土地的味道一直伴随着他，让他在生命的最后时光里活得和童年一样真实。于她而言，他已没有什么秘密了。她对张赫来说也一样，青春时神秘的肉体和灵魂，现在也无所不知，每个角落里隐藏着什么，他比自己还清楚。两口子相伴一世，相互成了各自的一半，除了心心相印，就是难舍难分。

喝药是一件十分痛苦的事，他曾义正辞严地对菊花和儿女说："我不想喝这药了，你们就高抬贵手，让我在喝酒中快乐地走吧，别这样将我骨髓里的一点灵气榨干，留在这爱恨交集的人世，我还要在那边好好活呢！"儿子胜利听了，说他神志不清，在说胡话，赶紧服药。他被家人像一条宠物狗一样灌下了世间所谓良医的药汁，让他保持与家人的生命联系。他在家里的价值越来越重要，随着国家经济的发展，他的工资也涨得很快，总额度是儿子、儿媳和菊花三人收入的总和，他是家中的财神，是顶梁柱，菊花得花大价钱保护他的安全，他也不可被轻而易举地放手离开人世。这一点，他始终没有意识到。在他的一再坚持下，喝的药越来越少，他两口就能喝完。

和往常一样，喝完药就得往床上移，进入正式的睡眠时间，张赫目前的状态并不理想，整天晕头转向的，他等待已久的回光返照现象似乎还远在公路的尽头，一点迹象都没有。今晚他破例要菊花睡在自己旁边，躺在沙发上的梦还留在记忆里，他渴望在离开之前，与菊花有一次亲密接触，哪怕一命呜呼。

听了他的要求，菊花红着脸没回应，她知道张赫的身体已不适合干那活了，如果他因这苟且之举而有个三长两短，她无法给儿女交代，今后的日子也羞于应对。她像一位母亲一样严肃地批评、开导他，"眼下你的身体已不允许了，你现在的主要精力和任务是，在每个清晨能正常起床，看到我为你忙碌。"不知何故，在身体其他部位功能弱化的时候，他的听力却越来越好，好像身体机能系统把主要功能都给了听觉系统似的，菊花带点羞涩的耳语，竟然被张赫清晰地听到了，他对菊花身体的渴望像一点小火星似的被菊花温柔的风吹灭了。张赫说："我已经不习惯两个人一起睡了，还是我自己一个人睡吧。"说完向床的里侧转过身去睡了。这几日，他感觉梦和现实交替出现，有时他甚至难以分清哪些是现实、哪些是梦境。他刚闭上眼睛，便已入梦。

B51

春节的喧嚣依然逗留在大街小巷，时不时伴着通城小吃的味道飘荡在行人的鼻腔之间。街道上的路灯提前亮了，鞭炮和烟火随着夜色的加深逐渐多起来。三三两两的小情人在夜色的掩护下，走上街头，亲昵无比。

这年不知道怎么了，从大年初二开始，来给张赫拜年或请他喝酒的人前后脚连得很紧，在络绎不绝的人流里，有很多新面孔，说是今年特意来给张局长拜个年，因为张赫给他家在外租房提供了大部分租金。话虽说得不准确，但张赫是这次拆迁户和所有职工在外租房补贴发放的最终决策者，在时下也算一件为民办的大实事。此事虽得到绝大多数人的赞同，但还是有极少数人得便宜卖乖，说张赫此举是为了自己，大家才沾了光。世间之事绝无百分之百的人支持的事，只要代表先进的大多数人之利好之事，即使人少也可为之。迎接着这波补贴，外单位也有人在街道里传播阴暗的段子，说教育局损公济私，可这种说法一经流出，就让职工们骂了个狗血喷头，明白无误地迎面痛击：吃不到葡萄就不要说葡萄酸啦！

刚过正月初十，张赫就接到县委办的电话，说正月十一日早九点到县政府礼堂开会，至于什么会，电话里没说，他也没想知道，也就是因为今年开会的时间过于早而感到奇怪，这要在往年，各种会议要等到正月十五之后陆续进行。奇怪的事接连发生，让张赫有点弄不明白。会议十分严肃，只一项内容：推荐县人大常委会副主任、县政府副县长、县政协副主席各一名。张赫是县委委员，他必须得参加。在接下来的市委组织部的同志宣读符合条件的人选时，张赫竟然排在前头，他听得惊奇，自觉是听错了，要不就是读错了。填完推荐表，大家互相祝福春节快乐，对可能提拔的同志表达了预祝，张赫也被人顺口祝贺了，说得比较具体，是县政协副主席候选人。这和以往的干部推荐大会没什么两样，张赫并没在意。

一切出乎张赫的想象和预料，会后苟主任意味深长地给他打来电话，说有希望，近期不要喝烂酒了，等上面的消息。时间过得很慢，消息来得却很快，正月十二就在有关媒体对候选人进行了为期五天的公示，候选人里奇迹般地在最后有个名字叫张赫。这个意外最先是儿子知道的，儿子是从同学那里知道的，随后菊花也知道了，最后张赫被儿子告知时，他还在睡大觉。

当天晚上，冷月提前挂在天空，像一块椭圆形的冰块，寒气逼人。快吃晚饭时，敲门进来一个陌生人，手里拿着一张精致的请帖和一份糕点，来人自我介绍，说是县教育系统退休老干部的女婿，特意来邀请张赫去他家做客，顺便报告个事。张赫听了老干部的名字，有点印象，他是十多年前从教育局的副局长位上退休的。自做局长这么多年，他每年都要代表局党组对教育系统重点人物进行慰问，有离退休老干部，也有在职教师，都是些生活有困难，或有特殊贡献、特殊身份的人。这个叫蒋成全的人因为住在城乡接合部的小别墅里，儿女们都下海经商，家里经济条件好，组织只在教师节慰问一下，春节不再去。今天人家晚辈上门来请，作为一局之长，他应该去一下。来人说晚饭在他家吃，张赫说晚饭就不吃了，去看一下老领导就回来。临出门，他对菊花说，去一下就来，饭在家里吃。

晚上七点半了，张赫还没有来，儿子胜利等不及先吃了，他约好了家里没电视的同学在八点看电视剧。在这个单元只有张赫家有电视，虽然是一台十四英寸黑白电视，但也是当时工薪阶层家庭的主要奋斗目标。有一台电视机，一家人的幸福感将提升数倍，特别是当家里没有电视的孩子排队来家里如饥似渴地守着电视时，富豪的感觉总是在一家人的心里荡漾。

路上的积雪早已消尽，老干部家离这儿不远，过两个什字穿过一片平房居民区的尽头就到了。

胜利刚吃完饭打开电视还没坐稳，大门就敲响了，他知道是那帮看电视的孩子来了，没理。又一阵猛敲时，饭桌前的菊花听见了，她让儿子赶紧去开。只见一团灰色的酒气裹挟着冷气扑了进来，差点把儿子撞倒，后面一个戴着绛紫色围巾、白色口罩的中年男子，将张赫从肋骨处小心翼翼地拽到门边的一只背靠椅上，像提着一个蓄满水的拖布，生怕里面的水渗出来，流在地上。胜利被眼前的一幕吓得惊叫了一声，菊花放下手中的碗筷过来看时，一堆散发着恶臭的烂泥躺在椅子上，张赫醉醺醺的，嘴里不停地嚷着："我没醉，继续喝，啊继续——喝！""喝"字还没说完，接着说："吐，要吐！"等菊花拿来脸盆时，地上已经是一团呕吐之物，菊花顾不得其他，忙转身跑到卫生间里去找拖布脸盆了。

门又一次被敲响，菊花用毛巾捂着嘴，半开门，对着外面说："家里人醉酒了，酒味熏着不能待。""我们无所谓，只要能看上电视！"菊花无声地打开门，带头的一个哇一声扭头就往门外走，后面的闻到一股酒臭味，不再往里挤了，最后面的两个五六岁的男孩子还是勇敢地顶着臭味，捂着鼻子，轻手轻脚地躲过呕吐物，挤到胜利身边，坐在沙发上聚精会神地看电视去了。

菊花收拾完地上的污物，准备给张赫换衣服时，才发现他整个人像从污泥里捞出来似的，没一个地方能放上手，她心里突然有点怕了，就这么半个小时的时间张赫掉进哪里了，淹成这样还能活着回来，不由得生出一身冷汗。泥里散发着一股猪粪味，皮鞋剩下了一只，被各种粪便包裹冻成了的冰鞋，另外一只脚上只穿着袜子，像一只白皮鞋，脚底颜色杂乱呈深褐色。菊花在儿子和几个小朋友的帮助下，费力脱去脏污不堪的外衣，把张赫提到卧室里，进一步脱内衣，好让他舒服地睡到床上去，尽快结束这场恶魔般的醉酒。

和酒鬼张赫过日子，菊花还第一次收拾醉汉留下的残局，让她感到无法接受的恶臭，所谓醇香的美酒经由人的胃酸消融，变得如此奇臭无比，深入了她的骨髓中，以至于在随后的十几年里，一闻到酒味，这般恶臭就占领了她的全部嗅觉。味觉像一位故人，有着神奇的记忆力，她试着改变它，但恶臭仍然会千方百计地找上门来，无论如何也赶不走。

更让菊花受不了的是第二天中午，张赫丢失的那只皮鞋里装满人畜粪便，硬邦邦地挂在小区的门口，旁边还贴着一块二尺见方的认领告示。当菊花和张赫知道的时候，已经让清洁工清理掉了，原因是挂在这里有损城市环境面貌。至于告示的内容，菊花从儿子那里得知大概意思，前后矛盾、漏洞百出，明显是要在他的公示期抹黑张赫的。告示说在滴水成冰的寒冷里，有官员喝酒喝得烂醉如泥，掉进了茅坑里了，被好心路人甲捞上来送回家，可惜一只价格不菲的皮鞋落在路边上，没有随身带走，天亮后送达，请取走云云。

对张赫来说，这件事已经超越了道德层面的羞耻感，而是进入到说不明、道不清的权利之争的迷雾中去了，他在想，那天晚上喝的酒并不多，为什么突然就醉成那样，那是什么牌子的酒呢？自己怎么摔倒、怎么回家的，他一点儿记忆都没有。

第二天，菊花数落张赫没有大局观念，竟然在公示的关键期做出这种事，丢掉升官的机会不说，险些丧了命，她说张赫把她之前在世人面前赢来的所有脸面全都丢尽了。儿子也数落他："真丢人，喝酒喝得烂醉如泥，还把鞋丢了，羞羞！"张赫只是笑了笑，此后五天没喝酒，陷入了无边而苍茫的沉思与回忆中去。这也帮助他在随后的政协选举中以多数票当选，他还兼任县教育局局长和党组书记，仍然在教育局办公。

B52

元宵节前两天，整个县城还浸泡在鞭炮和酒气混合的春节氛围中，大街上的行人八成是串亲访友的，那时虽然规定正月初十过后就要正式上班，但仍是有弹性的，除了十分重要的公务，相互轮流到家里拜年问好也算是重要公务之一，从单位领导到普通职员，大家都备着一份接待同事的饭菜和虔诚的心，像是一年一度家里的一件待客大事。酒菜的好坏和居家用度的好坏成为这一年评价这个家庭和本人的重要依据，所以大家尽心把这件事办好，可以提前一天不上班，甚至约同事去家里帮闲。在过年的喜庆里，即使是上班的人，一听到外面的猜拳声也三心二意坐不住，无心干事。其实这个时间段里上级单位的人也尽量不给下级安排事，继续享受浓烈的年味。

县教育局和其他单位一样，正月初十上班的第一件事就是集体到局长张赫家里拜年。局机关五六十人，加上下属及各有关学校学区领导也要一百多人，分层级而来，第一波是局班子成员及各中学校长，第二波是中层和下属单位、小学幼儿园领导，第三波及之后的是普通员工、部分有特殊事情的教师。当然他们并不是这么整齐划一约好了来的，那些在职务上希望进步，职称上要求提升的职员教师，提前就来了。这么多人的吃食不是一下子就能准备好的，菊花从正月初七、初八就开始忙碌了，几天下来，她像过了一件什么大事似的，累得几乎要吐血。幸好是来拜年的，都比较客气，特别是从第二波开始，她尽可能随意一些。通常情况下这波及以后来的女同志，会约好提前到，方便给菊花帮厨，减轻她的负担。

因为门房管理严格，平时不让外人进入，春节期间大家一起来就比较宽松，守门人不好逐个盘问，要是单独来找人或进入小区，就不那么容易，非得给守门人一点好处才行，比如一包香烟，一包瓜子什么的，也是人之常情。但这笔收入真不小，以至于二月二前后，守门人总有一辆三轮车往汽车站送包裹。提前来帮忙的人需要菊花或儿子站在门口迎接一下，不然是进不来的，尤其是女同志，不知道给守门人小恩小惠，双方言语来往会弄得不愉快。毕竟一年一两次，这种事菊花还是乐意做的。

　　这年，张赫家里并没有之前那么多人来。正月初十这天，菊花和往常一样在凌晨五点钟就起身准备了，多年来的拜年潮，菊花的心理上已做好准备，当这个日子如预期而至时，寂静的楼道和空静的客厅让她的心突然间空荡荡的，像个跑步的人突然停下脚步，向前冲的欲望和惯性驱使着她。领导班子和往常一样还是来了，其他员工基本没来，包括全县各类中小学校校长。菊花不明就里，问张赫她准备的那么多东西怎么办，转眼天气就热了，他们一家人又吃不完。张赫的回答是送给菊花娘家或他老家的亲戚朋友。这时，菊花觉得一阵恶心，忙跑到卫生间里去了。张赫这才恍然想起菊花是不是有了，在计划生育政策下，菊花的这个举动意味着什么，让他心里泛起一阵莫名的伤感和惊慌。

　　第一波单位成员，通常在早上十一点左右来，下午三点多钟就撤走了。他们不会坚持多久，喝酒吃菜有度，适可而止，从不喝醉胡言乱语，倒是后几波来的有喝醉的情况。这年的集体拜年活动比往年要简单得多，似乎大家都有说不明道不清的心事。主要是五一劳动节前，这个通城县最早的教育大厦就要从地球上消失了，新的办公楼还没有着落，小区里的住户要全部迁完，否则，大型挖掘和推土工具进驻作业，更重要的是传言现任局长张赫即将被免职，教育局暂时没有局长，由姜副局长代理日常工作，虽是传言，却搅和得人心惶惶。

菊花精心准备的正月初十就这么平淡地结束了，这天只来了这一拨人。菊花一面收拾酒桌残局，一面自己安慰自己，她坚信明天会有更多的人来，事情肯定会得到转机，把她准备的食物足量地消费一下。正如菊花所料，正月十二晚上，突然来她家的人排成了长队。张赫的公示是中午时在网上和广播里出现的，有人说在县委大楼里也有公示。张赫让菊花把门关上，不管是谁都不能开门，一直到午夜，还有人断断续续上楼敲门，得到对门的答复说今天一天没人在，有好多人找过，没人开门，可能到乡下去了，或搬家了，这里没人。一连三天，张赫表现得真的像家里没人，只是偶尔去县委或政协参加一下会。

直到二月初二，守门人知道张局长升任副主席，一早敲开张赫家的门，满脸堆笑地问菊花："你们家真的搬了吗？"菊花说房子找到了，暂时不搬，可能到五一劳动节了。她知道守门人的意思，忙转身从厨房里提了一箱水果给了他。守门人不满足地望着她，说天气一转眼就要热了，有吃不完的给他，近期他要去一趟乡下。话没说完，菊花就把门关上了，她讨厌这个可怜又可恶的人。

在通城县租房，对菊花来说是一件顺手就能办到的事，多年的对外联络工作让她不但与县里的头头脑脑有来往，与社会各行各业都有联系，特别是这几年出来的新事物、新名词，她第一时间接受和理解。多年来一直处在地下遮遮掩掩交易的二手房市场，去年底算是走到了地面，穿上正装、大大方方阳光交易。每年厂里要在不同的路段开设临时展销活动，得租门面，她顺便也把当前的住房市场也打听一下，再加上厂里的年轻人总是换房，经常嘱托她在忙公务时顺便留心，看有无合适的，她已经为十几对小年轻帮着找到称心的房源。通城的房屋租价菊花了如指掌。企业改制后，她一直想跳槽，可寻遍通城没一个像样的企业，只好忍气吞声留下来。虽然家里有局长这样的大官，可菊花更愿意靠自己的能力过日子。一想起几年前争到的"非农业"户口，竟花了她三千多元，是她不吃不喝三年才能攒够的钱，她更坐不住了，凭她的特级车床工技术和良好的人际关系，走到哪里都能混口饭吃。像别的家庭，有一人工作也可在家当主妇，带孩子、忙家务，可菊花总觉得女人得实现自己的价值，不能当男人的影子，被男人养着，那样吃人嘴软、拿人手短，在任何事情面前将没有自己言语的机会。这不是说气话，是她的性格使然，别人说你菊花真是不会享福，有舒服日子不会过么！还要出来混，真是不知足，贪得无厌。

那时，职工住房实行单位分配制，住公房经济实惠，日常开支大多由单位承担。买房的事张赫只在大脑里过了一下"买房"这个词，便很快就飞走了，快得几乎没留下什么印象，可眼下单位的房就要拆了，怎么办呢？对张赫来说，真是世事难料，公配制住房竟然已经走到了它的尽头，完成了使命，留给新时代一个暗淡的背影，而且渐行渐远，终将从人们的视线里消失。虽然全城的各种媒体和广告栏里，甚至是党政文件里都在广泛使用一句话："解放思想，实事求是"，但张赫仍然期望那个行将远去的背影能转过身来向他招手，他还在做着分房的梦，希望有朝一日单位能分到一套大房子。在解放思想方面，菊花跟上了时代，她在企业一线工作，早就听说了从南边刮来的风："不管黑猫白猫，抓到老鼠就是好猫！"企业不管姓什么，只要盈利了就是好企业。这一点菊花亲身体验到了，而张赫一直躺在财政供给的微不足道的薪水里工作，从来没有为收入犯过愁，也对钱财兴趣不大。他的生活宗旨是：有饭吃就行，有二两高粱酒更好，二者相权取酒也。

接下来的日子，菊花像是迷上了租房搬家，除了正常上班、打理家务，就是四处打听要租住的房子，当然是为了优中选优，价廉物美。她在离自己上班的不远处选定了一家四合院，一是因为晚上加班方便，二是主人下海经商发达了，全家搬到深圳去了，院子有出售的迹象，有望多年之后能将它买下来。这里唯一的不足是距离儿子来年九月升入高中就读的通城县一中比较远。至于张赫，他是没什么意见的，用他的话说，整个通城转三圈也不到二十公里，住在哪里都不远。

B53

那天傍晚，当张赫坐着胡总的车驶进蒋副局长位于通河河畔家时，院子里站着四五个西装革履、高大魁梧的小伙子，像是某位重要人物的保镖似的。看到车子进来，四个人从两边把车门打开，引导他和胡总到一楼会客厅去。这是通城新建的居民区，名曰"怡景苑"，占地约二十亩，清一色三层、带前后花园和车库的高档别墅群。周围绿树和绿化带与市区分开，平时很少有闲人进入，住户多为外来投资的客商，有很少几户当地发达了的人。客厅灯火通明、金碧辉煌，奶油色真皮沙发摆了半圈，足能坐下三十多人。右手的餐厅里摆着三张大圆桌，上面整齐地放着餐具和各色水果盘。在胡总吐字不清的介绍中，张赫发现局里的班子成员和办公室主任早就在场了。因为今年没来慰问，张赫感觉有些尴尬，但在口是心非的客套中，那些尴尬渐渐淡去。寒暄过后，大家按胡总的安排到旁边的餐桌前一一坐定。听蒋副局长介绍，这位胡总女婿是市里进出口五金公司的总经理，这几年借改革的东风挣了点小钱，今天略备薄酒，邀请通城县的众位来寒舍一坐，希望以后在诸多方面给一些方便。蒋副局长曾当过县二中校长，口才蛮不错，讲起话来口若悬河、滔滔不绝，天南海北能侃大半天，不知为啥今天说话有点结巴，或许是上了年纪又加多年没有在众人前说话而语塞。他表情严肃，像召开什么重要的会议似的，右手端着半杯洋酒站起来，只说了几句客套话，算是致辞，然后和大家碰杯喝了一小口酒后坐下了。场面上陌生面孔很多，大多是第一次碰面，且都穿着入时考究，像是商业界的头头脑脑，虽然一进门胡总就一一做了介绍，可张赫只记住了一个"总"字，前面的姓他没记住。

省厅处长提纲挈领，给大家祝了个福，之后到隔壁饭桌上去了。

上桌的都是南方菜肴，海鲜居多。正月里大家的胃口被油腻封住了，只动了一下尝了点味道，吃得很少。一开始蒋副局长带头敬酒，随后是胡总，依次进行。张赫对洋酒不是很适应，感觉没酒的劲道，像江浙一带的黄酒，可后劲大。蒋副局长的两个儿子也来了，他俩不停地给客人劝菜，说多吃点，是新上市的海鲜，西北没有的。灯火中觥筹交错、杯盏来去，晃得张赫头晕，他记得中途还来过一拨人，他出去过一次，轮番敬酒之后他就感到迷糊不清了，但他在完全失去意识前隐约听到了一句，"这个效果很好，有一滴就够了！哈哈哈……什么喝不醉的不倒翁，看这个！哈哈哈……"之后，他失去了意识。之后还发生了什么呢，他一无所知。当他找回自己时，已经躺在家里的床上了。

回想昨晚的情景，他莫名地后怕，如果那晚倒在无人知晓的地方冻死了，是谁的错？！通城每年春节里总有因酒而乐极生悲的事，张赫想到这里，长吁一口气。这是唱的哪一出，仅仅想给张赫一次难堪，提个醒呢，还是直接想要了他的命？！生活表象下隐藏着多少明枪暗箭的争斗。

"丢鞋事件"之后，张赫不再和任何人一起喝酒了，想喝的时候，一个人直接拿起瓶子像喝水一样喝一通，甚觉痛快，少了许多恼人的繁文缛节。他把酒当成了水，每喝一次醉一次，丢鞋事件打碎了张赫喝酒不醉的神话。这件事一直挂在他的心上，虽然没有影响到他的选举，但每每想起，心情总是要灰暗一阵子，脸上同时冒出羞惭和恐惧的辣热来。他认为这件事肯定是有人在后台一手操纵着的，蓄谋已久。参加那晚活动的人说他们都喝醉了，对后来发生的一无所知，办公室冯主任对那晚的情景进行了努力地回忆复原，他说胡总敬完酒后，他们全都被请到客厅外面的院子里，被一辆商务车送回家了，下车时每人送了一箱酒，被告知喝醉了。这个情景张赫有点模糊的印象，只记得两边餐桌一下子空了，他被人死死地缠住喝酒。整个事件似乎就从这里开始了，那样，他的记忆无法证明同时在场的人突然间离开，只剩下几位他不认识的外地老板，甚至省厅的处长也不在，可计划不如变化，人算不如天算，一切完美皆带有漏洞，而且是致命的。

农历二月初二早上，张赫借龙抬头的好时令，征求老干部对全县教育事业发展的意见建议。其实，他就请蒋副局长一人来，他想试探一下那天晚上请他做客的真正用意是什么。他亲自打电话诚邀蒋副局长来局里。蒋副局长一直借故推托，但在他的一再邀请下才答应来。

说起蒋副局长，当时，他是县教体局的二把手，有望升任一把手，可就在这节骨眼上却因使印刷厂女工怀孕的作风问题，被免去一切职务，成了一名普通办事员提前退休。张赫在楼道里迎接了蒋副局长，说惭愧惭愧，感谢前辈几天前的盛情款待，以后要多来局里指导工作，只是那晚酒量小，惭愧啦。关于那晚酒席间的事，蒋副局长倒是镇定地回忆了一遍，说他年纪大了喝得少，但他清楚张赫根本没喝几杯酒，后来进来了几个拜年的，张赫就借故回家了。他送张赫出门时，张赫还很清醒，还向他说了好多祝福的话，什么保重身体、阖家幸福，等等。张赫问后来拜年的人是谁，蒋副局长收敛了一下笑容，若有所思了好长一段时间，欲言又止，叹息了一声，恍然拍着脑袋说，这记性大不如从前了，是儿子的朋友，不过那天来来往往的人多，他也忘了。他关切地问张赫，这年还没过完，怎么就急着上班，真是敬业，组织的眼睛是雪亮的，把努力工作的人看在眼里、记在心里、提拔到合适的岗位！"可是世事无常，好人不一定有好报啊！听说你给家属院的住户都有补贴，真是了不起，这件事大家记得你的好。"

蒋副局长喝了几口张赫专门为他沏的铁观音，他就张赫提出的有关全县教育存在的问题，提出了自己的观点，并对张赫能礼贤下士，问计于民表示赞赏。在一阵猛烈的鞭炮声中，清凉寺的钟声敲了十一下，蒋副局长像是突然想起了什么，起身说："大过年的，张局长，哦，看我这猪脑子，现在应该称张主席啦。大过年的，您家里肯定有客人等，我就不打扰了，感谢对我这个退休多年的老人还这么信任！"

张赫把这位前副局长送到楼道里，目送着他下楼去，他正要进办公室，听到有人在院子里说话："哟，这不蒋局长吗，什么风把您吹来了，这大过年的有事找领导，你这上级路线走得好，张局长前脚升官你后脚就来了，哈哈哈，肯定是急事。"

"我一个退休多年的老头子找他有什么事，是他找我！"蒋副局长像是不大高兴有人这么问他，"人家现在是县上的领导，得罪不起，得随叫随到才是呀！谁叫咱是从这里退休的呢！不过他这局长当不了几天了！"

"蒋副局长，他把您的事没办成，惹您生气啦！你这话是什么意思，到办公室……"后面的话他没听见。听声音像是姜副局长，正好在院子里碰见，两个人说说笑笑了好一会才分手。

张赫躺在柏木做的太师椅里，望着慢慢上升的烟圈在快到天花板时散开，折了方向另寻出路，像一条蓝灰色的蛇，向着窗子的玻璃缝隙游去。盘踞在他心里的郁闷也一点一点随着吐出的烟圈消散而去。从年前的种种迹象分析，局党工委书记和两个副局长便是同谋，他感觉到送他回家的那个人的气息相当熟悉，似曾相识。他曾问过菊花，那晚是谁送他回到家里的。菊花说不知道，当她发现的时候，张赫已经坐在门口的椅子上了。儿子胜利说，一个戴着口罩，穿着红褐色皮夹克的陌生叔叔，把他扶进门放到椅子上后，什么话也没说就走了。他突然设想，如果那天晚上没人管他冻死在马路上，会是怎么一个情景呢？通城历史上出现的第一个冻死在马路上的酒鬼局长！菊花和儿子将如何面对亲朋好友呢，指指点点的日子对他们会产生怎样的伤害……

B54

恍惚间进入梦境。张赫走进一间堆满杂物的民房里，屋里生着铸铁火炉，温热四处扩散。他穿着厚厚的新棉衣，汗水从胳肢窝里渗了出来，额头上挤满了汗珠。他全力想脱掉衣服，可两只胳膊像是别人的，一点儿用不上力，怎么也抬不起来。屋子里全是烟，铁皮烟筒的接口处还在冒着灰白的煤烟。屋外众声喧哗，敲门的声音越来越大，他想起身，却像钉在床沿上似的无力走动。烟雾呛得他直咳嗽，他忙用手去捂嘴的时候，无意间把手放到烧得通红的火炉上，一阵钻心的痛把他惊醒了，眼前已是一片火海。在他惊慌站起的一刹那，太师椅哗啦一声在火光中散了架，火势更加凶猛，他的床、桌子、门窗在噼里啪啦的声响中化为火海。他站在那里找不到出口，火苗突破门窗伸向走廊，院子里人声嘈杂，一桶接一桶的水穿过火海泼在了他身上，他被人用毛巾捂着嘴抬出办公室后，才明白发生了什么，的卡外套早已化成了一团焦炭，粗布棉衣倒还完好。

　　这场大火烧掉了县教育局三楼和四楼的四间办公室，也就是张赫和他的隔壁，以及上面四楼相应的两间，黑色的浓烟在春节的通城县里十分显眼，街道上巡逻的三个公安和两个城管最先看到了那股浓烟。他们气喘吁吁地冲进教育局院子的时候，把守门人吓得缩成一团。他看到身穿警服的公安和城管来了，以为是抓自己，反锁了门拉了窗帘包在床上装死，等待着危险过去。随后听到泼水救火的喊声，他才意识到楼上着火了。他翻身下床提了水桶跑到院子里，此时从三楼过道喷出的火舌已经伸到四楼，两名公安在过道里向办公室泼水的时候看到里面有人，立即冲进火海将张赫抬了出来，好在人多势众，接水也快，火势在连续不断的大水中慢慢熄灭。张赫办公室里的沙发、床铺和桌子烧掉了一半，文件柜和其他能烧着的东西全烧掉了，上下相邻的两间办公室的门窗成了黑洞。等消防车开进院子时，火苗早已被众多的水桶扑灭了，几位消防员到火灾现场转了几圈，拍摄了几张照片后走了。

消防车的鸣叫声远去之后，站在院子里的张赫才回过神来，他忙握住指挥救火警官的手，不让他走，务必要留下工作单位和姓名，还要中午一起吃个饭，他马上打电话给办公室主任订酒店，要好好感谢这六位勇士，情急之下张赫把守门人也算在其内了。警官看到火势已经控制住了，把手从张赫的手里挣脱出来，严肃地警告说："你的心意我们收到了，这火是从你办公室里烧出来的，大过年的，有什么想不通的，非得用这种方式解决，既烧了自己，还连带别人一起遭殃，你这是怎么回事！多亏我们及时赶到，不然后果不堪设想。你先换衣服，然后写个火灾起因报告，下午给我！"

旁边的守门人在不停地解释。那位警官像什么也没听见，一本正经地告诉张赫，"把为什么要玩火写深刻！"说完，留下教育局办公室的电话后率队走了，满身的泥水和灰烬。

当一团黑炭走进卫生间时，正在上厕所的菊花抬起了头，她被眼前的"鬼"吓瘫了，全身失去行动的能力。"鬼"在门口，她无处可逃。但"鬼"的衣服是张赫的，这点缓解了她心头的压力。"鬼"向她笑了笑，露出一口发黄的牙齿。"张赫，你这是干什么？"憋了好半天，菊花才哭喊出声来。张赫没吱声，洗去脸上被灰烬涂抹的污垢，返身回卧室换衣服去了。菊花的恐惧中夹杂着愤怒，她没有理由不把醉酒事件和办公室火灾联系起来，她坚定地认为是同一伙人所为，是张赫得罪了哪方势力！她想帮张赫理一理事情的原委，但张赫说办公室的火是自己不小心用烟头点着的，他躺在椅子里睡着了，才导致火势蔓延……他讲得越真实，菊花越觉得虚假，甚至是编造故事来骗她。

第二天，她找到张赫的单位，想通过单位其他人证实一下她的猜想。但单位办公楼前被一条黄色的带子挡着，有事非得进入的人要在门房登记。守门人高昂着头，拉腔拉调地说："大家还在过年，又出了这火灾，单位谁敢来，不想活啦！有什么事跟我说。"守门人定睛一看是菊花，本来矮小的身子又低头弯腰，一副可怜的样子，像冬天树枝上缩着脖子的寒鸦，"哦，我是看门的马师，张，啊张局长人好着来没，没受伤吧！"

"他好着来，这究竟是怎么回事，听说你那天在场，给我详细说说经过！"菊花稳了稳情绪，用和缓的语气说。

马师背着手，低着头看自己的脚尖，不停地在门前打转，嘴里哼哼了几下，声音一阵大，一阵小，东拉西扯地说："当时吗，啊，当时，我是看见火从楼道里烧出来了，就是从张局长的那个房子里烧出来的。后来，我想提水去灭火，就进了门房。后来，等我出来时，警察和城管还有消防车已经把楼上的火灭了，只剩下滚滚浓烟，滚滚浓烟！"他用手势在空中画了个大圆，向菊花做了个比喻，但他的手势让人想到的是"高大"而不是他要表达的"滚滚浓烟"。

菊花听着这些颠三倒四、乱七八糟的话，心里涌上一团无名之火，临走时骂道："有那么多人上楼灭火了你还不知道，你是怎么看门的！"

马师站在大门口，看着这个身材苗条、性情却像个男人似的女人渐渐走远，结结巴巴地骂道："我，我啊，关你啊屁事！"

他知道这人是谁，站在寒风中抖了两下，回身锁了大铁门，钻到房子里去了。

菊花还没弄清事件的来龙去脉，当天中午的时候，公安来人就把张赫请走了，说是配合调查工作，没什么大事，只是今晚不一定回家，住宾馆有吃有喝，不用家里人操心。说没事，肯定有事，她感到事情可能严重，忙穿好衣着去找县人大苟主任。

苟主任躺在阳台上的摇椅里，享受着冬日午后阳光的温暖，漫不经心地听完了菊花的情况反映。苟主任穿着一双粉色的棉拖鞋，走到坐在沙发上的菊花对面，慢条斯理地告诉她，张主席现在是县上的领导，是地区管的人，不会有什么事的，你尽管放心。不过，他的事情比较复杂，你就不要管了，也不是你能管的，自会有组织解决，你把儿子照看好就可以了。说完从茶几上的水果盘里捡起一颗柑橘，让菊花尝尝，然后到书房里去了。他老婆走过来和菊花搭话，菊花觉得还有一肚子的话没说完，主任怎么就躲起来了，她手里拿着柑橘默默地坐了一会，觉得有点尴尬，便放下柑橘起身告了别。

回到家里刚坐下，来了几位和张赫关系不错的朋友，都是听到火灾后，不放心过来看看情况的，没想到张赫本人已经被带去配合调查工作了，他们心里愤愤不平，说要找公安讨说法，安抚菊花要想开点，不要胡思乱想，更不能乱来。遇到这种事最重要的是冷静，况且火是无名之火，又不是张主席纵火，再说了张赫现在是县里的领导，真不会有什么事。说完一转身，几个人前前后后就走了。她心乱如麻，只想哭，一个人关在卧室里痛痛快快地哭了一个下午，直到有人敲门，她才收拾好走出来。

B55

"好事不出门，坏事传千里"，此事正好应了这句古话。这年大雪封门，道路阻塞，然而这个消息像长了翅膀，飞越雪山飞进寻常百姓家。听到这个消息，张赫年近九十的老母亲晕过去好几次，整天滴水不进，呆若木鸡。张赫的弟弟只好骑上自行车，在大雪封山的莽莽世界里，和自行车一起翻翻滚滚，人骑车或车骑人，在当日华灯初上时，到了三十五公里外的县城，他要依照母亲的嘱托，把哥哥守智的骨灰带回老家，用他母亲的话说，就是让老四叶落归根，和她在一起。她说，人生在世，无论高低贵贱，也不管你身居何种高官要职，最终还是母亲身边的一抔泥土，回到故乡的土地里，滋养下一代。守智是张赫的小名，上中师时，同班有三个男生都叫这名字，班主任点名时叫守智，有三人同时起身答应，弄得哄堂大笑。为了便于精准识别，班主任自作主张给其中两人改了名字，年纪最大的保住了原名，张守智更名为张赫。而张赫也依着习惯，后来彻底更名了。

第二天一大早，县委、县政府同时收到一份纵火案的特急警务信息，远在省城的县委书记知悉后，坐火车赶到通城召开紧急案情分析会，亲率七大常委到现场查看火灾造成的损失情况，听说没有人员伤亡，大家松了口气，不然年终考核一票否决，不但白干，主要领导还要背处分。

张赫的自查材料写好后，被隔离到县政府招待所接受进一步调查。

县委书记气呼呼地看完张赫写的十四页的纵火自查材料后，像一个快要爆破的皮球，慢慢泄了气。他躺在椅子里，点了一支烟，陷入了沉思，公安部门上报的案情材料与张赫本人的自查材料所陈述的事实大相径庭，案情的性质截然不同。他本人更倾向于后者，一个人好端端的，为什么要如此呢。张赫只因喝酒名声不好，其实张赫主政教育这几年，县上的教育成绩不断提高，今年已经位居全地区七县区的第二名，成绩还是显而易见、有目共睹的。张赫在自己的材料里说，这次起火责任在他，是他抽烟引起的。但县委书记认为这里有个疑点，抽烟即使会引起大火，在自己没有办法的情况下应该选择呼救呀，他怎么甘愿让火烧呢？这难道不是自杀吗？正如公安消防系统上报的材料，事实清楚，证据确凿，还有证人、证言、证词，全部指向张赫精神失常、心理扭曲，从而产生玩火自焚行为，还妄想与单位所有职工同归于尽的犯罪嫌疑。这弄得书记犹豫不决、是非难定。

下午，县委又召开了一次案情分析联合会，书记想听听大家的意见，特别是"三法机关"的意见。

会上意见分歧比较大，但责任人被限制人身自由，被认定为严重错误行为，甚至是违法行为。最终决定要当事人在家里待着，不要远出，积极配合组织调查。

B56

菊花打开门的时候，守信有点不知所措，按照乡下风俗，兄长去世，兄弟奔丧，进门时要在头上束一根白布条，以示吊孝。可他走得急，出门时把吊孝的事给忘了。进小区时，守门人不让他进，说是近期情况特殊，外面来的人都要院内的人来领，否则不能进。他不知道哥哥家里情况现在怎么样，也不好让谁来领他，只好耐心地说明来意，并特意强调说是张赫局长的老家弟弟。守门人半信半疑地盯着他自行车后面带的东西，说你车后面带的不是什么危险品吧。守信在雪地里摸爬了一天，汗水湿透的棉衣外面已经结上了一层冰，冻得他直打哆嗦，两只手冻僵了，整个棉帽周围吊着冰凌。听到守门老头子说些八竿子打不着的事，心里有些恼火，脸一转径直朝他哥家去了，不再理他。他每年腊月都来，今年因为大雪封路没来。守门人是明知故问，这个院子他也守不了几天，趁着正月的大好时光不捞点就没希望了。他在后面喊让守信停下，守信装作没听见，快走成了小跑，绕过花园直接上楼了。

见守信来了，菊花忙叫儿子过来帮忙，把自行车上冻得硬邦邦的布袋子抬下来。她知道，每年腊月，老五总要带些老家的猪肉和洋芋粉条到城里来，今年因为天气原因推到年后，年货也没能带回去。既然老家人来了，就顺便把她准备招待来客的年货也带上些，免得到时吃不了浪费。

守信在客厅里四处张望，没见到设灵堂的地方，也没闻到香火味，他看了一眼嫂子菊花，像是刚哭过的样子，眼睛有点肿。菊花让他坐下，他说："我哥在哪儿，我去上个香？"

"你哥在外面，一时半会儿怕回不来。"菊花愣住了，"你要上什么香？"

"我哥的事老家都听说了，母亲的意思是把骨灰带回老家，入土为安。"守信说着哽咽起来。

"你说什么呢？这谣言真能传，你哥他好好的，这两天专心写材料去了！"菊花哭笑不得，"这才多远的地方，一点事就传得面目全非，没脸没面的！"

菊花把事情原委简单地说了一遍，要他安心坐下喝茶，便去厨房做饭去了。守信对菊花的话不太相信，因为他没见到四哥，又说写什么材料去了的，他当局长的还亲自写什么材料！手下人为什么不去写？想到这里，他又叫来侄儿，问他爸啥时走的，何时回家。侄儿说是去招待所写材料去了，写完就来，显得轻松愉快。他问写什么材料去了。回答说是为什么要喝酒，为什么要放火烧自己，说到后面连自己都有点好笑，说谁还自己烧自己，一听就是栽赃陷害么。守信哦了一声算是明白了，他在乡下听到的全是谣传。他想，只要人好着，什么事都好说，"留得青山在，不怕没柴烧"。他现在开始想返乡路上的事，那么滑怎么把年货带回去。

这在往年，他带上一条猪腿和半袋子苦荞面就能换足整个正月里一家八口人的烟酒糖茶，以母亲的名义还能得到一笔数额不小的现金。今年四哥出了这档子事，听说又要搬家到外面租房子，现金怕是没有了，但菊花说年货还是有的，他想到这里高兴得哼起小曲来。

自从四哥当了局长，他和母亲一起享受了不少的红利，第一件大事就是把多年没钱盖的上房盖起来了，张赫的意思是让母亲能在新房子里安度晚年，因为父亲离世早，他体会到母亲一个人生活的不易，背着菊花暗里给家里寄钱。张赫说，以后母亲的生活费他全包了，因为他不在身边，都折合成了钱，让兄弟代劳，他逢年过节去一趟，尽尽孝心。

守信坐了一会，突然想起什么事，起身跑到阳台上，打开包着猪腿的袋子，从里面掏出两个木条盒子，盒子里面塞着废纸。他一个一个取出纸团，然后慢慢剥开，里面露出一颗颗鸡蛋来。侄儿喊他吃饭的时候，他还在剥，白色的鸡蛋一个个完好无损地放在阳台的地板上。他问侄儿有没有装鸡蛋的箱子，侄儿应声从厨房里拿来了一个装过苹果的纸箱。他又数了一遍才收进箱子里。侄儿惊奇地睁大眼睛，问他是怎么把这么多的鸡蛋从乡下带来的，竟然完好无损，说着蹲下身子抓了一个在耳边摇了摇，他要听是不是里边的蛋白冻住了。守信笑了笑说，好着来吧。侄儿说还真好着来。守信继续说："这是我的秘诀，哪怕自行车翻几个跟头，鸡蛋仍然好好的，毫发无损。"说话间已经装完了，满满一箱，侄儿争着抱起来把箱子放到厨房地上，他按侄儿的要求洗了手，之后坐到桌前准备吃饭。

菊花看着地上的一箱白花花的鸡蛋，有四十多个，她也惊问是从哪儿弄来的，刚从车上抬袋子时怎么没发现呢？儿子说是小叔从包里取的。

吃饭的时候，菊花乘机坐在桌子对面，问了一下老家的情况和母亲的身体，还有小孩子上学啥的，不知不觉中墙上的挂钟响了，已经是晚上十点，这声音和清凉寺的钟声重合了，听起来声势浩大，洪亮无比。

胜利洗涮准备睡觉时，守信从挂在墙上的外衣口袋里掏出了一张纸，上面密密麻麻写满了名字。他把这张32开的纸递给菊花，说这是所有鸡蛋的主人的名字，老家邻居们听说我要进城看四哥，都念他的好，没什么好带的，只有土鸡蛋最好，每家两个三个送来了，让我带上，我只好想了这个笨办法，订了个木条长盒子用纸包了放在里面。

张赫从当教育局局长开始，每年春节回家都要带好多糖果，尽管车子停在山梁上，离村还有半里路，听说张赫要来，左邻右舍的大人小孩子还是第一时间候在那里接他。他慷慨地让侄子给所有在场的人散发糖果，一个都不能少。回到家里，他还要另外拎着礼品去看望长辈。他成了整个村子的亲人，菊花也尝到了被人敬重的滋味，虽然花了点小钱，但敬重人之后，成倍返还了被敬重。接下来的日子里，他们一家将被村子里的每家每户排队邀请吃酒席，成为最受欢迎的人。

村子不大，外出工作的人很少，张赫是第一个科班出身吃公家饭的人，也是村子里到现在为止，官做得最大的。虽然现在外面工作的人多了，但更多是普通教师和企业员工。挣了钱的倒是不少，吃喝不缺，好酒好烟摆阔的大有人在，但总觉得缺少什么，乡亲们还是认为在政府里干，带个"长"字的人有文化懂人情，喜欢亲近。

后来张赫不再当政协主席，当然没有轿车接送回乡，张赫和菊花骑着自行车从城里回到乡下。气喘吁吁中仍然能感受到乡亲们在村头等待他们的热情，当然不是为了糖果，因为他们的日子已经实现了温饱，准备着致富呢。他们只是希望从张赫嘴里得到国家教育政策或怎样培养学生的秘籍。凡经过张赫指导的学生都实现了自己的愿望，考进了大中专院校，对这些学生，他多少都给钱，以示鼓励。五元的有，五十元的也有，这要视学生的家庭条件，条件不好的钱给得多，条件好的少。他们参加工作后，都会记着张赫的好，逢年过节不忘记看望张老师。他们从来不叫张赫"局长"或"主席"，在他们心里，"老师"比"局长""主席"分量重。

在乡亲们眼里，张赫家就是他们进城办事的免费落脚点，甚至包吃包住。乡亲们觉得进城不去他家，对不住张赫的热情，吃住后回家给他老母亲报告说，张赫家真好，菊花的饭好吃。听到这话，母亲就高兴。后来因为从楼房搬出来，在外面租住，没有更多的空间让乡亲们住，但他们总是要去一趟问个好，回去的时候好给张赫的母亲回话。有进城怕打扰张赫，没去他家的，母亲会拄着拐棍找上门，问老四给管饭了没。那人只好撒谎说管了，挺好，话多说了几句，竟然让老太太听出漏洞来，转身走了。后来才知道是说错张赫家住的地方了。如果她听到谁进城没去张赫家吃饭或休息，她就不高兴，就会记在心里，等儿子回家来好好教训一顿。

母亲说："你是咱村里乡亲的骄傲与自豪，都把你当成了自家的人给外人夸，你不能负了他们的心！有你对他们的好，他们也会对我好，好和好是互换的！"因了母亲的这些教育，他家门道里经常放着乡下人进城背的各种大包小包。张赫越是对他们好，有些人便把自己不当外人，有个曾在县里进行农机培训，也就是学开四轮拖拉机的远房亲戚，他为了把公家的补助省给自己，在张赫家吃住了半个多月。他临走时把一起学习的几个人带到张赫家里吃了一顿，还喝酒庆贺毕业。从那几个人的醉言醉语里，菊花听出了他们培训是公家管的，半月食宿费一千元，而这人天天来家里吃喝，竟然一点表示都没有，揩了嘴、拍了屁股就走了。

菊花把这事告诉了张赫，他沉默了片刻说："家里穷，可能缺钱，不要和他计较！"此后，那远房亲戚有事没事总往城里跑，菊花对他不待见，儿子也不理。他便跑到张赫单位，坐在办公室里不走，张赫问有什么事没有，他要开会。亲戚却说没什么事，中午不知道去哪里吃饭。张赫掏出五元钱，说街道上有牛肉面，自己去吃，便开会去了。等十二点时，张赫推开办公室，他一动不动地坐着，说五元钱他省下了，跟张赫一起去家里吃。张赫没好气地说："家里没人做饭，我中午也吃牛肉面。走吧，下班了，我办公室不能开着。"

那亲戚跟着张赫一连吃了两碗牛肉面，撑得走路有点晃。他解释说，一次把晚上的吃了，到家里省一顿么。张赫说："以后再不要找我了，单位不让外人来，这个影响不好。"那亲戚竟高兴地回答："哥，以后我在单位门口等，我有的是时间。"后来，他真的在单位门口转悠，守门人觉得此人可疑，给派出所打了个电话，两个警察提着警棍，问他是干什么的。他说是请局长吃饭的，守门人乐了，大笑道："就你？还请局长，小偷吧，在这里转悠了一上午。"警察从头往脚看，看得那人心里发麻，腿发软，心里有点怕，不自觉地朝街道前面跑，还没跑两步，就让警察追上了，不容分说，从两边架起来往派出走去，说："你没干坏事，跑什么！"之后再没见过他来找张赫。又过了几年，张赫却在县上的公审大会上听到了他的名字，张赫当时也有些内疚，说要是那时好好教训一顿，再加晓之以理，动之以情，结果可能不是这样的。张赫从此悟出一个道理，年轻人有坏毛病千万不能包庇，一定要严厉批评校正，就像小树的侧枝，一定要削掉，否则侧枝压过正枝，毁了好端端一棵树。

B57

第二天，守信就要急着回去，说家里人还在等他的消息。菊花一想也对，大雪隔断了正常的信息流通渠道，远在乡间的人只能靠猜测，捕风捉影，以讹传讹。张赫的事只有守信回去之后的现身说法才能以正视听、还原真相。

中午的时候，天气变得暖和了许多，室外温度四摄氏度。通城县周围的山顶上已然盖着厚厚的积雪，马路上因为人工清理，一点雪水的痕迹都没有。大人和小孩子的说话声、商铺的叫卖声与自行车的铃铛声夹杂在下班的人流里，合奏出一部雄壮的交响乐，将"二月初二"龙抬头的欢欣延续着。路边叫卖各种豆类炒货的小摊贩不断蚕食着路面，几乎摆到路中央了，偶尔过来的一辆汽车，才能让他们逐利的脚往后退一下，好让车赶紧过去，让人流过来。

守信满脸朝气地走在一座小山的前面，他的身后是大包小袋的年货，这是每年腊月张赫坐着车运往家里的，今年只好由弟弟亲自取走。母亲的意思是路上不好走，尽量不要带东西，免得出意外。菊花也有这想法，但守信坚持说没事的，今天的路肯定比昨天好走，昨天他才翻了五个跟头，今天肯定在三个以下，何况还是个大晴天。这话说得侄儿胜利哈哈大笑，说小叔是个皮球，在雪地里滚来滚去真好玩，他也要跟守信去，说话时动手准备着装了。菊花和守信劝住了胜利，说路远着来，得走一天，他不能去，再说了路上还影响小叔骑车，因为车子上装的是年货，没地方带他。胜利不高兴地看电视去了，菊花帮着将车子从三楼推到院子里，送到门外后叮咛路上千万要小心。

守信推着车子摇摇晃晃地走出了约五百米，绕过车站对面的什字后，右转弯消失了。菊花站在大门口心里突然空荡荡的，晴朗的天空笼着一层薄纱般的雾气，街道上喧嚣之声她置若罔闻。从三天前发生的火灾事件开始，她从没睡好觉，整日里昏昏欲睡，四天像是老了十岁。她似乎预感到张赫会出什么事似的，甚至会丢掉饭碗……她这样胡思乱想着，感觉头晕眼花，忙靠在旁边的电线杆上缓缓蹲下来休息。

此时，张赫正心急火燎地往家里赶着，三天两晚上，菊花和儿子肯定着急了。不经意间，与街道上提着豌豆的小女孩撞了个满怀，塑料袋里的豌豆撒了一地，孩子一脸委屈。他把她拉到一边，又给卖了同样的一份。在他的印象中，二月二早就过了一个月了，这几日，他的脑子里被什么东西塞满了，本来是往家里去的，却走进了单位的大门，半个院子被黄色的丝条围住不让通行，大门前面立着个牌子，告知全体干部职工暂时放假，上班时间另行通知。当他抬头看那块黑乎乎的楼面时，一个熟悉的声音在耳朵边响起来："张局长，这里现在不让任何人进去，您这是，听说您被……"后面的话他没听见。这个声音的突然出现，并没有引起他的注意，像是昨天说的一样，隔得很远。他站着没动，看门人连续做了三个让他离开的手势，他还是站着没动。

他隐约感觉到守门人不耐烦的气息，嘴里自言自语地低声唠叨，完全出卖了他的虚伪："一个酒鬼，自己不想活了还要别人陪葬吗？还看啥看！赶紧走开啦！走走走——"张赫的大脑里此时却变得一片空白，眼前熟悉的守门人和大楼一样变得虚无缥缈。

"噗"的一声闷响，像拳头砸在沙袋上，随后倒下了一道黑影。张赫把两只手拍了拍，转身向大门外走去时，从口袋里掏出手绢擦拭了一下双手，像是刚从卫生间里出来洗了洗手。他看都没看一眼倒在地上捂着腮帮子直哼哼的守门人马师，这个他曾经每次接待完带上酒肉供养起来的家伙，在他眼里现在连条狗都不如。此时，他身上本来宽大的棉衣在微风中像对折的旗帜哗哗飘动。

这人在他来教育局之前就在了，是前三任时期招进来的亲戚，享受着正式工勤人员的待遇，慢慢地却忘记了自己的身份，仗着多年的资历从不把中层干部放在眼里。晚上有干部来单位加班，还得领导打电话才开门，下班迟了就出不去。虽然张赫每年在全体干部职工大会上都要讲"岗位责任"和"恪尽职守"的事，甚至举例了门房管理，但他的话如微风拂过水面，只起几圈微波而已。他曾一度想辞退这个人，却又投鼠忌器，终是罢了。

家属院就在办公楼的后面，张赫走到大门口时，马路上有人骑车不小心撞人了，被撞的人骂声很大，他一转眼的时机，眼角余光看见门前电杆下面蹲着一团红色。喜庆的颜色提振了他仔细察看的信心，全身的晦暗一扫而光，那团红色像是一个人！他慢慢走到近前，那团红色忽一下散开了。菊花感觉到来自光线阴暗处的危险，她本能地清醒过来，看到自己的男人站在面前，她哇一声哭了出来。张赫忙扶住猛然站起来的菊花，拉着她就往家里走。守门人从门帘边探了一下头又缩了回去，十分惊慌地在屋里打转，像是得了什么狂躁症似的。

B58

家属院里的住户总能找到各个时期的热点话题，用来消磨茶余饭后的闲散时光。比如今年县里出台的某一项政策，与百姓有关系的大事、热点新闻，以及重要的人事安排等，他们都得进行激烈的争论，最后还要得出结论，像是县委的大事由他们讨论决定似的认真。小院落、大社会，在这里甚至能听到联合国的人事安排预报。

张赫被公安带走自然成了正月里院内的头条新闻和话语焦点。尽管公安来时着了便装，开着普通车，但不通报原因，守门人是不让进院子的，公安只好亮明身份，说要找一个叫张赫的人。守门人一看是公安的，立马矮了半截子，忙领着他们来到张赫家的门口。张赫走后，守门人以秘密的形式进行公开的宣扬，说张赫刚被公安押走了，手上戴着明晃晃的手铐，这次怕是有好戏看了。

"听说张赫回来了？"家属院里众多的脑袋疑问重重，众多的嘴巴开始窃窃私语，不管是行走在院子里，还是进了家门，张赫的突然出现或是一种取乐的谎言。时不时，院子里有人将门房揪出来，明确指出是他在胡说八道，质问："张赫是公安带走的，怎么轻易能回家呢？""今天快中午时他和菊花两个人一起进门，菊花还穿着一套大红的衣服，像是从什么酒宴上回来的！有没有此事？"守门人被三个老头子逼得结结巴巴道："真啊真的，不信，我就不是人养的！"这才罢休。

菊花在沙发上坐定，嘴里吸着儿子取来的自制酸奶，两眼呆滞地望着雪花闪烁的电视机，她脑子里很乱，一时半会儿没理出头绪，不知道先问张赫的事呢，还是说老家来人的事。门外有人敲门凑热闹，让她的心更烦乱。张赫默默地和奔过来的儿子拥抱了一下，儿子说乡下的小叔刚走，爸爸就来了，真是阴差阳错没见上面。张赫在家里转了一圈，看了一下守信带来的东西，然后坐在菊花不远处的沙发边上抽烟。

"走了吗？路上这么滑。"

"走了，家里人都等他消息呢！"

"他们听到什么了？"

"呵呵，你永远想不到。老四进门时戴着孝布！"

张赫深深地吸了一口烟，刚点着的烟圈只剩下屁股了。儿子像小猫一样用头蹭着他的脸颊，问他用了三天两夜，材料肯定写了厚厚一本，比《西游记》还厚。他沉默了一会儿，说他写的有两本《西游记》厚，然后让儿子不要看电视了，过两天就要上学，赶紧把作业做完，他要和妈妈商量个事。初中三年级的儿子还像个小孩子，不情愿地关了电视机到卧室做作业去了。

"待了一晚上就走了？家里怎么样？"张赫看着窗台上的一盆竹节海棠，紫红的花朵开得正艳，阳光照在上面泛起一缕缕水汽，在玻璃上形成薄雾。两只麻雀在窗台外面警惕地朝里张望，一声鞭炮的闷响并没把它俩吓走，饥饿却让它俩显得更加镇定了，来回走动着寻找合适的进屋途径。它俩看到张赫和菊花了，因为张赫的目光有一次与其中一只的目光碰在了一起，但麻雀像没看见似的，跳到窗棂上。张赫这才发现窗子的上半边是开了条缝隙的。

"他们把你怎么了？"菊花同时也看着窗外，像是不认识张赫似的说。

"能把我怎样。事情我给写清楚了，就回来了，只是说不要出远门，配合调查工作。"张赫若无其事地回答。这时，那只麻雀已经站在花盆边上，动作灵活地啄食里面不知何时放的绿豆和其他什么种子，不时转过身来朝张赫这边望一望。它像是看穿了张赫和菊花的心思，让另外一只也进来了。

"火都把床烧了，你就不知道？"菊花这才来了精神，提高了嗓门严厉地问张赫。窗口扑棱响了一下，先前那只麻雀已经挺着肚子出去了，站在外面放哨，后面来的正在另外一个花盆里快速地啄着，不时朝张赫这边看。它像是看出了对面沙发上的两个人根本没心思在乎它，便跳到紧挨窗台的写字台上，吃碟子里的半个苹果，不小心将碟子踩翻了。一阵清脆的响声惊动了菊花，她循声往窗子前面看了看，两只麻雀并排站在窗子外面不屑地望着她。

又是一阵敲门声，像敲到了菊花的神经，她条件反射似的起身开门，对门的杨老师一脸迷茫地问："张局长来了吗？好着来么！"

"好着来，杨老师进来！"张赫听得在问他，便大声邀请。杨老师轻轻摆了摆手说，"不来了，今天天气好，院里晒晒太阳。好人么，不就是喜欢喝两口酒么，有什么大不了的……"嘴里嘟嘟囔囔地下楼去了。

B59

农历二月初二之后，全县各级各类单位都进入正常上班的状态，县教育局办公楼解禁正式上班，局里的工作由排序第二的正科级党工委书记兼副局长姜继红临时主持。因火烧被熏黑的那几间房子，根据事件调查组的意见重新粉刷一下继续办公，五一过后，全部拆掉重建，办公地址临时迁往南苑政府招待所隔壁的县体校，与县体育局一起办公。

县体育局在张赫当教育局局长的前一年一直和县教育局合在

一起，叫县教体局，后来将体育教育职能分出去，成立了正科级单位县体育局，是县政府的组成部门。县体育局与县体校合署办公、局校一体，体校的校长和副校长均由体育局局长和副局长兼任。体育局双面五层大楼，楼下有一个带围墙的半亩地大小的绿地院子，办公条件比县委县政府还好。办公楼西面临河是一个田径赛场，功能较全，虽是露天，但四面围着三排高耸入云的新疆钻天杨，将操场严严实实地围了起来。河对面山上是清凉寺，操场上的杨树随四季变换着不同色调的枝叶，而清凉寺里的钟声却不为所动，不管四季怎么轮回，它依然缓慢而悠长，以断念于尘世的姿态警示着有罪的灵魂。

县委组织部副部长通过教育局把张赫请到办公室，曲径通幽、转弯抹角地把"到县政协上班，教育局的工作另作安排"的意思，用整个上午的时间传达给了张赫。副部长说："明天一早会有人接您到政协去，您也该休息一下，您当局长这五年，全县教育事业五年五大步，您的成绩有目共睹！"副部长这句话让张赫身上的重担猛然一下卸掉了，感觉从没有过的轻松。因为免除局长还得过人大程序，如果苟主任那里不免职，他仍然是县教育局局长。但他已经对教育事业感到疲倦了，不想再干，确实得换个地方休息了。

张赫把自己的情况告诉了菊花，她一颗悬着的心算是落了地，她谢天谢地说是自己命好，张赫大难不死，可能有后福。儿子已经开学了。菊花也正常上班，原先的单位被私人老板买走之后换了名号，改做零部件，菊花从行政部门又回到了车间。私营企业是不养闲人的。菊花是车床工，技术在县里算是一流的，老板给她付的是工人里最高的工资，她对那份工作还是挺满意的，常常对儿子说："身有一技之长，不愁隔宿之粮。"儿子听了不屑地说，不就是个下苦的么，要干就干个管下苦人的老板，人家不干也"不愁隔宿之粮"！噎得菊花半天说不出话来。末了，菊花总用一句"我倒要看看你有多大本事！"作结。

到县政协上班后，张赫整天一张报纸一杯茶，无事可干，单位的会也没人通知他参加。后来办公室副主任偷偷告诉他，"张副主席，像您这种情况，上面的意思就是在家歇着，就不要来单位了，有事会有人通知的。"每天勤奋上惯班的他，这才明白副部长那句"该休息一下"的意思了。为表感谢，他与这位副主任干了一大杯，然后回家睡觉去了。可觉总是要睡醒的，白天里不能老睡，否则，晚上就没事可干了。

按照菊花的安排，张赫正好利用空闲把她看中的那套四合院租下来。当张赫打通菊花留下的房东电话时，才知道房子的主人是张赫之前局里的员工，也就是出纳小黄。小黄多年前随老公南下广州创业，现已经站稳脚跟，这边的亲戚朋友都跟到那边发展去了。小黄一家正准备去深圳定居，这处祖上的房产打算暂时找个人看着，隔三岔五打扫清理一下灰尘垃圾。房子和人一样，得有人养着，如果没人气，再好的房子也很快残垣断壁，成为一堆废墟了。这处占地三百多平方米的四合院，装饰精美，家具考究，除了冬天得烧土暖，其他设备一应俱全。这桩好买卖自然有菊花的功劳，她不知从哪里打听到的消息，说那处宅院是城西最好的，听说正在找看房子的人，她要张赫打电话问一下，租下来应该是可以的。

对方听说是领导要租，很高兴，说这是老天的安排，她正要找人看房子，还得给工钱，如果张局长不嫌弃，就免费住进去。张赫听了有点不高兴，说如果不收钱就不租。对方说可以，她很快从广州飞来把协议签了。来的是个男青年，说她姨说了，房子的租金是一年三百元，是张赫一个月的工资。一租三年，一次性付清。菊花一算，正好是方圆同类房价的三分之一，高兴地办了手续，对方临出门时给胜利留下了一百元，说是见面礼，菊花心里乐开了花，感觉这院子租得值，以后应该住得也顺当，但她不知道这是张赫同事的房子，只认为人家是大老板，不在乎这几两碎银子，人家要的是把房子看好就行了。

菊花满意的，张赫肯定满意。眼下拆迁的气氛越来越浓，宜早不宜迟。张赫也没想着买楼房，只想暂时有个窝搬进去就行了，早点离开这个是非之地，过几天清静日子。

张赫的搬家计划征得菊花同意后开始实施，利用一个星期天，便把家搬了。傍晚放了一串鞭炮算是乔迁成功，远离那个家属院，全家人不再去那里了。他每天的工作具体而充实，就是按时做饭，洒扫庭除，认认真真做家庭主男。这对菊花和胜利来说是一段泛着幸福光芒的时光：偌大的四合院，周围绿树成荫，屋里窗明几净，桌上饭菜热气腾腾。俩人第一次发现张赫的厨艺还真不赖，开玩笑说以后就待家里做饭得了。

县城的空气里四处飘荡着春天浓浓的气息，大小公园里和路边的连翘、刺枚、迎春、丁香开得正艳，虽然这里是西北偏北，但春天对生命的复苏还是尽施了普惠的力量，连杏花和梨花也前后竞放，寒风里路边翠绿的柳树和国槐送来了阵阵清香。粽叶的香味越来越浓，端午节的氛围在大街小巷已经看得见了。四合院里的蜡梅花早就开过了，一株高大的苹果树展出繁盛的花骨朵，含苞待放。张赫依旧领着工资待在家里，除了像退休多年的老干部一样看书练字、睡觉做饭，偶尔在街道口喝二两高粱酒外，不问东西，过得清心寡欲。端午过后，菊花觉得一个男人的日子不能这样过了，她催促张赫应该去单位上班，不能再这样待家里了。这事张赫平时也与政协办公室沟通着，他的事暂时确无人过问，何乐而不闲散在家里呢。他说不急，起起伏伏上了几十年班，原以为当个局长已是仕途终点，没想到组织关心当选县政协副主席，真是祖上积的阴德恩惠所致，不敢再有任何的奢望，现在也该歇歇啦！

　　县城的主要街道在机器的隆隆声中改变着模样，老旧的办公楼和住宅小区像蚕吃桑叶似的，慢慢被吃掉又在原址吐出高耸的新楼。开工典礼的鞭炮声此起彼伏，机器的轰鸣昼夜不停。高楼大厦如雨后春笋般不断从地上冒出来，高档酒店和商场在操着南腔北调的外地人的吆喝声中相继开业，在通城史上从没出现的商品也像人流一样涌进了县城的各个商店和居所，人们的衣着随着百花齐放的春天，日益丰富多彩。想走出去的年轻人和想见外面花花世界的人，在各种优惠政策的支持下，一波一波乘着改革开放的东风扬帆远航，下海捞鱼去了。

B60

姜副局长主持工作之后，张赫局长之前讨论决定的搬迁补助政策无人再提，了无声息。临近搬迁期，住户们还没有得到一分钱的租房补贴，他们说领导说话不算话，那我们只能以牙还牙，以不合作不配合来表达不搬迁，以抗迁的姿态无声地要求局里兑现先前的承诺。当白色的"拆"字像白色的刀刃立在墙面上时，反抗的声音越来越高，搬迁户众口一词要局里兑现张赫局长研究决定的补贴政策，要张局长出来解释，他们不听副局长的，声讨之声以大字报的形式贴满了整个办公大楼，把刀刃似的"拆"字全都盖住了。

当挖掘机、推土机、铲车声势浩大地排着队，开进家属院的时候，被事先准备好的，以老头、老太为主的人墙挡住了去路，说要拆楼就从他们身上压过去。这几年城市拆迁，时不时闹出事来，司机们早已见怪不怪了，只要有人挡道就立马停下待命，报告上面协调，他们不会无缘无故拿命冲锋陷阵。面对这些不要命的抗迁者，他们只能让机器冒着黑烟咆哮一阵，借以虚张声势，以便吓倒人墙，可这些人早已是不惧刀枪的滚刀烂肉，这点伎俩他们早识破了。机器震耳欲聋的轰鸣和张牙舞爪的动作既然没有效果，他们也束手无策，只能偃旗息鼓。管事的包工头来与他们理论，他们说找局领导去，没资格跟他们说话，弄得包工头灰头土脸，只好让机器停下来，不要费油了。包工头向工程队的领导汇报，说住户一个也没搬，无法开展工作，前面遇到是人墙而不是钢筋水泥，挖不过去，希望尽快通过教育局协调，否则工程可能要延期。

机器停在院子里熄火了，柴油汽油……各种油味笼罩着小区。挡车的人拿了椅子坐下来，准备做持久战，有的甚至摆起了棋局。吃饭时家里人会送来，他们知道坚守岗位的重要性。几天前，有一家拆迁户，晚上睡在家里，被拆迁队连床一起抬到外面，把房子拆了。这个教训是深刻的，他们组成了临时抗迁队，组织者要求大家提高警惕，决不能让这些铁家伙越过他们屁股底下的板凳线。

第二天一大早，教育局楼前的院子，被办公用品和家庭用具围得水泄不通，场面比展销会还热闹。有人在愤怒地演讲，有人在沉默地等待，有人敲打着锅碗瓢盆助威。他们希望通过不同凡响的闹腾敦促、提醒教育局的领导，没有租费他们是坚决不搬家的。废弃的公文随着喧嚣的声浪，雪花般满院飞舞。围看热闹的人一波去一波来，汹涌澎湃。

外面闹得沸反盈天，主持工作的姜副局长正襟危坐，他的家在老婆单位，是城里有名的高档住宅"金融花园"，不愁搬家的事。他对自己的决定充满信心，他知道这些人也就这么开头的三两下，只要坚持住两三天，不用一兵一卒自会土崩瓦解。可眼下，院子里一片混乱，一波一波要求补助的声浪向他涌来，这些抗迁、聚集上访者的目的只有一个：既然张赫局长的决定无效，那就以单位的名义给搬迁户发放租房补贴，不然就与姜副局长一起吃住。院子里有人将床单撕成条，上面写了标语：誓与单位同甘苦、共患难！

那个年代，所有单位家属楼的养护费用都由单位承担，住户除了水电垃圾等费用外，几乎什么也不出，就连水电费单位也要补贴，没有特殊用量，一般家庭单位补贴是够用了的，所以搬迁对他们而言是一件生活中的大事，这不仅仅是搬出去，而是实实在在的经济损失。至于能不能搬回来住新房，那都是镜中花、水中月，能看着摸不着，虚无缥缈，只有在此时拿到补贴才是最大的实惠。可谓，"家中的麻雀胜过天空的鹰"，抓在手里的才是真实的。

嘈杂声将要把整个办公楼掀翻似的，姜继红坐不住了，他走出办公室，站在楼道里透过玻璃向外看，院子里的人群情激愤，在正午阳光的暴晒下情绪越来越激动，喊声震天。街道上看热闹的人也加入进来助威，有人嘴里喊着："姓姜的领导给我出来，把问题讲清楚，不然我们不会散的，休想拆迁！"那人手里撑着一张横幅，上面写着什么"誓与补贴共存亡"。姜继红心里骂道，"真想得出来，没补贴你就不活啦！竟敢和我姓姜的过不去！那就等着瞧吧。"他让办公室主任调查一下手里拿横幅的人是谁，"我要让那小子尝尝厉害，老虎不发威还以为是病猫呢！"

眼看快下午一点了，聚集的人一点没有散去的意思。姜继红感到肚子饿了，但他不敢出去，怕被围在院子里受辱。他让办公室冯主任出去弄些吃的，冯主任说他不敢去，他怕被那些人揍一顿。姜继红一听火了，问院子里拿横幅的人是谁，调查清楚了吗？冯主任低了头，说不认识，好像不是教育系统的人。姜继红说敬酒不吃吃罚酒，要求打电话把公安的联防队叫来，武力驱散这些聚众闹事、影响公务的人。冯主任点头退到自己的办公室里去，再没出来。办公室有三个人，他们谁都不想打这个报警电话，这怎么是聚众闹事呢，分明是局里没做对，拆迁政策前后不一致造成的！

约十分钟后，姜副局长见联防队还没来，他推开办公室的门，问冯主任是怎么回事，冯主任站起来说电话打了，不知道是怎么回事。姜继红心里明白，这些人都是搬迁户，都希望得到补贴，根本没想着帮他解决问题，教育局就他和另外五个人不在家属楼住，其他人都在，说不定今天这局面就是里应外合的结果呢。想到这里，他转身走到自己的办公室，给公安局负责治安的副局长打电话，声称有人在教育局办公楼前聚众闹事，严重影响公务，希望能把联防队调来赶走。电话那头问为什么要闹事，原局长刚出事还正在调查呢。这边说是局里家属楼要拆迁，家属要单位出租费，聚集在办公楼前拉出不恰当的标语，将院子围死了，人员无法出入，严重妨碍执行公务。那边说好，立马派人过来了解情况、维持秩序。

不多时，联防队报告公安局副局长，说那边不存在什么聚众闹事、妨碍公务之事，只是因为局里没有执行已经出台的租房补贴政策，住户们静坐在院子里讨要说法而已，人员进出自如，秩序井然。目前的情况是办公楼和家属楼同时要拆迁，同时也要搬，单位院子里大部分是将要搬出的办公设备，外加街道来往人群的围观，现场有点混乱。这点联防队早上已报告了，说现场完全可控，事项单纯，并不复杂。公安那边觉得这是教育局自己的事，只要把围观的群众驱散，不要阻塞交通、出现踩踏事件就可以了，没必要强行让提出合理要求的家属离开。顿时，阻塞马路和单位进出的人被联防队驱散了，院子里剩下的人不多，大多是准备搬的办公桌和其他办公用品。

见院子里锅碗瓢盆的声音还在，姜继红又把电话打过去，那边说事情已经解决，剩下的就是单位自己的事，他们也不好解决，再加上联防队在交通路口处理其他事务，一时半会儿抽不出那么多人来。说完挂断了电话。姜继红的大脑一片空白，不知如何是好，他从二十岁参加工作到今年五十岁，在他的三十年从业生涯里，第一次遇见上访事件，而且还都是教育系统的家属，有些还是老领导老部下的子女。外面点明要他给大家一个说法："为什么先前张局长定的政策无效，张局长人虽没在岗，但职务还在，决策是大家集体决定的，应该对事不对人……"呼声又起，他不敢、也无法面对这些质问。思来想去，只得先来一着缓兵之计，让办公室主任在楼道里向院子里喊话，让大家静一静，回家准备搬家，单位领导正在开会，肯定会有满意的答复。话音一落，嘈杂声戛然而止，却都静坐而不离去，说要等待这个"满意的答复"！

局长办公会从下午一点开到三点，答复以公告形式贴到大门口的公示栏：经局长办公会议研究决定，原搬迁补贴政策继续有效！看到这个公告，院子里即刻冒出了一股如释重负的长吁，人们开始三三两两离开了。

几个年长的人围在那张公告前指指点点，议论纷纷，如发现陷阱般惊慌，要旁边的年轻人把大家叫回来，说这个公告存在实质性问题，公告里并没有说要给补贴而是"继续执行原政策"。原政策是前次"不发补贴"的政策，还是"发补贴"的政策，这里存在语言上的不明确性或多义性！我们上当了！听到这话，走在半道上的人哗一下倒流回到院子里，激愤的情绪如火上浇了油，高呼把具体补贴列出来，还要现场发放，否则不离开。

一石激起千层浪，静坐变成了骚动，饥饿让大家分外勇敢，有年长者直呼姜继红的名字，要他下来给大家伙把公告的意思解读一下。他的喊话让静坐者的愤懑有了齐心协力的出口，他喊一句，大家紧跟着喊两句，声音洪亮、气势浩荡，说今天不兑现第一季度补贴绝不离开。有些人已经回家去拿凳子、椅子和饭菜去了，几十人的露天晚餐将在教育局的院子里激情澎湃地开始。

姜继红副局长最不希望的电话还是响起来了，县政府办询问事态的严重程度。他的回答是，为了配合拆迁，正在组织搬迁户排队领补贴，没有发生闹事、上访、静坐等一系列群众性事件，一切井然有序。那边回答说，希望姜副局长控制好局面，不希望发生的事绝不能发生！姜副局长听着对方的电话里响起嘟嘟的声音，才放下电话，情不自禁地自言自语"不希望发生的事绝不能发生"这句绕口的话。

院子里的喧闹又一次打断了他的思考，愤怒和欢乐在形式上看起来没有多大的区别。当三张白纸黑字，写着教育局所有职工和搬迁户户主姓名的公告覆盖了之前所有的公告时，喧闹还在继续，吃饭并不是眼下最紧要的。院子里虽有路灯，但还是显得昏暗，有些人看不清公告上的字，问墙角贴公告的办公室冯主任，白纸黑字的东西是不是一定真实，这些补贴的数额和领取时间是否准确。欢呼声把冯主任的解释淹没了。他让大家静一静听他说，希望各位抓紧时间搬家，明早还不见行动的取消补贴。大家交头接耳、窃窃私语之后，相继离开，院子里一片狼藉。

B61

时间过得很快，一晃就到国庆节了。前一天快中午时，张赫在迷迷糊糊的醉梦中听到剧烈的敲门声，他在午后的无聊与烦恼中，穿过院子里白花花的阳光，眯着眼睛打开了大门。"张主席好！我是小杨。"一个清脆耳熟的声音在门洞的阴影里热情地响起来，"我给您送文件来了。"迎面而来的秋意让他的眼神一下了明亮了起来。小杨在门外双手捧着一份文件，要他在收文处签字确认。张赫并没有听清小杨说了什么，而是邀请他到家里坐坐，说既然到大门口了，就进来喝口茶再走，这是规矩。小杨推辞说单位还有事得回去，可张赫就是不接文件也不签字，小杨只好随张赫进了院子，绕过花园，在客房里坐下。

小杨抿了几口茶，闻到一股酒味，小声问张赫，张总喝酒啦！张赫对"张总"的称呼听得半懂，以为是小杨说错了，并没在意，随口应了一声。他转身从柜子里取出半瓶白瓷的"陇南春"，给小杨倒了一茶杯，也就二两左右。他端着酒给小杨的时候，说谢谢小杨给他送文件，这杯酒无论如何得喝了。小杨拗不过他，只好一饮而尽，身体顿觉暖和起来，可脑袋慢慢变得肿大、耳朵和眼睛像蒙上了一层薄纱，说话看东西朦朦胧胧的。他忙放下文件，代张赫在收文处签了字，起身一溜烟跑了，他怕再喝一杯就醉了。因为当他放下酒杯的时候，张赫起身又把酒瓶提起来向他走来："再来一杯，天凉了，喝一杯暖和一下么，小杨！"如此，他头也不回地跑了，生怕被张赫逮住再喝一杯。

多半年的无业状态，张赫已经习惯了无所事事和对工作的冷漠，他只关心自己是否有足够的零花钱喝廉价的高粱酒，其他并不在意，他认为对他的处理最快也要一年多，没想到半年就有结果。早上，他还在为菊花去哪里生孩子的事犯愁，两人的老家各有利弊，终是没能定下。他越想越觉得破烦，一烦他就喝酒，喝醉了蒙头大睡，半天就过去，等醒来时烦恼早就忘掉了。小杨来敲门时，他早上的酒还没醒，中午饭也没顾上做，也没顾上吃。

文件在桌子上放着，组织的这个决定他早有耳闻，之前一个月就传得沸沸扬扬。从官员变为老板，这是眼下人们最理想的路子，因为他的身份仍然保留在原单位，只是下海经商换了份工作而已，如果感觉"苦海无边，回头是岸"，可以重操旧业。但张赫会无端地感到失落，就像晴朗的天空突然变得阴云密布一样，心情堪比这门外的秋风，让他郁闷烦恼。饮酒解百愁，一醉烦事成烟云。

他当局长时就知道那个印刷厂的情况，濒临倒闭，人员亟须分流。因为是集体企业，工人是合同制，享受着国有企业的待遇，之前工作福利比教育局的干部好，但随着市场经济的发展，以前吃的计划生产的饭被后来众多市场化的同行瓜分了，坐等客户上门的经营理念完全被时代淘汰。三十多人都嚷着要到局里来，有几个通过个人关系调到行政事业单位，剩下的只能靠一年一度县里中小学的作业本钱维持生计。

那时，上级要求每个单位至少要有一个实体，所有人员要以经济建设为中心下海经商，哪怕是学校这样的教学单位，也要抽出精干人员全力搞三产，因为没有技术和市场，学校的养鸡场、养猪场之类的实体除了倒闭赔钱，就是强行给老师、学生摊派，弄得怨声载道。所以，张赫知道行政干部办企业很少有成功的，十有八九是"赔了夫人又折兵"。但他心里更明白，在这个时候要他接手这颗烫手的山芋是组织有意安排的，带点将功折罪的意思。他一听企业和经营这些字眼，或词语，心里就发抖，这和免去一切职务成为普通干部没有什么两样。

菊花和胜利可不这么看，特别是菊花，对厂长兼总经理有着潜意识的羡慕和崇拜，当她晚上挺着大肚子、板着脸、有气无力地躺在床上时，无意中看到桌子上放着的红头文件，她让放学回来的儿子看看是什么东西。儿子哇了一声，提着文件跳起来，叫着："我爸当厂长兼总经理了！以后得叫张总，或者张厂长。"

菊花的疲劳一下子无影无踪了，她像换了个人似的，喜笑颜开，把之前与张赫发生的不愉快全忘了，起身把那份文件看了至少十遍。她当即决定从明天开始请病假不再去公司了。心想，自己家里出了老板，有钱养活她，不再需要这么卖命了，况且腹内的胎儿也大了，容不得她和往常一样在机床旁一站就是三四个小时，每天回家脚腿都肿了，连鞋都脱不下来。

胜利是城里生的，光明正大，政策规定只要是公职人员，生育一胎制。菊花想到娘家去生，而张赫认为不妥，全力坚持到他老家去，那里山大沟深、离县城远，不容易走漏消息。菊花之所以想去娘家，主要考虑到娘家离城近，万一有个啥事，进医院快捷方便。她四十岁了，属于高龄产妇，怕有危险！为此两人在晚间争得面红耳赤，直到第二天菊花上班，也没明确究竟去哪里更合适。张赫说车到山前必有路，还远着呢，到时再说。说归说，可这也算是一档子事，菊花的意见不是没有道理，万一菊花有个什么状况，他老家怎么来得及去医院。

晚饭张赫做得比平时丰盛，儿子和菊花一改往日中午他醉酒没做饭的郁闷，两人有说有笑，吃得比他想象的愉快得多。

本来没有级别的教育印刷厂因为张赫的上任，级别一下子变成了副县级，此后，和县上其他的老牌企业同时列入县委、县政府的国有企业名录。任命文件里也明确，张赫同志挂任县教育印刷厂厂长兼总经理（副县级）。这种下挂政策是县里自行规定的，目的是提升企业级别，便于招商引资、搞活地方经济，其他县级干部都有这种下挂任务，副县级以上的只能挂职，科级以下的县管干部可以直接交流任职去国有企业当厂长经理。

"一年搞活，两年扭亏，三年迈上新台阶"，这是县委给张赫的目标任务，如果完不成，他的"纵火案"得追究。当然后面的一句是县委书记嘴里说的，并没有写在纸上，因为当天下午，县委书记就约他谈话，说这个决定是他力排众议、顶了巨大压力换来的，是看在张赫多年在教育战线认真勤恳工作，为全县教育事业做过贡献的份上做出的，说这也是组织建立容错机制、保护干部的举措。最后强调，尽管点火查无实据，但失火造成的不良影响确是事实！对书记的要求张赫表态无条件全盘接受。

书记找他谈话后第二天早上十点左右，组织部部长陪他到印刷厂宣布任命决定，副局长姜继红也参加。会场的空气冷冰冰的，桌子上还蒙着一层厚厚的尘土。工人们领着一半的工资在家里待着，每年只上冬、春两季开学前各一个月的班，甚至不上，因为教学用的作业本在仓库里堆积如山，卖不出去，多年前的已经腐烂了，周转资金被死死地压在这里出不来，职工也没有工资，靠每年两季教育局拨付的人头费发工资。两年前，企业改制成了自负盈亏的集体企业，原厂长拍屁股回原单位去了，没人愿意跑市场，拖成今天资不抵债的困境。在任的副厂长认为自己是土生土长的企业家，从高中毕业招工进厂到现在已经十多个年头了，只混了个副股级副厂长，企业改制后加了个副经理的虚职，他也没信心出去跑业务，做一天和尚撞一天钟，得过且过。看着这个濒临倒闭的厂子，他心里也高兴了一阵，眼下这破厂子没人来当一把手有一年多了，由他主持工作，代行厂长职责。可突然来了一个副县级挂职厂长兼总经理，这一下把他的美梦打破了，心里骂道，一个政协副主席不去好好当领导，跑到这个破企业来凑什么热闹，这不是明着抢别人的饭碗么，心里无比地沮丧。前一天，县上通知他说新厂长要到任了，县上领导来宣布任命通知，让他做个准备。他想，也就一个发不出工资的破厂子，有什么好准备的，他打发厂办的人通知所有人员，并把会议室打扫一下。他当时心情沉重并没看会议室的卫生情况，开会时才发现桌面上是一垄一垄的尘土。因为企业没人管理，开会时三十多个工人三三两两、进进出出的，一点没有纪律约束，副厂长也不管，整个会场在尘土飞扬中乱哄哄的。来的领导谁也没提出批评意见。原计划大讲一通的组织部部长，只宣布了张赫同志的挂职决定，然后让他做表态发言。张赫清了清嗓子，好让没有麦克风的讲话尽量清楚："我将不辜负组织的信任，把厂子办好，请组织放心！"然后就没话了。部长问他是否已讲完，他说讲完了。然后部长宣布散会。张赫那天在菊花的精心打扮下盛装出席，没料到一身新衣服成了揩土的抹布，会议结束时像刚从田间回来的农夫。

按当时的规矩，散会后应该由厂里设宴款待部长一行，可副厂长没任何表示，只在领导们走出大门的时候说了声"再见"。张赫跟在部长身后，小声说中午在"天月红酒店"三楼订了便饭，望部长赏光。部长转身看了看身后主持工作的姜副局长说："就让姜书记来吧！你那厂子困难，以后发财了再请！"说着带领大家进了酒店。

这天中午，张赫拗不过部长，喝了几杯酒。下午便准时到厂里上班了。印刷厂在通城县一中隔壁，离他租住的院子二十多分钟的步行路程。他的办公室倒是粉刷一新。他上任的第一件事就是号召全体员工用一个星期的时间大扫除，把厂里厂外打扫干净，车间库房办公室等地方彻底清扫不留死角，以崭新的面貌迎接改制后的发展。

B62

对于商业和经营，张赫是一张白纸，什么都不懂，更何况教育印刷厂的管理体制和人员都是计划经济体制的产儿，所有的工人，包括管理者都是教育系统领导或老师的家属，根深蒂固的老传统，二十岁左右的年轻人只有三四个。张赫上任做的第二件事是和副厂长一起研究确定重点客户名单，如果一年里把所有积压产品销出一半，企业便可收支平衡，能够正常运转了，员工工资即可正常发放，工人能上全额班，年终还能领到奖金。

根据副厂长马有钱十几年的营销经验，攻大客户的关多数要能喝酒，在酒桌上办事成功率比较高。根据马有钱提供的信息，他俩确定了第一季度的重点对象，第二天就开始行动。第一场酒是与省属驻县国有大型电子设备厂的副厂长喝的，原先人家准备让厂办主任来，后来听说是一帮副县级干部，厂办主任只得把分管厂办的副厂长请来。因为张赫当了多年的局长，县里大多数领导都认识他，会给他面子。他去的时候，把县里有关领导也请来，说是祝贺他当选副主席和厂长，其实是请来作个陪，说话时有分量。酒桌上他把印刷厂的情况及主要产品介绍了一下，说能在市场上大量推出的是办公用品和小型广告单。县政协副主席、县里部分头面人物和省属驻县的国有大型企业领导一起吃饭，双方都觉得是有面子的事。酒过三巡，马副厂长便将这次邀请吃饭的目的说了出来。见县里领导在场，对方也不好再推辞，现场将马有钱早准备好的三年供货合同审了，同意先支付第一年的半年货款。这次会面，成功率相当高。这一场酒宴，双方各喝倒了三个海量酒家。马有钱也算其中之一。

初战告捷给了张赫信心，他全力以赴，调动资源，接连三次收复失地，让以前的大客户回心转意，和印刷厂签订合同，厂子也慢慢有了恢复元气的血液，对其他客户、长线用户，张赫如法炮制，各个击破、逐一拿下。在张赫挂职的一年里，马有钱住了三次医院，最后一次还做了部分胃切除手术。紧锣密鼓的接待让张赫的酒量又飙回到多年前的状态，喝酒如水。积压的产品一车一车运往周边县区，库房里的存货已经少了一半多。到了第二年五一劳动节时，厂里已经有能力举行劳模表彰大会，在册正常上班的员工领到了多年来第一次的全额工资，准备调离的人大部分又回来了。在张赫不辞辛劳的游说和奋不顾身的接待里，濒临倒闭的厂子"活"了。当然，之前银行的贷款、外债他没算过，他只算他接手时的出入账目。到国庆节张赫上任一周年时，厂子在册的三十多号人每人能领到全额工资和为数不多的奖金，虽然他们不舍昼夜地忙碌着赶新的订单，但每月不断上涨的工资还是让他们信心百倍、乐于工作。员工开始说张赫不是酒鬼，是个优秀的企业家，有领导才能和水平，是个大好人，能为大家谋福利，我们愿跟着他干。他在周年大会上也没控制住骄傲的情绪，说只要大家通力合作，跟着他干，印刷厂的未来一定会辉煌灿烂，每个员工的工资将是现在的两倍。

在第二年年终的全县工业发展大会上，县教育印刷厂被评为全县"创新发展示范企业"。县委、县政府主要领导在讲话里说，在县委正确的用人机制里，一批优秀的企业人才脱颖而出，那些多年来等着财政救济的企业，在短短一年多的时间里就实现了扭亏为盈，转而将成为利税大户。

在表彰大会现场，张赫身戴大红花和绶带，醉醺醺地坐在席位上，曾数次在场内响起鼾声，多亏会场人多声杂，被旁边的同伴用胳膊肘戳醒了，不然成了当日头条热点新闻。当他磕磕绊绊地跟着同行领完奖，准备回家睡觉时，被要求发言谈经验，还要现场接受记者专访。无奈之下，张赫只好耐着性子念完了一千多字的稿子。在会议结束后接受采访时，冷不丁说了一句"经营企业我没有什么经验可谈"，在记者一再的引导和启发下，他像泄密者一样羞涩地说出了真相：酒，和客户喝酒！然后签约。

当晚县电视台的"通城新闻"栏目播出了优秀企业家张赫的访谈，他的话大部分被主持人播报的画外音代替，大概内容是说张赫下挂县里濒临倒闭的企业，他经营有方，带领员工艰苦奋斗，砥砺前行，在一年零两个月的时间里，扭亏为盈。新闻还引用了他的几句原话，"要树立现代市场理念，运用创造性的营销策略，积极主动挖掘市场潜力，要与市场交朋友……"这条新闻作为企业改革的地方典型，被省台明星企业栏目播出，不久获得了全省新闻奖。市县领导和社会各界，对那档节目评价很高，说张赫为人低调，是个务实干事的企业家，一改过去对他"酒局长"的不当看法。后来，张赫还特意在办公室里接见了当天采访他的那位美女记者，表扬说以后肯定能干成大事！但记者本人笑着回答说，她写的稿子上是张赫的原话，播出时让值班领导修改了，稿子一个字也没用上，还挨了批评！

B63

合同签订的时间大都是三年，到第四年时，张赫的那套办法不怎么灵了，有些领导说身体欠佳请不动了，如此，他的接待收效甚微，签单满打满算也就是前一年的三分之二。这些签单的客户还在找各种理由要求降价，不是说张三的质量好，就是李四的印刷色彩鲜艳，要不就是马五的是全自动德国进口机，成本是他的一半，总而言之，目的就是要减少订数或降价。第一年的好运让他高估了自己的商业才能，错误地判断了眼下市场经济的复杂性。从第三年开始，销售工作越来越难做，幸好，之前的库存对他来说是没有成本的，而这些产品的一销而空让他回收了大量现金，填补了销售额的下降，这在他上任后的独立核算中是一笔不小的收入，从账面看营业额有增无减。因为厂子在几个人银行都有贷款，在他来之前，每一笔收入都抵了本息，厂里什么也捞不到。从他上任那天起，便和马副厂长商量，在贷款最少的农业银行继续使用账户交易，其他银行不再有业务往来。在第一笔款项到账时已经还清了本息，平时大项走农业银行，小项在没有贷款的银行存现金。

人怕出名猪怕壮。面对名声，张赫一点儿也高兴不起来。自从得了"创新发展示范企业"的称号，三天两头就有人来取经，除了介绍经验外还要管上一顿饭，一个月下来是一笔不小的开支，一年下来就是全厂员工一年的奖金啊！这些人大多是县上领导介绍来的，有的甚至亲自陪同，不好拒绝。

后来，他们商定了一个办法，也算是厂里不成文的一项接待制度。从第四年的元月开始，每有人来，由马副厂长接待。若消息知道得早，张赫便去见客户，工作人员就说总经理出差了。到用餐时，找不到主要领导，马副厂长、厂办主任只好说：领导出差不在，联系不上，再见，下次再来！这种伎俩有时也会不好用，县上有的领导会大发雷霆，放出狠话，说张赫捞足政治资本就不把别人放在眼里了！还有人说张总上班期间不是喝醉就是出差，有损企业和干部形象，这样的干部能提拔重用吗？言语间，像是有消息说张赫将成为县政协主席候选人，原因很简单，年轻有为，是改革开放的排头兵，是地方经济发展的领头雁。提拔一个带动一片，将为营造良好的用人机制和导向打下基础。

那时，还没有手机，张赫的办公室里有固定电话，虽然在获得优秀企业家时，县里奖励了一台BP机，算是支持企业发展，但张赫一直没怎么用过，不是忘带就是忘记回电。有时，县委书记用手机呼他，他也不一定回，为这事，县委书记把意见通过县委办主任传达给了张赫，要他作为领导干部应该首先讲政治。之后，张赫便记住了县委书记和县长两个人的电话得及时回。

虽然印刷厂一年完成了两年的工作任务，由亏转盈，但领导并不满意，主要是张赫经常躲接待，领导层议论较多。但职工满意，工资奖金加起来和央企的差不多，是同级县级单位职工收入的两倍。中央、省市主流媒体对张赫作为改革开放搞活经济的典型人物，做了多次专题报道，他成了全省的名人。原来调走的员工，又通过各种关系申请往回调，冷落多年的通城县教育印刷厂在经过六年的发展，成了全县最热门的企业。找张赫的领导比他在教育局当局长时的还多，企业用工的灵活性决定了老板的权利随经营实力的增强而提高。

县政协主席的职位在向他频频招手，有小道消息说省里已经上过有关领导层面的会了。张赫时不时也听到这方面的消息，但忙于公务和私事，无暇细究。

B64

张赫挂职上任不久，菊花请病假在家休养。十月怀胎，预产期在腊月。临产前菊花依了张赫的意见去了他的乡下老家。为了生下肚子里的孩子，菊花说她做足了一命换一命的思想准备，像出征前悲壮的英雄。

接到老家打来的电话，张赫也顾不了那么多，他联系到救护车和医生，心急火燎地赶往老家。刚上高中的儿子一个人在家里，他委托副厂长家人去照顾一下，"给胜利说我有急事，可能晚上不回来，让他一个人睡，关好门窗，打开灯，天亮若我回不来，就自己上学去，不要忘记锁门。"

车到不了老家门口，只能停在公路边上，通往老家宅子还有两里地的小路。

那时，已是晚上十点多钟了，张赫情急之下跑到镇子上，敲开了一家自行车修理铺的门，看见有一辆刚修好的自行车摆放在面前，他说借用一下，说着掏出随身带的三百元塞到女老板手里，张赫推着自行车，嘱咐车上两个医生后面沿山上小路来，他抬腿上车就往家里跑。

在菊花因难产而奄奄一息、命若游丝之际，她断断续续说出了唯一的念想：见到张赫，摸一摸他的手，最后看一眼与她共同生活了二十几年的男人。说这话时，张赫还在城里专心致志地跑业务。眼前，昏暗的油灯下是苍白的菊花，张赫看到菊花的手在吃力地抬起来，他一把握住菊花滚烫的手，用力呼喊她的名字，想要把她漏掉的生命力重新唤回来，在满屋血腥的气味和婴儿有一声没一声的啼哭声中，菊花慢慢睁开眼睛，用一道暗淡的亮光直直地望着他，有气无力地说："我差点见不到你了，只差半步就走进那座小屋，是你一把将我从手上拉了回来！"

年迈的母亲蹲在一旁的暗影里照看着婴儿，无言地用衣襟抖抖簌簌抹着泪，遇上罕见的大出血，她也没办法。

随后赶来的两位医生扛着简易担架，气喘吁吁地破门而入，推开张赫，迅速检查后，给菊花插上氧气管，注射了随身带来的急救药。女医生再次查看和询问了产妇的情况，说让产妇先静一静，等一会儿再看。让其他人全部出去，包括孩子，也领到其他屋里，以免打扰病人。张赫可以站在门外，随时听候他俩的吩咐，以便提供帮助。

"暂时没什么大问题！"男医生在半个小时后，推开房门，对站在寒夜里的张赫说。张赫听了这话，"扑哧"一声，紧绷的神经松弛下来，像一根酥软的面条瘫坐在厢房门口。

夜越黑星星越亮，亮得几乎能照得见它们各自的容貌来。山村小四合院里寂静无声，像什么也没发生过，婴儿的哭声停了，鳏居的大哥守仁从堂屋里出来，说孩子刚吃完奶粉睡着了，给菊花传个信儿不要着急。张赫重新坐起来，点了点头。遇到女人生孩子这种事，老大守仁也束手无策，只能在院子里徘徊。他让张赫招呼医生休息一下，或吃喝点什么。张赫说不用了，他们已经吃过了，救人要紧！

冬天，万籁俱寂，四周的宁静在飕飕的寒风里乱跑。厢房里静悄悄的，只有那颗豆大的橘红色煤油灯不知疲倦地亮着，像一位明天就要出嫁的新娘，编织着自己内心的美好期盼和未来。

凌晨三点左右，张赫又一次慢慢将门推开一条缝，小声请医生吃点夜宵，休息一下。男大夫没回头，说不客气，产妇的情况稳住了，估计不会有什么大问题，请家属不要着急。现在这个情况最好不要进城，在这里静养为好。药在救护车里，让他跟他们去取，他们现在可以赶紧回去了，城里还有病人在等着呢……

等医生收拾好器具，打开房门时，张赫斜躺在门框边，一动不动。借着手电，女医生看到张赫的鼻子周围白花花的，不知道怎么了。一直在院子里望着星空转圈的守仁，忙跑过来把张赫拉起来。众人猜测是因为张赫一直待着没动，嘴脸冻僵了，男大夫用手在张赫的脸上缓缓搓动了几下，张赫才把憋了半天的一句话吃力地说出来。医生告诉守仁，张赫这是冻的，到屋里暖和一下就慢慢恢复了，不要紧。

守仁和那位男大夫把张赫抬进堂屋，放在炕上，让母亲照看着，说过会儿就好。菊花那边最好把老五守信媳妇喊过来看着，有什么情况可随时反馈。医生安排了注意事项，并写下用药名录和剂量，让守仁随他俩到车上去取。张赫虽双腿麻木站不起来，但面部表情已经有了好转，能点头道别了！

菊花从鬼门关回来后，感慨说生死只是一念之间，如果那天晚上她没有硬挺着要见张赫最后一面，可能早就离开这个世界了。她说执着与追求永远是生活下去的希望和机遇！

第二天清晨，菊花醒过来，说自己想吃东西，根据医生的意见，增加了张赫从城里带来的高能量食品，有助恢复体力，她的脸像缓慢开放的花朵，渐渐有了生命的颜色。张赫在热炕上躺了一会，感觉能坐起来，说话自如了，便转身看了一眼身边熟睡的女儿，下炕去和菊花说了一会儿话，菊花说她已经挺过来，让张赫快回去，儿子从没离开过大人，起居用度什么的她都不放心，让张赫赶中午一定要回到城里去。张赫给菊花宽心说："我都安排好了，没什么问题，你放一百个心，现在你的病情平稳了，我这就去。"

早上十点多钟，修理铺的门洞开着，门前空地上，一张一米长二尺宽的油布上，一字摆放着修理自行车的各种工具，左边横七竖八放着几辆已经修好，或正在等待修理的自行车。张赫推着自行车站在摊点前，寻找昨晚他给钱的那个女人，摊点周围没人，铺子里也没人。他正站在摊点前探身向铺子里瞧，却发现一个四十来岁秃了顶的男人蹲在那里，正在补胎。看见张赫站在摊点前，不住地往铺子里看，秃顶男人问他要买啥还是修车。张赫转过头才看到他，彬彬有礼地说："我是还车的，昨晚在你家借的，走得急！用三百元钱押的，当时你老婆在场，是她接的钱。"秃顶男人望着他，一脸茫然地说："我还没结婚，哪来的老婆？！你肯定记错了。"

张赫说："我没记错，就这个店。"他把车子往前推了一下说，"这你家的自行车，认得吗？"秃顶向车子瞟了一眼，站起身没说话，转身走进铺子里去了。张赫只好将车停好，跟着进了店铺，眼前一热，一个晃着圆滚滚屁股的女人，正提着一铝壶水向墙边的铸铁炉子走去。他看着这女人把水壶放好后说："老板娘，我还你的车来了。"他这一说话把那女人吓了一跳，可能是那女人没听清，转身见一个干部模样的人站在门口，叫她什么娘，心里有点不明所以，甚至有些不好意思的毛躁。因为没听清，她抬头问："这位大哥，修车呀？我才二十多岁，没那么老！"

张赫并不在意她这么说。"我是来还车的，昨晚借的，你不记得了？"

"还车？我家是修车的，不借车，你跟谁借的？"那女人一本正经地问。

"昨天晚上十点左右，我走得急，给你押了三百元钱！"张赫想让那个大屁股回忆一下。昨晚是不是这个女人，他没什么印象了，只记得是个胖女人，体型和眼前这位同属一款。

那女人表现出惊讶，说道："哦，那我不知道，你把车放下吧！"

车在门外面，那我的钱呢？老板？大姐？老板娘？妹子……
张赫头脑里涌出了一连串时兴的词语，不知道用哪个比较合适。

那女人见他这么执着，朝里面的院子里喊了一嗓子："哥，你昨晚给人借车押钱了没？"话音刚落，秃头嘴里吃着半段火腿肠走出来了，说没见，没理张赫直接去了外面的摊点。那女人指着秃头问张赫："是不是他借你车子的？"

张赫摇了摇头说："不是他，应该是你。"当时屋里黑，没看清楚长相，但肯定是个女的。

"我们家在铺面上忙的就我们兄妹俩，你凭什么说我拿你钱了？谁拿了，你跟谁要去，反正我是没见。"女人说完又晃着南瓜般的硕大屁股进后院了。

张赫哭笑不得，手里这车子也就值个五十块，亏得有点大，不然就当卖了辆二手车，给菊花有个交代，自己心中也平衡些。可他得赶这趟车进城，不然三十五公里路怎么去呢，总不能骑车去吧，多年没骑车跑长路了，他没能力、更没信心骑车去城里。

情急之下，他只好把车子先寄放到镇上的中学里，以后有时间再计议。当年他在教育局局长位子上时，学校领导都跟他熟悉，现在校长换人了，副校长还在。他找到姓丁的副校长把遭遇的情况说了一下，让他方便了看能否把这车给还上，把钱要来，这车顶多值一百元。如果人家还不认账就算了，自行车留在学校里，老家有来镇上的人就让骑走。

丁副校长一听笑了，他知道这家店铺是谁开的，让张赫在办公室待着，他去去就来。不一会儿，丁副校长拿着三百元钱来了，说正好乡上百货公司有进城的车，让他顺便搭上。

说话间，丁副校长已经从床底下提出半瓶"陇南春"，他把酒瓶放到办公桌上，从抽屉里取出一个纯白细瓷茶杯，上面绘有一幅蓝色的山水画，一看就是景德镇的东西，能装二两酒的大小。他斟满酒，双手端着酒杯给张赫递过去说："张局长，您这时间太紧了，不然中午在镇上吃个饭，咱俩好好聊聊，快一年没见着您了！"

张赫笑着不好意思地接过杯子，一饮而尽，用手背擦了一下嘴角说："家里没人，儿子没人管，得赶紧回去。"看到丁副校长还要倒酒，他忙拦住，酒再不能喝了，情谊领了，以后有空再聚。

"家里不是还有嫂子呢吗，干嘛这么急？"丁副校长说着已经将第二杯递到张赫嘴边，"您现在当老板了，不喝酒哪行，再来一杯！"

一股酒香飘进了张赫的鼻腔，准备夺门而走的张赫，心里想走，脚却没动，眼睛盯着那杯酒笑。

"只喝这一杯，午饭就不留您吃了！"

"就这一杯，不然要误事的，你知道我可是因酒而出过事的，咱不能同一个错误犯两次，对吧！"张赫说着接过酒杯一饮而尽，还将空酒杯翻过来让他看，意思是我喝干了。

丁副校长连声说："是是，张局是个干脆利落的人么。"说着又往酒杯里斟酒，张赫竟没有表示反对，满了之后又一仰脖子咕嘟一下喝了，倒提着酒杯说，好酒好酒！当喝到第四杯的时候，酒瓶空了，丁副校长说要到外面买一瓶去。张赫这才想起中午儿子没人管，拉着丁副校长的手向镇上的百货公司走去。

司机听丁副校长嘱咐，说车上的这个酒气熏天的矮瘦子是前县教育局局长，并要他多关照，司机便绕道将张赫送到他住的胡同口，算是尽自己的能力照顾一下同乡。

双方客气一番后，司机调转车头干他的活去了。张赫站在胡同口，目送着车子被浓黑的柴油尾气淹没在远处后，才转身向家里走去。他家从胡同口往里走，是最后一家，临着农田，光线和空气都好，巷子不深，只有两边十来户人家。他远远地就看到白雪坐在半开的门洞里，像一位上了年纪的老太婆倚着门槛专注地望着过往的行人。当它看到张赫，亲热地叫着一路狂奔而来，像久别重逢的亲人，它想全力拥抱主人，可个头太小，够不着他的脸，只好撕咬着他的裤管，满眼企盼。张赫猜想它肯定是饿坏了，一把抱起来，亲了一下。白雪闻到他的酒味，就要下来自己走，他弯了一下腰，白雪借势跳到地上一溜烟跑进大门里，不见了踪影。

望着白雪进入的门洞，张赫恍然想起昨晚家里只有儿子一个人，他早晨上学时忘记锁大门了。想到这里脑袋嗡一下，他顺着白雪的姿势走进家里，顾不得白雪的殷勤。当他掀开门帘时，看到客房里的电视机还在，所有的灯都亮着。床上被子一半翻卷着，像是没有人进来过。厨房的门也是开着的，案板上油饼、油条完好无损地放着。白雪的食盆里什么也没有，它紧跟着张赫动情地望着，他知道白雪饿了，忙给倒了水、放了狗粮，白雪这才叫了两声，安静地用餐去了。

酒是粮食精，他喝了足有半斤，意味着已经摄入了不少的谷物，营养应该是足够了。此刻，他对食物一点没胃口，担惊受怕加受冻，又加上一宿没合眼，现在整个人像无组织、无纪律的队伍，胳膊、腿、眼睛等全身器官各行其是，根本无法统一到一条线上。上下眼皮打架厉害，头脑懵懂，反应迟钝，总起来一句话：只想睡觉。钟声响过十一下，眼看中午就要到了，儿子不喜欢到外面吃饭，嫌不干净，就爱吃家里做的。他思虑再三，为了这份信任，他还是强打精神做了一碗面条，盖在锅里热着，自己躺在床上睡觉去了。

刚装上不久的电话响了又响，张赫对电话铃声从来不敏感，特别在家里，更不习惯这种声音，电话一直响着，很执着。白雪在院子里竖起耳朵听了一下，便跑进张赫睡觉的屋里汪汪叫了几声，它想提醒张赫有电话啦！可他睡得正香，没理它。白雪在屋里站了一会儿，向炕上看了几眼，见张赫对它的提醒和电话声置若罔闻，转身生气地出来吃饭去了。

儿子胜利放学回来，正在厨房里狼吞虎咽地吃饭，他没有听到又响起来的电话铃声。因为今天早上起来迟了，没顾上吃昨晚马副厂长给他准备的早餐。每天，他有父母亲叫早，没有养成记时间起床的习惯。要在平时，他是第一个听到电话铃声的，只要电话一响，不管多忙，总要去接。白雪在院子里又听到电话铃声，见胜利没去接，便跑到厨房门边，掀起门帘叫了两声。胜利一抬头先听到狗叫，后听到电话响，他从厨房奔到客房，抓起了电话，是马副厂长问他到家了没，还问父亲是否回家了，下午来单位不。胜利如实回答。他拿着电话，朝沉睡的父亲吼了两嗓子，没见动静，便回答说不去。对方应了一声便挂了。此时，胜利才想起早上忘了锁大门的事，他抱起白雪，想问一下家里是否来过外人，却发现白雪的前爪和脖子里有好几处伤疤，伤口结成血痂，用手摸上去时白雪痛得叫起来。他忙从客房里找来碘伏，用棉签轻轻将伤口擦洗干净，安顿它去休息，嘱咐不能乱动。胜利像一名侦探似的，颇有兴趣地查看了大门和各房间的门口地板，发现大门洞里有黑色的狗毛和淡淡的血迹，他推断是白雪将它们挡在外面，没让进来，在大门口展开了殊死搏斗。他后来把这一英雄壮举写成了作文，还在学校作文比赛中得了奖。班主任号召全班同学向文中的小狗白雪学习，做诚实奉献的人。父亲虽然没有批评他没锁门的事，或许是早已忘了，或许有意让他自己反思，但他还是把白雪的先进事迹绘声绘色地讲述给了父亲，像是亲眼所见似的真切，后来又讲给了母亲。白雪因此得到了两次两根火腿的奖赏，胜利每次将他的一根火腿肠也留给了白雪，算是奖狗惩人。

B65

　　印刷厂积压的货物全部销售一空时，张赫已经实现了"三年上台阶"的目标任务，在他和马副厂长刚要喘口气时，县里各大债务银行以联军作战的方式，向印刷厂发动了讨债行动，银行清楚，失去了眼下这个多年不遇的收本还息良机，再想回笼资金恐怕得等到猴年马月了。各行分管副行长吃了秤砣——铁了心，亲自带着业务员到印刷厂来上班，每天按时按点进厂在张赫的办公室门前蹲守，外人以为印刷厂开设金融业务了，甚是惊奇，后来才知道是收款的。这些人西装革履、齐刷刷地站在楼道里时，张赫说像是一道现代企业的风景。他时不时醉醺醺地从这些人身边走过，打开办公室门，说你们不能一拥而来，商量一下按顺序来，多了没法谈。他们按先后顺序排队，说一个一个接着来，不影响谈话。张赫只好装醉，说等明天他清醒了再来，不然无法算数。他们听了，只好一个个回去了。等第二天来时，张赫没在，他们只好等，有时等两三天不一定能见到他，即使见到，他比上一次还醉得严重，甚至连话都说不明白。但他们相信坚持的力量，誓将楼道坐穿、板凳坐破，不将本行贷款连本带息一次性收回决不罢休。

印刷厂的正常业务账号法人变更不久，账面上奇迹般地不断有资金倍速增长，银行领导恐有异常，派人暗访了印刷厂的业务情况，发现是新来的张赫厂长打开了销售渠道，五年多来的积压品，在短短三年时间被南来北往的各种车辆带到了全省各地。银行早在张赫上任第三年账面余额超过百万的时候，以邀请客户座谈的形式，旁敲侧击地向张赫表示只收利息，本钱继续留着，说农业银行要高姿态积极支持地方经济发展。听说新厂长爱喝酒，一大早上，银行就准备了一瓶放在会客厅里。

张赫喝着酒与行长谈笑风生，说他不希望扩大再生产，只想维持现状，把五十多号人养住不挨饿、不讨饭就行了。他不是搞企业的料，干这活纯属无可奈何，等挂职期满，他就回去了。

当时书记给他的时间是三年，也就是"扭亏为盈"。行长从理论和实践两方面高度评价张赫的经营才能，说他是天生的优秀经理人，是通城县不可多得的企业家，希望他能继续扩大再生产，将印刷厂办成印务出版集团，为通城县人民提供更多的就业机会，若有资金困难，农业银行将责无旁贷地以更优惠的政策提供资金支持。

上任这三年来，张赫还是第一次喝这么好的酒，他觉得付本还息和滴水之恩当涌泉相报是同一个道理，是做人的根本，也是做企业的根本，不能再欠银行的钱了，他现场安排财务，一定要挤出钱来把银行的本息都还了，这样谁也不欠谁的。不然，总感觉欠人家的短一口气，有理也像没理似的，走哪儿说话都没劲！和行长聊了约一个钟头的光景，张赫没注意把酒当茶喝了。等财务结完账，办妥各种收支手续后，张赫起身说再见，咱现在平起平坐，谁也不欠谁的。喝茶主张结息的行长见状，面露尴尬，他原是想用酒的方式把银行的意愿实现，现在张赫的厂子效益不断提升，让本金继续产生利息，没想到张厂长揣着明白装糊涂，一杯酒下去，连本带息一次性付了，他这是何苦呢？行长心里五味杂陈，自觉遇到了一只老狐狸！张赫把事情早想到他前面去了。

其他银行还在办公室外面排队等候，因为他们知道印刷厂现在有钱了，是收回贷款最好的时机。张赫只好在家里办公，后来实在不方便，移到一家新开的酒店去了，那里不收费用，理由是试住。房子刚装修，有味道没人住，空着也是空着，让张赫这样的大老板免费住进去还能有广告效应。楼道里有没有银行的人，办公室随时通知他，如果没有，他还是去单位，毕竟有好多事不能总在宾馆处理。若有银行的人，他就不来单位，直接去客户那里喝茶联络感情，或到宾馆里去。但也有在单位楼道里碰上的时候，他只能装模作样把财务叫来，让他们再次把账清算一下，等算清了，他又"失踪"了。这样躲躲藏藏地工作一晃就是半年，账务与银行把账算了一遍又一遍，就只剩下张赫签字这道最后的防线了。但他不能说有钱不还啦，只能装穷，说连职工基本工资都保障不了，哪有钱还贷呢。听了这话，银行的人只是笑，不知道他们从哪里弄来了印刷厂的收入和支出情况，明显是效益相当不错，这弄得他像喝醉了酒似的两眼茫然。面对这种情况，他只能说要扩大再生产，上新设备进行科技改造，这些钱他还没着落呢。银行高兴地给他出主意，说您先把之前的款还了，随后立马大额贷款……张赫谈不过他们，只好说上会研究后拨付，欠款肯定是要还的，这是天经地义之事，让他们放心回去。这一回去就再不好见到张赫了。

"发展是硬道理，没钱还账也是现实！现在全国都在支持地方经济发展，你们银行首当其冲，只要企业发展好，还怕没你们的钱？"实在没办法，张厂长只好拿出写材料的本领，发挥小学教师讲课的特长，神态自若、喋喋不休、不厌其烦地给各家银行讨账的美女经理，大讲市场经济中的金融收益问题，好像欠账的不是他而是银行，"银行是靠借贷所产生的利息过日子，你们怕什么，时间越长利息越多吗，你们一下子来了这么多人，我哪里有钱付，慢慢来，你们先去拿个排序计划表，不要扎堆，便于支付！"

他的课直讲得美女们一个个目瞪口呆、面面相觑，甚至是哭笑不得。经过一个月的激烈争论，讨账序列总算大致有了初步安排，排在第一位的是农业发展银行，理由是政策性银行，且三年年前的款项是县领导要求拨付发工资的，不大符合政策，请尽快还付本息。张厂长听完各家的汇报，理由一家比一家充足，甚至花样出新、催泪感人，竟然还有说发不出工资的银行！

农发行清秀骨感的女经理说话却高声大嗓，与她的长相一点不符，从楼梯口上来，张赫就能听到她厚实的喘息声。她一进门见到张赫，拉着他的手就哭哭啼啼的，说是要不来账，她就要下岗了，请张厂长开恩，她可是上有老下有小，一家人全靠她。她低沉而悠扬的哭诉，搅得张赫心里七荤八素，他只能从桌子底下提出酒来喝上一口，稳一稳被带入情节里的情绪，继续听这位女职员动情的讲述，不听真感觉对不起人家那份感情，听着听着，他似乎进入了睡眠状态，双眼微闭，细鼾起伏。看到厂长醉眼朦胧，说话前言不达后语，她这招"感情牌"终于还是失败了，只好收起状态下次再来。

县里原本准备破产的印刷厂，阴差阳错被例行政策挂职的张赫在特别的经营理念引领下，奇迹般地救活了，一度还成为各种关系户就业的热门企业。印刷厂经过三年多的艰苦经营，刚刚解决温饱问题，但也面临设备老旧，经营体制僵化、分配制度不科学等一系列问题。那些在张赫面前碰了壁，没有讨回贷款的银行"曲线救国"，找到县委、县政府分管领导诉苦、讲难肠。建设银行行长找到副县长说，当年印刷厂困难，发不出工资时，银行挺身而出，急企业之所急，雪中送炭贷款给职工发工资，如今企业年年见效而且是全县利税大户，当年借的那点钱和利息也该还了吧！副县长听了也觉得有道理，许诺说应该还，容他了解一下厂子经营情况后再做决定。建设银行行长前脚刚走，工商银行的马上又到了，说的话竟然如出一辙。一个上午，副县长接待了四家银行的行长，都是想通过他向印刷厂催款的。这些银行都是当地经济建设的有力支持者，这个毋庸置疑，但他们同时把建厂以来的陈年老账全都拿出来，一个五十人的印刷厂能挤出这么多钱还账吗？！副县长觉得这些银行强人所难了。

下午，他通知张赫到县政府召开专题会议，对银行借款事宜进行务实性的研究。会上，他把这些银行曾经帮助解决过企业困难的情况通报了一下，还强调说银行也是经营单位，他们也和企业一样需要收益。通报里的隐喻张赫也听出了一二，那就是尽量给银行把款还上。接下来，张赫把·年来各个银行天天上门催账，影响他工作的事也详细地做了汇报，说他的多半精力用在对付银行收账的人身上了，根本挪不出力量来搞生产经营，希望政府能在上面担待点，他好多挣钱，多解决就业岗位。说眼下厂子的情况是勉强能发得出工资，勉强能过得去，勉强收支平衡，没有一丁点余钱，望领导能顶住来自银行的压力，给企业创造一个宽松的发展环境！待效益好了肯定会连本带息一次性付清。

副县长本想张赫会给他这个面子，因为都是县上的领导，要一定有政治觉悟，至少得解决一个银行的借款，这个会也算没有白开，是务实的会。可张赫不但没这意思，还哭穷，还抱怨政府没给他良好的营商环境。副县听了怒火冲天，但也不好当面发作，只是把话在鼻腔里往出来挤，"你张赫认钱不认人，把政府的话当放屁啦！"见会场只有三个人，都是自己人，副县长便借着气头无所顾忌说开了，说组织当年虽然升了你的官，实际是明升暗降，没想到你歪打正着竟然把企业救活了。你以为你了不起，除了你就没人干啦！

张赫见状，立马站起来，毕恭毕敬，缓缓地说："组织的安排是正确的，甚至是英明的，这个我知道，但事态发展到现在，已非我个人所能左右的。当厂长就得为职工负责，给领导面子了，钱就没了，没钱就不能正常经营，职工就没饭吃了，究竟是面子重要还是职工的饭碗重要，请领导三思！"说完默默地出门走了。

B66

女儿三岁多准备上幼儿园的时候，厂里的银行贷款一分也没还，但从那次领导约谈后，银行不再来找他了，倒让他轻松了一阵子。感觉身上的累赘一下卸掉了大半，嘴里不由得哼起郭兰英唱的《我的祖国》："一条大河波浪宽，风吹稻花香两岸……"

土壤和气候适宜，县里乡里的企业比女人生孩子还快，只要是人口集中区，每天都能听到企业开张的鞭炮声在楼宇间猛烈地回荡，这也带动了产业链条上的烟火业、餐饮业、花卉业等相关产业的疯狂发展。印刷业的生意也水涨船高，哪个企业开张了不用纸、笔记本、公文夹什么的，市场像一只无形的手，哪里有利润哪里就有投资，随着行业对手的不断密集，竞争越来越激烈，像发情期的牛群，谁有实力谁就能获得市场的交配权，将自己的优秀基因遗传下去。通城的老印刷厂还在传统的老路上艰难地挣扎着，新兴的企业拥有新的技术和人才，成本低、质量高、紧跟时代风尚，已经乘风远航了，把教育印刷厂这类还在坚持使用老设备老技术的前辈们，远远地抛在了后面，属于他们的市场份额在与日递减。县上的领导放眼市场、高屋建瓴，和农业银行一起要求张赫以时不我待的紧迫感升级换代，可他算了一账，投资太大，他这一任不知道能否收回成本，总不能来时濒临关门，走时关了门吧。高投入可能会有生的希望，但不投入必死无疑。眼下，印刷厂的市场每天都在失守，张赫感到压力一天比一天大。

这年十月，张赫算了一下，自己来厂里已经四年多了，此时厂子靠三年的发展以惯性的速度行进，各大媒体时不时报道，县里领导想到这里挂职的大有人在。此时，张赫已经感到很累，很想回政协，可菊花不想他回，毕竟在企业有奖金，收入高。要不要让张赫回政协，成了摆在县委领导面前的一道难题，意见大体分两派：一是认为他有领导和经营管理能力，三年把一个濒临破产的企业搞活了，而且成了县里的纳税大户，就业形势喜人，应该得到提拔，至少取消先前"纵火案"的不良影响；另一派认为他不适合当领导，只考虑经济问题而不考虑政治问题，前者是小事，后者才是大事，讲政治是一个领导者的基本素质。关于这点，集中的意见是说，县外来的考察团印刷厂不管食宿，厂领导却整天花天酒地，醉生梦死，严重影响了通城县的招商引资环境和对外形象，处理意见是回原单位即可。两种意见各有利弊，互不相让，张赫的事就只能这么拖着，走一步看一步。

运气来了谁也挡不住。市委考察组来通城县要县委推荐一位国企主要负责人，且成绩突出的副县级领导担任正县级职务。县里从担任副县级三年以上的干部里选来选去，只有张赫一个人符合条件。三下五除二，在干部大会上推荐之后公示。等有人将问题反映到有关部门时，县政协的选举会已经开过了。张赫以五分之四的赞成票当选县政协主席。此时，正好是他当选副主席的第五个年头的八月十五，他成了县四大班子的主要领导之一，虽然位列最后，但不用再到印刷厂挂职了。

这年九月，儿子考上了重庆的一所大学，女儿在小学一年级报了名，家里添了一张嘴又加儿子上大学，支出比以前大多了。菊花觉得自己还有一技之长，不能待在家里吃闲饭，打算国庆节之后找个工作，原先干的那家公司老板说她技术好，只要工资要求差不多，随时可以来上班，但养老保险得自己交。整天醉醺醺的张赫听了菊花的报告，不以为然地说："你挣的那几个钱还不够找人带孩子的，你就安心在家看孩子吧，这样孩子早晚有人接送，还安全放心，我一个人的工资够用了。"话虽这么说，但家里的总支出和总收入在菊花心里有一本账，总不能做"月光"家庭吧，还得存点备不时之用。张赫这么一说，她没再反对。至于张赫，自从当选县政协主席后，每天各种会议和应酬排得满满的，但这种生活他不习惯过，特别是场面上推杯换盏、口是心非的那套技术他不够熟练，一场表演下来累得满头大汗，因为不能先客人吃而吃，先客人喝而喝，即使他是客人，也不能埋头苦吃苦喝不顾及别人。在中国，吃饭喝酒是一种文化，即饮食文化。宾主聚集在一起吃饭不是为了满足口腹之欲，而是解决工作生活中的问题。喝酒只是一种礼仪，并不是要你拼酒量，一醉方休。张赫既不会划拳，也不会劝酒，更不会花言巧语，身处这种场景他倍感不自在。他的标准是只要每天有二两廉价的红高粱酒就可以了，生活很潦草，不看重食物，很多时候一日只吃一餐，或中午或晚上没个定数，不是一碗浆水面就是一碗洋芋面，简单生活不值钱，花在用餐上的时间很少。他当了主席之后，除了明确要求出席的接待应酬外，其他一律让各联系副主席参加，自己从来不去。这样下来，他照样显得闲散了许多，经常回家吃饭带孩子，不像个县上的大领导，倒像个退休的老干部。他越是这样，群众对他的评价越好，政声与日递升。他知道他的命运已经走到顶点，能在县里干个政协主席，那已经凤毛麟角，况且，像他这身体，重要岗位是撑不住的。

　　第二天黄昏，当菊花站在院里收拾中午晾晒的衣物时，看着推开大门，在风中摇曳的张赫像一片树叶一样飘进院子时，心里突然难过起来，泪水不由得奔涌而出，面前这个男人已经被掏空了，不管多么瘦小的衣服，套在他身上都显得宽大无比，迎风而来的他总是空荡荡的，像一条空布袋子。这几年，他们只有为数不多并草草收场的男女之事，很多时间是分床而睡。她已经习惯了一个人想一个人干，对上班的事，她还是按自己的想法一意孤行、自作主张去上班了。之前和张赫的商量仅仅是让他知道罢了。当她说那话时已经决定了，连带孩子的老奶奶都找好了，是邻居，人也好，就是嘴碎话多。她算了一个小账，工资除了给这个老人付工钱，她还能省下一笔足以应付日常生活的费用，所以她便自行其是了。唯有如此，才能让她安心，觉得生活有意义。她在心里还经常给自己说，人活着得靠自己。

周日的中午，张赫刚给菊花做了一碗面，躺在客房的沙发上休息，听见菊花喊他去开门，便慢慢起身，迷迷糊糊地挪到门口。眼下正是秋老虎横行的季节，炽热的阳光，晒得人恹恹欲睡。院墙外面杨树上的蝉像在做最后的挣扎，用尽全身的力气嘶鸣，加快了张赫午睡的步伐。午休是张赫每天必须有的生活内容，没有特别重要的事，绝不能减掉，和酒一样对他很重要，即使小睡十来分钟也行。听见有人敲门时，菊花正在厨房和女儿一起吃饭。

门洞里站着两个女人，说是社区工作人员来摸排家里的新生儿情况的，如有的话需要登记，希望能配合。这一声问得张赫全身渗出了虚汗，人也完全清醒了，他一身酒气地说没有新生儿，他喝醉酒了，需要休息，请回吧！两人见是张主席，她俩认识，在电视上见过，便客气地把印有生育政策的传单和几张登记表递给他，转身走了！

张赫关上门，三两步奔到厨房，气呼呼地把那份材料扔到菊花面前，"有人找上门来说要登记新生儿，她们是怎么知道我家有新生儿的？五年多了，从没人问过，怎么今年一上学就有人知道了？是不是你给谁说的！"张赫干瘦的脸上色彩丰富，青紫相间，虚汗从脸颊处像两条蚯蚓蜿蜒而下。女儿莉莉被他这一喊惊吓了，委屈地抹起眼泪，说是毛奶奶接她回家的时候给别人说的，不是妈妈说的。从第一天接她，有人问毛奶奶是孙子么，毛奶奶小声地说是县政协主席张赫家的二女子，是偷生的，不要给别人说！其实毛奶奶的声音一点不小，路上的人都听见，已经说了好几天了！女儿天真无邪的话，惊得菊花差点背过气去。

之前，坊间传闻这人话多，是有名的喇叭，菊花专门叮嘱了不要乱说，要有人问，就说是自己的孙子，因为她家确实有个外孙子，和莉莉差不多大，别人不会在意。可当别人用羡慕的目光看到她手里牵一个穿着入时的女孩子时，便送上几句恭维话，心中炫耀的魔鬼早把菊花的话捏成粉末，随风飘走了，她便挺胸抬头说："我是给张主席接孩子的，我家哪有这么干净利落的娃娃。""你们是亲戚吗？""不是，我们两家关系好！""哎哟，不简单，您家还有当领导的亲戚，听说他以前可是教育局局长呢！当过厂长，把一个倒闭的印刷厂救活了，这人厉害着呢。那是！以后有事得找您帮忙！……"她每次接孩子都能享受到被众人尊敬的待遇，仿佛她是主席似的，穿戴焕然一新。

菊花从女儿断断续续的讲述里，知道了事情的来龙去脉。她茫然地盯着张赫，战战兢兢地问现在该怎么办。

张赫没好气地说："让你好好在家带孩子，偏要挣那几个钱，能挣来吗？这个人啦，你能对她了解多少！害人之心不可有，防人之心不可无啦！说不定明天就会有人把社区干部领到咱家里来了，或者你我的单位来了，你信不信！？"

菊花还在惦记她上了一个星期班的工钱，说下周请假不去了，顺便给邻居老奶奶压个话，让她不要再四处乱说。

"言多必失，那些叽叽喳喳整天说个不休的人，除了王家长李家短的是非，还有什么话可说呢？"张赫的话菊花这一次听得认真，没再嘀咕他喝酒的事。

B67

傍晚时分，听到门响，菊花心里不由一怔：难道张赫喝酒出事了！

菊花放下手中的活，掀开门帘向大门方向张望，只见两个中学生扶着一个满脸是血，浑身泥土的人说："这是你家人吗？他喝醉摔倒在路边的一堆钢筋条里，受伤了……"

血肉模糊中她认出这就是自家的男人，她顾不得说感谢，忙叫帮忙往医院送。听说要去医院，张赫急了，挣脱两人的扶持，趔趔趄趄向自己的卧室走去。可没走几步就倒在院子里，那两个中学生见此情景，只好又跑过去把他扶起来。这时，菊花才缓过神来，从厨房里端出一盆水，用湿毛巾慢慢擦他脸上的血迹，两只眼睛是好的，额头上被钢筋划破了皮，血流如注。毛巾还没挪过，鲜血汹涌而出。

院子里乱哄哄的，白雪从没见过这场面，惊恐万状，围着他们狂吠，吓得那两个中学生喊爹叫娘，一溜烟跑出了大门。白雪并没有追，而是自豪地站在张赫跟前朝两个陌生人的影子有一声没一声地吠叫。

菊花忙朝那俩人的背影喊道："这狗只叫不咬人，别怕，你们走了我怎么办？！"

菊花跪在地上，用一条胳膊揽着张赫的头，另一只手拿着毛巾擦额头不断奔涌而出的血。她以为张赫的前额破了个洞，会把头脑里的血全流光，会没命的。她放下毛巾，起身准备打电话时，发现那两个学生并没有走，而是倚着大门外向院子里观看动静。菊花让快进来，一起把张赫送医院，两人你推我搡就是不敢进门来，任凭她怎么着急。他俩说怕那个长毛狗，尽管个头不大，毕竟是狗么，咬到身上总还是不好受的。

他俩是放学回家的通城县第一中学的学生，看到路边建筑垃圾里躺着一个人在呻吟，俩人一合计便将张赫扶起来了。没仔细看，只问了住的地方，便低头走路。一路看的人很多，俩人感觉有点做英雄的感觉，可就是不好意思朝张赫脸上看。其实路人看的是张赫血流成河的脸，并没看他俩。张赫"张喝"是名人，通城人都认识，从身边走过的时候，有人说，又喝醉了，人是好人，就是爱喝个酒，酒有什么好啦，看弄成什么样了！多丢人啦！人们的议论张赫听见了，两个中学生也听见了。他俩才知道这个人就是大名鼎鼎的张厂长张酒家，此时，又增加了些许一定要将他送回家的信心。

俩同学闻到浓烈的酒味，张赫满脸是血，面目全非、血肉模糊！他俩又恍然醒悟：这件好事做错了！但他俩知道这人还活着，因为还能走路，还知道回家的方向。根据路人的指点，他俩应该送张赫去医院。医院就在前面不远处，可张赫死活不进去，俩人怎么拉都没用，只有往家里走才行。

两个学生见菊花着急，站在门口说："阿姨，叔叔不去医院，我们俩试过了，他死活不去，只好送家里来了。你家有创可贴没，有了贴一下应该会好的。"说话间，一个胆大的走到菊花身边。菊花用凉水把张赫的额头擦了一下，血流小了许多，她跑到客房里找出几块创可贴，学生熟练地给张赫贴上说，应该没事的，人的前额很硬，很难被碰破，只是创破了皮，把血止住就可以了，不用去医院。

菊花这才放心，抬头看时，另外一个也站在她身边，白雪友好地摇着尾巴，不再叫了！

张赫在冰冷的院子里躺了会，酒也醒了大半，在两个学生的帮助下，踉踉跄跄去了卧室。菊花让两个学生吃个水果，两人一转身不见了。

这天下午，县委书记找他谈话，就他喝酒的事多有微词。同时，还把一些反映他超生的投诉信给他看，想和他沟通一下意见。书记在说，张赫在听，这些事都是自己的短板，他没有什么意见，也不能有什么意见。最后，书记说，"正在研究建立'双查'机制，让无事生非者也要承担责任。"根据市委的意见，你年龄也不小了，可以考虑转个虚职等退休，这样可减少社会关注度。张赫听了连连点头，说感谢组织能为他这么周全考虑。话虽这么说，但书记的话多少让他有些心情沉重，毕竟他为当地教育和经济发展贡献了他最美好的青春。下班后，司机要送他，他说自己想走一走，路又不远，夏天傍晚挺好。司机便放车回家了。一个人走着走着，闻到一股浓烈的酒香，转眼看时，两口硕大的酒缸摆在门店前面，上写三个字"高粱酒"，驻足一看，不觉走了进去。美女服务员既热情又周到，三两下将他灌得差不多了。他要付酒钱，说免费品尝，条件是介绍一位朋友进店品尝。回答没问题，明天他一定来。

从店里出来，脚底下就不稳当，他知道高粱酒劲道，给力！走着走着酒劲上来了，一不小心跌倒在路边，头脑清楚，眼里更明白，就是身子像面条怎么也起不来。这时过来了两个学生将他扶了起来，他不想去医院，便回家来了。

晚间，张赫又想吃酸菜面，这是他解酒的最好食物，一盆面下肚酒意全无。张赫的胃出奇好。很多人酒喝多了，第二天就胃酸，得吃热性的食物。张赫相反，得吃酸上加酸的浆水面，那样才觉得舒服。喝了几十年烂酒，吃了几十年酸浆水面，他的胃却一直很强健，没一点问题。即使在去世前几天，他还希望能吃上一顿酸得让他打哆嗦的浆水面。

B68

从一名普通教师到县教育局局长再到县政协副主席、主席，这一路走来感慨万端。张赫吃完饭，坐在院子里边抽烟边想心事，那云烟一般的过往，真是弹指一挥间。他想起当时老领导苟主任对印刷厂发展的分析意见，让他尽快收手上岸，哪怕还是政协副主席也行，不然将是泥菩萨过河自身不保。

苟主任分析说，目前印刷厂在改革开放的大潮中已经行到水穷处了，要想活，只有淘汰落后产能，更新设备、改制原有企业的机制体制，转换管理方式，否则撑不了几年将被市场吞掉。但印刷厂长期形成的人情和管理机制，谁干都是块烫手的山芋，抓在手里烫手，吃下去烫心，最后背负骂名的自然是厂长经理。这就是当初县上安排他去的主要考虑。没想到人算不如天算，张赫歪打正着，一接手便起死回生，成了县里效益最好的企业，员工由三十多人一下子增加到五十多人。张赫也乘势升了一级！

苟主任的一席话让张赫茅塞顿开，他决意上岸就是这个原因。在他挂职厂长的第四个年头时，市场销售量一直徘徊在原有的点上，甚至还时不时往下掉，他和销售部门拼死拼活也只能保持原有水平。他也分析深层次原因，得出的结论和苟主任的看法一样。现在他的身体已经无法再撑下去了，他也知道自己能走到今天，也是上苍眷顾，与企业员工的勤奋努力分不开，但不改革没有出路，五十多号人也就面临下岗。新的设备和技术，还有管理机制已经在自己身旁悄然崛起，他也想过升级改造，除了巨额投入，还有管理体制和适合现代企业的员工理念，钱好找，但改变员工的思想就不会那么容易！

这一年秋天，教育局新的办公楼和家属楼竣工了，正在登记入住。高昂的价格把多数人拒在门外，因为每套使用面积都在九十到一百二十平方米，一般家庭只能望"楼"兴叹，虽然是三三制的产权，但能买得起的也没几个。张赫也被通知，他的回答很干脆——不要，原因是没钱。这是实情使然，虽然他的工资较高，但家里支出多，还要接济乡下老家，东一勺西一筷几乎没什么结余，只好租房住，走一步看一步。他四年前当选政协副主席后，教育局给他的补贴取消了。原先单位的租房补贴政策有了变化，住进新房的不再享受，这样绝大部分职工宁愿自己不出钱住公费承租房，也不愿买房。

新年的夜晚，通城流光溢彩，亮化工程将天上人间连成一体。接待完客人，张赫游荡在宽阔的马路上时，两边声色暖昧的霓虹灯常常让他产生错觉，他这个所谓的企业家在这个县城像个外人，或流浪汉，两手空空一无所有！望着从星级酒店进进出出的人物，他们衣着光鲜，而他只能喝一瓶一元五角钱的高粱酒。那些美轮美奂的楼房不是他的，他只有棚户区租住的四合院。一时悲从中来，伤感像流星雨在他渺小的身体里穿行，此刻，他决定回政协安安稳稳做自己的政协主席。

第二年春天来的时候，张赫的身体显得愈加瘦弱，像从张家界出山的猴子，走路一慢三紧，踉踉跄跄的。一头黑发成了灰白的蓬草罩住了他的整个头部，铁青的脸有时很难找到。一双似睡非睡、整天眯糊的眼睛，让人总觉得他刚从睡梦中被人吵醒。他委托办公室写了几封措辞恳切、坚定的辞职报告，可等了半年，上面没动静。后来他就抗议，但方式很特别，不吵不闹也不找领导，而是默默无闻、没完没了地喝酒，早上睁开眼从床下拎出瓶子就喝，像大多数人早起喝水一样，咕咚咕咚地喝得很香甜。喝完继续睡觉，到中午时起来胡乱应付点又喝，之后又睡。刚开始在家里喝，家里睡，让菊花数落了几次后改到单位，一个人关了门在办公室里喝，然后睡。根本不理事务，谁敲门都不开，打电话也不接。一连几天，张赫没回家，也不接电话。菊花打电话给马副厂长，从他的描述里菊花听出是喝酒了，菊花心里急，怕出事，第二天一早送完女儿直接找到单位上去了。

菊花的声音总算让张赫打开了房门，一股浓烈的酒味夹杂着烟味、方便面的香精味，随着房门的打开迎面袭来，菊花捂着鼻子在清晨的阳光中看清了桌面上乱七八糟堆放的食物。她心里骂道：这厂长室简直就是猪圈么，哪像搞经营的地方。张赫的床自然乱成一堆，他嘴里哼哼着将椅子移到菊花的屁股后面，示意让坐下。厂办的同志见是领导夫人亲临，不便打扰，也都待在自己办公室里没出来。这在往常，厂里有保洁人员收拾办公室。菊花一直站着没说话，只是在鼻孔里出粗气。窗外淡青色的山峰像一群奔腾的骏马，气势恢宏。窗帘上的一只蜘蛛正在躲避突然而来的阳光，它适合在暗地里寻找猎物。副厂长若无其事地从门边经过时，侧耳听了听，却没有听到任何声音。他打电话让工人抓紧装车，不然这个月工资有问题。菊花响亮地打了个喷嚏，从外面进来的冷空气让这间二十多平方米的房子温度降到十几度。通城的三月依然寒气袭人。不多时，门外的过道里聚集了好些人，说是找厂长签字报账的，他们已经找了一个星期了。

张赫知道菊花正在生气。

张赫已经起床了，开始洗脸叠被子、擦桌子，默默无闻地聆听菊花的高论。她走过去把门关上，大声地从理论的高度批评说："你是一厂之长，每天喝得烂醉如泥、不省人事，能行吗？

厂里几十号人还在指望你带领他们创收益过日子，你整天被猫尿弄得神志不清，还怎么工作，对得起他们吗？你这是辜负了组织对你信任，你不想干或没能力了就赶紧辞职，到家里看孩子，我上班去！"这话明显是说给别人听的，她说完嗖一转身，单薄却坚定的身子在一袭大红呢子外套的裹挟下，迅速离开了办公楼，消失在花红柳绿的春天里。

通城的春天总是面目不清，一阵热一阵冷，没有可信度，比如像今年，三月的时候天气晴朗，五月时却突然在一场空前的沙尘暴引导下，带来了两天的漫天大雪，气温直线下降到零下五度。正在开花的果树和枝叶招展的树木，一夜间被寒冷戕害得只剩枝残叶败。通城的春天真是让人捉摸不透。

用通城人的话说，一个肥得流油的企业养着两个骨瘦如柴的领导，肯定是命薄压不住财啦！想到印刷厂当厂长的人分析得颇有道理：既然员工福利待遇那么好，他俩怎么就面黄肌瘦呢？整天吃肉喝酒还有不长膘的！厂里有些员工也有自己的看法，他们认为两个领导确实为厂子的发展操劳，那些酒是迫于无奈才喝的，而非自愿，强人所难的饮食对身体肯定有害，时日一长便生出些胃病来。这个理论在很长一段时间里占据着印刷厂多数人的思想，在张赫临近调离的时候，三分之二多的脑袋还坚守着这个观点。

突然有一天，市委组织部来人考察张赫的时候，他还在家里睡大觉，昨晚一场业务接待喝得烂醉如泥，早上八点半的时候还不省人事，菊花送完女儿上小学回来时，张赫还睡着。她昨晚听得单位打电话说今天一早组织部来人考察他，或许张赫早已把这事给忘了，菊花一声歇斯底里的尖叫把张赫惊醒过来。她附在张赫耳边说："今天组织部来考察你，你忘啦？你可能回政协去，挂职就要结束。"这话说得张赫一头雾水，心里也是一片茫然，他自己也不知道是祸还是福，只好在喉咙里回答不知道，但印刷厂肯定百分之百是不能待了！

厂办主任使出浑身解数和考察组周旋，他按张赫的意思，先在会议室里进行职工代表的个别谈话，还说厂长不在，职工的意见可能更准确。马副厂长跟随张赫鞍前马后多年，经张赫的大力推荐，组织部门答复说马有钱当主要领导恐怕有困难。话虽这么说，但马副厂长对提拔还是抱有一丝希望，因为张赫一直在极力推荐他。从去年开始，多数时候马有钱对厂里的大小事不怎么过问，一个人关在办公室里，原先办公室有部固定电话，后来转正无望，一怒之下拆除了，免得打扰他修身养性。不到五十岁的他一副看破红尘的淡然，常说世事无常、人生如戏，所有的痛苦皆因欲望所致，员工觉得他这话也不是自己悟出来的，而是从书上抄来的，对他并没高看一眼。但他在看淡工作的时候，却对工资奖金等蝇利必争，甚至与对方大打出手，谈起他，大家摇头的还是多数。

马有钱听办公室主任说是考察张赫的，满怀期待的心一下子深陷到脚底下去了，感觉世界一片黑暗。他借口身体不适不来厂里参加会议，对考察组要求他表达的意见问题一律弃权。

等张赫赶到时，正好需要他召集班子会议，马有钱请假，他本人在开完职工大会后，按要求得回避部分环节，这样党组成员就剩下办公室主任能全程参加了。张赫倒是很想知道自己被调整到哪里去，考察组的人说是因身体原因不再担任企业主要职务，调整到其他部门当正职。这和苟主任分析的去处差不多，现任政协主席后半年就到龄退休了。他一时竟觉得身轻如燕，醉态一扫而光。尽管按组织程序他不便参加有关考察活动，但中午的饭局是可以参加的。

推杯换盏之后，张赫容光焕发，在最后的感谢答词里，引经据典、妙语连珠，考察组三人感觉走错了地方、考察错了人，这表现应该是党政主要领导的人选，他们对比传言中的张赫，发现与现实版的真人还是有差距。但他们只是奉命行事，顶多在考察报告里写几句"团结同志，群众基础好，能力强"什么的改变不了现状的词语。

其实，在前一天早上县里就召开了全县领导干部大会，张赫的名字列在前三位，他以为是履行程序作陪，没想到第二天还真考察自己来了，颇感意外。

张赫的高升给印刷厂厂长的人选带来了一定难度，想来这里的人都是冲着下一步升职来的，前任升，后任也会升，这是大家总结出来的官场规律。经过充分的酝酿和认真的考察，最后确定县乡镇企业管理局局长周进财为新任厂长人选，也是未来副县长的人选。周进财一改张赫时期的保守经营，用他的影响力和银行的关系，大刀阔斧对厂子进行了技术升级改造，先把印刷厂的名字改成"西部国际印务公司"，说是为了和国际接轨。公司大门从两扇陈旧的铸铁门变成了电子遥控移动门，像一列小火车，从两边大红色的涵洞里进进出出。左边的红柱子上是烫金的行书公司名，每个字足有一个平方米大，在太阳光下熠熠生辉，一公里外能清晰地看见成为当时县城里最先进时髦的大门。没到一年，原来一片砖瓦平房的印刷厂摇身一变，成了一座拥有五层行政办公区和占地三千多亩的车间，配备高级进口印刷设备的国际印务公司。公司领导的名称从厂长、总经理变成了董事长兼总经理，配备了中英文对照的名片。公司不再印发传单，而是给每个业务员提供几盒印有自己名字和"××业务主管"的名片，逢人便发，企业产品介绍都在背面，比散发传单效果好得多。从此，"西部国际印务公司"像一位穿行于国际商界的富豪，一时间名满省、市，成了当年全县最具发展潜力的企业。新设备带来了高质量和低成本，公司外面排队学习取经的车辆，如长龙般不舍昼夜。所有来访者都能得到最高的接待，通城的各类酒店成了西部国际印务公司的后厨。

经济繁荣的景象笼罩着整个县城，市、县领导闻讯次第亲临考察，公司全体职工的主要任务成了整装列队迎候考察团和访问团。周进财总经理和两个副总经理自然成了接待办主任和副主任，原来的马副厂长有了一个通城人几乎听不懂的头衔"账务总监"，名列两个副总之后。有人开玩笑说，公司不像公司，像个景区，"游客"不但不收门票，还要像领导和嘉宾一样被热情接待。曾有一对男女提着皮包，以考察投资为由在公司包租的星级酒店吃喝玩乐了一个月，之后杳无音信。酒店财务来结账时，周总才发现自己被"皮包公司"当羊肉涮了！

印刷厂的名气如日中天。张赫带领全县政协委员去调研时，让他大吃一惊，在周进财总经理大刀阔斧、锐意进取的耀眼光辉里，他之前挽救印刷厂于危难之中的英雄之光黯然失色，在巨大的对比里张赫的形象不仅猥琐，而且还丑陋。不久，周董事长升任副县长，挂职西部国际印务公司董事长兼总经理。

张赫和往常一样，在出席会议或下乡调研时，车里总是装着劣质高粱酒，别人拿着杯子喝水，他拿杯子喝酒。自从当了主席，有时也喝好一点的，但他说好酒不耐喝，费得很，喝不醉。喝醉了酒，一切变得轻如空气，讲起话来思路清晰、滔滔不绝。

B69

虽然张赫每天被来自四面八方的"参政议政"之声困扰着，但他还是坚持认为，在他所工作过的单位里，政协是最适合他的。政协圈内的人，想法不同凡响，比如对国家宏观、微观经济政策的评论，这些名目繁多的设想经常扰得他六神无主、莫衷一是。此时，他喝上二两酒，便能保持一个共产党员的正确立场，义无反顾地挺身而出、舌战群儒，那些东家长、西家短或不合时宜的说法，均被他据理击败。在他的领导下，全县政协工作开创了"政治协商、民主监督、参政议政"的新局面，每年的提案成为全县政府为民办实事的主要参考依据，每年有提案被评为全国优秀提案。

后来，当他躺在病床上回忆那段在政协的日子时，说了句听起来颇有哲理的话："逃过了宦海沉浮的水手，指不定在平地上被一块不起眼的石头绊倒！那块石头就是贪念！"

张赫当选政协主席的第一年秋天的一个早晨，像过去的几年里一样，他要去学校给上小学的女儿排队报名。她成长的脚步紧赶慢走催促着他不由自主地滑向衰老的泥潭，他和所有的爷爷辈一样站在校园里。天高云淡，各色家长齐挤在校园里，平日里并不拥挤的校园，现在却是一片人海。有一家八口为一个学生来报名，足以显示各位家长对教育的重视。张赫挤在人群中，有点头重脚轻，他尽量不去看前后左右的人，以免被认出来，那时女儿的事还没怎么公开，他莫名地怕见熟人，怕被人问及一些事情，一些他不愿面对或回答的事情。

他突然不想排队了。他从队伍里出来，站在校园的栅栏边点燃了一支烟，看着街道上花花绿绿的人流，正在向一个方向簇拥而去。晨风吹动着张赫空荡荡的衣裤，迎风飘扬。他想，他有的是时间，等到最后，总有机会报名的。天有点阴，太阳一会儿露半边面，一会儿掩在乌云后面。突然菊花出现在他身旁，问他是来赏景的还是给孩子报名的，如他这般躲得远远的能给孩子报上名吗？张赫说，你来了我就走了。菊花说单位打电话要他"马上到单位，有重要事情"。张赫没带手机，原先印刷厂配的那个BP机一直放在家里，但他嫌麻烦，只看来电，不回信息。有时菊花让他带在身上，以免误事，滴滴的声音总是叫个不停，不是银行催账就是县上开会。现在，他又放在家里，眼不见心不烦。

菊花说单位找他有急事，他便从学校骑车到单位。他刚坐在办公室里准备泡茶的时候，办公室主任推门进来，难为情地抱着一叠材料放在他眼前说："张主席，如果您无意见可直接签字，有意见另行说明。"

这是一叠举报他的材料，县纪委已经审阅核查过了，认为大部分是无中生有、捕风捉影，而且是多次被处理过的。依张赫现在的身份，县里的有些事他有发言权，这些群众来信他有权看的。来信说虽然印刷厂获得了盈利和发展，但不是张赫的功劳，是马有钱的功劳，他用多半个胃换来了厂子的业务市场，以至于大伤元气，后面还附有住院手术情况复印件。打印的匿名信字里行间渗透着未予提拔的怨恨。虽然他两同为印刷厂的起死回生付出了艰辛的努力，但马有钱对他进入政协机关当主席很有意见：同是正副厂长，为何张赫能走？措辞异常低劣，逻辑混乱，像神经错乱者的呓语。

看着这些措辞熟悉的文字，张赫在巨大的震惊里，看到马有钱佝偻着高瘦的身躯，一只手捂着胃，一只手在空中有节奏地前后摇摆，独自一个人像独臂水手划着一叶小舟，在秋叶飒飒的街道上逆风而来，面目模糊。

张赫放下材料，取出一支香烟，放在鼻子下面闻了闻，然后深深地靠到椅子上。他喜欢闻香烟的气味，认为最值得体验的是点燃之前的过程，比如从烟盒里将白花花的烟抽出来，然后揉捏、闻味、把玩，最后才把他点燃。

清凉寺的钟声敲了十一响。他将那支香烟点着，深深地吸了一口。望着灰白色的烟圈盘旋升向空中，然后折向窗口的方向游去。他想，最亲近的人往往最可怕，如果有一天与你反目，置你于死地的往往就是此人。他也多次向组织推荐过马有钱，但因其本人是个工人，限制了在体制内的流转，但马有钱却认为他的话是谎言，人们常常认为自己是百分百的对，而别人是错的！事实并非如此。

材料后半部分足有二十页，全部是他和马有钱组建市场营销体系后，每年发生的接待费发票，数额虽不能说巨大，但也不小。最后是一张对这些材料的处理意见和当事人张赫需要说明的相关要求。

发票本身没什么错，那时没有限定接待费用，况且是企业自己挣钱花，问题出在发票的签报上全部是张赫和出纳会计的名字，那些马有钱签字的一张也没有。纪委给他的结论是涉嫌贪污，可又找不到那些钱去了哪里，从出纳的交代情况和会计的证言证据，最后断定这笔每年产生的经费，基本全部用于市场营销的先期投入，张赫本人并没有拿走，但来信反映其长期醉酒，在单位影响恶劣，事实清楚、证据确凿，从民调看，虽没对企业的经营造成损失，但具有潜在影响。作为一名党员领导干部，其行为有损党和政府的光辉形象，在社会上造成不良的影响。还有其他违纪问题需要进一步核实。综上所述，结合前次事件，提出如下处理意见：不宜在现岗位工作，同级调整到非领导岗位工作。当然这个处理意见没在这些材料里，是市纪委向市委书记通报调查时的建议意见。

他像被蛇咬住似的，猛然从椅子上跳起来，愤怒和香烟的烧痛让他变得狂躁起来，砰的一声，那堆文件从桌子上跳了起来，又安稳地落下：既然已经有结果了，还要我的意见有用吗！叮叮当当的，放在桌边的不锈钢水杯在水泥地上跳动、打转，满杯的茶水洒了一地。他像一座年久失修的庙宇，虽然有零星的香客，但因四面漏雨、无人维修而破旧不堪，在这次暴风雨之中强撑危局。

两口高粱酒下肚，张赫的情绪立竿见影般稳定下来，他疲惫地躺在太师椅里，听着中午的钟声从半开的窗口传进来，他像裹在一条宽大的床单里，身体完全被衣服淹没，只剩下空洞的上衣口里黑白相间的头发。他深陷在对过往每个细节的反刍中："其他违纪问题"究竟会是什么呢？他还有什么其他违纪的问题吗？文字所呈现的表面错误并不能形成调整工作的结果，他坚定地认为这件事的后面，肯定存在着巨大的隐情或阴谋。

钟声断断续续地敲了十二下。司机已经在院子里等他了。

B70

组织上对张赫的事考虑得十分周到，县委书记请他谈话时，他当选主席刚满一年，时年五十六岁。书记谈得很宏观，关键点在他挂职厂长、总经理时的财务问题和超生问题，组织鉴于他的成绩和贡献，不再深究，但得有态度。张赫对组织的安排表示感谢，答复说自己还是到通城职业技术学院去，教育是他的老本行，再说了市里他一无所有，既无住房，又无亲朋，生活不方便。

市委的任职文件只免去了张赫的县政协主席职务，任命为市教育局督学，其他多余的话什么也没说。事实上他还是县政协的党组书记，重大会议他还得参加。专职督导通城职业技术学院是县政协对他的分工，"张赫同志主要负责通城职业技术学院的督导工作"。

通城职业技术学院在通城县城东南面，中间隔着一条只有秋雨绵延时才有流水的东河。河面倒是挺宽，足有三十米，上面是用水泥预制板搭成的简易石桥，各类车辆通行没有问题。遇到深秋河水暴涨时，桥面淹没在水中，两岸的人只能隔岸相望。这种情况有的年份多，有的年份少。

这年秋天，雨下得很特别，下一天停一天，断断续续下了一个多月，像一个前列腺患者，努力想把尿液排出体外，可愿望与结果并不对称，一会儿多一会儿少，甚至停下来，搅得张赫无法正常过河去上班，他觉得这天气和他的心情一样，一会儿阴一会儿晴，让他胸腔里的心脏或肺开始霉烂，他呼出来的口气里充满着糜烂的臭味。菊花说这可能是肺部有问题，在她每天唠叨天气的时候，张赫觉得呼吸确实一阵一阵困难，他忍痛将每天的吸烟量减了一半，以观后效。待在家里的张赫，除了接送女儿，就是和菊花闲扯些陈年糜谷、俗人杂事，或者出神地望着阴沉沉的天空和丝线一样的雨。菊花说这场几十年不遇的雨，恐怕是老天爷不让你去通城上班而故意布下的局吧，酒鬼的命可能就是这个样子。菊花搜肠刮肚找了一个成语概括张赫的命运：一波三折。雨将两个人困在家里，长言短语加闲言碎语，磨了多日的嘴皮子，倒让双方年久失修的感情得到修复，张赫除了喝酒这个毛病，菊花真还挑不出其他能影响婚姻稳定的不良嗜好。

自从女儿出生，菊花基本是全日制负责家里家外，积极配合张赫工作，可天不作美，张赫成了全县有名的"张喝"，一年中半年在酒醉的状态，她有时觉得这个婚姻将要走到尽头了。之前儿子在家里时，多少还能管制一下，儿子外地上学后，张赫便无人管束，她的话成了耳边风，不起一丁点作用。

在接到文件的第二周的星期一早上，细雨奇迹般地停了下来，天空格外湛蓝，一眼望去，感觉头顶扣着一朵无比巨大的深蓝色鲜花。白色而凝重的云朵急急地向北方行进集结，像闻令而动的队伍。太阳湿漉漉的，照在身上溽热难挨。这是西部通城少有的天气，但张赫觉得他的心里一下子也被这太阳照亮了，朝气蓬勃的，阴晦的气息一扫而光。

午后，柏油路面从水中露出脸来，升腾起一阵阵雾气，马路两边的国槐和杉树下的花木还湿漉漉的，低洼处盛满浑浊的泥水。一辆宝马小轿车疾驰而过，水花四溅。张赫坐在组织部部长的车上，被前面的泥水弄脏了挡风玻璃。他们在沿城东的国道向通城职业技术学院急行，这是新开的绕城环路，东西南北设有四个出口，平时只有出城的车才走。此时路面上空荡荡的，在秋阳里升腾着薄薄的雾气。

县政协还留着他的办公室和专用司机车辆，这是按照当时组织要求配备的，但他很少用，毕竟自己出来到学校去了，除了一年一度重要会议外，那里只领个工资，没有其他的事，他也很少去。受市委组织部委托，由县委组织部部长和分管教育的副县长陪同去学院宣布他的任命决定。这么隆重也不为过，他之前曾经是县四大班子主要领导之一。他也表达了自己单独去的想法，他带着文件自己去即可，可组织上再三考虑，觉得还是隆重宣布一下比较合适。他成了史上绝无仅有的一位被县委组织部部长和县政府分管领导宣布任职的驻校督学，享受着县区一把手的政治待遇。

望着简易石桥上漫流的黄色泥浆，和河面一个颜色，足有五十米宽，司机死死地踩住刹车，不敢再向前了。他不能拿一车人的性命开玩笑，今天不行明天去么，不就是到职业技术学院当老师么，也不在这一天两天的。

部长瞟了一眼司机，没说话。"嘭"的一声关上车门，下车朝河边走去。和张赫一起坐在后排的副县长也下车，轻轻带上车门，紧跟在部长后面。这里还是砂石路面，泥泞难行，河边青草已近枯萎，树叶被水流冲到岸边，和枯树杂草形成堤岸。缓慢流动的黄泥水上面漂浮着植物秸秆，让人无法测知深浅。两人在河边的太阳下站了一会儿，丢掉烟屁股回到车上，认为如果车技好的话应该能过去，桥面上的水流应该既浅又平稳。部长的话像支钢针，刺得司机一时喘不过气来，他呆呆地望着副驾驶位比自己年轻十多岁的小伙子，希望、失望或冷笑、愤怒……一时空气里透出尴尬且紧张的气氛。

此时，不断聚集在两岸想过河的人，一个接一个在淤泥中试探了一下，随后陆续返回了。张赫慢条斯理地讲述了一个不久前发生在这座桥上的溺水事件，只用了两分钟的时长。话音刚落，司机把脸转向后排的副县长，问过桥还是返回，如果坚持过桥，他要写个遗言留在岸边，以便事后有人担责、能澄清事实。副县长没说话，部长把车窗打开，又点着了一支烟。从车窗望过去，对面的山坡湿漉漉的，反射着明亮的阳光，道路和河岸两旁的杨树叶子经过雨水的清洗，绿得像无数面小镜子，在微风中哗啦啦地闪着绿光。有人打着呼哨，有人向河里扔石头，有人大声地讲述着河里曾经淹死过的人，有人对着开向河岸的车辆大声地喊，等明天吧，今天过不了河！……一阵风将湿润的空气带入车内，混杂着泥土和杂草味。

"回，明天再说！"部长将抽了一半的烟扔出窗外，扑哧一声落在路边的水沟里，随着一股蓝色的烟雾升起，半截香烟便漂在浑浊的水面上。他望着东河两岸向后折回的车辆和人群，还有近在咫尺的通城职业技术学院那面高高飘扬的五星红旗，轻轻地说："遇到这种情况，老师和学生怎么办？"

"部长，学院的学生基本是外地的，全都住校，平时不会过河的。这个学校是省级示范技术学院，市里正准备专升本，各项指标都处在全省前列，条件相当不错。"副县长无可奈何地望着张赫说，他希望能得到附和支持，可是张赫像睡着了似的躺着，一声不吭。小轿车奔驰在城郊的林荫道上，半开的车窗挤进来的凉风在车里呜呜地盘旋。路面上的积水被疾驶的车轮碾压、撕碎，子弹似的飞向两边。部长哦了一声，算是对副县长做了答复。

几十年不遇的秋雨就这样下下停停、停停下下，连绵了一个多月，张赫过河上任的事只好暂时被搁置下来，和眼下连绵不绝的雨天一样，多年前他被调整到西关小学当老师的时候，也是秋天的这种景象。那一年，过多的雨水和持续的低温让庄稼伏在地里烂掉了。当教育局领导在全体教职工大会上宣布张赫的任职时，暴雨席卷了整个县城，击打树木和门窗的轰鸣声像地震似的，职工们在嘈杂声中听完了那句最重要的话：张赫同志调至西关小学工作。狂风中的掌声像小雨点打在玻璃上，响过之后，随风而散。

第二次行动宣告失败后，部长关切地对张赫说："看来老天让你暂时休息几天，你就在家里待着，等候消息，这段时间就不要喝酒了，把身体保养好，准备在新的岗位上为党再工作几年。"事实上张赫的工作是督导，没有什么具体教学任务，只是指导一下教育方向和师生的政治思想工作。

坐在身边的副县长拍了拍他的身子，感觉衣服里空荡荡的，只挨着了虚张声势的外套，副县长这才发现张赫缩在车门边，瘪进去的衣服让他显得像个发育不良的中学生，他停了停才说："张主席啦！还是身体要紧，学校里一切正常运行，也不缺你这几天的督导！"

张赫表示了十二分的感谢与完全的同意，他从车里出来时，自家巷道里已经飘荡着各家各户午饭的香味。他从小卖铺里出来，顺着各色味道往前走去的时候，感觉眼前的路像是活了起来，高低起伏，一会儿宽，一会儿窄的，随着他坚定但却摇摆不定的身体变动着。有两个邻居大妈向他打招呼，笑得有点别扭，

"张总又喝多啦！"

"嗯，没喝么！"一个很响的嗝带出浓烈的酒气，旋在他眼

前的几只苍蝇纷纷掉在地上嗡嗡打转。两个邻居捂了鼻嘴侧身而去。跟在身后的两个中学生也停下脚步，等他走远了才向家中走去。

第三天的半夜里雨就停了。早上九点时，张赫听菊花接的电话，说要去学校，让他在巷子口等着，有车接他。那时，他已经把女儿送到学校，在院子里望了一会儿天边彤红的太阳，心里感到一丝明媚，哼了一阵秦腔《下河东》，把菊花吵醒后，伴着她的唠叨声去了侧房。随后，他就听到了电话铃声，响到第三遍的时候，他才推开客房门，眼前一片白光，菊花裸着身子站在地上接电话，感觉有人进来，一缩身子夹着腿跑到炕上去了。张赫接过嘟嘟响的电话，那边已经挂断了。他没问谁的电话，而是把手伸进菊花的被窝，顺着她柔滑的背部向两腿间摸去，菊花一把推过他的手说，"九点有车接你去学校报到，没时间了。"

八点四十分。

"今天是个晴天，雨应该就要停了！"张赫边做边说，"在学校当督导轻松，工资又不少。"

菊花放肆地呻吟着，明显是给他增加战斗信心的，他能感觉到这一点。在他的记忆里，最近一次和菊花干这活已经是年前的事了，积攒了这么多，一下子得全用在这场大雨初霁的战事上。菊花的叫声和张赫的叫声终于同时出现了，一同出现的还有急切的敲门声。

像在别人家偷情似的，两人忙收拾残局，慌乱中，张赫手脚有点不听使唤，房子里黯淡的光线，让他一头从炕上栽了下来，半个脸蹭得似茄子般紫红，像是挨了谁的几拳头似的，血丝慢慢在往外渗。

坐起来准备穿衣服的菊花突然想起什么，把被子裹在身上又躺下睡了。

"来了，来了！谁呀？"张赫趿上鞋，咯吱一声拉开房门，走到院子中间。忙乱中一只鞋掉了，又穿了一次，感觉有点紧。他让白雪不要叫了，好好听话。兴高采烈的白雪动了动耳朵，赶在张赫前站在门洞里，等待大门被打开。

"是张主席家么，今天要去通城职业技术学院报到！"

"好的，这就来。"

白雪围着站在门口的司机，在他身上仔细地嗅着，张赫让进来坐会儿，司机说不早了，得赶紧走，他先去，让张赫马上来，车在路边等着呢。张赫跑到屋里换鞋时发现穿着一只菊花的，顾不得多想，便提了个包出门了。

白雪蹲在门洞望着张赫消失在它的视野里，它从里间把大开的两扇门用爪子闭上了，显得力不从心，毕竟不是年轻时与八哥斗嘴的那时了。

太阳像刚被雨水洗过似的，明亮而清新，整个通城像刚从澡堂子里出来似的，热气腾腾。宽阔的中华路街道两旁是从外地引来的梧桐树，阔大繁茂的枝叶如两条绿色的河流，在阳光下闪闪发亮，高大的楼宇像垒积木似的从之前的棚户区耸立起来。街道上又出现繁忙的人流和车流，公司开张的鞭炮声此起彼伏。车绕上环城路后全速向通城职业技术学院方向驶去。

他们谁也不知道这次能不能过河去。和张赫一起坐在后排的副县长安慰他说，受市委组织部委托，政府办以电话的形式已经通知了院长，说明组织上一行人不能按时到来的原因，但明确张赫上班的时间仍然按文件通知时间执行。这样，张赫算是正式在通城职业技术学院上班了，如果这次因客观原因到不了，也可按正常上班对待，让张赫不要有顾虑，实在天公不作美，一时半会儿晴不了，就在家耐心等到天晴了再说。

B71

从通城职业技术学院回来已经是下午时分，张赫见到那些乡下的同事，他们的生活和品位确实比县里同级别的领导高，心情一下子光明起来。之前，他对这所学校不是很清楚，因为是市属学校，县上管不到。轿车将他最后一次送到巷道口，多次的努力总算成功了，组织终于将他送到了工作岗位上，后面的事就是张赫自己的事。他下车后径直去了那家小卖铺，但这次小卖铺里的女人说不给他卖酒喝，菊花专门叮嘱过了。他只好闷闷不乐地往家里走。

现在，张赫的四合院被周围不断生长上来的三层洋房围在中间，光线一天比一天差。即使大白天躺在卧室里，也觉得像黄昏，让人恹恹欲睡。在这连绵的秋雨里，他和菊花已经无话可说，无事可干了。好像在这场秋雨中他们已经把一生的话说完了似的。张赫一进屋就想睡觉，睡梦中，眼前总是浮现出同一个女人，却不知道是谁，容貌模糊不清，现在他觉得那个梦中的女人像极了菊花接电话的样子。

晚饭的时候，他问菊花有没有做过类似的梦，菊花说她梦见的是个年轻男子，形象也模糊，总在地上走动。这个梦在多年前她刚搬进这所院落时曾出现过，这几年消失了，她有时特别想梦见那个男人，但梦里出现的却是另外一些学生时代上学迟到、考试不及格的事，但近来可能因为雨天，多年前关于那个陌生男人的梦又出现了，甚至频率越来越高。

张赫听了从鼻子里冷笑道："从今天之后，你就不会再梦见那个人了！"

"但愿梦见你！"

"那个人和我一样喜欢酒，可是后来戒酒了，在深圳创业时，一次因在别人婚礼上禁不住劝，多喝了两杯，回到家里就没气了！据说是酒与之前喝的药反应过敏造成的。"

"你说的就是这家之前的男主人？"

"嗯，他老婆你见过，那次签房产过户合同时来过！"

"就是那个穿着薄纱的女人？很眼熟的，像在哪儿见过，就是胖了点。"

"她卖了这房后到深圳发展去了，现在又回乡投资，想把这房子高价收回去。"张赫看了一眼正在喝碗里最后一点汤汁的菊花。

"她找过你了？现在快四十了吧，应该结婚了！"菊花停了一下说。

"她说还是单身。"

"那你希望在晚上老梦见她吗？"菊花的话里像要表达更多的意思。

"她以为我还是印刷厂老板，想投资文化传媒业。她是以前县教育局的出纳！改革开放初期，停薪留职跟着老公下海了，发达后在深圳定居，老公出事后，她把双方家里的老小都搬过去了，很少回通城。"

"还是住楼房好，冬天暖和，干净！"菊花说如果能给个高价，可以卖给她，"我们找个好楼盘不也很好么。"

"胜利研究生快毕业了，不知他到哪里就业。"

"儿子的住房你也得考虑。还是回来好，在县上找个工作也行。"菊花觉得孩子们围着她转，天天在眼前晃，有成就感，很幸福的。现在看来，她一生唯一的事业就是俩孩子，在孩子的成长里将自己保存了下来，并不断延伸，这就是人生的意义。

晚饭张赫只喝了一碗面汤，早晨去通城职业技术学院报到时喝的酒气还在身上逗留。女儿在卧室里画画，突然惊叫了一声，张赫和菊花同时跑进卧室，看到莉莉将一瓶粉色的颜料不小心推倒，泼在了床单上，吓得不知所措。张赫感到酒劲还没过去，转身上侧房睡觉去了。

如果张赫不喝酒的话，是个好男人。菊花在心里说，她当时费了那么大的劲才将他追到手，损失的不仅仅是名誉和脸面，时至今日，还有人时不时提起关于她的陈年往事，以教育时下的女生不要学她，前车之鉴！可事实真是这样吗？

时下，张赫像一位普通教师一样，一早就得骑车去十里外的通城职业技术学院上班。单位给他配的车他很少用，只有在下雨或其他特殊天气才用一下。学院的院长是他中师时的同学，这么多年了竟然不知道。张赫的到来，让他颇高兴。说张赫是市里派来的督学，主要工作是给他们提意见，上下班大可灵活。张赫说，那好！嘴里虽这么说，但他和其他教学人员一样按时上下班，一点儿没特殊的。

B72

大寒刚到，院子里的积雪堆得快和院墙一样高了。天气出奇地冷。虽然天空晴朗，万里无云，但红彤彤的太阳并没有散发出夏日的光芒。通城四面山峦上厚厚的积雪反射出耀眼的银光，与每条道路、河流、建筑物上的玻璃共同营造着一幅冬日的高原童话。

张赫为院子里无法处理的积雪发愁，院中的花园已经堆积得严严实实，无法再容纳了。菊花整天嚷着要重新找一份工作，实现自身的价值，在大寒的前一天，她终于找到多年前解散的拖拉机厂老板。吴老板现在组建了新的配件厂，专供拖拉机配件。在油腻且堆满各种模型的办公室里，菊花向老板说明来意，说先试着打零工，好多年没上机了，手有点生，怕出次品，增加成本。

吴老板一口就答应了。他望着面前穿着入时、风韵犹存的菊花，一时竟然无语。这不是张主席的老婆吗？他东看西找，办公室里没有一处适合眼下菊花落座的地方，他只好借口说屋里冷，空气不好，和菊花一起走到院子的阳光里。此时，正是午后，准备西沉的太阳照在身上十分温暖。

　　吴老板不停地搓着双手，在菊花面前来回走动，笑得像花儿一样，晃得她眼花缭乱，说现在跑销售轻松，收入高，是车工的好多倍，还可以不到公司来，只要把产品卖出去，照样能拿到不少钱。说自己的公司以后要发展成拥有众多子公司的集团公司，不要看现在只是个小作坊，工作全靠手工。菊花对吴老板的激情演说一点不感兴趣，她感觉身上有些凉意，无意间打了个寒战。太阳像脱了手的皮球，突然从西山上掉下去了。她不好意思打断吴老板结结巴巴对未来的展望，只好借口接孩子脱身。临走时，吴老板一再嘱咐让她回家好好想想再定，如果真想做个车床工也行，明天就可以来上班。

　　菊花对吴老板的提议心知肚明，从这一点上看，他的确是个精明的生意人，但她却不知这番话是啥意思，难道吴老板还不知道张赫已经不是什么主席了，不过，他知道不知道意义不大，只要给她工作干，发工资就行。

　　吴老板坐回到办公室时，竟然吼起了秦腔《杨门女将》，旁边车间里的七八个员工都停下手中活侧耳倾听，议论说老板可能发财了，不然怎么唱得这么欢。吴老板每赚到一笔钱就唱一出秦腔，这个规律性的活动员工都已经掌握了，每有秦腔响起，本月奖金就没问题了。用吴老板的话说，他今天可是拿到了一张好牌，不仅仅是赚到了点小钱的高兴，他知道如今要做大企业就得有门路才能做大做强！他已经想不起来昨晚的好梦了，直到下班的路上还在哼着曲儿。

　　回到家中已经是晚饭时间，莉莉在屋里开灯写作业。张赫今天下班早，没喝酒，在厨房里进进出出地忙碌着。等菊花推开大门时，一股葱花炝鱼的味道迎面而来。她径直去了厨房，掀开门帘时，一桌丰盛的饭菜已经摆好，灶头黑灯瞎火的，没看见有人，只听到几声轻轻的咳嗽声。张赫在烧汤，他准备四菜一汤，两荤两素，自己可以马虎点，但女儿正在长身体，按时按点做饭一点不能省。这点令菊花佩服，哪怕是他醉得不省人事，只要到饭点，如果菊花还没做好饭，他会爬起来去做，精神十分可嘉。屋里突然亮了一下的时候，张赫以为电灯开了，条件反射似的回头向门外瞧了一眼，借着外面的弱光，一位打扮入时的少妇探头探脑，像是查探家里有没有人。张赫心里嘀咕，生人进门，白雪怎么没叫呢？如果有生人白雪百分之百是叫的。他想起了人贩子，想起了做作业的女儿，没顾得上擦去手上的油腻，跌跌撞撞向卧室跑去，掀帘出门撞得菊花哎哟惊叫起来，女儿听到叫声也将头探出门看啥情况。张赫面前焕然一新、楚楚动人的菊花转过头向他笑了笑直接去了卧室，张赫这才缓过神来。女儿嗨嗨笑了两声将头缩了回去。

"吃饭啦！"他站在院子里叫了一声，以缓和尴尬的气氛。

晚饭吃得热闹，张赫禁不住往菊花脸上看，菊花却笑而不答，在往女儿碗里夹菜的时候，说从明天开始，莉莉自己上学，她得上班挣钱去了，不能闲在家里。胜利还在上学，仅你爸一个人的工资哪能够啊！张赫这才明白，开玩笑说："你要到酒店上班的话，年龄像是偏大，都快奔五的人了，得结合实际！"菊花说她找到以前破产的拖拉机厂了，现在有个私企老板还在做配件，同意她去上班。女儿对他俩的谈话并不感兴趣，吃饱肚子上客房看电视去了。

菊花把见到吴老板的情景给张赫描述了一番。

"他如果知道我只是个督学，还会要你跑销售吗?"

"看样子，他是真不知道，但总会知道的!"菊花夹了一口西红柿炒辣椒，呛得直打喷嚏，"我说我还是干老本行，他答应了。"

"那个人我认识，以前是县里建筑队的小包工头，搞了几年建筑挣了点钱，开了个什么农机配件厂。他十多年前也是拖拉机厂的，专跑外销，一年四季不在厂里。"

"我没一点印象，他也没说。"

"我在印刷厂时，有一年他找我印过广告。人倒是本分，就是读书太少，只顾眼前利益，远的看不到。"

"妈妈，我要洗脚睡觉!"菊花这才看了看时间，已经晚上九点半了，比往常迟了半个小时啦!

说是第二天就去公司上班，可菊花一下子又没准备好，是心理上的状态没摆正。晚上和张赫商量了一宿，虽然销售有利可图，但双眼一抹黑，原先的那些客户都东奔西跑了，现在出门不知道配件往哪个方向卖，说白了就是没能力。明知道拿不下这活，可昨天吴老板那么说了，她倒觉得自己行。思来想去一晚上没睡好，清早的时候又睡着了，被一阵急促的电话铃声吵醒时，睡眼中看到墙上的挂钟已经快十点钟了。

张赫送完女儿顺着通河走了一圈，回来时听到屋里电话响，好长时间没人接，他以为菊花上班去了，推门接完电话，发现那双红色的毛绒拖鞋还放在地上。

电话是县政协办公室打来的，说要他早上来一趟单位，填写年终考核表。各类表格和述职报告写完时，已经是第四个星期了。

菊花还没上班去。她倒是每天去厂里看看，明着说是适应一下环境，其实是探测虚实。脏乱差的车间里散发着一股柴油味，刺激得胃里的东西不断向上涌，感觉一下子适应不了。回想当年的车间，条件比这好不了多少，那时她怎么没感到条件差呢？吴老板借故极力推荐她去搞销售，不但有面子能接触到高层人物，还轻松、收入高，说她肯定干不了车工。

菊花惊讶地问张赫："你不是调到通城职业技术学院当督学了吗，怎么又去原单位述职？"张赫说："我虽然去学院报到了，但档案关系还没转，县政协的党组书记也没免，重要会议和人事任免事宜都得我参加。督学其实是个虚职，没有实际意义，只是找了一份工作罢了。"菊花问："你怎么这一段时间又不去学校了？""去了，院长说人事关系还在政协，学校又不缺人，没啥事干，让我自由行动。这话说得多有水平？他也知道我的身份特殊，有些事对我不公么。""人家这是给你面子，你不要倚老卖老摆老资格、老领导的架子，到什么山唱什么歌，既然是人家的兵就服从管理，不要给自己找不自在。"

"这个道理我懂，可我去了两周，确实没事可干，总不能喝酒睡觉吧。"

听到张赫提到了喝酒，菊花心里一怔，顺口说那就不去了，但要和学校领导沟通好，有事时比如开会、领导检查什么的活动，就得去。"那你的人事关系何时能办好？"

"不知道，组织部门说县级干部，特别是担任过主要领导的干部档案都在市上，县委没有权利转办，个人不能插手，只能等着了。"

"那就等着吧。但咱俩都待在家里也不是个事，我得尽快出去找个工作干，收入没多有少呢，总比闲在家里好么。"

"随你便吧，"张赫说，"我对工作已经失去信心了，是混日子的心态。但县上出台政策，说咱这块明年要拆迁，这怎么办呢！"

菊花不信自己的耳朵，又问了一遍，是他从哪里得来的消息，可靠不。张赫说是县里的政策，已经形成了文件还有什么错的，规划里写得很清楚，用一年半的时间将这里开发成物流区。菊花一下子没了睡觉的欲望，她也无计可施。觉得有点冷，将露在外面的脚捂进了被子，继续待着，不再说话。她懒得起床，起身披了被子，靠在炕角抠两只手上的死茧，好像能从里面抠出济世良策似的。

张赫一时束手无策、寝食难安，毕竟家是人生的最基本的大事。

已经是腊月，屋里一阵冷一阵热，这种老四合院没有取暖设备，只能每个房子里装一套铁皮炉，虽然灰土飞扬，但经济实用，加上温热的土炕，冬天的寒冷轻而易举被拒在房门外，只是很难做到恒温。

菊花又觉得冷，让张赫把火弄旺一些。张赫将炭火捅了捅，蓝色的火苗蹿进火桶，热浪一层一层扩散开来。菊花问具体啥时候开始拆。张赫抽了一支烟坐到方桌边的木椅上，一阵猛烈的咳嗽和几个响亮的喷嚏之后，不紧不慢地说："可能到翻年的四五月份了。"

"剩下没几天了，到哪里找房子去？"菊花说。

"车车，啊车到，山前，山前必有路——"又是一阵猛烈的咳嗽。一进入立冬，随着天气一天比一天寒冷，张赫的咳嗽一天比一天严重，吸烟肯定会加重咳嗽，但菊花又不好让他戒烟。因为喝酒的事，她几乎天天和张赫吵架，如果再让他戒烟，可能太过分了，人活着不能没有一点爱好。对张赫而言，可以不吃饭，却不能没有酒。据说适量喝酒对身体是有好处的，可张赫每喝必醉，甚至天天醉，随着年龄的增长，对酒的控制力越来越差，有时甚至大小便失禁，酒精中毒的征兆越来越明显。他在通城职业技术学院的五年里，几乎天天醉，有人说是因为情绪，有人说是有酒瘾。好多次因为醉倒在马路上或垃圾堆里睡着了，不光是丢人现眼，更重要的是有生命的危险。菊花想，无论怎么样，得给他保留一个兴趣爱好，曾经当过领导的他，也知道面子是什么，但长期喝酒已经将他的意志力打得落花流水、溃不成军了。

"烟少抽一根不行吗？你这内脏都要咳出来了，舒服么！"菊花心头又冒上来一团火。

"可以，不抽不会死的，不吃饭会死！"张赫说着又咳嗽起来，弓着腰抽成了一团。

菊花觉得老说死什么的不吉利，换了个话题。"院子要拆了，我们搬哪里去？总不能又去租房住么，眼看退休了，还连个安稳的窝都没有！"说着嘤嘤地哭起来。在张赫的印象中，这还是菊花第一次哭，面对困难菊花从没哭过。可往事涌上心头，鼻子一酸，泪水也控制不住夺眶而出。人到中年，被岁月风蚀过的心，总是容易感动。

B73

新学年开始时,张赫那块居民区的墙上零星出现白色的"拆"字。经过多次谈判协商，居民代表和政府终于达成了一个大多数住户较能接受的方案。菊花按照方案测算，拆迁补偿费换不到一套三居室的楼房，因为补偿标准里楼房的价格最高，土坯房最低。菊花这才恍然大悟，为什么这两年里，三百多户的区域足有三分之二的人家盖起了二层小洋楼，有的甚至盖到了三层。这消息人家肯定知道得早。可世上没有后悔药，她只能认倒霉。按照拆迁办的政策算，她这种半砖半土的房子补价最低，菊花觉得亏大了，说她明天要找代表反映情况！言辞激动，晚上竟然连饭都没吃，呆呆地坐在卧室里埋怨张赫去年为什么没有卖给那个老板，问张赫要老板的手机号码，说问一下人家还要不要，她在外面，也不一定知道这里要拆迁。

张赫拗不过菊花，从BP机里找出了电话，说这是人家的老宅，年龄大了，有点思乡，才动了高价收回的念头，当时只这么一说，多半年过去了，她没回话，怕是忘了此事。如今政府要拆，你要问人家要不要，感觉有点不厚道，他让菊花把情况说清楚，这里估计要拆迁，看她有什么好的办法。说完到院子里去了。

菊花没想到，远在深圳的黄老板爽快地答应了，说就按二百平方米的楼房平均价收回，她最近准备来一趟通城县，看一下家乡的发展，顺便到祖坟上扫个墓。还说尽快起草个协议，她来一边签协议，一边付钱。至于何时搬的事，由张总决定，她不急，毕竟是老领导么，不能催。这后一句话菊花听得心里酸溜溜的，放下电话长吁短叹了一阵。

大门咣当一声开了之后却没再响动，也不见什么进来或出去，白雪从房角的狗窝里窜出来，站在院子里张望，却一声也没声张，只是在鼻子里打了几个喷嚏，随后跟着从外面进来的张赫去了侧房。菊花在炕上，听见大门响，没听见白雪叫，便从窗口隔着玻璃往外瞧，大门虚掩着，一股寒风将大门咣当一声又关上了。她知道，白雪不叫的意义，这是张赫出去喝酒了，然后悄无声息地回来到侧房睡觉去了，她心里一团恼火，一点没有炕上待的意思了，气呼呼地穿衣下炕收拾家务，把桌椅摔得天响，像是在和谁打架似的。

到女儿的床边时，看着床上的毛绒芭比娃娃，特别是俄罗斯套娃，她的心又软下来，对张赫的气一下子没有了。她放下手中的活，开始玩起四层的俄罗斯套娃，像是母亲肚子里的孩子，一个一个生下来似的。莉莉，这个用自己生命换来的孩子，她注入了全部的心血和爱，去年十岁时，嚷着要一个人睡，可他俩总是不放心，半夜里总要去女儿屋里好几趟，看她有没有盖好被子。之前好几次睡在被子上面，第二天发烧感冒了，一次得耗半个月才能好，颇费时劳神的。冬天了，为节约用煤，也为女儿的安全，在客房里给女儿搭了个床，晚上得用电热毯，到后半夜，屋里温度很低。她想，这次换房子，一定得给女儿单独要一间房子，至少也得两室两厅，好一点的话就要三室，那样，儿子回来就有单独的地方了。

第二年清明前几天，当黄老板从深圳飞来，拿着购房合同找张赫商量签字，办理付款过户等手续时，"拆"字已经布满了小巷各家各户的墙面。拆迁的事她好像早就知道，看上去泰然自若，并不意外的样子，只是说将合同日期前移到上一年，也就是城建局通知代表开会之前，这样，她就可按时下价格付四百四十平方米楼房的钱，这是四合院的本来面积。

对于黄老板这一明显赔得太离谱的买卖，菊花心里却不痛快，生出个大问号来，她怀疑张赫曾经和这个姓黄的有过一腿。当年张赫是局长，黄老板是出纳，男局长和女出纳，特别是像黄老板这么漂亮时尚，生活作风又前卫的女人，最容易生出男女之事来。菊花越想越觉得这里面有问题，不然人家凭什么给你这么多钱呢，而且这么明显，连傻瓜都能看出来。此时的张赫，如果没有喝酒，人勤快态度好，能说明事情。如果醉了，嘴里语无伦次。但不管清醒还是醉着，每当菊花提起关于他与黄老板的男女之事时，他似笑非笑、似是而非的答复让她确信他在撒谎。而黄老板为什么当初提出要卖掉这个宅院呢？原因自然与张赫有关，这个推理菊花觉得合情合理，至于为什么她要出高价收回即将拆掉的老宅，菊花想破了头也没理出头绪，只能归咎于张赫曾经与黄老板有千丝万缕的扯不明白的关系，但当面对多三倍的钱时，菊花还是忍气吞声地暂时接受了这个现实，但终究是一块压在心里的石头。

四合院以三倍的价格被原房主收走了，何时搬并没有确定，黄老板的话说得很有人情味，在正式拆迁之前的一个月内，任何时候搬都行。情感上的怀疑归怀疑，代替不了将要到来的签合同、物归原主的事实，合同里明确的是三个月的搬家期限，全款一次性付清。这么大的一笔钱，菊花在走往银行的路上感觉有点恍惚，因为数额太大，黄老板通过银行转账方式打到菊花的存折上。她看着打印在自己银行折子上的数字，觉得像梦一样虚幻，钱和宅院都不是自己的。宅院真实地存在着，而当它变成一组数字时，什么都没有了，或者变成了其他什么东西。数字可以一瞬间没有，而宅院一时半会儿消失不了。金钱就是魔术师，有了它，世界增加了很多的可能性和不确定性，比如这院子，这几千人的社区，说没就没了，只要有人出钱。菊花感叹，有钱真能使鬼推磨！

有好几个晚上菊花从梦中惊醒，说梦见那二十万元不见了，存折上显示为零，甚至连她以前存在里边的钱都没了。醒来之后，她再也无法入睡，叫醒在酒气中沉睡的张赫，让他赶紧想办法，这可是他们一家人的命啦！严重着呢！结合电视里播的各种上当受骗事例，她更是睡不着了。张赫半睡半醒，说不可能，那女的可靠着呢，她为什么要骗咱钱！退一万步说，不给钱咱就不搬家么，睡吧睡吧，天亮了再去银行看看！说完这话，自己也睡不着了，起来看了一趟女儿，坐在椅子上抽烟，一阵剧烈而急促的咳嗽之后是响亮的喷嚏，屋里其他杂乱无章的声音跟着一起共鸣、回响。菊花说孩子睡觉呢，你这是怎么了？张赫突然想起来屋里还有个人，他忙把烟头摁灭，披了上衣到院子里去了。外面月亮照得像白天，白雪闻讯出来，随着他在院子里散步。

仔细一算，张赫在这个院子里已经住了十几年了，看着熟悉的一切将要被拆除，再也见不上了，真还有点舍不得。院子里的梨今年结满了果实，过了农历七月就能吃上了。红富士苹果树是菊花三年前栽植的最新品种，每年都能结出上百斤的苹果，一直能吃到新果成熟。还有牡丹、月季和海棠，如果搬到楼上，哪有满院的花香呢，哪有头顶这片天空。

B74

拆迁户的不断闹腾，迫使政府的新项目开工时间在当年国庆节假期就开始了，当震耳欲聋的典礼炮声响过之后，轰隆隆的大型机械开始在写满"拆"字的柳树滩居委会行动了。虽然大部分人都同意政府补偿而搬走了，但还有星星点点的几家，孤零零地坚持在碎石砾瓦中，坚守着自己心中的补偿底线。然而随着无休止的机械轰鸣，坚守最终变成了月光下的几段残垣断壁。

那时，张赫已经搬到滨河路"观澜苑"高档小区两个月有余，住在一套三居室的楼房里了。菊花心里还惦记着那个院子，特别是院子里的苹果树及花草们，不知道拆迁队把它们怎么处理了。

在一个阳光明媚的星期天午后，张赫骑着自行车，带着菊花去看望一下旧宅。周围的房子变成一片废墟，而那个院子完好如初，大门紧闭着，墙上挂着一个两米长，约二十厘米宽的白底黑字牌子：深圳天龙科技集团西北软件开发部。站在断垣残壁上，院子里的一切尽收眼底，树上的苹果已经有女儿的拳头那么大了，迎着太阳在向他俩微笑。梨已经没了，树梢轻佻地翘着。他俩看了约二十来分钟，里面没有人进出，显得寂静而空荡。以前自己身居其中，没觉得大，现在独立出来，从旁观者角度看，确是一处偌大的院落。

据媒体消息，这个高科技开发部是最后一个迁走的院子，据说这是个年产值过亿的科技公司，对地方经济有突出贡献，是高科技环保企业，补偿费上千万元。菊花后来还听人说，黄老板给她家的那点钱是政府补偿的零头之零头！她暗自佩服脑袋和脑袋还真不一样，甚至有天壤之别。

"千秋大业一壶茶，万丈红尘一杯酒"。张赫既喝茶又喝酒，但现在对茶基本没要求了，酒只求有不求好，眼下俗身一个，已无境界可言，更无静心品茗养性的心情，只酒喝得世间万物皆懵懂。他曾豪情万丈，说客从远方来，无酒不足以表达深情厚谊；良辰佳节，无酒不足以显示欢快惬意；丧葬忌日，无酒不足以致其哀伤肠断；蹉跎困顿，无酒不足以消除寂寥忧伤；春风得意，无酒不足以抒发豪情壮志。年轻的张赫曾对杜甫的《饮中八仙歌》情有独钟，喝多了之后，总是高昂地说"李白斗酒诗百篇，长安市上酒家眠。天子呼来不上船，自称臣是酒中仙"，我张赫也是通城的酒中仙，说他人饮酒是浪费酒，像他这样一杯酒下去，提笔成文者百年不遇。当然这个自诩也不为过，在通城善饮能文者至今尚无出其右者。

因为曾经是教育局局长兼县政协副主席，后来又是教育印刷厂的厂长兼总经理，再后来当过通城县政协主席，通城职业技术学院的院长一直客气地称张赫为张主席。报到后，张赫一直待在家里等人事关系的调转。直到退休，学院也没等到张赫的人事关系。但张赫的工资每月按时足额打到存折上，后来，他干脆不闻不问自己的人事档案和工资关系，只要月月有工资即可。学院虽然没收到他的人事关系，但各类福利奖金还是和其他在册人员一样，这样张赫不知不觉中拿到两份工资待遇。一份是学校的，一份是县政协的。

一天，接到院长要求来校的通知，他兴奋地驱车而去，正好是第二年的秋季开学。校长征求他本人的意见，准备给他安排一节思政课。一来张赫有个由头时不时来学校上班，二来有些人反映他长期空岗的事也解决了。在院长看来，经过一年的缓冲期，组织对张赫还没有重新任命，说明上面对他的态度已经定了。他的办公室比政协主席的宽敞阔气得多，和院长书记的差不多，甚至更高档一些，里面挂满了名家书画，一派书卷气。后面墙上的整排书架上摆放着各类书籍和仿制古玩。他满意地答应了。张赫坐在董事长一样气派的办公室，一下子心情好起来，清晨的阳光正好落在窗前的一盆兰花上，香气四溢。他感觉像是回到十年前似的富有朝气。这是职业技术学院，主课是根据市场对人才的需要而开设的，但还有一些必开的固定科目，比如大学语文、政治经济学和思想政治等。按照督学的职责是不代课的，但为了有利于张赫的后期发展，中师同学的院长便想出了这么一招。他坐在办公室里感慨万分，岁月匆匆，少年不再，冯唐已老。

墙面是新刷的，这里条件好，像一所大学，但学生底子薄，政治思想教育成了主课。在普通的中小学，学校教师因代什么课而分成等次，讲这个他是行家里手，他有很多鲜活的事例，学生也喜欢听。只是两周才有一节课，且是小课时。

学院的那次迎新会给张赫留下了深刻的记忆，和他一样干瘦的校长，在迎接他这个曾经的老同学、现在的同事时，像总统就职演说一样情绪激昂，对树立良好教师形象的致辞深深地感动了在座的一百五十多名教师。张赫在"为人师表"的规范下，从正式代课开始，有半年之久没怎么喝酒了。偶尔有上级来人应酬性地喝几杯，其实来的都是之前的同事、熟人，知道他爱酒，便喊去作陪，可他怕人说喝酒的事，见有熟人来，便一溜烟跑回家了，免得大家碰面不知如何说话而尴尬，毕竟他是从重要岗位下来的，时下有点虎落平阳的感觉。

通城职业技术学院离城区只有五公里，只是中间一条河将东河镇与城区分开，感觉上远了一些。上班第二年，张赫代了一节思政课后，他的身体有了明显的变化，或者因为戒酒有效，或者因为骑车锻炼，枯瘦如柴的身体逐渐抽出新绿。不久，儿子胜利大学毕业，在成都一家央企上班，说收入是他的三倍。人逢喜事精神爽，得到这个消息的当天晚上，菊花主动找来一瓶当年张赫当局长时的酒，主动陪着张赫喝了几杯，意思是今晚他可开怀畅饮一次。和菊花碰了两杯，张赫甚觉不过瘾，提起酒瓶像喝水似的，咕咚几下半瓶没了。菊花一下生气了，骂他没情趣，不懂得花前月下的酒趣，更不懂得饮酒的文化。说他这是饮驴式喝酒，为喝酒而喝酒……张赫眼睁睁地看着菊花，平时不喝酒的她竟然大讲酒文化，说"中国古人将酒的作用归纳为三类：酒以治病，酒以养老，酒以成礼。但在民间更多的作用是酒以成欢，酒以忘忧，酒以壮胆。而你呢，把酒喝成解渴的水了，这是变态，纯粹是为喝酒而喝酒，说严重一点是侮辱了酒，以后别再喝了！亏你还在别人面前大讲酒文化……"菊花长篇大论的数落把压在心里的委屈全借酒讲了出来，身体颇觉轻松愉快。

月光如水，无声地流淌在阳台的地板上，远处的山峦若隐若现，菊花也想体验一下喝醉的感觉，激情中提起瓶子把剩下的全灌到自己嘴里了。张赫被这一壮举唬住了，本已微醉的他在大汗淋中醒了大半，虽意识清醒，但行动不听使唤，他想扶菊花的时候自己先倒在椅子里，像一条毛巾搭在扶手上。菊花收拾完桌椅进了卧室，浑身的燥热让她无法入睡，左右翻腾了几下，胃里的东西急着要出来。她明明是准确地走进了卫生间的门，可偏偏碰在门框上反弹到地上，翻身时眼前晃动着很多门，她确定不了哪一个是真实的。月光里，突然身后有人将自己扶了起来，菊花惊叫了一声，胸中之物奔涌而出，满身污秽的张赫看着地板上花花绿绿的东西，放下菊花跑到卫生间去了。

张赫脱去衣服，摇晃着收拾残局。

菊花坐在地上哼哼着，一点力气都没有，只想喝水睡觉。这点好酒对张赫似乎并没造成严重伤害，他在沙发上躺了一小会，已能行动自如了。他按照菊花的吩咐满足了她喝水的要求，这才搀扶着安静下来的菊花回屋睡觉去了。

清凉寺的钟声响了十二下，院子里有零星的狗叫。张赫打开阳台的窗户，让初秋的凉爽和蚊蝇一起进来，净化房子里弥漫着的酒精和下水道的气味。高度决定了视野，他第一次站在五楼的高度看远山暗影。路灯将城市切割成不同形状的板块，在月光下像覆盖着一层灰色的轻纱。远处飘来一阵急促的警笛声，张赫想，可能谁又喝醉了！回想教育局的司机四十岁不到，在一次丧事上用二两酒便浇灭了生命之火，真是不可思议，而自己每天都和死神在握手，随时会被它一把拉过去，可仍然苟延残喘地活着。有一次，曾任通城县委书记、时任省人大科教文卫副主任的老上司在通城职业技术学院评估基础设施时碰见了他，握住他的手脱口而出：你还活着？！自知失言，忙捂了嘴，竖起大拇指改口说，张局长，真酒家，"李白斗酒诗百篇，自称臣是酒中仙。"你乃当代酒仙，"一杯未尽文已成，涌文向天天亦惊。"说得众人哈哈大笑。对方还不知道他在县政协的岗位上干过，只知道他是教育局局长，问他怎么在市属职业学院里。他苦笑着说，醉鬼不宜当主要领导，便笑而不答。院长帮他解了围，直呼张主席，说张赫之前是县政协主席，来这里是市上派出的驻校督学！对方自知失言，收住笑，似感慨万端地和他握手再见。

A14

张赫在梦里挥手之际，把放在床头柜上的一杯水打倒了，塑料杯子掉在地上混杂的声音让他不安，他不能确定掉在地上的只有杯子和水，或许还有不宜和水放在一起的东西，比如药片、手机什么的。半开的窗子放进来一片亮光，他翻了一下压得发麻的左边身子，想起身看一下究竟。他的眼睛已经习惯了在月光的照耀下看清屋里的物体，而不需要灯光。梦里的情景让他哑然失笑，按照常理，他应该死了不知多少回了，可生命之舟在生活的惊涛骇浪中，靠他的运气仍然停泊在安全的港湾。

女儿新买的老人机在枕头跟前闪着蓝光，药在一个白色透明的塑料袋里。他用左胳膊将半个身体撑了起来，准备换个方向继续睡，却感觉有些尿意，便下床摸索拖鞋，一阵透心的冰凉把他仅存的一点睡意赶跑了，鞋窝里全是水，他干脆光着脚去了一趟卫生间。

回来躺在床上怎么也睡不着，眼下，黑夜和白天对他并没有多大区别，吃药和睡觉成了眼前的主要工作，但身体里各个部位的痛愈来愈严重，分裂着大脑的统一指挥，只去了一趟卫生间就让他大汗淋漓，迈出右腿忘了左腿，得退回去重新调整指令，除了行动缓慢，呼吸困难成了关键一条，躺下有十几分钟才能恢复平稳。

往事像电影一样在头脑中翻腾，不时伴着隐痛和莫名的鸣响，如何将臆想、梦境和现实分开，成了他最劳心的事。死亡是不是一种进入永久睡眠的状态呢？他想"长睡不醒"可能就是这个意思。那些烦人的药片，正在把他肌体内剩余的能量榨干，以杀死健康细胞的方式来促进肌体死亡的速度。药是生命的仇敌。一阵眩晕将他的思维远远地抛在了遥远的过去。

B75

通城职业技术学院教职工的花名册里，一直没有张赫的名字。老师们将花名册翻了多遍，并提醒院长和教务主任，张赫老师的名字落下了，赶紧补上。可事实是两年之后张赫的名字仍然没能在名册里出现，特别是工资表里也没有，多数人对这件事的解释是关系还没转过来。

张赫的组织人事关系一直在县政协。到通城职业技术学院当督学的第三个年头，他曾主动找办公室申请办理手续，负责办公室工作的冉姓副主席笑着说："你人在城郊，但仍是县政协党组书记、常委、委员，县里重要事件您都有决策权，按组织程序是不能转的。您的工资正常晋升，不会耽误，你只需每年填一张公务员考核表即可。"

推辞不过，张赫一连喝了三杯冉副主席倒的酒，冉副主席一杯没喝。说他有什么病，滴酒不沾，他知道张赫是通城数一数二的酒家，这三杯酒，一敬酒家、二敬才子、三敬人品。说张赫到通城职业技术学院工作是权宜之计，很可能过一年半载会被重新调回来，所以档案就没必要来回折腾了。

这人个子小心眼好，张赫倍觉亲切。他后来一直想报答这位冉姓领导，可好人命短，没过一年，这位副主席便离开了人世，张赫遗憾的是没能把他的满腔感激之情送达。

学院里有人同情张赫被贬下来，很为他抱打不平，说铁打的岗位流水的人，像地里的庄稼，一季换一茬，让他不要灰心，总有一天会官复原职的。四位校领导对这件事的看法比较深奥些，特别是书记，时不时说："有能耐为啥跑到这地方来了！"

有人的地方就有江湖。

除了通城职业技术学院，还有学院所在地河东乡党委政府，里面就有几位颇想兴风作浪一番的人，他们的手法特有挑战性，甚至在公开的场合明目张胆地说，怕是他本人能力太差吧，社会上的传言只是传言，他真有"酒后一支笔，一年救活一个厂"的本事，为啥被发配到郊区的职校呢？有本事你把东河桥修起来呀！你自己开车上班回家不也方便么。

东河夏秋两季河水暴涨，群众无法过河，溺水事件时有发生，过河问题成了每年县政府工作会议上提案量最高的事项之一，提了也就提了，只闻雷声响不见半滴水，旱地仍旧干涸着。领导来了一茬又一茬，调研开会，然后石沉大海，等待来年。这条河成了河东乡年度考核的关键，一年中如有人死亡，安全事项一票否决，全乡一百七十多人扣除一年各种津贴。河东乡党委书记听说学院来了个传奇人物，顶着一片反对声，亲自到学校把张赫请到乡政府，高规格招待询问良策。

年轻的姚书记确信自己的判断，两年前他在县委办公室工作的时候，对张赫已有耳闻，甚至了解过，此人虽爱酒，但文才能力全县能敌者并不多。他在党委会上讲，退一万步说，如果不找他很有可能年度考核被一票否决，找了他也许还有希望。历届多少人都在为此事东奔西跑，办法想了一箩筐，跑得有些同志犯了错误，终究是竹篮子打水。眼下就算是久病乱投医吧，尽管大多数同志认为张赫是"徒有虚名"，咱们是"枉费心机"，说一千道一万，努力总比坐等强吧！至于大家说"要问政于一个革职下放的酒鬼，丢了面子不说，怕连里子都要没了"的担忧，在姚书记看来一点没有必要。咱们党的干部，只要为民干实事，只能多增面子，不可能丢面子。再说了，张赫是正县级领导干部，咱们这里头谁一生能干到正县级？问得党委班子哑口无言。

姚书记在座谈晚宴上致辞说："通城职业技术学院迎来了尊敬的张督学，这是我们所在乡镇的荣幸，希望前辈能为河东乡做点工作，不能大材小用，在学院只当名督学！"酒过三巡，乡长开门见山说事，书记佯装批评，说饭还没吃完就安排任务，真没规矩。书记这么一说像是自己有修养有文化，又敬了张赫一杯。说张赫是他写材料的老师，又敬了老师一杯。张赫感觉今晚这场景只能是应势而动了，不喝酒是不大可能，大家都是冲着他来的，何况之前就有"通城酒家"的名声。大家一边东拉西扯说趣闻和笑话，一边给张赫敬酒。几轮下来，有人不胜酒力倒在了卫生间，有人趴在桌上鼾声如雷，有人像条带鱼斜搭在椅子上。大家都是大杯，这几轮下来也有半斤多了，而张赫声色如初，正襟危坐。姚书记见传闻中的"张喝"显了真身，果真海量，心想不能让他小看，他虽有几分醉意，却依然晃晃悠悠地站起来，气如斗牛，吆喝乡长上大杯，其实大家手里拿的早已是镇上喝酒的最大杯子了。众人齐应了，端了酒杯齐刷刷起身，唯有张赫坐着没说话，他用瘦瘦的声音说："我已经喝好了，近来身体不好，到此为止吧，非常感谢书记、乡长的抬爱和盛情款待。"说着提起桌上的杯子。

站在张赫身旁的姚书记忙伸了手止住，提议说："知道张主席是行家，我们也借此机会喝两杯么，您不喝我们怎么喝啦！"嘴里的念叨开始不连贯："好啊，好好敬领导几杯，看您一直不说话，喝酒肯定啊不害怕！黄河流水波连波，左边喝了右边喝。宰相肚里啊能撑船，喝酒啊不找服务员。宁愿让胃喝个洞洞，不能让感情留条缝缝！"背完这段通城流行的劝酒词，脖子一仰，满杯酒入口下肚，估计有三四两，把乡长及以下人物全看蒙了，不知接下来该怎么办。

包厢里一片肃静。

姚书记从卫生间回来，看到大家静坐着，生气地责怪乡长，怎么不敬酒呢！乡长望着面前晶莹剔透的那杯无色的液体，胃里的东西开始往上泛，他起身说到卫生间去一下。不多时，三个副职也前后出去了。此刻，桌子旁边只剩下张赫、姚书记和两个呼呼大睡的人。

"别装了，令所长！给张主席敬酒。"姚书记这么一声，黑脸胖子从桌上抬起头，睡眼朦胧地问桌面上的情况。他向上挽了挽衬衣袖子，粗壮的胳膊让张赫心里有点惭愧。时令已是十月，张赫早已穿上了羊毛衫，而对面的令所长一直是件夏天的单衬衫。当一张熊掌般厚实的手伸向张赫时，他自惭形秽，忙起身双手抱拳，表示谢意，不敢把自己竹节似的瘦手放到那张熊掌里，怕是经不住一握，像一片雪花放到滚烫的手心里，顷刻间会化掉。

包厢里的光线突然一暗，一串浑厚的声音从空中传了过来："如果坐在中间，酒量肯定不一般。咱朋友在一起，皆是大欢喜，喝酒一定要彻底。火车跑得快，全靠车头带；大家吃喝好不好，全靠您来领导；多喝酒，幸福才能跟着走！"这阵势确有点大，可张赫也是从多年商场酒海中过来的，忙示弱，说自己上了年纪、身体又不好，不能再饮了。

包厢里又亮了许多。姚书记看着张赫弱不禁风的身体说："恐怕没招待好，您张总可是大名鼎鼎的通城第一酒家啦！那就把我和令所长的酒喝了，其他人就免了，我们谈正事！"说话间，眼前是两大杯酒。其实对张赫而言，大杯喝酒才是他的心愿，一小杯一小杯不过瘾，曾戏言说，喝了一整天像喝白开水一样无趣无味。全桌人的目光都聚集在他身上，不好再推辞了。他左右开弓，咕咚几声，双手倒提着空杯子放到桌子上。

包厢里一片宁静。

九双眼睛惊异地盯着他，希望他能有酒喝多了的正常举动，比如上卫生间，语无伦次说胡话什么的，或者马上现场直播吐到桌子上，他们已经准备好了。张赫看见两名服务员已经站在门口候着，手里提着垃圾桶，以便接住突然到来的呕吐。书记和乡长将椅子挪了挪，给他腾出了足够的活动空间。天花板上的水晶玻璃灯在丝丝地转着，像无数双小眼睛俯瞰着他们；服务员将铸铁炉子响亮地捅了捅，蓝色的火焰蹿上烟筒发出轰隆隆的声音。张赫感觉到身体慢慢暖和起来，可能与这两杯酒也有关系。他把眼前的一个杯子反过来酌满酒，端在手里站起来说："感谢书记乡长和其他领导对张某人的抬举，有需要我在能力范围内助力的话，请明示，不然我天性愚钝领悟力差，辜负了各位的一片心意……"好听的空话套话铿锵有力、滔滔不绝地讲了十分钟。之后，口干舌燥的张赫像喝水一样将那杯酒干掉了。

掌声雷动之后，书记说话已经前言不搭后语，大概意思是乡长之前的话，说如果没有桥，整个秋季河东的人将无法进城去购买生活必需品，张赫的车也过不来，只能住在学校里了。张赫也明白，亲眼已经见过好多次，没桥很危险。他随后又补充答应以政协委员的身份全力争取，但需要时间，望各位等待，几百年过来了，也不在这几天。

按照乡上的意见，从第二天开始，张赫除一周讲一节四十五分钟的思政课外，就是待在家里写提案，全身心为解决河东乡通往县城的那座桥而奋笔疾书。这项工作对张赫来说也动力十足，一来证明自己不是个一无是处的人，二来给河东民众办件好事，三是免得整天在同事的各色目光中临河叹息。

一年一度的全县政协会议，在大雪纷飞的二月如期召开。这年的会议之后就是腊月二十三小年，年味一浪一浪向通城袭来，大街小巷买卖年货的人摩肩接踵，家在外地的工作人员默许回家去了。本地人也无心再待在办公室上班，三三两两上街溜达去了。张赫委员关于《东河桥急需升级改造》的提案被全票通过，并列为县委、县政府必须办理的实事之一。那年正好市上有为民办"十件实事"的任务，委员们被张赫的材料所感动，领导被材料所反映的内容所震惊，立马批示，今年务必办理，不能再有安全事故发生。

东河大桥要立项的消息不胫而走，整个河东的各个乡镇像迎接大年一样倾听这条等待了几代人、几十年的消息，雨天过不了河的日子将要从他们的生活日历中撕去了。

这一年的春节，张赫一家过得团圆和睦，儿子从成都回来，女儿也考上了县里的第一中学。河东乡政府送来了春节礼物：一箱酒和巨幅锦旗，说是代表全乡及周边五万群众的心意。锦旗用棕色韩国绒做底子，上书金色隶书对联：几代人河东河西隔水成天堑，张委员城里城外一桥变通途。

锦旗展开时铺满了整个客厅，乡长读完后，觉得楼房起架没那么高，便卷起来放在地上，稍坐片刻，抽了支烟卷后，起身离开了。

大桥于当年秋天河水上涨时动工，到了第二年腊月小年那天通车了。这个速度被县上评为"通城县深圳速度"工程奖，张赫被评为当年优秀政协委员，提案被评为全省优秀提案。通车那天，河东河西的群众不约而同地买来了鞭炮、烟火，随着通车号令的九门礼炮声而响起。那个晴朗的早上被烟火腾起的漫天烟雾遮挡得阴沉沉的，锣鼓伴着上万群众的欢呼声，把气球送上了天空。五颜六色的天空像孩子打翻的各色颜料罐，浓墨重彩、遮天蔽日。

那天张赫躺在床上，隐隐约约听见了整个上午的鞭炮声，一阵阵剧烈的咳嗽掩盖了来自城外的声音，他上下楼呼吸困难，感觉到头晕眼花。有人打电话告诉他，老百姓期盼的惠民工程今天竣工通车了，他没有感到丝毫的高兴。自进入秋天，随着天气的转凉，他的肺部出现了纸张折叠的清脆声音，呼吸变得越来越急促和困难，每次咳嗽过后，他的秋衣秋裤就被虚汗浸透了。

菊花强行控制了他的饮酒，她的主要工作就是看护张赫好好保养身体。回想那没日没夜的三个多月，支撑他的就是河道里奔涌的黄泥浆，和两岸过河人焦急的等待、徘徊。这是他人生最投入的一段时光。提案提交后，他就病倒了。像那份提案一样，他被医生翻来覆去寻找病灶并开出药方。菊花推着自行车，驮着张赫穿梭在通城大街小巷的各色医院里，她企图用自己的努力修改大夫关于肺癌的判断。

"他有酒瘾，喝得很厉害！"这是菊花每到一个诊所开头的介绍。其实不用她介绍，大名鼎鼎的张赫（喝）谁不知道？酒精中毒成为大部分医生的判断，但城里最权威的医生给出的答案与菊花和众人的相悖：酒精对他有影响，但就临床的症状分析是肺部问题，得及时治疗。

虽然大桥通车的消息鼓舞了他，但一天不如一天的身体状况并没有改变。在随后的半年时间里，他一直卧病在家，偶尔找机会溜到外面的阳光下走一走，看看小区里进进出出的大人、小孩子，瞧瞧门外叫卖的手工作坊制作的五颜六色的零食小吃，或到附近的小卖铺里转一圈。时远时近的天空，在刻板而准时的钟声里变幻着阴晴风雨。

菊花的要求是不让张赫出门，因为出门一次，他总要在外面喝酒。她曾苦口婆心地乞求小区附近的小卖铺，看在她家人性命的份上，不要再给张赫酒喝了。小卖铺的当面答复是人家要酒，我能不给吗？我是卖酒的！菊花说其他人我不管，就我家张赫不要给卖。说可以。回过头来，为了二角钱的利润还是卖了！菊花肯定地说商人见利忘义，不可信，利益永远是他们的目标。这话倒是起了作用，传到小卖铺里，酒和其他日用品都不给张赫卖了，甚至是他家里的人也不给卖了，弄得他一头雾水。菊花倒是心里高兴，出去多走两步路照样能买到东西么。

B76

又是一个秋天，白昼的长度渐渐小于夜晚，昼夜温差开始拉大。张赫一个人躺在客厅宽大的布艺沙发上，像个使性子的小男孩，不停地翻来覆去。他感觉全身有一种难以形容的疼痛，筋骨软弱无力，不管以什么样的姿势躺着，朝下的所有关节就隐隐作痛。

女儿上晚自习去了。

慢慢变暗的房子里冷清下来，只剩下他和菊花。他的饭量从年后二月开始突然减了一半，除了每周菊花给他定量的二两酒外，他什么爱好都没有了。偶尔看一眼新闻联播，很少看电视剧，他说那都是骗人的！整日里与浑身的疼痛作斗争在消耗着他的生命力。没有爱好的人生就是行尸走肉，他每一次想喝酒便想起这句话。喝了酒，我就觉得浑身自如了，关节不痛了！这句话他给菊花说了已经不下十年，但菊花像是十年来一直没听见似的，仍然以她的节奏和方法严格控制着他的酒量。

"养儿为了防老！儿子在重庆工作，我们俩谁管？"看着张赫时好时坏的身体，菊花鼓起勇气把自己的想法和张赫交换了意见。张赫没说什么，态度暧昧。菊花只好把张赫半年来因病无法上班的事告诉了儿子，语气里充满着无人照顾的无奈。儿子是个孝子，他听出母亲的话外之音。

在家里等待重新安排工作的时间不到半年，因为是重点大学的研究生，儿子胜利到当时的通城县投资公司做了一名技术员。在企业和事业交叉的这个单位，只要有学历，是干部身份，都有被晋升为事业职员或公务员的可能性，从政路就在脚下。

张赫在儿子到来的这段时间，精神抖擞，时不时冒出一句："明天我要上班去！"说这话时往往在清晨，他感觉身体的各个器官和以前一样正常了，不再各行其是而无法被大脑统一指挥。这是儿子为他制定的康复计划实施一周后的效果，他不明白是自己强打精神的力量，还是被儿子和菊花上了发条，像钟表一样按时运动的结果。但当他捧起早已扔在故纸堆里，凌乱不堪的程乙本线装《红楼梦》，想回到青年时代，重拾阅读信心时，大脑里却像蒙上了一层布，没有一丝阅读的渴望，反而只想睡觉。

后来，当他失眠时，只要拿起轻柔的《红楼梦》，睡意马上来临。《红楼梦》成了他此后的随身携带之物，以至于重病在省城住院时，有高校的专家学者慕名前来请教关于红学的看法。他躺在病床上，一口气把看了五年多的第八回一字不差地背了下来，从那一刻起，他成了医院住院部里的"红学病号"。

一看见书就犯困。

既然没法看书，只得去小区外的公园里转一圈。这是儿子和菊花合谋的结果。午觉起来时，便觉得浑身松软，下午的时光基本又在小区的树荫下呆坐。晚饭后，他早早地上床睡觉了，再不提上班之事。除了偶尔溜进刚开的小酒馆畅饮一通，在菊花地动山摇的骂声里，迷迷糊糊睡上三天，之后又进入正常的轨道。随后的十多年里，他就这么过着，像清凉寺的钟声一样准时。

鉴于他的身体状况，组织在他面前指出了一条明路：申请因病提前退休，限定时间于本月底办理结束。张赫对来人的指示不甚了了，他问了好几个问题，来人像是没听见似的不屑于回答，三缄其口。

午饭后，他让儿子抓紧办理退休手续，不要给单位添麻烦，作为一名共产党员，这几年里名不正言不顺地在两个单位之间耗着，也多拿多占了一些，真是不应该。人家说得对，早应该办理退休手续了。

退休之后，张赫仍然是县上的政协委员，他的提案通过率是百分之百，据说是因为他的提案问题突出，事实清楚，说理明晰，能抓住要害，分析到位，特别是解决问题的思路和方案具有很强的操作性，再加文笔好，无论谁看了都觉得应该马上立案办理。新一届县委领导看完他的提案，要求办公室征求本人意见，返聘到县委研究室专事材料。办公室主任说此人因身体原因，提前两年就退休了。书记说那就在县委办准备一间办公室，让他身体好的时候过来把重要材料看一下，提点意见，毕竟人家是政协委员么，有参政议政的权利和义务。

在落实领导指示的第一年里，秘书曾开车邀请过张赫两次。第一次是领导指示后不久，张赫是在菊花的一再劝说下去的，当他坐在办公室里被年轻的县委书记接见时，仿佛回到了二十年前，精神依旧。听完书记的指示，他坐在明亮的县委研究室为他专门准备的办公室里，面前是一沓厚厚的稿子。他拿起上面的一页，就着窗口透进来的晨光翻来覆去地看，上面只是些蚂蚁般蠕动的斑点，看不清楚纸上究竟是什么字。秘书见张赫不说话，只是皱着眉头翻看那张纸，便转身出去找了半瓶酒放在桌子下面，向他诡秘地笑了笑，说有什么事给他打电话，他的电话写在台历上，说完随手关了门出去了。约一个小时，张赫将空瓶子归还到原来的地方，打电话叫来秘书，说稿子好了。秘书坐在张赫对面，迅速阅览了一遍，站起来拍着桌子说，万分感谢张老师，高手高手啦！

那天张赫觉得自己身轻如燕，从办公楼下来，走在院子里有飞翔的感觉，十一点左右，深秋的太阳照在身上温暖如妈妈的爱。他拒绝了司机送他回家的提议，说自己一个人完全有能力回到家中。司机望着打着摆子的张赫在百米远的道路尽头突然跌倒，忙开车追了过去，他将酒糟似的张赫用力扶起来的时候，打了个趔趄，因为用力过猛，张赫像一根面条似的被他举过头顶，差点翻搭到旁边的桑塔纳轿车上，他用左胳膊将张赫从肚下拦住，像搭着一件外套，右手打开车门，像放一袋子排骨肉似的将张赫平放到后座。

司机把张赫一直抱到五楼，中间只在三楼转弯处休息了一下，因为醉得不省人事，连裤子都湿了，酒味将他喷得喘不过气来。菊花的脸上阴晴不定，表情异常，司机将张赫放到沙发上，向菊花说了声对不起，便转身出门了，菊花赶在后面说喝口水了再走。他连声说，不啦不啦时，已经小跑到三楼了。

当司机拉开车门时，一股浓烈的尿骚味从车厢里奔涌而出，在正午的阳光里罩住了他的整个面孔，让他无法呼吸，眩晕感随之而来。他打开四个车门，跑到树荫下才换了一口清新的空气。看来张赫确实不能再喝酒了，他把情况给主任汇报后，去了趟车辆美容所，只有在那里才能清除车上的异味。

第二次是年底开会的时候，因为县长对《政府工作报告》质量要求特别高，政府办主任四处打听到张赫后，派人去邀请，菊花却死活不让来，那次丢人现眼已经让她心理蒙受了打击，这次再不能去了。没有办法，政府办又托县委研究室去请，县委办人的思路想法多，去后先把儿子胜利搬出来说事，说胜利研究生学历，很快被提拔为副科级领导，希望张主席能以全县大局为重发挥余热，把一下《政府工作报告》的质量关，言辞恳切，就差声泪俱下。同时，将提着的两瓶酒在张赫面前晃了晃，说一点小意思不成敬意，望笑纳。张赫听得自己像伟人一样，特别是儿子还要在他们的帮助下提拔，他把菊花叫到旁边耳语了几句，表示同意去。菊花给来人约法三章，其中之一是不能喝酒，张赫在一旁听着没说话，他知道如果不喝酒，纸上的字看着就像乱跑的蚂蚁，一个都不认识。酒是他聪明才智的源泉！这个秘密一直到他离世也没给菊花说。

此时，张赫的手颤抖得几乎抓不住笔。但他凭着顽强的毅力完成了《政府工作报告》第二稿的修改，当那三十多页的讲话稿重新打印，放到他眼前时，他确信这个工作报告已近定稿，无须再增删了。这是秘书吸取上次的经验教训的成果，他发挥聪明才智，有节制地按照上午两个半小时时间节点，给张赫前后总共倒了三杯，估计也就半斤酒，这个状态正好是他发挥写作才能的最佳点，火候拿捏得相当准。

中午时分，张赫气宇轩昂走进了高档小区"观澜苑"五楼的家门，菊花用余光扫了一下，身后是秘书和一箱酒。客气之后，秘书并没有在家里坐下喝水，他感觉到张赫的身体可能确实不好，经过早上的工作，已经挺不住了。大门关上之后，张赫倒在了沙发上，不省人事。菊花在盖被子时发现张赫的裤裆里湿了手掌那么大一块，酒气熏天中说话语无伦次，但他自己依然觉得条理清晰、口若悬河。他仿佛听见县长那铿锵有力的讲话和台下暴雨般的掌声。

等到第二天清晨，张赫才恢复常态，酒已经坚定地控制住了他的一切神经官能，眼下最要紧的工作就是睡觉。

虽然县委、县政府十二分地想聘任张赫为顾问，他本人也想为地方经济发展贡献自己的微薄之力，但他的身体状况多次证明他已无能为力了。

当通城多达半年的冬天到来时，张赫的呼吸出现过好几次停止的迹象，家里的氧气瓶已经无法支撑他忽隐忽现的呼吸衰竭症状。在县里医学专家的指导下，时不时的休克状态持续一个月后，张赫不得不转移到省城心肺医院进行深度治疗。

B77

到2015年的时候，通城已经从一个破旧的西部小县城，摇身一变成了具有西部特色的旅游城市，林立的高楼从青藏高原东部末端冉冉升起，将原始的自然植被赶向西部更西的地方。人们把这里作为向西部进军的前沿阵地，不停地拓展产业和居所，以亲近大自然的名义向青山绿水进攻。而每年秋季频发的洪水却成了旅游业持续发展的瓶颈，游客失踪的事时有发生。那些开膛破肚的山峦，失去了植被保护的沙土在雨水中奔流而下，形成浩荡的泥石流，吞没了生命和庄稼。处在下游的通河在泥沙俱下中变成了浑浊的泥浆河，往日"河水清且涟漪"的景象已无迹可寻。春夏时节，河边妇女孩子玩耍嬉闹的场面还在张赫的脑际浮现，当他站在河边美丽的景观带中，看着"请勿下河，后果自负"的提示时，想起几十年前幼儿园李教师因他而离婚的情景，不免怅然若失。沿河的景观带虽比以前漂亮了许多，然而河里却流淌着吓人的泥水，看着在淤泥中不断抬升的河床，他突然觉得，有一天，县城的人会在一场暴雨中流离失所。他的小区离河道不远，出门就是沿河休闲景观带，开发商说这是河景房，价格比其他地方高出一截子，多亏那时黄老板高价收回了她的老院子，出手阔绰才让他度过危机，住上了这河景房。

省城专家组会诊的结果是肺癌晚期。儿子胜利被主治医生叫到办公室，让他坐下。医生一边忙着看片子，一边给他讲述关于人的生老病死的哲学式理论，一边要他及早准备后事，并强调不能告诉病人，一切照料如常，更不能让病人觉察到他病情的严重性。医生的意思是张林只能坚持到年底，理论根据是冬季是呼吸器官疾病的高发期，一般体弱者无法跨过这个鬼门关。

"这个周六就可以出院，住医院也没什么更有效的诊疗手段，如果非得花点钱不可，那就化疗。"医生的目光从胶片上转向胜利，他一改前面平淡的语气，肯定而不屑地提高了声音，"这会增加患者的痛苦，除延长几个月外，没有什么意义！"说完后，把早已准备好的出院手续单推到胜利面前，起身出去了。

父亲在这里接受治疗已经一个月，这几天老嚷着要出院，说他快疯了，要到老家去，那里空气清新、鸡鸣犬吠，花鸟草虫、五谷杂粮什么都有，他想那里。他说经常梦见奶奶在老家门口等他，上了几次路，都被突然的惊醒误了行程。这两天，他动不动就下床穿上衣服，说要坐班车回老家，陪护的人文武并用才将他留住。

不多时，医生回来说："准备出院吧，你那父亲已经有临终前的种种迹象，早点回去准备后事，不致仓促。"医生语重心长地说，"当人出生时，对这个世界什么也不知道，用哭声寻找母亲的安慰和世界的关注；走的时候，或已厌倦尘世的喧嚣，或已疲乏对世事染指，经过了病魔的洗礼，仿佛总要淡然而去。"办公室的门哗一声开了，医生的话语戛然而止，一位新入院的病人家属来找他。

胜利办完出院手续，找到主治医生，进一步明确了自己的意见，希望能得到他的支持。医生想了一下说，回去看病情吧，药正常吃，一个星期后再做决定。

回家第一件事就是去老家，张赫说不回去看看心里闷得要死，无论如何得到父母的坟头上个香，烧点纸钱，母亲托梦招他好几次了。回乡的路虽然曲曲折折，但已平坦了许多，出了国道，入村社都是两米多宽的水泥路，车直接开到了家门口。一路上，张赫像回到当年教育局局长时的状态，挺直了腰板坐在后排，几乎不需要人照看。他谈笑风生，如烟往事在他嘴里风云变幻。坐在旁边的菊花心里自然高兴，心想，这一切应该归功于这次省城医术的成果，张赫这是复活了，以后一起走的路还很长呢，东一句西一句应着张赫闲聊。

嗜酒如命的张赫确诊为肺癌晚期的消息，在通城的大街小巷像十月的雪花一样飘扬，冷不丁让关注他的人心里冰凉一下。俗话说没有不漏风的墙，认识或不认识他的人讨论的焦点不是癌症晚期的事，而是肺癌的事，大家统一的意见是误诊，喝酒可能会引起其他病症和癌症，但绝对不可能引起肺癌。张赫的同事中有好心人给胜利打电话，说得上北京去，十有八九是误诊，得给医生说明白，你父亲是酒鬼这一重要信息！有的甚至直接打到家里的座机上，点明要张赫接。可张赫说自己什么都不清楚，管他什么病，他只想喝酒，弄得对方直骂：真有病！张赫在电话这头笑答，恭喜你，答对啦！

返城的路上张赫一直在睡觉，像压迫他的所有心事全都丢在了故乡似的，全身轻松自如，如婴孩般横躺在后排座上，悄无声响，鼻息均匀。菊花时不时从副驾位转过身来，探身试一下他的呼吸是否正常，以确证是在睡觉而不是睡去。这个状况倒令她担心起来。

一路倒是顺利。到家时，张赫说他觉得累了，这次算是好好睡了一个透觉。根据医生的嘱咐，治疗期间是不允许喝酒的，也不允许吃辛辣刺激的食物。胜利将这个嘱咐写成字条放在父亲的床前，希望他能配合遵守，因为一直以来，他根本不把家人的话放在心上，随心所欲。有时候，上中学女儿的话还管些用，但也不全是。

真正进入居家养病的状态时，通城已经披起了冬装，街道、公园里的绿植被草席或塑料包裹起来，街道两旁的国槐一层一层落着发黄的叶片，张赫不得不整天待在楼房里，靠电热器取暖。这个时间离正式供暖还有一个月，他感觉全身被冰冷渗透着，尽管家里使用了所有供暖设备，但他还是不觉得暖和。包在厚厚冬装里的他很少出门，不是他不想出门，而是大门反锁着，他的自由受到了严重的限制。当然，在阳光明媚的下午，菊花还是邀请他一起去河边散步，他所接触的每一个人的身体里像是散发着寒气，只有在炽热的阳光下，他才能从厚厚的棉衣里感受到来自尘世的温暖。菊花陪他散步，更多时间是张赫靠着她在河边或公园里站一会儿，或在自带的小板凳上坐着。眼下河流已经结上了黄泥浆颜色的冰凌，草地在浓霜的绞杀下，渐渐泛黄。落光叶子的椿树上，乌鸦缩着身子，无精打采，麻雀叽叽喳喳的争吵，也显得有气无力……张赫觉得满世界都是像他一样行将就木的家伙。他想放声歌唱《歌唱祖国》，五星红旗迎风飘扬……像儿时放学的时候一样，同学和老师们在一首积极进取的歌曲中再见，可一张嘴却觉得力不从心，只喘气没有声音。

通常是一个半小时，如果活动时间再长的话张赫就无力走回家，五层的楼梯他和菊花要走半个小时，到家时他浑身被虚汗浸透了。等到汗干了，才能吃点食物，然后喝药。当他闻到那些药味，空洞的胃里开始翻江倒海般上泛，本来很少的一点食物随药又吐了出来，每天服药成了一件比癌症本身还痛苦的事，菊花看得身上直打战，像药进了她嘴里似的。每次吃药令菊花大伤脑筋，虽然张赫每次喝药前在他的脑际找来那句"良药苦口利于病"的话，把杂草般丛生的其他想法都挡了回去，可吃药又不是享受小点心和美酒，痛苦自然是有的。人常说"苦尽甘来"，菊花也只有眼巴巴掰着指头等这个"甘"的到来。

张赫的病情一天不如一天，菊花和儿子决定去省城化疗。如果一个疗程没有效果，就在家保守治疗。

每次化疗需要住院3天，随后停止使用化疗药物，改用保肝药、升白细胞药、止吐药等辅助用药治疗18天，一个化疗周期为21天，前三天在医院，其他时间取了药在家里治疗。每个疗程也得花去五千多元。根据医生的意见，一般要进行四个疗程才能完全有效。

当张赫被一家人软硬兼施送到省城接受第二个疗程后，他一头花白的头发不见了，只剩下白花花的头皮，牙齿开始松动，而病情和以前没什么两样。到第三次的时候，家里所有的成员都犹豫了，当胜利看到这个"疗效"时也不敢再坚定地让父亲去省城了，他只好旁敲侧击地探询了一下父亲的口气，张赫坚决不去了，说这样花钱买痛苦死，还不如在家里安乐死，他已经打定在家里等待死神接他去老家的主意了，别想让他再去受那洋罪。

化疗的事半途而废。随之而来的是专家建议：保守疗法，即用药。大包小包的中西药及一应器具，让菊花和胜利往家里搬了整整五趟，那情形让邻居以为她家卖新家具了！

用药比化疗反应更强烈，张赫一闻到药味或见到药片就吐，无缘由的。女儿莉莉看着父亲痛苦的表情，随口说出了一个办法，她说古人喝药有药引，父亲爱喝酒，能否在喝药前喝一杯酒。这个想法让菊花、胜利沉默了。医生不是强调用药期间不能喝酒么！莉莉说可以试一下，人或许有个体差异。

自从莉莉的意见得到顺利执行后，张赫的病情奇迹般地好了起来，胜利在一个星期之后专门买了几瓶好酒，供父亲做药引。那时张赫已经能轻松自如地独自上下楼了，他回答熟人关于他病情的询问时，只说四个字——"顺其自然"。

喝酒是父亲一生最大的爱好，也是他登上事业顶峰的阶梯，没有酒便没有锦绣文章。而当他以酒为媒，推杯换盏时，一篇布局严谨、立意高远的文稿已经酝酿成功了。在儿子胜利眼里，父亲就是因酒而生的，那就顺从父亲的意愿"顺其自然"吧！或许他的生命会持续得更长。

B78

胜利将父亲的墓地选在县城面山背后的山腰处，一块平整的林地中间，因为是林地，比周围农田价格低一些，但也是一次性买断，花了三万多元，共五十多个平方米。为了不至行人在坟头行走，他听从建议，在真正的墓地上边多出了十五个平方米，用来种植各种花草，阻断了行人的路线。山顶茂密的树林延伸到墓地旁边停了下来。山下是牛谷河河谷，每年春秋两季洪水猛烈，其他时间基本干涸，白色的鹅卵石裸露着，整个河道白花花的，像一条蜿蜒的白丝带。墓地两面环山，宛若躺在一把太师椅中。对面是几案似的笔架山。据说，此处是通城县少有的宝地，只是山下河谷的水太小，还经常断流，不然会出五品以上大官。对这些张赫并不在意，只要全家平安就行啦，他是国家干部，坚定的无神论者，相信人死后要回归土地而不是上天入地。

新坟做好，墓室封顶后，菊花挂在心上的一件事终于放下了，活着的人终归要走到这里去，入土为安，况且张赫时好时坏的身体，说不定随时有可能离世。还有衣服棺木等一应丧葬用物都得提前定做，若事来得突然，不会让她母子措手不及。这一切都未曾经历过，得请人指点才行。

张赫前前后后用了三年的时间，在省城和通城之间奔波治疗，终是没能获得理想的疗效，甚至像吃错了药，病情更加严重。倒是听了女儿莉莉的话，适量饮酒之后，经过半个月的调理，身体才恢复过来。那时，他最后的居住地已经竣工了，他想去现场看一眼，可总归身体不争气，行动困难未能成行。

　　菊花担心的冬季终于离开了小城，张赫并没有出现医生所预期的情况发生，她松了一口气。在来年二月二的时候，她心情平和地对张赫开玩笑说，医生给你的结论是去年年底，你信不信。张赫显得异常平静，说一切要顺其自然，不可强为之。"我喜欢喝点酒就让我喝吧，如果死神站在门外，我躲过了初一还是躲不过十五，我已经活得超时了，你还害怕啥。"这些话一经说出来，菊花压在心头的乌云便烟消云散、荡然无存了，既然张赫本人已对死亡这么坦然，或许离他走的那天还要一段路程，诸事得从长计议。

A15

　　下午，张赫还在休息。菊花睡不着，一个人坐在暖烘烘的阳台上，望着雾气蒙蒙的远山和滨河路下面或隐或现的通河发呆。这个季节，凝脂般的冰面上，零零星星盖着积雪，河面若一条悠长的白色哈达，搭在通城的脖子上随风飘扬，哈达沿河道连绵起伏，逶迤而去。她自言自语道，四季的轮回多像人的生死，眼下的河谷只有严严实实的寒冷和空白，绝迹了任何生命的气息。可春风过后，随着河岸树木的返绿，河道又将恢复哗哗的流水声，青草碧绿中鸟儿又从哪里钻了出来，叽叽喳喳，生机盎然。那时，她得推着轮椅和张赫一起沿河岸走一公里左右的路，尽管河里的鱼早已没有了，但时不时清澈的水流仍然是通城县一段最为迷人的风景，那些半身浸在水中的鹅卵石，形态各异。不时有人在河边花一整天的工夫寻找奇石，听说稍微做加工处理，起个文绐绐的名字，什么李白醉酒、嫦娥奔月、后羿射日，便成了艺术品，能卖到不菲的价格。运气好时，一块品相好的石头竟能卖到几十万元！菊花怎么想也想不明白，什么东西沾上"艺术"两个字就这么值钱。

菊花的思绪被饭桌上残留的食物的香味吸引过来，胃口和味蕾的欲望此刻像是被这些味道重新激活了，她走过去，从餐厅到厨房再到冰箱，把所有爱吃的肉类、水果、海鲜、坚果，每样分一点放到不锈钢的盘子里，端到阳台上，就着太阳，津津有味地吃了一个下午。她感觉早已离开的年味此时才回到身边，医生的话让她不得不及早为张赫的最后结果做心理上的准备，整个冬天她饮食无味，人也时不时晃悠飘忽，像喝得酩酊大醉的张赫。儿女来来去去，说说笑笑，多为她和张赫开导，说要想通看开！那些大道理原来人人都懂，可真正落到自己身上，能想通的有几人呢？儿女和她相比，毕竟隔了一层，就像左右和上下，左没了，右也不是右，左也不是左了，或者右既是左又是右。而左没了，对上下基本不影响；因为上和下都在呢。

B79

自从张赫退休之后，很少有人见到他，在通城熟人的视野里，张赫像是已经离开了人世，尽管茶余饭后，看着喝得醉醺醺干部模样的人从眼前经过时，偶尔会拿他说事："又是一个张喝！"但也只是一个比喻，言下之意，这么喝酒会像张赫一样因酒而终，落给世人一个笑柄。

三年顺其自然的生活，竟让张赫能奇迹般地坐在电动轮椅上，在通城的大街小巷游荡了，他尽量避免与以前的同事或熟人碰面，几年的医病生活已经让他羞于见人，见了说什么呢？好像说什么都不合适。说美好的退休生活？没有。说半死不活的身体？一言难尽。和熟人开个玩笑都觉得尴尬，生怕引起对方的误解。说自己生活幸福，不就是对他们这些不懂酒者的轻视么；说喝酒成瘾，想早点去那边，可老天爷就是不放手，这不是对生活严肃认真的人甩一记耳光么……凡此种种就是不好说话。可生活往往和你顺手开个玩笑，你越想干成的事越有阻力，经千辛万苦还不一定有结果；你并不怎么想干的事，倒轻而易举、顺风顺水、硕果累累。当你在人海中找一个知心朋友，如找对象一样难，而当你着意去陌生的地方，企图躲避熟人面孔之时偏偏就能碰个满怀。

张赫的遭遇就是这样。

按理说，上班期间，小区前方的河边很少有人，路上车辆也少，比较安全。很多时候，张赫会沿滨河景观带驱车散心，沿这条路可以绕过多半个通城，是他散心的理想路径。

这年初春的一个上午，风和日丽，万物蓬勃新生。张赫迎着和煦的阳光，不小心向市区多走了几步，在过通往城中心的十字路口时，对面人流里有谁的脚尖碰到他的电动车轮上，一个黑影呼啦侧身靠在他的轮椅上。他来不及躲闪，坐在轮椅里用胳膊挡了一下，黑影打了个趔趄又站稳了，转身定神一看，是多年不见的教育局原副局长。他惊讶地脱口而出："张局长，您还——

活——着！""活着"俩字虽然压得很低，甚至"着"字是顺着"活"字滑过去的。这是张赫第二次听到有人见他时这样说，像他这样的酒鬼应该早就死去，活着是个奇迹。张赫满脸无辜地望着他，他自知失言，一只手捂着嘴笑，一只手提着一个深蓝色的文件袋与他握手。为不挡道，他俩移到路边继续还没结束的谈话，听这位张赫任局长时的办公室冯主任说，局里比张赫年轻六岁、身壮如牛的原党工委书记、副局长姜继红，去年因为喝了一场酒，突发心肌梗死去世了！司机小赵也因喝酒走了。他两眼望着马路，惨不忍睹地一下子列举了一大堆因喝酒而英年早逝者的名字，他回过头对着张赫说："张局长您命大，是个天生的酒命人，到现在还好好的，除了腿脚不灵便，我看各处都很正常。我现在在二中当校长，有用得着的地方打电话。"说着从上衣口袋里摸出一张名片，塞到张赫胸前的小布袋里，转身挥手离开了，说学校有事，得赶紧回去。张赫望着十字路口，响亮地说："生有时，死有命。顺其自然啦！"来往的车辆都停了下来，他一个人独自转动轮椅走到对面去了。

与冯校长的这次偶遇，让通城的人都确切地知道酒鬼张喝还在若无其事地活着！像路边的树木，一季不差地在枯枝上焕出新芽，迎着朝阳花枝招展着，比多年前那棵老树精神多了，像打了营养液，依然以大树的形象站在马路上，谁不说他还是一棵无法比高的树呢。他活蹦乱跳，神气活现，还在大街小巷转悠，欣赏人间美景。让见到他的人觉得时世在眼前一晃，变回十多年前了。

他几乎不怎么吃饭，却一顿不落地在喝酒。从他身上看，

"酒是粮食精"这个判断至少有一半是对的，喜欢饮酒的人听到这个消息，精神和信心增加了一万倍，大声对家人说，谁说喝酒损害身体，张赫不是好好的吗！家人哑口无言了，他搬出一个活在当下的酒鬼来做喝酒有益身体的证据。酒友对他的评价也颇高，可谁又知晓酒给他带来的病痛和苦恼呢。

A16

通城的夏天室内温度也能达到二十六摄氏度左右，但张赫怕冷，不愿意脱去羊毛衫外面的棉马甲，他说自己不觉得热，早晚还得穿外套，即使睡觉也穿着羊毛衫，身体对温度的调解功能显得相当差，对冷热的感知明显迟钝于正常人。

他几乎不怎么拉窗帘，觉得窗帘的遮挡作用对他没有什么意义，因为他的生活里已经没什么秘密了。此刻，屋里一片亮堂。这是个晴天。如果状态好，他要被菊花推到院子里晒太阳，接受阳光的洗浴，清除全身的灰暗和霉味。他却怕阳光，喜欢清凉，阳光的照射会蒸发掉他体内为数不多的一点能量，让他头晕眼花、四肢无力。等菊花离开，他便全力操控轮椅，躲在夏日的树荫下，出神地仰望高楼之外的群山，时不时听着清凉寺正点的钟声，让他心旷神怡。这是时下最为惬意的一件事！眼下他的状态处在最好的时刻，菊花曾一度以为他的病情奇迹般地好转了，或许能度过小半年的时间，然后有望迎接新一年的大年除夕。

太阳如约升起，给人间送来了光明和温暖。

张赫把自己移到树荫下时，眼前一阵眩晕，从河道里吹过来的阵阵凉风，如一匹丝绸滑过自己的脸颊和脖子，他昂起头，闭着眼睛，贪婪地深吸了一口带着泥沙味的空气，恍恍惚惚离开了轮椅，快步跑到楼下，跨上自行车飞快地向老家的方向奔去。他怕被菊花发现，像小偷得手后迅速逃离现场。他边跑边回头看，后面不远处是紧追不舍的人群。他们指手画脚地向他逼近，嘴里不停地喊叫着什么，但他听不见，风一点也不大，只是一点微风，路边的树叶都没怎么动，只是慢慢地晃着，像是在向他招手说再见。跑在最前面的是菊花，她稀疏而花白的头发迎风飘扬。菊花身后是邻居，面容模糊，再后面是儿子胜利和一群不认识的人。他感到呼吸困难，在临近上坡的地方终于两腿一软，像一朵棉花团似的从车子上飘了下来，轻盈地浮在菊花他们的头顶，菊花跳起来一把抓住了他的衣襟，把他拽到马路上，他又像皮球似的弹起来，一点没有疼痛的感觉，甚至没有冷热之感。他的马甲掉了，羊毛衫也掉了……他枯瘦如柴的身体裸露在大庭广众之下。